10|18
12, avenue d'Italie — Paris XIIIe

LES AUDIENCES DE SIR JOHN

PAR

BRUCE ALEXANDER

Traduit de l'anglais
par Jean-Noël CHATAIN

10|18

INÉDIT

« Grands Détectives »
dirigé par Jean-Claude Zylberstein

Si vous désirez être régulièrement tenu au courant
de nos publications, écrivez-nous :
Éditions 10/18
c/o 01 Consultants (titre n° 3001)
35, rue du Sergent Bauchat
75012 Paris

Titre original :
Blind Justice

ISBN 2-264-02569-7

A Judith

CHAPITRE PREMIER

Où sir John Fielding se révèle le plus équitable des magistrats

Ayant souvent été sollicité pour consigner les souvenirs de ma collaboration avec le défunt sir John Fielding, célèbre magistrat du tribunal de Bow Street, c'est de ma plus belle plume que je m'attelle aujourd'hui pour la première fois à cette tâche, résolu non seulement à faire la lumière sur les exploits en matière de chasse aux criminels qui valurent à l'homme sa renommée, mais également à décrire les prodigieuses qualités d'âme qui lui permirent d'accomplir de telles prouesses. C'était en vérité un homme doté d'insignes pouvoirs. S'il était dépourvu du sens de la vue, que la plupart de nos semblables estiment comme capital, sir John n'en mena pas moins une existence exemplaire. Sa réussite professionnelle demeure gravée, cela va de soi, dans toutes les mémoires. Avec son demi-frère Henry, le regretté romancier et juriste, il fonda et mandata ce groupe d'individus fort estimables, connus depuis lors sous le nom de sergents de ville. Ces chasseurs de bandits ont fait fonction de policiers londoniens et rétabli la sécurité, la nuit, dans une ville où jadis, comme l'affirma l'un de leurs plus sévères détracteurs, « l'agression vous guettait à chaque coin de rue, même à midi ».

En qualité de magistrat, sir John siégeait chaque jour,

jugeant en toute équité les pauvres hères qu'on faisait défiler devant lui, offrant à chacun la pleine mesure de son esprit caustique, interrogeant témoin et accusé avec une égale impartialité. Dès lors qu'une action en justice lui semblait justifiée, il ordonnait évidemment le placement sous mandat de dépôt. Notre homme jouissait toutefois d'une nature telle que la simple accusation d'un crime ne suffisait jamais en soi à entraîner la comparution du prévenu devant l'Old Bailey[1]. Contrairement à nombre de ses collègues magistrats, sir John exigeait des preuves. Il sollicitait un témoignage oculaire direct, accordant la primauté à ce dont lui-même était privé. Si d'aventure quiconque lui présentait comme vérité ce qu'il avait à peine entendu ou supposé, l'infâme essuyait aussitôt les propos cinglants de sir John et se voyait congédier séance tenante. En vérité, ce dernier relaxait davantage de prisonniers qu'il n'en traduisait en justice. Ne cédant jamais à l'indulgence, il n'en demeurait pas moins juste. De même qu'il conservait un œil particulièrement vigilant (si je puis faire usage d'un trait d'esprit pour le moins extravagant eu égard à un être frappé de cécité) sur ces prétendus chasseurs de bandits *indépendants*, passés maîtres dans l'art du faux témoignage et de la duperie, lesquels avaient coutume de livrer des coupables qui s'avéraient innocents. De cette époque héritière de Jonathan Wild[2] de triste renom, je fis moi-même l'expérience, car à dire vrai, cher lecteur, sachez que je posai pour la première fois les yeux sur ce bon sir John lorsque je fus moi-même présenté devant le tribunal de Bow Street, pour accusation de vol.

1. Cour d'assises de Londres. (*N.d.T.*)

2. Maître chanteur, informateur, receleur et assassin, Jonathan Wild fut arrêté puis pendu à Londres en 1739. Henry Fielding retraça les aventures picaresques de ce criminel dans *Jonathan Wild*, publié en 1743. (*N.d.T.*)

Puisse cette confession ne pas vous offusquer au point d'être tenté de remiser ce panégyrique, car, ainsi qu'il vous sera bientôt démontré, nonobstant le larcin dont on m'accusait, mes accusateurs eux-mêmes étaient les véritables voleurs ; encore que ce dont ils me dépouillèrent dans le seul but de la détruire ne fût rien d'autre que ma réputation. On peut sans doute affirmer que moi, Jeremy Proctor, qui suis désormais membre du barreau, je vis pour la première fois l'intérieur d'une cour de justice en qualité de prévenu. Le hasard qui me conduisit en ce lieu sera brièvement exposé, bien que la réminiscence de ces circonstances effroyables ravive aujourd'hui une souffrance vieille de quelque trente années. Quoi qu'il en soit, voici à présent mon histoire.

Je naquis en l'an de grâce 1755 dans la localité de Lichfield, où vit le jour le grand lexicographe Samuel Johnson. C'est en ce lieu que mon père, typographe de son état, gagnait honorablement sa vie et celle de sa petite famille en assistant un maître imprimeur du nom de John Berkeley. Nous autres Proctor n'étions que quatre : mon père, ma mère, mon frère Matthew de deux ans mon cadet, et moi-même. Lorsqu'en l'été 1765 une épidémie de typhus jeta son dévolu sur Lichfield, elle emporta ma mère et mon frère. N'ayant désormais que deux bouches à nourrir, et fort d'un tempérament entreprenant, mon père se mit en route l'année suivante pour le village de Stoke Poges avec pour tout bagage ses économies et moi-même, car il était déterminé à tenter fortune en créant son propre atelier d'imprimerie. Le malheureux eût été mieux avisé en optant pour un autre lieu.

Les premiers temps, mon père prospéra, honorant des commandes à foison auprès des paroisses de la région, de quelques négociants et du châtelain local. Brochures, programmes et affiches de toute nature constituaient alors le gros de son activité. Il m'enseigna par ailleurs le métier et jusqu'à ce jour mon habileté typographique suscite l'émerveillement de mes collègues, dont la plupart ne possèdent aucune connaissance artisanale de quelque sorte que ce soit. Mon père m'initia aussi aux belles-lettres et à l'arithmétique, de même qu'à l'aube de ma treizième année il avait entrepris de m'inculquer des rudiments de latin et ce qu'il connaissait de la langue française. Son savoir en la matière se révélait considérable. S'il était lui-même autodidacte, il manifestait un grand intérêt pour l'idiome et la littérature de nos proches voisins du Continent. Cependant, il s'est de tout temps avéré que l'intérêt pour ce qui provient de France entraîne certains risques ici en Angleterre, et il en fut ainsi pour mon père, car cela finit par causer sa perte et le conduisit à la mort.

Étant lui-même quelque peu libre penseur, il nourrissait une grande passion pour les écrits du philosophe et romancier qui signait son œuvre du nom de Voltaire. Mon père en était arrivé à l'étape où il souhaitait démontrer que son métier lui permettait de plus nobles créations que les simples brochures qu'il produisait quotidiennement, aussi résolut-il d'imprimer un opuscule. Comme il ne s'arrogeait aucune prédisposition à l'écriture et sans doute parce qu'il désirait propager les idées de M. Voltaire, mon père s'attela à traduire un pamphlet de l'auteur français, dont le titre m'a échappé depuis. Le résultat final, qu'il intitula *Un appel à la réflexion*, était censé être vendu pour la modique somme d'un penny. Mais puisqu'il l'estimait avant tout comme un échantillon de son travail d'imprimeur, il le distribua gratis à travers tout le village, en s'assurant notamment que les exemplaires parvinssent entre les mains de ses clients réguliers. Parmi eux, comme je l'ai mentionné plus haut, on dénombrait certains membres du clergé local, qui manifestèrent le plus grand mécontentement à l'égard de l'opuscule ; non pas pour la qualité d'impression, qu'ils apprécièrent peu, ni pour la traduction, qu'ils apprécièrent encore moins, mais plutôt pour les jugements de M. Voltaire, qu'ils jugeaient athée et fauteur de troubles. L'un d'entre eux parla sévèrement à mon père du contenu de l'essai et ce dernier se montra assez malavisé pour débattre du sujet avec lui.

Cet homme, appelé M. Pettigrew, qui dirigeait une congrégation de fidèles anglicans, se sentait tout particulièrement peiné par l'opuscule et ce fut avec lui que mon père discuta avec véhémence et ô combien d'imprudence ; car Pettigrew (je ne puis me résoudre à employer le titre honorifique plus avant) délivra un sermon dominical condamnant l'athéisme en général, Voltaire en particulier et mon père plus précisément. J'ignore ce qu'il fut dit ce jour-là, car je n'ai jamais été pratiquant, mais cela suffit à éveiller le courroux des fidèles et à les envoyer à l'assaut de la ville, telle une armée d'anges justiciers, voués à notre destruction. Ils marchèrent tambour battant vers l'imprimerie et martelèrent la porte en exigeant qu'on la leur ouvre. Mon père, tout en me conseillant de demeurer dans notre appartement à l'étage, descendit bravement les affronter avec l'intention de calmer et de disperser la foule. Mais il n'avait pas sitôt apparu qu'ils se jetèrent sur lui et le maltraitèrent de la manière la plus impitoyable qui fût. Je contemplai la scène d'en haut, honteusement tapi, je dois l'admettre, tandis que la communauté de fidèles multipliait coups de poing et coups de pied à l'endroit de mon père, pour le laisser de côté sans connaissance, avant d'entrer à flots dans notre boutique. Une fois à l'intérieur, ils démolirent la presse et éparpillèrent les caractères, du moins était-ce ce que j'entendis ou en déduisis, puisque je me cachai dans nos deux pièces du dessus. Ayant parfait sa destruction, la fureur de la foule se dissipa quelque peu. Les braves gens de Stoke Poges se retirèrent, traînant dans leur sillage le corps inerte de mon père, livré à la torpeur.

Lorsque je posai ensuite les yeux sur lui, je retrouvai le malheureux cloué au pilori. On l'avait présenté au magistrat local, accusé de blasphème, tout naturellement reconnu coupable et condamné à une semaine de poteau. Il devait être libéré le dimanche suivant, où il lui fallait se rendre à l'église pour y demander le pardon de Dieu, des fidèles... et de Pettigrew, bien entendu. Mais mon père ne survécut pas au-delà de mardi. Que savez-vous, cher lecteur, de ce châtiment cruel et humiliant toujours en vigueur dans certaines provinces du royaume, encore plongées dans les ténèbres de l'ignorance? On ne badine pas, en l'occurrence, même si d'aucuns semblent le croire, lorsqu'un homme voit sa tête et ses mains immobilisées entre deux billots, son visage devenant la cible de toutes les souillures dont les rustres du village puissent souhaiter le cribler.

Je lui rendis visite une fois, et une fois seulement, lorsqu'il se trouvait en cet état. De la basque de mon habit, j'ôtai avec soin les immondices et la boue qui maculaient sa face. Il me regarda avec gratitude et me confia qu'il souffrait d'être vu en pareille condition. Nettoyé, son visage laissait entrevoir moult meurtrissures, fruits de la bastonnade dont il avait été l'objet. On y découvrait aussi de récentes plaies et zébrures, provoquées par les pierres qu'on lui avait lancées. Si le pauvre homme revenait à peine à la raison, il ne m'en conseilla pas moins sérieusement de m'en aller.

— Rien ne saurait te retenir ici, Jeremy, me dit-il. Ferme la maison. Cloue des planches sur la boutique. Rends-toi chez John Berkeley à Lichfield. Je te retrouverai là-bas.

Je hochai la tête et lui promis à voix basse d'agir selon son désir, puis m'en allai en courant, les yeux baignés de larmes, alors que s'approchait une bande de jeunes villageois. Un peu plus loin, je m'arrêtai et me retournai pour voir le groupe abject conspuer et lancer de la terre et des cailloux sur la malheureuse silhouette courbée entre les planches. Ce fut la dernière fois que je l'aperçus vivant. Je n'avais pas sitôt fini mes préparatifs pour mon voyage à Lichfield que j'appris le décès de mon père : lapidé à mort. Le porteur du message n'était autre que le diacre ventripotent, un certain Kercheval. L'œil malveillant, il m'avertit que j'étais désormais orphelin et devais être présenté au magistrat, afin qu'on statuât sur mon avenir. Je me souviens qu'une idée extravagante traversa alors mon esprit juvénile, idée selon laquelle j'allais devoir nécessairement prendre la place de mon père au pilori. En partant, j'eus toutefois la prévoyance d'emporter mon modeste ballot d'effets personnels, dans lequel j'avais glissé les pièces de monnaie que nous avions en caisse. Kercheval m'empoigna et me fit avancer. En ouvrant la porte, il eut l'imprudence de relâcher son emprise, aussi en profitai-je pour me libérer et prendre mes jambes à mon cou. Je courus vers les champs, comme si le diable était à mes trousses et non point quelque diacre gourd et lourd que la course folle conduisit au bord de l'apoplexie. Je le distançai en un rien de temps et me précipitai vers un boqueteau, où j'espérais pouvoir me cacher. Une fois sur place, je n'eus point le désir d'y demeurer, car, de l'endroit où je me trouvais, j'apercevais la croisée des chemins où se dressait le pilori, et je constatai que Kercheval avait dit vrai. Le corps de mon père avait été retiré et déposé non loin de l'abominable instrument, chemise retroussée sur le visage afin de le masquer. Un groupe de villageois l'entourait, discutant entre eux et secouant la tête. Que mon père eût succombé à une pierre par trop tranchante ou qu'il eût suffoqué sous le poids de la boue ou des déchets, je ne puis dire. Nul doute, cependant, qu'il était bel et bien mort. Et je poursuivis donc mon chemin, courant, marchant, me dissimulant des passants. Je dormis dans un champ, ce soir-là. Il me fallut attendre le lendemain pour apprendre que la route que j'avais empruntée ne menait point à Lichfield mais à Londres.

Sur la manière dont je parvins à la grande métropole, je ne m'étendrai pas davantage, cher lecteur, mais sachez que le voyage me prit une bonne semaine et qu'en chemin je fêtai mon treizième anniversaire. J'arrivai à Londres au bord de l'épuisement physique et moral, avec seulement quelques shillings en poche pour me tenir à l'écart de l'indigence. Qu'allais-je faire ? Je nourrissais le vague projet de quérir un emploi chez un imprimeur, encore que j'ignorasse comment m'y prendre et où m'adresser. L'eussé-je su, nul doute que la vision d'une telle grande ville avec sa multitude grouillant dans les rues me l'eût nonobstant ôté de l'esprit. Ma première journée à Londres, je la passai à flâner, me frayant un chemin parmi la cohue, tenant mon ballot serré bien fort dans mes deux mains. Je me souviens d'avoir poliment demandé à un homme de m'indiquer l'adresse d'un imprimeur, puis d'obtenir en réponse un flot de grossièretés tel que, de toute ma jeune existence, je n'avais jamais rien entendu de pareil. En quoi avais-je offensé ce passant, alors que je l'avais à peine retenu ? C'est en y réfléchissant que j'abordai un autre individu pour lui poser la même question. Il me répondit volontiers, mais avec une tournure de langage que je n'entendais point. Le brave homme avait beau s'exprimer avec le plus bel accent de Whitechapel qui fût, mes connaissances en la matière s'avéraient si faibles qu'il eût pu tout aussi bien me parler dans une autre langue... voire en français, et je l'eusse assurément mieux compris ! De son discours, je ne saisis que « tu l'enfiles tout droit » et je me demandai ce que j'étais censé enfiler, droit ou tordu, mais peut-être voulait-il me dire que je devais continuer en ligne droite.

Vous imaginerez sans peine mon soulagement lorsque, arrivé au coin d'une rue et ne sachant quelle direction emprunter, un homme m'accosta. En dépit d'une apparence plutôt fruste, il semblait assez sympathique, avec un sourire figé sur le visage.

— Tu m'as l'air d'un garçon plein d'avenir, me dit-il.

— J'espère bien, répondis-je.

— Cela te plairait-il de gagner un shilling ?

Sachant que mes réserves d'argent avaient diminué au point d'avoisiner cette somme, je répliquai avec enthousiasme :

— Oh, certainement, monsieur !

Il m'expliqua qu'il y avait une commission à faire pour un homme de sa connaissance, laquelle nécessitait une paire de jambes véloces.

— Sais-tu courir, mon garçon ?

— Oh oui, monsieur. Aussi vite que le vent.

Il rit de bon cœur devant ma repartie et m'entraîna de quelques yards dans la rue. Je ne pus m'empêcher de remarquer le solide bâton[1] qu'il tenait dans une main, lequel lui servait à marteler les pavés à chacun de ses pas. Je trouvai cela pour le moins étrange, car l'homme avait le pied sûr et n'accusait aucun signe de claudication. Tout en cheminant, il m'expliqua qu'il me suffisait de porter un paquet avec la plus grande célérité à une adresse que l'on me confierait. Je l'avisai alors que la ville m'était étrangère et que je ne connaissais pas bien Londres, ce à quoi il répliqua qu'on me renseignerait sur le chemin à emprunter.

— Mes pas m'entraîneront-ils aux abords d'une

1. Gentleman ou non, le Londonien élégant d'alors arpentait les rues, canne à la main (préfigurant ainsi la mode vestimentaire des futurs dandys), d'où l'étonnement du jeune provincial. (*N.d.T.*)

imprimerie, monsieur ? demandai-je. Je cherche un emploi d'apprenti.

— La chance te sourit, mon garçon, car il en existe une à deux enseignes d'ici tout au plus.

C'est alors qu'il m'arrêta soudain et m'indiqua un chemin le long d'une voie sombre.

— Voilà, déclara-t-il, va jusqu'au bout de cette ruelle et tu trouveras un dénommé Slade, qui attend devant le *Cock and Bull*. Dis-lui simplement que tu es le garçon dépêché par Bledsoe.

Je hochai la tête.

— Vous ne m'accompagnez pas plus loin ?

— Non, j'ai mes propres affaires dont je dois m'occuper.

À ces mots, il tourna les talons et s'éloigna dans la direction que nous avions empruntée.

Je restai là à le regarder, tout en songeant qu'il s'agissait d'une tâche bien étrange. Mais j'étais nouveau venu à Londres et la perspective de gagner un shilling m'alléchait, aussi me dirigeai-je dans la ruelle en quête du *Cock and Bull*. Tout se déroula comme prévu. Debout devant l'entrée du débit de boissons, une silhouette paressait d'un air indifférent. Était-ce le même Slade qui tenait tant à une livraison rapide, au point de débourser volontiers un shilling pour qu'on portât son paquet en main propre ? Son attitude semblait extrêmement curieuse.

Toutefois, alors que je l'approchais, l'homme se ressaisit et hocha la tête avec quelque intérêt, en m'écoutant réitérer les paroles de Bledsoe. De dessous son habit, il exhiba un paquet de belle taille dans une sorte de besace en laine. Il me la tendit en disant :

— Voilà, mon garçon. Tu dois te rendre directement avec cela chez un certain William de Threadneedle Street, un courtier. C'est à une demi-lieue d'ici, tout à fait à gauche, à Shoreditch, l'endroit d'où tu viens. Peux-tu courir sur une telle distance ?

— Je le puis, monsieur.

— Alors décampe et prouve-le.

J'hésitai :

— Mais le shilling, monsieur ? M. Bledsoe a dit qu'il y aurait un shilling pour moi.

Slade eut un rire... un peu irrité, songeai-je.

— Tu seras payé à l'arrivée. À présent, hors d'ici, mon garçon !

Tout en me trouvant sot (car comment pouvaient-ils être assurés de la livraison autrement ?), je tournai les talons et m'éloignai à toute vitesse, avec le paquet fermement tenu sous le bras. Arrivé au bout de la ruelle, j'obliquai à gauche, comme on me l'avait dit, et commençai à me frayer un chemin dans la rue noire de monde, esquivant ici une poissonnière, là un chansonnier, avançant aussi vite que la foule pouvait me le permettre. Puis, tout à coup, je sentis mes jambes se dérober et m'étalai de tout mon long dans la poussière. Recouvrant mes esprits, j'entendis quelqu'un clamer : « Au voleur ! Arrêtez-le ! Au voleur ! » et me demandai sur qui l'on criait haro de la sorte. Je regardai à la ronde pour constater qu'un attroupement peu accort se formait autour de moi, à la tête duquel se tenait un individu qui n'était autre que M. Bledsoe, lequel paraissait le moins accort de tous. Alors que je me trouvais encore à terre, il me brandit son bâton au visage et l'idée me vint qu'il s'en était servi pour me faire trébucher. Mais pourquoi aurait-il agi ainsi ? Tandis que je me redressais pour protester, il leva l'objet au-dessus de sa tête et l'abaissa avec vigueur sur ma personne.

Et cela, cher lecteur, constitue le seul souvenir de la fourberie dont je fis l'objet.

Comme je reprenais connaissance, je constatai en premier lieu qu'une prodigieuse douleur me taraudait la tête, avant de percevoir le grand tumulte qui m'entourait. Mes paupières s'ouvrirent sur une scène à laquelle je n'avais jusqu'alors jamais assisté : ce qui rafraîchit ma mémoire sur la canaillerie et la vilenie londoniennes, telles que je les avais imaginées à la lecture de *La Vie des prisonniers* et autres ouvrages de quatre sous. Catins et crasseuses fripouilles étaient rassemblées sous mes yeux. M'avait-on abandonné au cœur d'une réunion de grues et de tire-laine ou peut-être transporté bon gré mal gré dans une maison de fous ? Quoi qu'il en fût, le babillage et le caquetage stridents du voisinage m'offraient matière à réflexion.

Je cherchai à me lever pour mieux apprécier cette étrange assemblée, lorsqu'on me fit rasseoir sur-le-champ avec rudesse. Me tournant vers mon pourchasseur, je découvris qu'il n'était autre que ce Bledsoe, lequel avait fait de moi la victime de sa malveillante duperie. Un peu plus loin se tenait Slade, son acolyte et conjuré. Je n'avais aucune chance d'échapper à ces deux-là, car la grosse main de Bledsoe m'enveloppait la nuque et y exerçait une emprise des plus fermes. Il se pencha vers moi et, me soufflant en pleine face son haleine fétide de gin, déclara :

— Tout doux, mon garçon. Ne nous attire pas d'ennuis et tu ne seras point frappé.

— Mais je...

— *Silence !* m'interrompit-il d'une brusque pression sur ma nuque. Ce ne sera plus très long.

Et il disait vrai, en effet. Je demeurai pitoyablement assis encore quelques minutes, en saisissant enfin que le peu d'attention de l'auditoire turbulent se concentrait sur l'avant de la grande salle, où j'aperçus deux hommes installés sur des gradins, face au public. L'individu assis au niveau le plus élevé était alors plongé dans un conciliabule des plus sérieux avec un autre homme qui se tenait seul, debout devant lui. Soudain, il mit un terme à son tête-à-tête pour marteler de son maillet la haute table à laquelle il siégeait. Le quidam, avec lequel il était à l'instant même en grande conversation, fut alors emmené par deux gaillards solidement charpentés qui se détachèrent d'un groupe de spectateurs, placés de côté. L'autre homme, assis en contrebas du premier, derrière un modeste secrétaire, se leva alors et clama :

— Bledsoe Thomas, chasseur de bandits indépendant. Veuillez présenter votre prisonnier.

À ces mots, je fus brusquement mis debout et brimbalé avec diligence le long de l'allée par ce même Thomas Bledsoe, jusqu'à ce que je parvinsse devant les deux hommes. Le plus petit d'entre eux, qui nous avait mandés, me considéra avec gravité et s'enquit de mon nom.

— Jeremy Proctor, monsieur.

L'homme au maillet se pencha alors avec grand intérêt dans ma direction. De plus près, il présentait une physionomie pour le moins redoutable. Sa face corpulente se figeait en une expression empreinte de solennité. Toutefois ce n'étaient point ses traits qui m'effrayaient mais plutôt le fait que ses yeux m'étaient complètement dissimulés. En portant mon regard sur lui, je découvris qu'un bandeau de soie noire les recouvrait. Le tricorne traditionnel qu'il arborait avait masqué ce détail, lorsque je l'avais vu à distance pour la première fois. Je compris qu'il était aveugle. Il se décida enfin à parler :

— Quel âge as-tu, Proctor ?

— Juste treize ans, monsieur.

Bledsoe me secoua vigoureusement par la peau du cou :

— Tu l'appelles « monsieur le juge »... n'oublie pas !

Il s'ensuivit moult commentaires et railleries de la foule à laquelle je tournais le dos, si bien que l'homme aveugle fut contraint de marteler de nouveau la table jusqu'à ce que l'ordre fût rétabli.

— Laissons ce garçon s'exprimer comme il l'entend, déclara-t-il.

Puis il ajouta à mon adresse :

— Tu es accusé de larcin. Que plaides-tu ?

— Monsieur ?

Aussitôt, je sentis la poigne se resserrer sur ma nuque.

— Je veux dire... monsieur le juge ?

— Larcin... vol. Que plaides-tu ? Coupable ou non coupable ?

— Oh...

Je mesurai tout à coup la gravité de ma situation. J'hésitai un instant, et je craignis immédiatement qu'on l'interprétât comme une indécision de ma part. Aussi m'empressai-je alors de répondre en beuglant presque :

— Non coupable !

Le visage sévère de l'aveugle s'adoucit en un sourire amusé.

— Très bien, dit-il. Greffier, veuillez consigner que Jeremy Proctor plaide non coupable.

Puis il poursuivit dans un soupir :

— À présent, Bledsoe, veuillez narrer votre histoire.

Une histoire, certes... mais montée de toutes pièces. À en croire son rapport frelaté, Bledsoe se trouvait tout bonnement en train de flâner dans Shoreditch lorsque, tout à coup, il entendit hurler à cor et à cri « Au voleur ! » et remarqua aussitôt une silhouette — « ce garçon ici présent » — qui débouchait coudes au corps de Chick Lane avec un individu à ses trousses. Notre homme n'eut alors pas d'autre recours — selon ses dires — que d'appréhender le malfaiteur par quelque moyen que ce fût. Il le fit trébucher avec son bâton puis, comme le garçon tentait de résister et de continuer à fuir, il le frappa avec véhémence en le laissant sans connaissance, avant de l'amener directement ici à Bow Street.

— Vous confirmez cette version ?

— Oui, monsieur le juge.

Alors que tout en moi s'insurgeait contre ce que je venais d'entendre, j'eus le bon sens de conserver mon calme. J'attendis, dans l'espoir que cet homme aveugle finirait par y voir clair dans ce tissu de mensonges. C'est alors qu'il éleva la voix :

— Y a-t-il des témoins ?

— Il y en a un, monsieur le juge, intervint Bledsoe. Et celui-là même qu'il a volé, le dénommé William Slade.

— Qu'il se fasse entendre.

L'individu du *Cock and Bull* qui m'avait confié cette infructueuse mission s'avança alors pour porter un témoignage fallacieux à mon endroit. Il prétendit qu'il venait juste de sortir de cet établissement, sacoche en main, lorsqu'il fut subitement assailli par « ce jeune vaurien » qui lui arracha ladite sacoche et s'enfuit sur-le-champ. L'homme se lança à sa poursuite en hurlant et il obliqua dans Shoreditch juste à temps pour voir le jeune voleur trébucher, grâce aux bons offices de « ce courageux gentleman ici présent » — Bledsoe — qui récupéra le sac et lui proposa de l'accompagner au tribunal de Bow Street, afin de présenter le scélérat devant ce parangon de la magistrature, en l'occurrence sir John Fielding.

Nul doute que la fin de la tirade agaça l'homme aveugle, dont je savais désormais qu'il s'appelait sir John. Il se renfrogna, renifla et reprit la parole :

— Épargnez-nous ce genre de dithyrambe, voulez-vous.

— Mais, monsieur le juge, je ne faisais que...

— Vous affirmez que la sacoche a été récupérée ?

— Oui, et j'en suis ravi, car elle contenait une coquette somme.

— Veuillez la présenter au greffier.

Slade décocha un regard dubitatif à Bledsoe, lequel répondit d'un bref hochement de tête. À contrecœur, il fit ce qu'on lui demandait. Le greffier entreprit aussitôt de fouiller le contenu du sac.

— À présent, jeune Proctor, déclara sir John, tu as entendu l'accusation qui vient d'être formulée à ton encontre. Que peux-tu présenter en ta faveur ?

— Uniquement la vérité, monsieur, répondis-je.

Et je lui livrai une version simple et directe des faits déjà décrits pour votre gouverne, cher lecteur, sous une forme quelque peu condensée toutefois.

Lorsque j'eus fini, sir John parut fort satisfait de mon récit.

— Tu t'exprimes à merveille, mon garçon, bien que tu ne sois pas natif de la région. Suis-je dans le vrai ?

— Oui, monsieur... monsieur le juge.

— « Monsieur » constitue une formule de politesse tout à fait acceptable. D'où viens-tu alors ?

— Je suis né à Lichfield.

Je ne souhaitais point faire allusion à la ville que j'avais quittée.

— Lichfield ? C'est proche, certes, mais je t'aurais volontiers placé quelque part à l'ouest de cette commune. Penkridge, disons... ou Stoke Poges ?

J'étais stupéfait. Parvenait-il à me situer aussi précisément grâce à ma façon de m'exprimer ? Il m'avait bel et bien épinglé et je ne pouvais qu'admettre ma dissimulation.

Baissant la tête, je déclarai :

— Ces dernières années, je vivais à Stoke Poges.

— Ha, ha ! s'exclama-t-il avec délectation. J'ai encore fait mouche, n'est-ce pas ? Il n'existe personne à Londres qui sache aussi bien que moi situer quelqu'un à son accent !

Il partit d'un gros éclat de rire triomphal, puis se calma soudain et recouvra son sérieux.

— Veuillez noter, reprit-il à l'adresse du greffier et néanmoins au tribunal dans son ensemble, que ce garçon n'a point menti. Je lui ai demandé d'où il venait et il m'a répondu être né à Lichfield, ce qui est vrai, j'en suis sûr. Il pense en avocat, ce qui s'avère tout à la fois une bénédiction et une calamité. Mais je suis frappé, jeune Proctor, par ton désir de dissimuler à la cour le fait que tu aies quitté Stoke Poges pour venir jusqu'à Londres. Pourquoi cela ?

— Eh bien, je...

— T'es-tu enfui de chez toi ? Crains-tu le châtiment de ton père ?

— Mon père est mort, monsieur. Je n'avais plus que lui.

— En quelles circonstances est-il décédé ?

— Il...

J'hésitai, incapable d'aborder le sujet. Comme je craignais tout autant de ne pas parler, je poursuivis en baissant la voix à l'extrême :

— Il a été lapidé.

Un murmure parcourut la salle d'audience bondée. Néanmoins sir John demeura un long moment silencieux avant de reprendre :

— Lapidé, dis-tu ? Au pilori ?

— Oui, monsieur.

Je n'ignorais point que les larmes en cet instant eussent été peu convenables, aussi luttai-je pour les retenir.

— Et c'est alors que tu t'es enfui ? s'enquit-il calmement.

— Oui.

Tout à coup, je sentis de nouveau la furieuse poigne de Bledsoe sur ma nuque. Il serra encore plus fort qu'auparavant et je fus incapable de réprimer un cri de douleur, tandis qu'il me braillait à l'oreille :

— *Monsieur le juge!* Je t'ai dit de l'appeler « monsieur le juge ».

— Bledsoe ! tonitrua sir John depuis sa chaire. Ne faites pas de mal à ce... Greffier ? Monsieur Marsden ?

— Oui, sir John ?

— Touche-t-il le garçon ?

— Il a sa main sur le cou du jeune homme.

Je sentis celle-ci me lâcher.

— Retirez-la, ordonna sir John à Bledsoe. Éloignez-vous de lui.

J'observai celui qui m'avait capturé reculer en hésitant et dus supporter son regard furieux et menaçant jusqu'à ce que le magistrat aveugle reprît la parole :

— M... Monsieur Slade ? Est-ce ainsi qu'on vous nomme ?

— Oh, oui, monsieur... monsieur le juge.

— Je suis intéressé par cette bourse qui, selon vous, vous a été dérobée. Elle contenait, avez-vous déclaré, une coquette somme d'argent.

— Eh bien... hésita-t-il afin de gagner du temps, pour un pauvre homme comme moi...

— Greffier, quel en était le montant ?

Le petit homme assis au bureau avoisinant plongea la main dans le sac en laine et en sortit quelques pièces. Après avoir pris le temps de les compter, il annonça à haute voix :

— Deux shillings, trois pence et un farthing.

— Est-ce *cela* votre coquette somme ? s'enquit sir John en exagérant à outrance sa stupéfaction. Nenni, monsieur, je la qualifie de dérisoire. Et pour deux shillings, trois pence et un farthing, vous me demandez de traduire en justice ce garçon de treize ans à l'instar de quelque bandit de grand chemin ?

Rassemblant son courage à deux mains, Slade se rengorgea et s'avança bravement d'un pas vers la tribune.

— Mais, monsieur le juge, c'est le principe même de la chose, n'est-ce pas ? Je veux dire par là... si ce garçon n'est pas tenu de payer pour son forfait, où cela finirat-il ? Il poursuivra sa vie de criminel et offrira un mauvais exemple à ses semblables.

— Ainsi, vous vous en tenez au principe de justice ? Vous insistez pour que soient engagées des poursuites à son encontre ?

— Tout à fait, monsieur le juge.

— Alors, que la justice soit rendue dans son impartialité. Greffier, que contient encore la besace de cet homme ?

De nouveau, le petit homme fourragea dans le réticule et, cette fois, vida son contenu sur la table. Il tria les objets épars devant lui pendant un moment, puis clama :

— Un mouchoir passablement souillé.

Dans mon dos, des rires sonores éclatèrent dans le public. Même moi je dus sourire, encore que ce ne fût guère de mise, compte tenu de ma situation. Le greffier attendit que la clameur s'estompât, puis poursuivit :

— Il y a également une lettre, quelques reçus de marchandises achetées et un livre de comptes.

— Excellent ! fit sir John. À présent, lisez-nous le nom de celui auquel la lettre est adressée et de celui auquel les reçus sont libellés... mais non, attendez ! Laissez-moi deviner. Par le plus pur des hasards, ce nom pourrait-il être celui de Will Sayer ?

— Cela se pourrait, et il s'agit bien de ce nom.

Sous le bandeau de soie noire, les traits se contractèrent un instant sous la concentration.

— Maintenant, comment expliquez-vous la dissimilitude entre le patronyme que cet homme a présenté au tribunal et celui porté sur les documents qu'il transporte ?

— Je les conservais pour un ami ! s'écria l'individu qui s'était présenté à moi sous le nom de Slade.

Son visage trahissait la crainte.

Sir John opina du chef avec bienveillance.

— Ceci pourrait expliquer cela. Toutefois il nous reste une autre question à élucider. Comment en suis-je venu à deviner ce nom ? Serait-ce possible que ce Will Sayer fût une de mes anciennes connaissances ? Serait-ce possible qu'il eût été présenté devant ce tribunal voilà à peine neuf mois, pour recel de marchandises volées ? Il a comparu, a été reconnu coupable et condamné ; toutefois, j'ai eu vent récemment qu'il s'était acheté une conduite à Newgate. Et voilà William Slade en possession des documents de Will Sayer... *et s'exprimant avec la même voix que Sayer.* Est-ce une coïncidence ou une *supercherie* ? tonna-t-il.

À ces paroles, un brouhaha envahit le tribunal. Slade — ou Sayer, tel qu'il était à présent démasqué — lança autour de lui un regard farouche, comme s'il envisageait de prendre la fuite. Comme en réponse à cette idée, un homme imposant surgit de la foule sur le côté et prit place auprès du faux plaignant, sous le nez duquel il brandit une matraque de taille pour le moins intimidante. Sir John ramena le silence en usant de son maillet et, se penchant en avant, il s'adressa à l'individu qui lui faisait face :

— Pensez-vous, monsieur, qu'ayant perdu l'usage de la vue j'aurais de surcroît perdu la mémoire ? Pour quelqu'un tel que moi la voix humaine se révèle un moyen d'identification aussi sûr et aussi pertinent que le visage l'est pour autrui. Peut-être plus sûr, d'ailleurs. Monsieur Marsden ?

— Oui, sir John ?

— Reconnaissez-vous l'homme qui se trouve devant nous ?

Le greffier examina Sayer et finit par secouer la tête.

— Tout ce que je puis affirmer, c'est qu'il m'est familier. Nous en voyons tant défiler ici.

— Tout à fait. Je maintiens nonobstant que vous, monsieur Slade-Sayer, vous êtes rendu coupable de parjure au sujet de votre propre patronyme, ce qui selon moi récuse l'ensemble de votre témoignage. À tout le moins, vous avez fait preuve d'outrage à la cour. Souhaitez-vous toujours poursuivre ce garçon ?

Tous les regards étaient tournés vers l'homme, lequel n'avait pourtant d'yeux pour personne. Tête baissée, il répondit calmement :

— Non, monsieur le juge.

— Reste l'affaire de M. Bledsoe, notre chasseur de bandits indépendant. Le bon sens me porte à croire que la version des faits rapportée par le jeune Proctor demeure la bonne. Il désire peut-être lui-même engager des poursuites. Mais faute de témoin venant corroborer ses dires, ses arguments demeurent fort minces. Souhaiteriez-vous, monsieur Slade-Sayer, témoigner à l'encontre de M. Bledsoe ?

Mon attention, comme celle de Sayer, se porta sur Bledsoe. Le regard qu'il renvoya à son complice de parjure se révéla des plus féroces. J'ai vu depuis plus d'un homme en user. Dans les yeux se lisait une menace de meurtre. La teneur n'en échappa pas à Sayer. Il déclara simplement :

— Non, monsieur le juge.

— Le contraire m'eût étonné. Compte tenu de la réputation de M. Bledsoe, vous avez sans nul doute pris une sage décision. Toutefois, eu égard aux circonstances, je n'ai d'autre choix que de vous condamner à soixante jours pour outrage à la cour.

D'un irrévocable coup de maillet, sir John officialisa son jugement et Sayer fut emmené par l'imposant individu à la matraque. Il ne restait plus que Bledsoe et moi devant le magistrat.

— Monsieur Bledsoe, prenez ceci pour un avertissement. Si d'aventure vous vous présentez à moi en quête d'une récompense, aux dépens de quelque malheureux que vous auriez dupé, comme ce fut le cas avec ce garçon, j'en suis certain, alors je vous démasquerai, monsieur, et vous ferai bastonner publiquement par notre M. Bailey, lequel vous dépasse en stature comme en qualité, et de loin. Par ailleurs, je vous enverrai à Newgate pour plus d'années que vous ou moi ne saurions dénombrer. Une chose que je ne ferai pas, cependant (et cette phrase, curieusement, il me la destina), c'est de vous clouer au pilori, exposé à la lapidation, car ce n'est pas un châtiment convenable pour quelque homme que ce soit, pas même un médiocre comme vous. Concernant les charges qui pèsent sur le jeune Proctor, je conclus, bien entendu, au non-lieu...

Tandis qu'il confirmait son jugement en frappant son maillet, la salle fut de nouveau en proie à une agitation telle que je crus être le seul à entendre sir John Fielding prononcer les paroles qui changèrent ma vie :

— Et il demeurera sous la tutelle de la cour.

CHAPITRE II

Où l'on m'assiste
dans la quête d'un emploi

Qu'avait-il en tête ? Tout à fait étranger à mes oreilles juvéniles, le terme « tutelle », qu'il venait de prononcer, ressemblait certes à celui de « tuteur », lequel n'était pas sans évoquer une contrainte exercée à mon endroit par un adulte. Quoique je le comprisse peu ou prou, ce vocable ne me plut guère.

Ne sachant que faire ni où aller, je conservai simplement ma place à la barre et attendis. Je restai debout à contempler l'homme qui, quelques instants auparavant, avait démasqué mon faux accusateur et m'avait sauvé de la prison. Quel genre d'homme était donc ce sir John Fielding ? À en croire l'agencement de ses traits, pas moins que ses actes, il me semblait de nature bienveillante. Tandis qu'il attendait qu'on appelât la prochaine affaire inscrite au rôle des causes, sa face arborait un air d'expectative amusée. À en juger par l'inclinaison de sa tête, on eût pu s'imaginer qu'il fixait quelque point à distance, par-delà le public.

Son attitude ne changea pas le moins du monde lorsque le greffier se leva pour énoncer d'un trait la dernière affaire du jour. Toutefois, le petit homme — un certain M. Marsden — m'aperçut au moment où il s'apprêtait à déclamer ; aussi se tourna-t-il vers sir John pour lui rappeler ma présence. Un instant s'écoula pendant lequel le magistrat réfléchit, puis il se pencha pour chuchoter à l'oreille de Marsden. Le greffier opina du chef et, d'un geste ample, m'invita à gagner la rangée de sièges, derrière moi. On me fit de la place entre deux grues. Et je m'installai donc entre elles, vaguement conscient de la façon dont elles me jaugeaient sous cape, tout en concentrant mon attention sur sir John et son tribunal.

Marsden appela à la barre une dénommée Moll Caulfield, marchande ambulante de son état, et son accusateur, un négociant en fruits et légumes de Covent Garden, répondant au nom d'Isaiah Horton. Il s'agissait d'une simple affaire d'argent entre eux. Les faits n'étaient point disputés. La veuve Caulfield s'était vu octroyer une rallonge de crédit par son fournisseur, Horton, et le mauvais sort ou une piètre gestion avait voulu qu'elle s'arriérât quelque peu dans l'acquittement de son dû. À présent, Horton se montrait non seulement peu enclin à lui offrir davantage de crédit mais aussi à commercer avec elle au comptant ; de même qu'il exigeait qu'elle apurât totalement la créance ou qu'elle fût envoyée à la prison des débiteurs.

— Et quel est le montant de la dette, monsieur ? s'enquit sir John auprès de Horton.

— Trois shillings six pence.

— Si peu ? Et quel avantage en tirerez-vous si elle va en prison pour cela ? Il est peu vraisemblable qu'elle ait l'occasion de s'en acquitter là-bas.

— Pour l'exemple, monsieur le juge. Cela fait assez longtemps que je la soutiens. Mes autres débiteurs doivent savoir que je ne suis point homme qu'on traite impunément à la légère.

— Ah, un exemple ! Si ma mémoire est bonne, notre M. Slade-Sayer insistait lui aussi sur les exemples. Dites-moi, monsieur Marsden, la cour détient-elle encore en sa possession le sac de ce M. Sayer qui se faisait appeler Slade ?

— Certes, monsieur le juge.

— Et quelle somme reste-t-il dans le réticule ?

Le greffier souleva du sol le sac en laine et, une fois encore, plongea les mains dedans et compta les pièces.

— Deux shillings, trois pence et un farthing.

— Oui. Ce qui pourrait presque couvrir la dette, et comme M. Sayer n'aura point l'usage immédiat de la somme, j'ordonne qu'elle soit transmise à Moll Caulfield comme un acte de charité de la part de M. Sayer. Nous prenons cela en considération et réduisons dès lors sa peine à trente jours. Mais il manque encore quelque peu à la veuve Caulfield. La cour en prend note et...

Ce disant, il fourragea dans la volumineuse poche de son habit et en sortit deux pièces qu'il tendit au greffier, Marsden.

— La cour fait don d'un shilling et trois pence à la cause de la débitrice. Pour sa peine, elle pourra conserver le farthing.

— Que Dieu vous bénisse pour votre geste, sir John, gémit Moll Caulfield.

Un sourire plissa la mine austère du magistrat.

— Je l'espère, Moll. Du fond du cœur.

— Et des pommes d'amour pour vous comme vous les appréciez, à compter de ce jour, promit-elle.

Il hocha la tête.

— À présent, monsieur Marsden, veuillez répartir la somme. La dette est apurée. L'affaire est close. Cette séance est levée.

Il frappa son maillet une seule fois mais avec fermeté. Puis il se leva, descendit de son perchoir d'un pas assuré et disparut par une porte sise à l'arrière de la vaste salle.

Satisfait, le public l'imita et commença à se disperser vers la sortie. Je demeurai à ma place. Les grues s'éloignèrent en me disant adieu et me souhaitant bonne chance. J'observai le greffier tendre les trois shillings et six pence à Isaiah Horton, maraîcher, et décerner à Moll Caulfield, marchande des quatre-saisons, son farthing; puis il me fit signe de m'approcher.

— Sir John souhaite ta présence dans son cabinet, me confia-t-il.

Puis il se tourna et pointa l'index.

— Franchis cette porte, jeune homme, et traverse le couloir.

Je le remerciai et m'exécutai sur-le-champ. Je frappai à l'huis, on me pria d'entrer et j'obtempérai. À dire vrai, la pièce se révélait pour le moins ordinaire. Quelques ouvrages juridiques s'entassaient dans une caisse. Les murs étaient nus de la moindre gravure ou autre ornement. Je trouvai sir John quelque peu différent de physionomie. Ayant ôté à la fois tricorne et perruque, il se tenait assis, crâne échevelé, non loin d'une table, les pieds déchaussés et posés sur une chaise devant lui. Sur la table trônait seule une bouteille de bière brune et forte. Le premier son qu'il émit pour m'accueillir ne fut autre qu'une colossale éructation, laquelle fut néanmoins suivie de son salut :

— Ah... le jeune Proctor, n'est-ce pas? Approche, approche... Assieds-toi là.

Il flanqua à la chaise un petit coup de pied et laissa retomber ses jambes à terre. Je pris la place qu'il m'avait faite et cherchai à exprimer ma gratitude pour sa généreuse disposition envers mon affaire. Mais, d'un geste de la main, il interrompit toutefois ma modeste allocution.

— Je t'en prie, je t'en prie, dit-il. Notre Bledsoe était l'instigateur de cette affaire. Je me tiens sur mes gardes chaque fois qu'il apparaît devant moi. Écoute-moi bien, je ne tarderai pas à le faire emprisonner.

— Oui, sir John.

— Mais il n'est plus une source d'inquiétude pour toi. Tu dois songer à ton avenir.

Il s'interrompit un instant pour réfléchir et, comme pour faciliter sa cogitation, avala une pleine gorgée de bière à même le goulot.

— Qu'allons-nous faire de toi, jeune homme ?

— Pardon, monsieur ?

— Ton père étant mort, tu n'as plus de parenté, je présume.

— Pas que je sache, en effet.

— Je suis certain que tu n'éprouves aucun désir de t'en retourner à Stoke Poges.

— Oh, aucun, monsieur, affirmai-je avec ferveur. À la seule idée que je puisse...

De nouveau, il m'interrompit.

— Tu n'as aucun souci à te faire en la matière, crois-moi, mon garçon. Mais tu ne saurais simplement rester seul et sans aucune aide à Londres. C'est une cité dangereuse, jeune Proctor. Tu m'es apparu aujourd'hui en toute innocence, accusé de vol. Livré à toi-même, tu risquerais de comparaître à nouveau dans les six mois, et pas aussi innocent qu'à l'origine.

Dans mon ignorance, j'étais choqué par ce que je jugeais comme la piètre opinion qu'il avait de moi. Aussi m'employai-je à le convaincre :

— Sir John, je ne m'abaisserai jamais à voler. Plutôt mourir de faim !

— Ah, Jeremy Proctor, permets-moi de te prodiguer ce conseil. Si tu t'en souviens et en mesures soigneusement les implications, tu risques alors de te trouver sur le chemin de la sagesse. Mon conseil est simplement le suivant : tu ne dois jamais dire « jamais ». Tu ne saurais connaître les situations dans lesquelles le hasard pourrait brusquement t'entraîner, pas plus que tu ne pourrais être certain de tes réactions face à telle ou telle éventualité.

Tout en pérorant, il se pencha en avant avec gravité, si bien que son visage se trouva seulement à quelques pouces du mien. En dépit du bandeau de soie noire qui masquait sa face de l'arête de son nez à ses sourcils, j'avais la nette impression, comme à maintes occasions par la suite, qu'il me regardait droit dans les yeux. Mais il se recula alors soudain et s'empara de la bouteille pour s'octroyer une nouvelle lampée. Ayant bu tout son content, il leva la fiole dans ma direction et réitéra sa mise en garde :

— Écoute-moi bien. Tu ne dois jamais dire « jamais ».

Je n'appréciais point l'idée que mon sort reposât entre les mains d'autrui, mais puisqu'il devait en être ainsi, il n'existait personne, hormis sir John, entre les mains duquel je pusse confier mon destin avec davantage de confiance.

Un peu plus tard, sa tête énorme, qui s'était affaissée sous le poids de la réflexion, se redressa et, comme inspiré par quelque lubie, il me demanda :

— As-tu jamais souhaité prendre la mer ?

— Eh bien... eh bien, non, balbutiai-je pour toute réponse.

Il poussa un profond soupir.

— Le contraire m'eût surpris. Lorsque j'avais ton âge, tels étaient mon désir et mon rêve les plus chers. À la longue, j'ai effectivement pris la mer et... Ah, mais ceci est une autre histoire... et fort ancienne, qui plus est.

Je trouvai cela pour le moins étrange. Le personnage me paraissait tellement accompli tel quel — magistrat, aveugle de surcroît — que je ne pouvais le concevoir autrement.

— J'ai envoyé en mer des garçons dans ta situation, poursuivit-il. Encore que certains, je dois l'admettre, fussent plus vieux que toi et animés d'une certaine ardeur pour la vie de marin. Je n'ai nulle envie de dépêcher un garçon là où il ne désire point aller.

— Peut-être m'accoutumerais-je à l'idée, suggérai-je.

— Peut-être.

J'hésitai alors, nourrissant quelques doutes quant à la bienséance de ce que je souhaitais proposer. Mais je finis par déclarer :

— Pourrais-je vous être d'une quelconque utilité ? Je m'y entends en arithmétique. Je sais lire, monsieur, et j'écris d'une belle main. Je possède même quelques notions de français.

— Ho ! De français, dis-tu ?

— Et je sais composer des caractères d'imprimerie.

Ceci lui donna matière à réfléchir.

— Voilà une piste que nous pourrions explorer. Bien sûr, ton père, le malheureux imprimeur, t'aura appris le métier, n'est-ce pas ?

— Oui, monsieur.

— Eh bien, Jeremy, en vérité, je m'honore de n'avoir besoin d'aucune aide de quiconque — homme ou garçon — dans ma routine quotidienne. En bref, je dois décliner ta généreuse offre de service... non sans quelque hésitation, je dois l'avouer. Non, je crois sincèrement qu'un emploi d'apprenti chez un imprimeur correspondrait à tes aptitudes et à tes acquis.

Je crus de mon bon droit d'informer sir John qu'alors même que je faisais cette fâcheuse rencontre avec Bledsoe, j'étais en quête d'un atelier d'imprimerie en vue d'y solliciter un emploi.

— Mon père me disait que j'étais aussi prompt à manier le composteur que certains compagnons. Il... il m'a bien enseigné son art.

Sir John tendit la main vers moi et, tâtonnant un peu, trouva mon bras qu'il effleura gentiment.

— Je n'en doute pas, mon garçon.

Puis, tout à coup, il revint aux choses sérieuses :

— Je connais un homme. Je ne le considère pas

comme un ami, mais plus qu'une simple accointance. Il jouit cependant d'une grande influence dans le métier de l'imprimerie. Une recommandation de sa part te permettrait d'entrer en relation avec n'importe lequel des nombreux imprimeurs de la place. Il me déplaît de lui demander une faveur, mais la fierté doit être remisée en pareille occasion. Aussi, Jeremy Proctor, nous aurons amplement le temps de traiter demain cette affaire. Nous serons mardi et M. Saunders Welch siégera en cette cour. Le magistrat en chef du tribunal de Bow Street jouit de toute une journée de liberté, dont il consacrera une partie à ta cause. Tu as sa parole. Dans l'intervalle, sache que je dispose d'un lit dans mon grenier et que j'aurai grand plaisir à t'accueillir dans ma demeure.

L'affaire se régla donc ainsi. Sir John convoqua Benjamin Bailey et m'envoya en promenade aux bons soins de ce dernier. Je découvris, lorsque nous sortîmes dans la rue, que la journée était presque finie. Je regardai cependant avec intérêt autour de moi et accordai une attention toute particulière à Covent Garden, tandis que nous passions devant. Je ne pensais jamais découvrir pareille verdure champêtre exhibée en plein cœur de cette grande ville. Et je demandai à M. Bailey s'il existait nombre de ces endroits dans les environs.

— Aucun autre que celui-ci, me répondit-il, et c'est une bonne chose, du reste.

— Pourquoi cela, monsieur ?

— Eh bien, mon garçon, voici la vérité. Plus d'une fripouille peut se cacher parmi les étals et les échoppes à la nuit tombée. Et les chemins qui mènent à la place sont tous si étroits que cela en fait l'un des quartiers les plus difficiles à surveiller.

— À surveiller ?

— Patrouiller. Tenir à distance l'élément de basse

extraction. Et le fait que des gens de bonne famille résident dans le voisinage et que la cour soit si proche, eh bien... c'est parfois cause d'embarras, en vérité.

Je ne doutais pas un instant que M. Bailey sût comment s'occuper de ce qu'il nommait l'élément de basse extraction. À l'évidence intelligent, l'homme se distinguait davantage par sa taille et sa robustesse. Dépassant les six pieds de haut, son poids devait avoisiner les cent soixante-dix livres à tout le moins et au summum de sa condition physique (une période alors pas si lointaine), il eut été capable de rosser le grand Daniel Mendoza en personne. Quoi qu'il en fût, il se montra alors, comme toujours par la suite, infiniment accort à mon endroit.

Comme la nuit tombait, les rues parurent se vider quelque peu de leur flux humain. J'observai que certains piétons nous croisaient à distance respectueuse, tandis que d'autres, qui connaissaient Bailey de vue ou de nom, étaient prompts à le gratifier d'un salut chaleureux. Ils semblaient se réjouir de sa présence... tout comme moi, je dois le confesser.

— Sa demeure se trouve-t-elle dans les environs ? demandai-je, alors que nous avions couvert une certaine distance.

— De quelle demeure parles-tu, mon garçon ?

M. Bailey semblait préoccupé par tout ce qui l'entourait dans la rue. Il regardait attentivement à droite puis à gauche, à mesure que nous cheminions.

— Je parlais de celle de sir John.

— Oh, oui... Sir John. Il réside à l'endroit même d'où nous venons, au-dessus du tribunal. Je pensais t'offrir un aperçu du quartier. Tu en as vu suffisamment, n'est-ce pas ?

Nous fîmes le circuit en sens inverse, pour regagner Bow Street et je m'émerveillai devant les immenses édifices délimitant Covent Garden, en m'interrogeant sur ce qu'ils abritaient.

— A-t-il toujours vécu ici ? Sir John, je veux dire.

Je surpris le bref sourire de M. Bailey lorsqu'il me répondit.

— Eh bien, je l'ignore, en vérité. Peut-être a-t-il vécu auparavant sur le Strand pendant un certain temps. Avant son mariage, il vivait avec son frère, qui fut le précédent magistrat au tribunal de Bow Street, jusqu'à ce qu'il tombe malade et meure. Ce sont eux qui créèrent les sergents de ville.

— Les sergents de ville ?

— Oui, les sergents de ville, les agents de police... le meilleur groupe de pourchasseurs de voleurs qui ait jamais existé pour rappeler à l'ordre le moindre rufian. Nous régnons sur les rues de Londres, mon garçon. Ou plutôt, sir John règne sur elles à travers nous. C'est notre fierté de les avoir rendues sûres à la tombée de la nuit... pour la plupart, en tout cas.

M. Bailey s'arrêta sous un réverbère et me sourit à belles dents.

— Je constate que nous ne nous sommes pas présentés, tous les deux. Alors, permets-moi de le faire correctement, jeune... jeune Proctor, c'est bien cela ?

J'opinai du chef, quelque peu confus.

— Alors je me présente à toi, jeune Proctor. Je m'appelle Benjamin Bailey et je ne suis rien de moins que le capitaine des sergents de ville... à votre service, monsieur !

À ces mots, il exécuta un salut plein d'allure, lequel trahissait son passé militaire. Puis il acheva sa prestation par un énorme clin d'œil.

J'étais aux anges... à un point tel, en fait, que je tentai d'interpréter un salut de mon propre cru, quoique n'en ayant pas la pratique. Mais M. Bailey entreprit de corriger mon geste, redressant mon coude ici, baissant ma main là, jusqu'à ce qu'il fût satisfait.

— Voilà, conclut-il. Nous ferons bel et bien de toi un sergent de ville.

Dans l'espoir qu'il pût dire vrai, je sentis mon cœur bondir dans ma poitrine.

— Quel âge dois-je avoir ?

Nul doute qu'il perçut l'ardeur de mon regard, car il s'employa aussitôt à me renseigner sans ambages.

— Oh, eh bien... tu devras être un peu plus vieux, je crains, et un peu plus grand. Mais cela ne devrait tarder. Foi de Benjamin Bailey.

Je laissai choir mon bras, à l'instar de mes espoirs qui s'effondraient. Mais M. Bailey ne l'entendait pas de cette oreille. Il m'agrippa fermement par l'épaule et nous reprîmes notre promenade.

— Ah... j'ai été jeune comme toi, jadis. Et je me souviens très bien que, comme toi, je brûlais d'impatience de faire mon chemin. À présent, je sais que j'avais tort.

— Tort ? Pourquoi cela, monsieur Bailey ?

— J'aurais pu attendre.

Nous étions de retour dans Bow Street. Nous marchâmes en silence quelques instants, jusqu'à ce que M. Bailey déclarât :

— J'ai entendu dire qu'il a servi un certain temps dans la marine.

Mon esprit vagabondait.

— Qui donc ? m'enquis-je.

— Sir John, voyons, mon garçon. C'était bien de lui que nous parlions, n'est-ce pas ?

Il me décocha une œillade puis poursuivit sur un ton plus sérieux :

— C'est alors qu'il a perdu la vue. Nombre d'histoires circulent à ce sujet, mais j'ignore laquelle dit vrai.

Il me reconduisit au numéro 4 de Bow Street. Tandis que nous rentrions, je remarquai des hommes rassemblés dans le vestibule, parmi lesquels certains présentaient une corpulence aussi imposante que celle de M. Bailey lui-même. Ils discutaient entre eux à mi-voix et semblaient s'adonner à quelques préparatifs. Mon compagnon m'entraîna le long de deux volées d'escalier sur l'arrière.

— L'épouse de sir John est-elle là ? demandai-je.

— Lady Fielding est souffrante. Tu ne la verras guère, répondit-il d'une voix passablement étrange. Mais il y a Mme Gredge. Tu la verras beaucoup... plus que tu ne le souhaiteras, je présume.

Je ne sus quoi penser de ce qu'il venait de dire, tandis que nous nous présentions à la porte, en haut des marches. M. Bailey frappa avec vigueur. Un instant s'écoula et soudain un hurlement retentit à l'intérieur, d'une telle force et d'une telle persistance que je m'interrogeai sur la présence de quelque corbeau apprivoisé dans la demeure. Mais le son gagna en ampleur et s'y mêlèrent enfin paroles et phrases d'appréhension, en provenance de l'autre côté de la porte :

— Qui est là ? Qui, vous dis-je ? Je n'ouvre point à un étranger ! Déclinez votre identité ou attendez demain matin !

— C'est moi, Benjamin Bailey, s'écria le chef des sergents de ville avec vigueur, et j'ai la charge d'un jeune individu que sir John envoie à vos bons soins.

On tira un lourd verrou et la porte s'entrouvrit lentement de la valeur d'un pied tout au plus. Une tête de femme grisonnante apparut, lorgnant M. Bailey de prime abord, puis moi-même, d'un air pour le moins sceptique.

S'adressant à lui, elle déclara :

— Oh, c'est vous, n'est-ce pas ? Le gardien de nuit.

Indubitablement, sa voix grinçait. Son timbre — j'en ai encore le souvenir aujourd'hui — oscillait entre celui d'un corbeau et celui d'un perroquet. Brave femme s'il en fut à bien des égards, son style d'élocution et son désir de commander eussent rebuté les mieux disposés des hommes, parmi lesquels j'incluais sans conteste mon compagnon d'alors sur le pas de la porte.

— Non point le gardien de nuit, rectifia-t-il, mais Bailey, chef des sergents de ville.

À en croire la lueur de colère qui animait son œil, j'aurais juré qu'il se retenait d'en dire davantage.

— Si cela vous chante, répliqua-t-elle comme pour lui donner congé.

Puis pointant un doigt vers moi, elle ajouta :

— Qui est-ce ?

— Il s'appelle Jeremy Proctor et c'est un brave garçon, déclara-t-il tout de go. Sir John vous demande de lui préparer un lit, car il sera votre hôte cette nuit.

La femme ouvrit davantage la porte, mais pas pour nous accueillir. Elle cherchait avant tout à mieux m'examiner. À l'évidence, elle n'apprécia guère ce qu'elle vit. Elle pinça les lèvres et son nez se plissa, tout en m'observant.

— Il est malpropre, commenta-t-elle enfin.

— Quand bien même, madame, trancha M. Bailey avec détermination, il n'en demeure pas moins votre hôte pour la nuit.

Tout en étreignant une dernière fois mon épaule de sa main, il me sourit puis, tournant les talons, descendit prestement l'escalier.

Elle l'observa un instant puis ses yeux revinrent finalement vers moi.

— Eh bien... finit-elle par prononcer. Entre donc.

Jamais, me sembla-t-il, je n'avais reçu accueil aussi peu amène.

Une fois à l'intérieur, elle claqua l'huis dans mon dos et m'entraîna dans le petit corridor, jusqu'à un endroit baigné de la vive lumière d'un candélabre. Elle en profita pour procéder à une revue de détail. Elle retira mon chapeau et sa main fourragea dans ma chevelure. Me dévissant la tête de gauche et de droite, elle examina avec acuité mes oreilles et mon cou, puis tira sur mon col pour inspecter ce qu'il y avait dessous. Ballotté, tiraillé de toutes parts, mon supplice s'acheva enfin. Elle recula, fronçant les sourcils et déclara :

— Tu as dormi dans ces vêtements.

Je pus difficilement prétendre le contraire.

— Oui, madame...

— Je m'appelle Mme Gredge. Tu peux m'appeler « madame ».

Puis elle ajouta d'un ton sec :

— Cela suffira.

— Oui, madame.

— Retire-les.

— Que je les retire, madame ? Mes vêtements ?

— Oui, Jeremy. Je vais mettre de l'eau à chauffer pour un bain. Je ne puis souffrir que tu te glisses pareillement crasseux dans des draps propres. À présent, fais ce que je te dis.

— Mais...

— Pas de « mais ». Allons, presse-toi ! Je ne verrai rien que je n'aie point vu auparavant. Sache que j'ai élevé toute seule trois garçons.

Elle me regarda avec humeur puis finit par se laisser fléchir.

— Bon, c'est entendu. Si tu y attaches tant d'importance, je suspendrai une couverture pour toi dans la cuisine. Mais je resterai là pour veiller à ce que tu te nettoies parfaitement. Tes oreilles et ton cou sont répugnants. En vérité, je n'ose imaginer dans quel état se trouve le reste de ton corps.

En vérité, je n'éprouvais aucun désir de le lui montrer.

Je n'eus point d'autre choix que d'agir comme elle me l'ordonnait. Après m'être restauré de viande de mouton froide et de quelques croûtons de pain, je me dévêtis à l'office tandis qu'elle remplissait le baquet.

Mon père ne s'était jamais particulièrement soucié d'hygiène. Certes, il s'attachait à conserver son atelier d'une propreté irréprochable et notre logement était passablement balayé, mais ses bains se révélaient peu fréquents et il ne voyait point de nécessité à ce que j'en prisse. Or donc, quoique je ne fusse pas aussi exercé qu'il eût été souhaitable, ce fut avec grand zèle que je m'attelai à la tâche qui m'incombait. Je dus avoir fort bien œuvré, car lorsque je me présentai à Mme Gredge, la couverture me ceignant la taille, elle accorda malgré elle son approbation.

— Eh bien, déclara-t-elle, cela pourra convenir. Sir John n'a point coutume de m'envoyer des chiens errants de ton acabit et, lorsque j'ai posé les yeux sur toi, j'ai quelque peu douté de son discernement. Mais à présent, je constate que tu es propre et je suppose que tu feras l'affaire. Suis-moi, veux-tu.

Chandelle à la main et un doigt sur les lèvres, elle m'entraîna dans deux nouvelles volées d'escalier. Nous grimpâmes tout en haut de la demeure, au-delà du quatrième étage puis dans un étroit passage menant à un modeste nid d'aigle que l'on distinguait à peine depuis la rue. La hauteur de la pièce était telle qu'elle nous permettait, à Mme Gredge, laquelle avoisinait ma taille, et à moi-même de nous tenir debout. Toutefois un homme de la stature de M. Bailey eût été contraint de se plier en deux. La chambre contenait un lit et une table, quelques meubles délabrés, remisés dans un coin, une vieille commode et, contre un mur, une immense pile de livres. La présence de ces derniers m'intrigua.

— Appartiennent-ils à sir John ? m'enquis-je en me demandant comment un aveugle pouvait trouver plaisir à posséder tant de livres.

— Ils appartenaient à son défunt frère. Il possédait plus d'ouvrages que Thesaurus Johnson lui-même... trop pour sa santé, sois-en certain. Car si l'homme n'avait point passé le plus clair de son temps loin du droit, à lire et à écrire, et s'il s'était employé à des occupations plus saines, il pourrait être aujourd'hui en vie.

— Oui, madame.

Elle alluma une bougie sur la table, près du lit.

— Je doute que tu aies besoin d'une seconde couverture ce soir, dit-elle, mais le cas échéant, utilise celle que tu portes.

Sur ces paroles, elle tourna les talons et me laissa seul en cet endroit. J'entendis ses pas dans l'escalier.

Sans hésiter un seul instant, je me dirigeai vers les livres. Quoiqu'un peu poussiéreux, ils demeuraient en bon état, sans trace de moisissure ou de pourriture. Mes mains en effleuraient les tranches, je me dévissais la tête pour en déchiffrer les titres. Il y en avait de toutes sortes : histoire, géographie, récits de lointains voyages, romans, poésie et science sous toutes ses formes. Eussé-je connu l'identité et la renommée du regretté frère de sir John, ces ouvrages m'eussent alors sans doute tant soit peu éclairé sur l'envergure et l'intérêt de son intelligence hors pair.

J'en choisis un au hasard, le récit de la vie dans les colonies américaines, et l'emportai au lit, où je m'installai entre les draps de mousseline, un luxe que j'avais presque oublié depuis le décès de ma mère ; et sous la chaleur de la couverture, je commençai à lire. L'ouvrage suscitait certes mon intérêt, mais près d'une semaine de voyage pénible et une journée si bien remplie que mon esprit ne pouvait guère la contenir m'avaient laissé plus las que je ne l'eusse cru. J'avais à peine lu quelques pages lorsque je m'endormis d'un sommeil profond.

Je m'éveillai en sursaut. Si la lumière matinale entrant à flots par les étroites fenêtres m'aveugla presque, ce fut plutôt le vacarme dans mes oreilles qui me ramena brusquement à la réalité.

— Mais regarde-toi, mon garçon, regarde ce que tu as fait ! Tu t'es endormi en lisant, n'est-ce pas ? Et tu as laissé la chandelle se consumer jusqu'au bout ! Quelle honte ! Les bougies que sir John achète sont hors de prix... et tu en as gâché une entière. Regarde donc !

Et mon regard passa de Mme Gredge, de qui émanaient bien sûr ces accusations, à la table de chevet. Et elle avait raison. La chandelle avait coulé et il n'en restait qu'un bout infime, le bougeoir n'étant plus qu'un cône croûté de rigoles blanches.

— Personne ne t'a donc jamais dit que...

— *Madame Gredge !*

Une voix tonna d'en bas, que j'identifiai aussitôt comme étant celle de sir John.

La mégère se détourna de moi et, subitement, le croassement du corbeau céda la place au doux gazouillis du roitelet :

— Oui... sir John ?

— Laissez ce garçon en paix. Votre courroux nous a réveillés, ma pauvre femme et moi. Veuillez cesser sur-le-champ !

— À votre guise, sir John.

Elle se retourna vers moi, toujours aussi courroucée, mais à présent plus calme :

— Soit. Tu as mal agi et je te l'ai dit. Voilà. Je t'ai apporté tes effets.

Elle souleva une brassée de vêtements qu'elle flanqua sur le lit. Jusque-là, je ne les avais point remarqués, tant j'étais anéanti par la véhémence de ses griefs.

— Habille-toi et tu pourras prendre le déjeuner.

Sur ces mots, elle se sauva avec le même empressement que la veille au soir.

Je m'extirpai des draps et examinai mes effets. Tout ce qui pouvait être lavé l'avait été. Le reste — habit et culottes — avait été si bien brossé que la plupart les auraient tenus pour propres. Je me vêtis promptement et descendis l'escalier quatre à quatre, à la perspective de la collation promise.

Plus tard, après que j'eus dévoré mon content de pain

beurré, Mme Gredge m'enjoignit d'exécuter diverses tâches dans la maison — balayage et nettoyage — dont je m'acquittai pour sa plus grande satisfaction. Mais comme elle fut bientôt à court d'ouvrages à me confier, j'eus la liberté de regagner ma chambre mansardée et de me replonger dans mon livre. Mme Gredge s'affairait paisiblement au-dessous. À dire vrai, la quiétude matinale qui régnait dans la demeure trahissait la présence de maladie entre ses murs. Je me remémorai cette tranquillité dans les derniers jours que vécut ma mère à Lichfield et m'interrogeai sur la gravité de l'affection de lady Fielding.

Aux alentours de midi, je perçus néanmoins une véritable cacophonie à l'étage au-dessous : raclements de gorge, respirations poussives, expectorations, grognements, suivis d'un long éclaboussement dans le vase de nuit. Il se levait enfin pour affronter le monde. Je trouvai ces bruits rassurants, eu égard à l'état de lady Fielding. Il s'écoula encore du temps, durant lequel j'entendis la voix de Mme Gredge au premier, puis plus tard, à l'étage au-dessous du mien, les tonalités étouffées et plus douces d'une femme discutant paisiblement avec sir John. Des visiteurs entrèrent et sortirent, parmi lesquels indubitablement Benjamin Bailey. Enfin, alors que le soir approchait, je fus mandé au bureau.

Le magistrat du tribunal de Bow Street était confortablement assis à une table vierge de tout document. Lorsque je franchis la porte ouverte, il se tourna vers moi, aussitôt conscient de ma présence.

— Ah, Jeremy, dit-il. Bien reposé et repu, j'imagine.

— Oui, sir John, et je vous en remercie.

— Je t'en prie. Mme Gredge m'a fait part de ta diligence à accomplir les besognes ménagères et je t'en sais gré. Disons que tu auras gagné ton gîte et ton couvert. Sa seule objection, dont j'ai le souvenir tonitruant à une heure matutinale, repose sur le fait que tu te sois endormi en laissant brûler la chandelle. Ce qui n'a rien de choquant, selon moi. Le prix d'une bougie n'est rien comparé à l'édification d'un esprit. Tu as découvert là-haut le peu d'ouvrages qu'il me reste de mon frère, je présume.

Je tressaillis. Avais-je mal agi en me servant ?

— Eh bien, oui, j'espère que...

— En vérité, Jeremy, je suis ravi que tu en fasses usage. Je sais que mon frère, eût-il été parmi nous, serait comblé. Ma propre bibliothèque, comme tu le vois, s'avère bien plus modeste et ne concerne que la pratique du droit. Certains de ces livres sont également les siens. C'était un homme remarquable... excellent avocat, magistrat hors pair, romancier et dramaturge prodigieux et divertissant.

— Quel était son nom, sir John ?

— Henry. Henry Fielding. En vérité, il était mon demi-frère. Sa mère n'était pas la mienne. As-tu entendu parler de lui ?

— Mon père possédait un ouvrage de cet auteur, qu'il a lu avec grand plaisir mais m'a interdit d'ouvrir.

Ma réflexion le fit rire de bon cœur.

— Il devait s'agir de *Tom Jones*, si je ne m'abuse.

— C'est cela même, monsieur. L'histoire d'un enfant trouvé.

— Plus ou moins, Jeremy, plus ou moins.

— Ce... ce devait être un homme d'un grand esprit et d'une grande érudition.

— Henry ? Oh oui, assurément. Mais il était davantage encore... quelque chose d'encore plus rare. C'était un brave homme. Il fut l'époux attentionné de deux femmes — non point simultanément, je puis te l'assurer —, un bon père et le meilleur frère qu'un homme puisse souhaiter. J'ai étudié le droit avec lui.

Ce disant, sir John hésita puis ajouta :

— Je lui dois mon existence.

Il s'était détourné et j'eus l'impression que ses dernières paroles n'étaient pas adressées à moi mais à lui-même. Il se tut un instant, comme perdu dans ses pensées, puis sortit de sa rêverie pour me déclarer :

— Eh bien, nous en avons assez parlé. Un souper nous attend tous les deux et nous devons nous mettre en quête d'un individu dans ton intérêt. Par ailleurs, j'ai songé à te montrer un tant soit peu Londres avant le coucher du soleil.

Or donc, après que sir John eut fait ses adieux à l'étage et prévenu Mme Gredge que nous risquions de rentrer tard, nous partîmes en promenade. Il quitta Bow Street dans la direction opposée à celle que j'avais prise la veille au soir, en compagnie de M. Bailey. Le Londres que je découvrais à peine dépassait mes rêves les plus fantasques et mon guide n'était autre qu'un aveugle. Si avec le recul l'idée peut me sembler étrange (comme à vous, cher lecteur), il n'en fut rien lorsque je me mis en route avec lui, car il n'avait point le comportement d'un homme privé de la vue, mais d'un individu sensible à tous les aspects de la vaste cité. Il se servait d'une canne, certes, mais la plupart du temps comme n'importe quel homme en ferait usage, se déplaçant d'un pas leste et assuré. Il s'arrêtait toutefois au croisement des rues, tendant le bras pour s'assurer qu'il pouvait passer, martelant les pavés et écoutant la circulation des chevaux le long du trottoir, laquelle était d'ores et déjà fort dense à cette époque.

Au premier carrefour que nous dûmes traverser, j'effleurai le coude de sir John pour lui signifier, par pure prévenance, que la voie était libre. Pourtant, il secoua fermement la tête et me dit :

— Non, Jeremy, s'il te plaît. Je préférerais me diriger seul. À moins de m'éviter une mort certaine sous un attelage ou un grand embarras en mettant le pied dans du crottin, tu dois résister à la tentation de m'aider. Sommes-nous parés, à présent ?

À ces mots, il s'engagea bravement sur les pavés et *me* fit traverser la rue.

Les gens qui le croisaient ne semblaient pas le remarquer particulièrement, non point qu'ils eussent été en proie à quelque cruelle indifférence, même si d'aucuns se hâtaient tout bonnement de vaquer à leurs occupations, mais plutôt parce que la plupart semblaient accoutumés à le voir cheminer ainsi parmi eux. Dans les rues avoisinantes, nombre de passants et boutiquiers lui adressèrent un salut respectueux, auquel il répondait de manière amicale, en les interpellant presque invariablement par leur nom.

— ... Bonjour à vous, dame Margaret.

— Ah, Joseph ! Les affaires vont bien, j'espère.

Et ainsi de suite.

Nous poursuivîmes notre chemin et nous nous engageâmes dans Haymarket, lequel me surprit par sa taille gigantesque et l'élégance de ses flâneuses, que je jugeais vêtues à la dernière mode. Les femmes qui arpentaient le quartier étaient poudrées, fardées et, à mes yeux pubères, tout à fait jolies ; affublées des atours les plus criards qu'il m'eût été donné de voir, elles n'étaient pas avares de leurs sourires.

D'une manière ou d'une autre, sir John dut percevoir mon intérêt.

— Tu as noté l'affluence de femmes non accompagnées dans le voisinage ?

— Oui, sir John. Qui sont-elles ?

— Des malchanceuses, me dit-il, et il me força à presser le pas.

Même si cela ne parut pas une description convenable de leur condition, je ne soufflai mot qui pût le contredire. Toutefois, je remarquai qu'il semblait fort bien connaître plusieurs d'entre elles. En fait, l'une d'elles, que je devinai un peu plus âgée que les autres, l'arrêta d'une main sur son bras et, après qu'ils eurent échangé quelques civilités et qu'elle me fut présentée, elle baissa la voix pour déclarer non sans gravité :

— Je vous dirai simplement, sir John, que j'ai reçu une lettre de Tom... tout droit venue des Indes. Il vous transmet son meilleur souvenir.

— Ah, Kate ! Que c'est agréable à entendre ! Et comment va notre garçon ?

— Très bien, je pense. Il affirme avoir grandi de trois pouces depuis qu'il est parti... encore que j'aie peine à croire une chose pareille.

— Oh, c'est tout à fait plausible. À son âge, on grandit vite.

Elle pencha la tête dans ma direction.

— Se destine-t-il à la marine, lui aussi ?

— Jeremy ? Non, je ne pense pas. Notre garçon possède un métier et j'aimerais qu'il le poursuive.

Elle s'adressa directement à moi :

— Et de quoi s'agit-il, Jeremy ?

— L'imprimerie, madame.

— Eh bien, sir John est l'homme idéal pour veiller à tes intérêts. Il n'en existe pas de meilleur.

— Je sais cela, madame.

— Vous êtes trop gentille, Kate, lui dit-il.

— Ne me parlez point de gentillesse, John Fielding. Enfin, la manière dont vous vous êtes occupé de Tom était plus que...

Sa voix tremblait. Malgré tout son fard, je vis qu'elle était au bord des larmes.

Il parut quelque peu emprunté par l'étalage d'émotion qu'il percevait. Il commença à se dandiner et à frapper le sol de sa canne. Visiblement, il souhaitait repartir.

— Il vous rendra fière de lui, Kate.

— Je le crois. Sincèrement. Eh bien... oh, encore une petite chose.

— Et quelle est-elle, Kate ?

— J'ai emménagé à une adresse plus respectable, au

3, Berry Lane. L'endroit dispose d'une entrée latérale tout à fait discrète. Je serais ravie — honorée — que vous veniez y prendre le thé l'après-midi en semaine. En toute amitié, ajouta-t-elle, pour vous témoigner ma gratitude.

— C'est très aimable de votre part. Nul doute que je tâcherai d'accepter votre invitation.

Puis, sur un « Au revoir » et un « Dieu vous bénisse », elle s'éloigna à la hâte. Sans me dire un mot, il se remit soudain en route et je courus pour le rattraper. Il ne parla pas pendant quelque temps et j'ignorais même s'il savait que je marchais à ses côtés. Il m'adressa enfin la parole :

— Tu as dû te demander, Jeremy, pourquoi j'ai qualifié ces femmes de Haymarket de malchanceuses. Prenons l'exemple de Katherine Durham, veuve intelligente et de bonne éducation, contrainte de poursuivre son existence dans la rue. On ne peut que déplorer un tel état de fait.

— Son fils est l'un de ceux que vous avez envoyés en mer ?

— En effet... et cela ne fut pas une mince affaire. Ses deux comparses et lui-même se sont rendus coupables d'un vol, où la victime s'est vu infliger de sérieuses blessures. Ces garçons étaient voués au gibet, Jeremy, et aucun d'entre eux n'était plus âgé que toi.

Cette pensée me plongea dans l'embarras.

— Mais vous les avez envoyés en mer ?

— Deux d'entre eux.

Je n'osai m'enquérir du sort réservé au troisième.

Il se tut ensuite jusqu'à ce que nous quittions Haymarket pour déboucher dans Pall Mall[1]. Je m'exclamai devant la beauté du site et il s'égaya grandement :

1. Artère créée vers 1660 et menant à Buckingham Palace, où Charles II et sa cour s'adonnaient au *paille-maille*, un jeu proche du croquet. (*N.d.T.*)

— Ah oui, je tenais à te montrer cet endroit. N'est-ce pas splendide ? Nul doute que les *odeurs* y sont admirables. Tant de lieux à Londres pourraient être à l'identique et tellement peu le sont.

Je jetai un regard à la ronde. Je découvris des arbres, des fleurs — des jardins tels que je n'en avais jamais vus — et une noblesse dont j'ignorais jusqu'à l'existence. Ces promeneurs étaient délicatement vêtus, mais d'une manière bien moins voyante que les courtisanes et leurs galants que j'avais croisés dans Haymarket. Dames et messieurs déambulaient nonchalamment et certains d'entre eux étaient groupés ici ou là, adoptant les poses les plus dignes qui fussent, chacun devisant d'une voix mesurée. Même la circulation des chevaux différait de ce que j'avais vu autre part. Seuls les voitures de maître et les montures individuelles semblaient être admises en ce lieu. Point de carriole ou de tombereau.

Nous remontâmes Pall Mall dans un sens et le descendîmes dans l'autre, ce qui me permit d'entrevoir Green Park et St. James, ainsi que moult jolies demeures en chemin. Cela excédait tellement mes expectatives que je me sentis quelque peu rustre en pareil décor. Même sir John, que j'eusse tenu pour bien vêtu, semblait commun en comparaison avec l'aristocratie environnante. Et chacun paraissait ici le traiter avec une indifférence glaciale. On ne lui prêtait guère attention et personne ne le saluait. Lorsqu'on s'intéressait à sa personne, cela prenait la forme de regards appuyés et injurieux. Aussi impressionné que je fusse par l'endroit, je n'en demeurai pas moins soulagé lorsque nous obliquâmes enfin dans Charing Cross pour prendre la direction du Strand.

Devant nous la rue fourmillait de monde, une véritable marée humaine en effervescence. Sir John s'arrêta en haut de la grande artère, tendant l'oreille, respirant à pleins poumons.

— N'est-ce pas merveilleux ? s'enquit-il. Toute cette masse de gens devant nous, tous si différents, cependant tellement empreints d'humanité et par conséquent semblables les uns aux autres. N'est-ce pas magnifique ? Un homme, qui a écrit nombre de niaiseries et quelques rares pensées subtiles, déclara un jour que lorsqu'on se lasse de Londres, on est las de l'existence, car il existe à Londres tout ce que l'existence peut nous offrir.

— Cela doit être l'une de ses pensées subtiles.

— En effet. Du reste, il s'agit de l'homme dont nous devons à présent nous mettre en quête à ton intention.

— Qui est-ce, sir John ?

— Samuel Johnson.

— *Thesaurus* Johnson ?

— Le même, mon garçon, un homme aux qualités admirables, bien que surestimées à certains égards.

— Lesquelles sont-elles ?

Car mon père ne m'en avait dit que du bien ; tous deux étaient natifs de Lichfield, après tout.

— Son esprit, notamment. Il se croit habilité à s'exprimer sur tous les sujets, y compris le droit, sur lequel il ne possède aucune notion fondamentale, et lorsqu'il s'exprime, il désire *être écouté* par tout le monde. L'homme est d'un ennui mortel, avec ce travers propre à tous les importuns : cette manie de pérorer à l'envi et non point de discuter *avec* toi. Même en littérature, où son jugement est tenu en grande estime, ses opinions sont faillibles. M. Johnson — ou Dr Johnson, comme il se baptise lui-même — a l'audace et le mauvais esprit de discréditer mon frère et son œuvre sous sa plume.

Vous reconnaîtrez ici, cher lecteur, la véritable cause de l'animosité contenue de sir John Fielding à l'endroit du Dr Johnson, alors que j'y restai insensible pendant des années. En la présence de sir John, il eût été préférable de parler du roi en mauvais termes plutôt que de critiquer feu son frère.

— Mais ne tardons pas, Jeremy, reprit-il. La nuit tombe et nous devons tâcher de le trouver à l'endroit où il dîne la plupart du temps, un établissement de second ordre fréquenté par les plumitifs et leurs maîtres, connu sous le nom de *Cheshire Cheese*[1].

Et nous plongeâmes donc dans la cohue du Strand, portés par la marée humaine qui y déferlait, tandis qu'il attirait mon attention au passage sur les boutiques destinées à la haute société. Chemin faisant, je fus stupéfait lorsqu'une odeur nauséabonde, que je n'avais jamais encore sentie dans le pays, assaillit mes narines. Je ne pus m'empêcher d'en faire état par une exclamation.

— Tu la sens enfin, n'est-ce pas ?

— Hélas, monsieur !

— C'est la rivière Fleet, ainsi dénommée bien qu'il s'agisse d'un ruisseau tout au plus, se jetant dans la Tamise. En réalité, ce n'est rien de moins qu'un égout qui coule sous Fleet Street, ouvert à certains endroits, dont l'un proche d'ici. L'odeur va s'estomper quelque peu à mesure que nous nous éloignerons, aussi tâchons de hâter le pas.

Il m'immobilisa enfin devant une ruelle qu'on distinguait à peine depuis l'artère principale.

— C'est ici, je pense, n'est-ce pas ?

Je considérai la venelle et, dans l'obscurité croissante, j'aperçus une enseigne indiquant le *Cheshire Cheese*. Je le lui en fis part. Mais comment avait-il pu reconnaître l'endroit ?

— Johnson demeure au coin de la rue, sur une placette, et il prend ses repas ici. Sa logeuse est, au dire de tous et contrairement à Mme Gredge, une piètre cuisinière. Je n'ai aucun désir d'aller frapper à l'huis de notre

1. Le pub *Ye Olde Cheshire*, qui n'a guère changé aujourd'hui, aurait compté, entre autres, Samuel Pepys, le Dr Johnson et Charles Dickens parmi ses célèbres clients. (*N.d.T.*)

homme en quête d'une quelconque faveur, mais j'ai songé qu'en le rencontrant et en bavardant avec lui dans son restaurant, il serait peut-être plus facile de te présenter à lui et le mettre au courant de ta situation précaire. Il n'est certes pas sans qualités. Je ne doute point qu'il sera enclin à t'aider.

Ce disant, nous gagnâmes le *Cheshire Cheese*, mais il m'arrêta de nouveau à l'entrée.

— Encore un détail, mon garçon. Lorsque nous rencontrerons Johnson, il risque d'être en compagnie d'un certain James Boswell, un fat doublé d'un libertin qui s'octroie le titre de juriste. Il est de passage et, telle une lamproie, il ne quitte pas Johnson d'une semelle. Tout cela pour t'indiquer que Boswell est un Écossais d'Édimbourg et possède cette tournure de langage propre à ses compatriotes. Tu ne dois aucunement te moquer de lui, ni même montrer que tu as remarqué sa manière de s'exprimer, car il est *fort* vaniteux.

Je promis d'agir selon ses vœux et nous entrâmes.

Alors qu'il faisait presque nuit au-dehors, l'intérieur de l'établissement se révéla encore plus sombre. Sir John avisa un serveur et s'enquit du Dr Johnson. On lui apprit que si le lexicographe n'était pas encore arrivé, il n'en était pas moins attendu et que M. Boswell l'escomptait à sa table dans la salle à manger. On nous conduisit donc sur place. L'homme que je pris à juste titre pour James Boswell se leva d'un bond et nous accueillit — ou plutôt accueillit le magistrat — non sans une certaine ostentation. À dire vrai, son accent n'était guère prononcé. On le décelait certes dans le roulement des *r* et dans sa façon d'infléchir la quasi-totalité des voyelles en nasalité monotone. Il ne m'amusa pas le moins du monde pour autant.

Si le Dr Johnson se révélait assommant, que penser de cet individu qui clamait haut et fort être son ami ? Un cuistre ? Sans l'ombre d'un doute. Un pipelet et un pédant, tout autant. Je n'ignore certes pas l'usage qui nous enjoint de parler en termes élogieux des défunts de fraîche date, et en général je m'y conforme, mais je vis par la suite tant de fois ce James Boswell accaparer le temps et épuiser la patience de sir John que je n'ai guère le cœur à l'encenser. Qui pis est, plus tard, alors que j'étais un jeune homme, je l'entendis moi-même railler le magistrat en chef de Bow Street et je n'hésitai pas à l'en réprimander ouvertement. Toutefois, j'anticipe quelque peu. Je ne puis prétendre que ma première appréciation ait été aussi achevée ni aussi partiale. Il me parut seulement ennuyeux et prolixe, tellement avide de faire bonne impression sur sir John qu'il n'avait de cesse de solliciter l'opinion du magistrat ; et avant même que ce dernier eût le temps de l'exprimer ne fût-ce qu'à demi, notre homme s'empressait de donner la sienne.

Ils abordèrent ainsi une multitude de sujets, principalement John Wilkes, alors d'une triste notoriété, le parlementaire qu'on avait auparavant emprisonné pour incitation à l'émeute. Lorsque Boswell fit observer à sir John que ledit Wilkes venait récemment d'être réélu au Parlement en son absence, il hurla ensuite que l'individu devait être cloué au pilori séance tenante ; mais il apparut bientôt que sa critique envers le séditieux Wilkes était principalement motivée par les déclarations offensantes de ce dernier à l'endroit des Écossais.

— Est-ce vrai qu'il est allé vous voir pour recouvrer les documents blasphématoires que le gouvernement de Sa Majesté avait fait confisquer ?

— Eh bien, oui, répondit sir John, il...

— Il a eu cette impudence, n'est-ce pas ? Eh bien, en ce qui me concerne, je...

Et ainsi de suite.

Ils passèrent de Wilkes aux Français, puis à l'ouvrage de Boswell sur la Corse, dont il fit l'éloge sans vergogne auprès du magistrat; ce voyage en bateau les occupa près d'une heure, au bout de laquelle mon estomac commença à crier famine. Sir John dut s'en apercevoir, car il s'arrangea pour imposer silence à Boswell, le temps de commander une tourte à la viande et aux rognons pour moi, et une tranche de rôti de bœuf pour lui. Dans l'intervalle, l'établissement s'était complètement rempli, mais toujours pas la moindre trace du Dr Johnson.

Sir John en fit la remarque à Boswell, indiquant seulement qu'il aurait voulu voir le lexicographe. Était-il attendu ?

— Oui, en vérité il l'était et il *l'est*, répondit Boswell. Il ne tardera guère.

Nos plats arrivèrent enfin. Suivis peu après, à ma grande surprise, par nul autre que Benjamin Bailey. J'avais à peine avalé trois bouchées de ma tourte que sa haute silhouette s'encadra dans l'entrée de la salle à manger. Il se baissa vivement et se dirigea directement vers notre table.

— Monsieur Bailey ! m'exclamai-je. Pourquoi...

Il effleura mon épaule, sans doute dans l'intention de me faire taire. Quoi qu'il en fût, son geste eut cet effet. Il se pencha alors et murmura un certain temps à l'oreille de sir John. J'observai l'expression du magistrat passer de la stupéfaction à la ferme résolution. À l'issue de la chuchoterie, il opina du chef et se leva.

— Pardonnez-moi, monsieur Boswell, mais nous devons prendre congé.

— Que se passe-t-il, sir John ? s'enquit Boswell dont la curiosité était piquée au vif. Une émeute ? Wilkes ?

— Rien de si grave. La mission qui m'incombe fait partie des tâches nocturnes habituelles d'un pauvre magistrat.

Cela dit, nous partîmes, M. Bailey ouvrant la marche et sir John sur ses talons. Je marmonnai un au revoir à

Boswell, qui ne m'avait pas prêté la moindre attention, puis m'emparai de quelques tranches de pain sur la table avant de courir rejoindre les autres. Je les retrouvai à la porte. Sir John était précisément en train de bousculer un homme corpulent, au visage rubicond et pourvu d'un nez proéminent, lequel le salua par son nom et tenta d'engager la conversation.

— Je n'ai pas le temps, à présent. Navré, lâcha sir John. Il y a un sujet dont j'aimerais toutefois vous entretenir plus tard.

Tandis que nous nous hâtions dans Fleet Street, je l'interrogeai sur l'identité de l'homme croisé à la porte.

— Oh, celui-là, dit-il. C'était Johnson.

— Une voiture de place nous attend, annonça M. Bailey, toujours en tête.

L'attelage était là, portière ouverte. Il se mit au garde-à-vous pour la tenir. Ne manquait que le salut. Alors que je montais à mon tour dans le fiacre, je me tournai vers lui pour m'enquérir :

— Que se passe-t-il, monsieur Bailey? Qu'est-il arrivé?

— Ne t'inquiète pas, mon garçon. Grimpe, à présent.

Tout en donnant ses instructions au cocher, Bailey se hissa dans le véhicule et nous partîmes.

— Je pense que nous pourrions aussi bien informer Jeremy, puisqu'il doit nous accompagner, déclara sir John.

S'adressant à moi, il ajouta :

— Un coup de feu a retenti à la résidence de lord Goodhope. Tout porte à croire qu'il en serait lui-même la victime.

CHAPITRE III

Où des mains immaculées révèlent un homme de qualité

Nous descendîmes de la voiture : moi le premier, M. Bailey ensuite, et enfin sir John. S'ils n'avaient échangé aucune parole, je ne tardai point à apprendre toutefois que la demeure, où nous nous étions arrêtés, était située dans St. James Street, aux environs de Westminster, donc dans la juridiction de sir John.

Il s'agissait d'une imposante maison du siècle dernier, laquelle peut être ainsi qualifiée aujourd'hui, car elle se dresse encore dans cette artère, quoique à présent dominée par d'autres bâtisses encore plus vastes. Dernièrement, alors que je me documentais sur cette affaire afin d'en écrire le récit, j'ai vérifié ce qui était alors de notoriété publique : à savoir qu'en dépit des nombreuses possessions foncières de sa famille et d'un manoir dans le Lancashire, lord Goodhope était connu pour passer le plus clair de son temps à Londres, parfois en la compagnie de lady Goodhope, quoique plus souvent sans elle.

Malgré notre hâte à rejoindre l'endroit, sir John ne montra en revanche aucun empressement à se présenter à la porte. Tandis que M. Bailey demandait au cocher de nous attendre, le magistrat demeura simplement debout dans l'allée de la maison, la tête légèrement inclinée vers le haut. En l'observant, il me vint à l'esprit que, ne fût-ce le handicap dont il souffrait, je l'eusse bel et bien cru en train de contempler la résidence des Goodhope à la faible lueur d'un réverbère.

— Monsieur Bailey ! appela-t-il.

Le sergent de ville s'empressa de le rejoindre :

— À votre service, sir John.

— Pourriez-vous me décrire la maison où nous sommes sur le point d'entrer ?

— Eh bien, elle est plutôt grande, à vrai dire.

— De quelle *taille*, mon ami ?

— Trois étages, déclara Bailey, en comptant le rez-de-chaussée. Mais large, monsieur, très large.

Plutôt que de demander des précisions quant à la *largeur*, sir John m'enjoignit à témoigner de ce que je voyais :

— Peut-être peux-tu apporter ta contribution, Jeremy.

— Je vais tâcher, monsieur.

Et je m'exécutai, en faisant remarquer que la demeure était construite en brique et que les étages supérieurs comprenaient cinq fenêtres en façade, avec un yard d'intervalle entre deux et le même espace à chaque angle. Au rez-de-chaussée, une vaste porte à deux battants occupait l'emplacement d'une fenêtre et l'on y accédait en gravissant trois marches.

— Très bien, commenta sir John. Et laquelle de ces fenêtres est-elle allumée ?

— Aucune que je puisse voir, monsieur. Toutes semblent avoir les volets clos.

— Ah, bien ! Ils conservent les anciennes habitudes, alors.

Sur ces paroles, il se lança à l'assaut de la demeure, la canne légèrement brandie, en quête de la première marche.

— Monsieur Bailey, veuillez frapper énergiquement à cette porte et faites-leur savoir que nous sommes arrivés.

Le chêne martela le chêne, lorsque Bailey heurta les

vantaux à l'aide de sa matraque. Alors que nous attendions qu'on vînt nous ouvrir, il me gratifia d'un clin d'œil et d'un sourire, comme pour m'assurer qu'il ne me tenait pas grief de l'avoir surpassé dans ma description. À l'instar de sa carrure imposante, l'esprit de cet homme était assez large pour ne pas s'adonner à pareilles mesquineries.

En moins d'une minute, la porte s'entrebâilla et le visage d'un homme nous apparut en partie.

— John Fielding, annonça le magistrat. Je viens enquêter sur le drame survenu en cette demeure.

On nous ouvrit en grand les deux vantaux et nous entrâmes. Le majordome tout de noir vêtu, que j'eusse volontiers tenu pour un gentleman, nous conduisit aussitôt à un salon qui donnait sur le spacieux vestibule. Lady Goodhope nous y attendait. Elle se leva et se dirigea tout droit vers sir John. Malgré la lumière tamisée que projetait l'unique bougie de la pièce, je vis que notre hôtesse arborait une tenue, certes discrète, dans le goût du jour; c'était une femme plutôt mince et sa physionomie n'offrait point tant une grande beauté qu'une certaine pureté. Je notai de surcroît que ses yeux demeuraient vierges de toute larme.

— C'est très gentil à vous d'être venu, sir John, et si hâtivement. J'espère que mon appel ne vous a pas grandement dérangé.

— Vous n'avez rien troublé qui ne puisse attendre.

Il tendit la main à tâtons, trouva la sienne, la serra avec bienveillance et la porta à ses lèvres.

— Je suis profondément atterré par ce que je viens d'apprendre. Je vous prie d'accepter mes condoléances.

Lady Goodhope n'avait adressé à M. Bailey ou à moi pas même l'ombre d'un regard. Elle ne s'informa point de notre présence mais regarda fixement sir John, tout en attendant.

Ayant lui-même patienté un instant, le magistrat reprit :

— Nous devons voir la dépouille, bien entendu. M. Bailey, ici présent, m'assistera dans cette tâche, compte tenu de ma déficience évidente en la matière. Et si ce n'est point trop vous demander, lady Goodhope, je désirerais par ailleurs que vous m'exposiez en quelles circonstances le fait fut porté à votre connaissance. Ce qui toutefois pourra s'effectuer plus tard, lorsque vous vous en sentirez capable.

— Je m'en sens tout à fait capable, merci.

— Vous souhaitez donc en parler maintenant ?

— Oui, répondit-elle d'un ton abrupt. Finissons-en.

Benjamin Bailey alla quérir un siège pour sir John et, après que lady Goodhope se fut rassise, le magistrat s'installa à son tour. Moins de cinq pieds les séparaient et ils se tenaient l'un en face de l'autre.

— Lorsque j'ai entendu la détonation...

— Je vous demande pardon, déclara sir John, mais je devrai nécessairement vous interrompre de temps à autre afin de vérifier certains faits. Je dois procéder ainsi à présent. À quelle heure avez-vous entendu le coup de feu ? Où vous trouviez-vous ? À quoi étiez-vous occupée à ce moment-là ? Soyez aussi précise dans votre récit qu'il vous est possible.

— Oui, bien sûr, dit-elle. Je comprends.

— Poursuivez, je vous prie.

— Il m'est difficile d'être formelle quant à l'heure, reprit-elle. Il n'y avait point d'horloge à portée de main et je n'en ai consulté aucune depuis. En toute honnêteté, je n'ai aucune notion de l'heure en ce moment.

— Monsieur Bailey, vous avez votre montre sur vous ?

— Oui, sir John.

Le sergent de ville s'avança vers la lumière de la chandelle, extirpa d'une petite poche de ses culottes une sphère de la taille d'un œuf et annonça :

— Dans trois minutes, il sera exactement huit heures.

— Merci, monsieur Bailey. À présent, lady Goodhope, avec le recul, à combien estimez-vous le temps écoulé depuis le moment fatidique ?

Elle se tut un instant.

— Environ une heure, à mon avis. Il y a eu quelques minutes de confusion, que je vais décrire, mais dès lors que j'ai été certaine de ce qui s'était produit, j'ai dépêché un valet de pied porter la nouvelle à Bow Street.

— Vous avez bien agi. Alors fixons l'événement à sept heures ; après la tombée de la nuit, en tout cas.

— Oui.

Au même moment, songeai-je, ce poseur de Boswell commençait à pérorer au *Cheshire Cheese*. Que de temps gâché !

— Très bien. Et où étiez-vous ?

— Je me trouvais dans ma chambre, en train de lire.

— Lord Goodhope et vous viviez dans des appartements distincts ?

Elle hésita.

— Oui, c'est le cas, en effet. Ou c'était le cas.

— Continuez, je vous prie.

— J'ai entendu alors une vive détonation, quelque peu étouffée, cependant. Je n'en ai pas compris aussitôt la nature, car les armes à feu ne me sont point familières. Songeant que quelque objet avait pu tomber à l'étage au-dessous, j'ai reposé mon livre et suis allée voir de quoi il retournait. À mi-chemin dans l'escalier, j'ai croisé Potter.

— Potter ? s'enquit sir John.

— Le majordome. Il vous a ouvert la porte.

Elle enchaîna :

— Potter était dans une grande agitation. Il avait fort justement reconnu le bruit, que j'avais moi-même perçu, comme étant un coup de feu et il m'a demandé la permission de pénétrer dans la bibliothèque.

— D'où le son était venu ?

— Oui.

— En quoi était-il nécessaire qu'il sollicite votre permission ? J'eusse pensé qu'en proie à un tel émoi il serait entré immédiatement ?

— Il a demandé mon autorisation car il était indispensable de fracturer la porte. Je la lui ai accordée, bien entendu, et...

— Lord Goodhope s'était enfermé ?

L'idée parut tant soit peu stupéfier sir John.

— Oui, en effet.

— Était-ce là son habitude ?

— Peut-être pas son habitude, mais il le faisait fréquemment.

Elle s'interrompit et soupira, avant de poursuivre :

— Lord Goodhope se montrait... plus ou moins secret quant à ses habitudes.

— Je vois. Vous avez donc accordé votre permission et le majordome a entrepris d'enfoncer la porte.

— Ce ne fut pas une tâche aisée, avoua-t-elle. J'en arrive aux minutes de confusion auxquelles j'ai fait précédemment allusion. Je suis restée là à attendre, totalement anéantie par la peur, tandis que Potter, puis Ebenezer, le valet de pied, tentaient vainement de forcer la porte. De guerre lasse, ils ont songé à utiliser une bûche de l'âtre du vestibule. Ainsi armés, ils sont enfin parvenus à briser la serrure et la porte s'est ouverte à toute volée.

— C'est alors que vous avez vu le corps de votre époux.

— C'est alors que je... l'ai entr'aperçu.

— Vous n'êtes pas entrée dans la pièce ?

— J'y ai mis un pied, j'ai vu ce que j'ai vu, puis j'en suis ressortie à la hâte.

— Et qu'avez-vous vu ?

— J'ai vu la silhouette d'un homme. Il y avait une mare de sang et j'ai eu l'impression qu'il était fort défiguré. La posture du corps était telle qu'il ne pouvait être que mort. C'est alors que j'ai dépêché Ebenezer à Bow Street.

— Donc, vous n'avez pas vous-même examiné le corps afin de vous assurer qu'il s'agissait bien de votre époux ?

— Je n'ai pas pu. Je ne le puis. Quoi qu'il en soit, Potter l'a identifié et Ebenezer a confirmé ses dires.

— Je vois, déclara sir John. Et après avoir dépêché le valet de pied, qu'avez-vous fait ?

— Je suis descendue dans cette pièce et vous ai attendu. Je n'en ai pas bougé depuis.

— Vous ne l'avez fait savoir à personne d'autre ?

La question parut la plonger dans des abîmes de perplexité.

— À qui ? finit-elle par répondre.

— Oh... à des amis, tous ceux qui auraient pu vous soutenir en pareille situation.

— Je n'en ai aucun à Londres, déclara-t-elle simplement. Les amis de Richard — de lord Goodhope — n'étaient pas les miens.

À ces mots, sir John hocha la tête et se leva.

— Naturellement, lui dit-il, je n'ose vous demander de pénétrer à nouveau dans la bibliothèque.

— Potter vous y conduira.

— Cela me conviendra parfaitement. Je vous demanderai en revanche de demeurer ici, jusqu'à ce que nous ayons achevé notre inspection. Je puis avoir d'autres questions à vous poser. Nous prenons donc momentanément congé, en vous remerciant de votre coopération dans cette douloureuse affaire.

Il se tourna et gagna directement la porte, tandis que nous lui emboîtions le pas. Derrière nous, lady Goodhope appela le majordome d'une voix dont l'intensité frisait la malséance. Il n'était cependant guère utile de le mander. Potter se tenait à la porte du salon, il apparut avec tant de discrétion et de promptitude qu'on eût dit qu'il écoutait à la porte.

— À vos ordres, sir John.

— Potter ?

— Tel est mon nom, monsieur.

C'était un individu robuste d'une taille quelque peu supérieure à la moyenne. Échine courbée et mains jointes, il incarnait l'image même de l'obséquiosité.

— Nous vous saurions gré de nous conduire sur les lieux, je vous prie.

— Volontiers, sir John. Par ici.

Le majordome prit alors le magistrat par le coude, pensant ainsi l'aider à traverser le long vestibule. Mais sir John repoussa sa main, comme il l'avait fait plus tôt dans la rue avec la mienne. Il brandit sa canne en avant et déclara :

— Vous ouvrez la marche et nous vous suivrons.

Potter interrogea M. Bailey du regard, lequel répondit d'un bref hochement de tête, puis le majordome se mit en route, se retournant souvent avec sollicitude, jusqu'à ce qu'il heurtât lui-même un fauteuil au passage.

— Soyez prudent, dit sir John.

— Euh... oui, tout à fait.

Quelques pas après ce léger incident, le domestique s'arrêta devant la dernière porte du couloir. Elle était béante et légèrement inclinée, car sortie de ses gonds à mi-hauteur.

— Juste ici, sir John, à votre gauche.

Hésitant à peine, le majordome entra dans la pièce et attendit. Mais le magistrat s'attarda sur le seuil, examinant au toucher les éclats de bois sur le chambranle puis sur la serrure fracturée.

— Ha ! s'exclama-t-il. Vous l'avez fort bien défoncée, monsieur Potter. Il s'agit là d'un solide verrou. Vous avez été aidé par... ?

— Par l'un des valets de pied, Ebenezer Tepper.

— Est-il dans la maison ?
— Il le devrait, assurément. Dois-je l'appeler ?
— Pas pour l'instant. Peut-être plus tard.

À l'intérieur de la pièce, le maître d'hôtel eut quelque peine à porter son regard sur la gauche. Une sorte de frisson le traversa. Il détourna vivement les yeux, un dégoût affligé inscrit sur son visage. Il devait s'agir du corps de lord Goodhope, échappant encore à notre champ de vision.

— À quelle heure avez-vous entendu le coup de feu ?
— À sept heures précises, répondit-il avec une assurance sans faille.
— Comment pouvez-vous en être aussi sûr ?
— Je possède une montre.
— Et vous l'avez consultée sur-le-champ ? Voilà qui semble pour le moins curieux. J'eusse cru que votre premier souci eût été de forcer cette porte, afin de porter éventuellement secours à votre maître.
— Oh, ç'a été le cas !
— Mais vous avez pris le temps de vérifier l'heure ?
— Je me souviens, maintenant !

L'homme était fort troublé, à présent.

— Lorsque Ebenezer et moi sommes allés chercher la bûche dans la cheminée, près de la porte d'entrée, j'ai remarqué l'heure à la pendule sur la tablette.
— Et elle indiquait sept heures ?
— Euh... non, un peu plus. Sept heures passées de quelques minutes.
— Aussi en déduisez-vous simplement que le coup fut tiré à sept heures.
— Tout à fait, monsieur, dit le domestique, désarmé.
— Et avec l'aide d'Ebenezer Tepper, combien de temps, selon vous, cela vous a pris pour enfoncer la porte, en vous servant de la bûche comme d'un bélier ?
— Très peu de temps, monsieur.
— Et où se trouve ladite bûche ?

— Juste ici, par terre. Nous l'avons jetée au sol en nous précipitant dans la pièce.

— Et le corps se trouve à l'endroit exact où vous l'avez découvert ?

— Exactement, monsieur.

— Très bien, Potter. Ce sera tout.

— Pardon, monsieur ?

— Nous en avons fini, déclara sir John. Merci. Veuillez disposer.

— Je pensais...

Il hésita.

— Oui, monsieur. À votre guise, monsieur.

Tout en lançant un regard embarrassé à sir John, puis à M. Bailey et à moi-même, il passa devant nous et se faufila dans le vestibule.

— Nul doute que j'aurai des questions à vous poser plus tard, lança sir John dans son dos.

Le majordome se tourna à peine et acquiesça d'un hochement de tête, tout en poursuivant son chemin.

— Très bien, monsieur Bailey, entrons et mettons-nous au travail. Jeremy, tu peux attendre au-dehors, si tu préfères, ou bien nous rejoindre. Nul doute que tu verras de pires spectacles, si tu demeures à Londres.

Il franchit alors la porte et pénétra dans la pièce.

M. Bailey lui emboîta le pas.

— Prenez garde à la bûche, monsieur. Elle est juste devant.

Sir John effleura l'objet avec sa canne et opina du chef :

— Comme il nous l'a dit.

— Vous ne l'avez guère épargné, ce Potter, monsieur.

— Certes, mais notre homme avait de toute évidence écouté à la porte un peu plus tôt et décidé d'apporter un témoignage précis, pour ce dont sa maîtresse se souvenait à peine. Il ne connaissait pas mieux qu'elle l'heure à laquelle l'événement s'était produit, qu'il eût ou non une montre en sa possession. Je l'ai un peu effrayé car je ne souhaitais point sa présence, ici ou simplement à la porte.

— Il ne reviendra pas.

— Non. Eh bien, venez, monsieur Bailey. Décrivez-moi la pièce.

Et tous deux s'éloignèrent du seuil et de ma vue, tandis que je restais en retrait, toujours debout dans le vestibule. Une étrange agitation s'était emparée de moi. En me remémorant mon état d'esprit de l'époque, je crois que la mort récente de mon père n'était pas étrangère à ma réserve. Et peut-être aussi la mine du majordome lorsqu'il avait regardé au fond de la pièce. Quoi qu'il en fût, je domptai bientôt mon malaise, redressai les épaules et pénétrai d'un pas assuré dans la bibliothèque.

En tout, nous dûmes rester tous les trois près d'une demi-heure en cet endroit. Dès le début, sir John prit un siège que M. Bailey mit à sa disposition au centre même du lieu et commença à lancer ses instructions et à nous questionner sur les dimensions de la pièce. (Elle était vaste : près de dix-huit pieds au carré.) Sir John souhaitait savoir s'il s'agissait d'une véritable bibliothèque. Y avait-il des tablettes ? Et de quelle taille ? Étaient-elles remplies d'ouvrages ? Nombreux ou rares ? Y avait-il une cheminée ? De quelle dimension ? Qu'en était-il du mobilier ? Que dire des meubles et de leur disposition ? Il exigea de nous une exactitude et une justesse dans le détail qu'il eût demandées à n'importe quel témoin, voire davantage encore. Déplorant la tendance de M. Bailey à simplifier, il le réprimanda à deux ou trois occasions et lui demanda de compter sur ses doigts, s'il n'était point certain du nombre exact des pieds et des pouces. Je fus, moi aussi, mis à contribution, pour l'inspection des fenêtres. Toutes, je le découvris, étaient fermées, volets clos.

Notre groupe comptait, bien entendu, un quatrième

membre. Il était assis tranquillement derrière le bureau, la tête rejetée en arrière; du sang avait coulé sur son menton, sa gorge, et éclaboussé sa chemise et son gilet. Je m'étais débrouillé pour ne pas le regarder directement, tandis que j'arpentais la pièce, suivant les instructions de sir John. Mais vint enfin le moment où tout ce qui pouvait être noté sur l'endroit le fut et notre attention ne put désormais se porter ailleurs que sur l'homme installé au bureau.

Sachez que je ne plaisante pas, cher lecteur, en vous confiant qu'il me sembla alors l'homme le plus mort qu'il m'eût été donné de voir. La position de sa tête m'avait jusque-là masqué la nature de sa blessure. Mais en m'approchant timidement derrière M. Bailey et en découvrant la face défigurée du cadavre, je fus stupéfié, puis fasciné par la dévastation qu'avait provoquée cet unique coup de feu. Dès lors que je parvins à supporter cette vision, je constatai que je pouvais à peine en détourner les yeux.

Ce qui rendit l'image particulièrement irrésistible ne fut autre que la description précise de la blessure, à laquelle se livra M. Bailey. Il avait, je l'appris plus tard, passé la moitié de son existence au sein d'un régiment de la garde royale, que je ne citerai pas ici, étant donné qu'il le quitta de façon quelque peu irrégulière. Sachez toutefois qu'il avait combattu les Français en Amérique du Nord. Il s'y entendait en blessures et je n'exagère point en disant qu'il était connaisseur en la matière. Sir John n'eut aucunement lieu de se plaindre de ses facultés descriptives à cette occasion. Nul médecin n'eût mieux accompli cette tâche.

Si je puis tenter de le reproduire de mémoire, et non sans l'aide des notes infantiles que je pris peu de temps après, son commentaire s'énonçait plus ou moins comme suit :

— Dieu, qu'il s'agit là d'une fort vilaine blessure, sir

John ! Selon moi, la gueule du pistolet se trouvait proche, mais non pointée sur la face, lorsque le coup a été tiré. Des brûlures de poudre parsèment la peau. La balle a pénétré à un pouce de distance de l'arête du nez et à deux pouces de l'œil droit. Elle est montée en travers, transformant le nez en bouillie et sectionnant le nerf de l'œil gauche, tandis qu'elle entrait dans le cerveau. Il a reçu la bourre de plein fouet entre les yeux. Le sang n'est guère abondant, toutefois. J'en ai vu davantage sur des blessures semblables.

— Le nerf optique de l'œil gauche, dites-vous ? intervint sir John. Non point le droit ?

— Oui, monsieur, elle l'a traversé, si je puis dire.

— En diagonale ?

— Exactement, sir John.

— Comment pouvez-vous affirmer que le nerf optique a été sectionné ?

— L'œil gauche sort un peu de son orbite. Il ne pendille pas à proprement parler, mais il saille de façon peu ordinaire, vous me suivez ?

— Oui, monsieur Bailey, je vous suis.

Le magistrat se tut un instant, puis reprit :

— Y a-t-il une blessure révélant l'endroit où la balle est ressortie ?

— Oui, en effet, monsieur. Elle a déplacé sa perruque qui se retrouve de guingois. Si je peux la retirer complètement, j'y verrai mieux.

— Oui, bien sûr, monsieur Bailey. Poursuivez.

Joignant le geste à la parole, il retira la perruque d'un geste vif et la lança sur le bureau. La tête du défunt dodelina de façon grotesque.

— À présent, commença M. Bailey, nous avons une tache de la largeur d'une demi-paume au-dessus de l'oreille gauche et juste derrière elle, où un morceau de crâne de la valeur de deux pouces a volé en éclats. Une matière visqueuse s'en écoule. Ce n'est certes point un pistolet de duel qui a fait pareils ravages, mais bel et bien une arme de guerre.

— Où *se trouve* l'arme, monsieur Bailey ?

— Ah, voyons... Elle n'est pas sur le bureau, donc elle doit être...

Il se pencha et je l'imitai. Le pistolet se trouvait au pied de l'être qui avait été autrefois lord Richard Goodhope, la crosse à terre et le canon sur le soulier gauche. Je m'étonnai de la position des mains du défunt, simplement à plat sur les genoux, des mains immaculées de gentleman. Il semblait tout à fait serein.

M. Bailey ramassa l'arme avec soin et l'examina en se redressant.

— Oui, elle se trouvait ici, monsieur, à ses pieds. Il s'agit, comme je le disais, d'une sorte de pistolet militaire, calibré pour une balle d'un bon pouce de large, pour ainsi dire.

— Très bien. À présent, pourriez-vous éventuellement suivre la trajectoire de la balle et trouver l'endroit où elle a pénétré dans le mur ? Si toutefois elle l'a pénétré. Peut-être pourrais-tu nous aider, Jeremy ?

J'apportai mon aide, mais non point de façon concrète. Ce fut M. Bailey qui circonscrit la balle à l'impact qu'elle avait laissé dans le mur. Il sortit son couteau de l'étui fixé à sa ceinture et extirpa le morceau de métal bosselé.

— Je l'ai, sir John.

— Je présume, puisque vous n'en avez pas fait mention, monsieur Bailey, qu'aucune note d'explication n'a été laissée.

— Le bureau est vierge, monsieur.

— Alors je pense que notre travail ici est terminé. Emportez le pistolet avec vous.

Il se leva de son siège et nous entraîna hors de la bibliothèque ; effleurant la bûche de sa canne, il obliqua à gauche à cet endroit et sortit dans le vestibule. Je quittai la pièce le dernier et, arrivé à la porte, je ne pus réprimer un dernier regard sur la singulière silhouette derrière le bureau. Et, pour la première fois, je considérai d'une certaine façon lord Goodhope comme un individu et non simplement comme un mort. Pour quelle raison, songeai-je, quelqu'un d'aussi prospère fut-il conduit à s'en prendre de façon aussi définitive et radicale à sa propre personne ? Et ce fut avec cette énigme à l'esprit que je rejoignis les autres.

— Prends garde à la chaise sur ta droite, déclara sir John en gloussant à part lui, tandis que nous traversions le vestibule. Elle cause quelques difficultés à certains, semble-t-il.

Nous parvînmes à la porte du salon. Le majordome, Potter, avait disparu et sir John enjoignit M. Bailey de frapper.

— Mais doucement, mon ami, ajouta-t-il, doucement.

Lady Goodhope vint ouvrir.

— Vous avez fini ? s'enquit-elle.

— Oui, milady. Nous avons scrupuleusement examiné la pièce, à l'instar de la blessure qui fut fatale à lord Goodhope. Il est décédé, comme vous avez vous-même dû le présumer, d'une balle de pistolet. Celle-ci est directement entrée dans le cerveau. La mort aura été instantanée et, si tant est qu'on puisse être juge en la matière, indolore.

— Je vois.

— Nous n'avons pour l'heure découvert aucune note explicative, encore qu'il puisse en apparaître une plus tard. Il m'eût paru malséant, eu égard aux circonstances, de fouiller son secrétaire. Si une lettre devait être trouvée, je vous saurai gré de m'en communiquer la substance. Hormis cela, je ne saurais trop vous conseiller de vérifier les comptes de lord Goodhope. Faites-les inspecter par une personne en laquelle vous ayez toute confiance. Je puis vous fournir un nom, si vous le souhaitez.

— Oui, merci, mais qu'êtes-vous en train de me dire, sir John ?

Elle parut honnêtement ne pas comprendre.

— Eh bien, que lord Goodhope s'est infligé lui-même sa blessure, qu'il s'est suicidé. Soyez certaine que dans la plupart des cas semblables, la cause originelle d'un acte aussi drastique se trouve dans quelque problème financier.

— Puis-je à mon tour vous assurer d'une chose ?

Elle semblait absolument calme, parfaitement maîtresse d'elle-même.

— Bien sûr. De quoi s'agit-il ?

— Mon époux — feu mon époux, veux-je dire — n'aurait *jamais* commis un suicide, quels que fussent ses problèmes.

Ses paroles trahissaient une certitude redoutable.

— Mais, objecta sir John, la porte était fermée à clé. Vous avez vu vos domestiques la fracturer. Il n'existe pas d'autre accès. Toutes les fenêtres étaient closes. L'arme avec laquelle il a mis fin à ses jours se trouvait là-bas, à ses pieds. Comment pourrait-il s'agir d'autre chose que d'un suicide ?

— Je ne contredis point vos découvertes, mais je réfute votre conclusion.

— Vous défendez donc l'hypothèse d'un meurtre ?

— Je n'ai aucune hypothèse à l'esprit, dit-elle simplement. Comme je vous l'ai dit, je ne suis restée qu'un instant dans la pièce. Je doute que j'y entrerai de nouveau. Mais je *sais* qu'il n'aurait pas lui-même attenté à ses jours.

Pour la première fois depuis notre rencontre, sir John Fielding demeurait sans voix. Il bredouilla quelque peu. On perçut un « Mais enfin... » puis un « Eh bien », lesquels n'aboutirent à aucune phrase construite. Ses mains firent quelques gestes indécis.

Lady Goodhope, qui avait mené l'entretien sur le seuil du salon, inclina alors légèrement la tête et recula d'un pas.

— Merci d'être venu, sir John. Je vous sais gré de vos efforts. À présent, pardonnez-moi, mais je désire rester seule. Au revoir.

Et ce disant, elle tourna les talons et ferma la porte.

Sir John continua à marmotter. Il fulminait et l'on eût pu presque voir la vapeur s'échapper de sa perruque.

Comme par magie, Potter apparut alors, tendit au magistrat son tricorne et nous ouvrit la porte en grand. La bouche du majordome esquissait l'ombre d'un sourire. M. Bailey et moi échangeâmes un regard à mi-chemin entre l'appréhension et la confusion.

Ce ne fut qu'une fois dans l'allée, devant le fiacre qui attendait, que sir John trouva enfin les mots : et lorsqu'ils lui vinrent, ce fut un véritable torrent. Sans pour autant la maudire, il en appela au jugement divin sur la gent féminine. Il observa notamment sa certitude infondée, le refus d'affronter les faits à l'état brut, le désintérêt des femmes éduquées pour la logique simple, et ainsi de suite. Il acheva son discours par une tirade grandiloquente, que j'eus moi-même l'occasion de citer depuis : « Si Dieu avait réellement souhaité faire des femmes nos compagnes, comme nous l'indiquent les Écritures, Il les aurait alors dotées du cerveau qu'il sied pour s'acquitter d'une pareille tâche. »

Puis il se tut.

Nous demeurâmes silencieux un instant, puis M. Bailey s'éclaircit la voix et annonça :

— Je vous laisse, à présent, sir John. Je suis en retard pour mes rondes. Tous les gardiens sont probablement endormis dans leurs guérites. Il est temps de les réveiller.

Distrait, sir John ne réagit pas tout de suite. Sans doute formulait-il quelque pieuse pensée sur les intentions du Créateur concernant les femmes.

— Oui... oui, bien sûr, monsieur Bailey, répondit-il enfin. Vous feriez mieux de vous mettre en route. Et merci de votre aide.

— De rien. Au revoir, sir John, et au revoir, jeune Jeremy.

Je lui balbutiai mes adieux et le regardai disparaître dans la pénombre.

— Sa besogne s'avère la plus pénible de toutes, me confia sir John. Si nous pouvions seulement faire régner le calme dans les rues, cela équivaudrait à trois lords Goodhope.

Puis, tandis qu'il s'apprêtait à grimper dans le fiacre, il ajouta :

— Ou une dizaine.

Et après avoir lancé l'adresse de Bow Street au cocher, il s'installa pour le trajet du retour. Il ruminait encore et finit par déclarer :

— Une femme étrange.

— Trouvez-vous sa manière de parler étrange ?

Je l'avais remarqué, tout en me disant qu'elle s'exprimait peut-être comme toute femme de la noblesse. Je n'étais guère à même d'en juger, à cette époque.

Sir John y réfléchit. Tandis que le cheval trottait tranquillement sur les pavés, il me répondit :

— Peut-être d'une façon quelque peu étrangère... quoique dans un excellent anglais, bien sûr.

— Oh oui, monsieur, excellent.

Je me souvins alors d'un visiteur que nous reçûmes jadis à Lichfield.

— Diriez-vous... française ?

Il considéra ma suggestion.

— Oui, dit-il. Il y avait quelque chose de français, non point tant dans sa prononciation que dans le rythme de son phrasé.

Il s'interrompit une nouvelle fois, puis reprit :

— Fort bien, Jeremy. L'idée mérite qu'on s'y attarde.

De nouveau, un silence, puis :

— Mais c'est une lady, sans l'ombre d'un doute. Beaucoup de dignité dans son comportement.

— Elle n'a pas versé une larme, sir John.

— Je l'ai moi-même noté, en effet.

J'écoutai encore le martèlement régulier des sabots sur les pavés. D'une certaine façon, l'hommage qu'il avait rendu à lady Goodhope et à sa dignité me ramena à l'époux de cette dernière, mort à son bureau dans la bibliothèque. Quelle pensée éveillait-il en moi ? Non point son visage défiguré. Voilà une image que je ne désirais pas conserver. Sans que je l'eusse souhaité, ce furent alors ses mains qui me revinrent en mémoire : posées paisiblement sur ses genoux. Fort de cette réminiscence, je demandai, non sans une certaine emphase :

— Il est vrai, n'est-ce pas, qu'on reconnaît toujours un homme de qualité à ses mains ?

— C'est possible. Qu'as-tu donc en tête, mon garçon ?

— Eh bien, lord Goodhope, monsieur. Il avait les mains fort propres, les ongles irréprochables, sans la moindre souillure.

Ma remarque parut soudain aiguiser l'intérêt du magistrat.

— Lord Goodhope avait des mains immaculées, dis-tu ?

— Oh oui, monsieur. Très propres.

— Les *deux* ?

— Les deux, monsieur, autant qu'il m'en souvienne. Et je suis certain de m'en souvenir parfaitement.

Il heurta tout à coup le plancher du véhicule avec sa canne.

— Que je sois maudit pour ma sottise ! explosa-t-il. Et que soit également maudit M. Bailey pour ne l'avoir point remarqué, ajouta-t-il.

Et, se livrant à un vacarme de tous les diables avec sa

canne, il interpella vivement le cocher pour qu'il nous ramenât d'où nous étions venus.

Notre seconde visite à la résidence Goodhope ne fut pas des plus aisées. Potter renâcla de prime abord à nous faire entrer, sous prétexte que lady Goodhope s'était retirée pour la nuit. Sir John affirma qu'il n'avait point besoin de la rencontrer, mais qu'il revenait pour examiner plus attentivement le corps de lord Goodhope. Potter lui indiqua alors que la dépouille venait d'être retirée de la bibliothèque, afin qu'on la préparât pour le cercueil qui arriverait le lendemain matin.

Comme subitement aiguillonné par cette nouvelle, sir John bouscula le majordome et s'engouffra dans la demeure, avec moi à ses basques.

— Nous devons voir le corps sur-le-champ ! tonna-t-il.

— Je dois demander la permission à milady, gémit Potter.

— Vous pouvez vous en dispenser, rétorqua le magistrat. Puis-je vous rappeler que nous nous trouvons ici dans la Cité de Westminster, où je représente la loi ? À présent, veuillez nous conduire sur les lieux.

Sans cesser de regimber à part lui, le domestique nous fit traverser le vestibule, puis franchir une porte sous l'escalier principal, laquelle débouchait sur d'autres marches menant au sous-sol. S'étant vu une première fois refuser son aide, le majordome descendit en toute hâte et eut tôt fait de disparaître. Sir John posa un pied hésitant puis sollicita mon concours en marmonnant. Les marches se révélaient étroites et abruptes, d'autant qu'une faible lumière les éclairait du dessous. Sa main sur mon épaule, nous cheminâmes bon an mal an et négociâmes avec succès la courbe à mi-parcours, là même où nous avions perdu notre guide.

Au pied de l'escalier, nous nous retrouvâmes dans une cuisine. Je m'en étonnai, n'ayant jusque-là jamais songé à l'endroit où était située une pièce aussi utile dans ces grandes demeures. Outre nous trois, quatre personnes se trouvaient là : deux hommes qui avaient depuis peu descendu la dépouille à l'office et deux femmes, servantes de leur état, qui s'apprêtaient à nettoyer le corps. De l'eau chauffait dans une bouilloire sur le fourneau. Entre eux, au milieu de la pièce, reposait le cadavre de lord Goodhope, étendu sur une longue table ; pas suffisamment longue, du reste, car pieds et chevilles, en bas blancs, pendaient au bord du plateau à mi-mollet. Le corps attendait : souliers ôtés, gilet ouvert et chemise déboutonnée.

— Ont-ils commencé à laver le mort ? me murmura sir John.

— Non, monsieur, lui répondis-je sur le même ton, je ne pense pas.

— Bien, et merci, mon garçon.

Puis, frappant le sol de sa canne et s'exprimant avec autorité, il s'adressa à tout le monde :

— En qualité de magistrat du tribunal de Bow Street dans la Cité de Westminster, j'ordonne que soit interrompue la procédure en cours. Le corps ne sera point lavé, selon la coutume, avant qu'un médecin qualifié ne l'ait vu et n'ait établi son compte rendu. Est-ce bien compris ?

L'assistance sembla peu encline à formuler sa réponse. Finalement, Potter toussota et prit la parole :

— C'est compris, sir John.

— Très bien, déclara le magistrat avant d'enchaîner. Je vous conseille de conserver le corps en un endroit frais et d'attendre les ordres du médecin ou les miens, quel que soit celui qui interviendra le premier. Est-ce également bien compris ?

— Tout à fait, dit Potter en recouvrant son assurance. Tout sera fait selon vos désirs. Vous avez ma parole.

— Entendu, monsieur Potter. Je vous tiendrai pour responsable.

Les jeunes hommes et les jeunes femmes qui se trouvaient à l'office semblèrent soulagés. Chacun se détendit. Les femmes, en particulier (des jeunes filles, à vrai dire, dont l'âge avoisinait le mien), parurent se réjouir de l'ajournement. L'une d'elles gloussa.

— Monsieur Proctor !

Je tressaillis en entendant mon nom prononcé avec tant de cérémonie.

— Oui, sir John, répondis-je avec toute la gravité que je pus rassembler.

— Je souhaite à présent que vous examiniez le corps de lord Goodhope, tel qu'il fut descendu de la bibliothèque.

— Certainement, déclarai-je en espérant que la froideur de ma réponse impressionnerait peut-être aussi les servantes ; celle qui n'avait pas gloussé était fort avenante.

Ainsi investi des pleins pouvoirs, je fis le tour de la table en me rengorgeant, accordant toute mon attention à la dépouille du défunt. Je n'hésitais plus à le scruter ; le nez en bouillie, l'œil exorbité n'avaient plus d'importance. J'achevai mon tour de table en rejoignant sir John.

— Le corps est-il comme vous l'avez vu la première fois ?

— Tout à fait, monsieur.

— Eu égard à la discussion que nous avons eue précédemment en aparté, monsieur Proctor, les mains sont-elles propres et vierges de toute salissure ?

— Elles le sont, monsieur.

Il s'adressa aux domestiques :

— Ont-elles été lavées ? Les mains du défunt ont-elles été nettoyées ?

Les réponses divergèrent dans la forme, mais elles émanaient des quatre personnes présentes à l'office, et toutes furent négatives.

— Très bien, déclara sir John. Souvenez-vous, je vous prie, de mes recommandations concernant la dépouille. Un médecin viendra demain dans la journée.

Il allait prendre congé lorsque, se rappelant un détail, il s'enquit :

— Ebenezer Tepper, le valet de pied, se trouve-t-il parmi vous ?

Il y eut un silence, puis le plus jeune des deux hommes, un robuste gaillard d'environ dix-huit ans, s'avança :

— Ebenezer Tepper. J' suis là.

Il me parut fort brave.

— Merci de vous être présenté. Nous reviendrons demain matin. Veuillez être disponible pour répondre aux questions.

Et le magistrat ajouta :

— Vous aussi, monsieur Potter.

Il me tapota ensuite l'épaule et sa main y demeura, tandis que je le conduisais dans l'escalier par lequel nous étions venus. Potter nous suivit en traînant les pieds et de façon moins hardie.

Comme nous arrivions dans le vestibule, sir John retira sa main mais demeura à mes côtés, alors que nous gagnions la porte. Mais avant que nous l'eussions atteinte, une silhouette dans le grand escalier nous retint. Il s'agissait de lady Goodhope, vêtue d'un peignoir d'une telle délicatesse qu'on l'eût pris pour quelque robe de bal.

— Sir John ! appela-t-elle.

Il s'arrêta et se tourna en direction de la voix.

Derrière nous, Potter bomba le torse :

— Milady, je déplore cette intrusion. Je n'avais pas d'autre choix que de les faire entrer. Il...

Elle lui coupa la parole :

— Peu me chaut, Potter. Ils se trouvent ici à juste titre.

Puis à l'adresse du magistrat :

— Qu'avez-vous découvert, sir John, lors de cette seconde visite ?

— J'ai deux informations à communiquer et une question à poser.

— Quelle est la question ?

— Votre époux était-il droitier ou gaucher ?

— Eh bien, gaucher, à de rares exceptions près.

— Bien. Je vous remercie.

— Et qu'aviez-vous à me communiquer ?

— En premier lieu, que je reviendrai demain interroger les membres de votre personnel. Un médecin viendra également, afin d'examiner le corps de feu votre époux.

— Sont-ce là les deux informations ?

— Non, il s'agit d'une seule. En second lieu, je tenais à vous dire que vous aviez effectivement raison, lady Goodhope : il ne s'est point suicidé.

Je fus alors frappé par le peu de changement qui s'opéra aussi bien dans la posture que dans l'expression de la femme. Elle retira sa main de la rampe et resserra légèrement son peignoir sur sa gorge. Si la révélation de sir John avait causé la moindre altération à son visage, je ne pus le déceler.

— Merci, dit-elle. Vous serez, bien sûr, le bienvenu en cette demeure, ainsi que votre médecin. Veuillez me tenir informée de vos découvertes, je vous prie. Bonne nuit.

Et ce disant, elle tourna les talons et gravit l'escalier.

Ce ne fut qu'une fois attablés dans sa cuisine de Bow Street, dévorant un gigot de mouton froid de deux jours et des tranches de pain frais beurrées, que sir John jugea opportun de m'expliquer ce qui l'avait persuadé de changer aussi radicalement d'opinion. À ce moment-là, je nourrissais d'ores et déjà mes propres soupçons, si bien que ce que j'entendis de ses lèvres ne me surprit pas outre mesure.

— Tu te souviens, Jeremy, me dit-il, que la face de lord Goodhope portait des brûlures de poudre.

— Un côté de son visage était aussi noir que celui d'un nègre.

— Ce qui est normal avec un pistolet aussi puissant, utilisé d'aussi près. Une quantité considérable de poudre noire est nécessaire pour projeter une balle du calibre de celle que M. Bailey a retirée du mur. Le projectile entraîne avec lui une grande dose d'explosif... assez pour lui noircir entièrement la face.

Il marqua une pause et reprit :

— Tu vois où cela nous mène, peut-être ?

— Je pense, répondis-je.

— Alors, dis-le-moi.

— Eh bien, si la poudre s'échappe de l'avant du pistolet en même temps que la... balle, alors il doit s'en déverser quelque peu à l'arrière ; je veux dire, c'est une explosion à l'intérieur qui projette la balle. N'est-ce pas ainsi que fonctionnent les armes à feu ?

Sir John eut un sourire indulgent et hocha la tête.

— Oui, en effet.

— L'explosion à l'arrière du pistolet devrait suffire à noircir la main qui le tient. Celles de lord Goodhope étaient propres, aussi ne tenait-il pas l'arme lorsque le coup est parti.

— Exactement.

Il retira à l'os un morceau de mouton saignant, le posa sur un morceau du pain de Mme Gredge et avala l'ensemble. Prenant le temps de mastiquer en méditant, il noya la généreuse bouchée d'une lampée de bière, laquelle suffit en tout cas à lui arracher une mâle éructation.

— Je suppose, déclara-t-il ensuite, que tu n'as pas eu l'expérience des armes à feu.

— Oh, non, monsieur.

— Et ton père... Était-il chasseur ?

— Lui non plus. Il avait les armes en horreur.

— Il me semble un brave homme, à en croire le portrait que tu en fais.

— Oh, il l'était, monsieur. Il l'était.

— Eh bien, il m'est avis qu'il a engendré un garçon brillant et qu'il l'a éduqué à merveille, aussi.

Je mis quelques instants à comprendre le sens de ses paroles. Lorsque j'y parvins, je rougis et le remerciai. Puis je me souvins d'un détail qui, antérieurement, m'avait donné matière à réflexion.

— Avant de prendre congé, lors de notre seconde visite, vous avez demandé à lady Goodhope si son époux était droitier ou gaucher. Quelle importance cela pouvait-il avoir ?

— Réfléchis. Eût-il été droitier, la blessure à la droite de l'arête du nez et la trajectoire de la balle vers la gauche du cerveau eussent paru naturelles. Mais pour qu'un gaucher obtînt la même blessure avec un résultat semblable, il eût été nécessaire de tenir le pistolet selon un angle pour le moins original, voire d'appuyer sur la gâchette avec le pouce. Tu saisis ? Plausible, certes, mais peu vraisemblable.

J'y réfléchis en effet, allant jusqu'à déplacer ma main gauche à hauteur de mon visage, afin d'expérimenter ce qu'il avait décrit. Nul doute qu'il disait vrai. L'angle de tir s'avérait plausible, mais invraisemblable.

— Mais, sir John, lorsque vous lui avez posé cette question, dis-je, vous saviez déjà que lord Goodhope n'avait pas pressé la détente, compte tenu de ses mains non souillées.

— Tu as raison, mon garçon ; un simple détail. Mais en matière de meurtre, il est bon d'en collecter le plus possible. C'est le poids des preuves qui révèle une culpabilité, rarement un fait isolé.

Il reprit une gorgée de bière avant de poursuivre.

— Et demain, nous retournerons à St. James Street

en quête d'autres détails. Puisse Dieu nous aider à découvrir le plus important de tous.

— Et quel est-il, sir John ?

— Comment l'auteur de ce crime aura pu agir, puis disparaître de la pièce.

CHAPITRE IV

Où l'on découvre d'autres détails énigmatiques

Cher lecteur, tandis qu'en cette dernière décennie de notre siècle je couche cette histoire sur le papier pour votre édification, vous ne pouvez vous imaginer l'anarchie qui régnait dans les rues de Londres, même en l'an 1768. Je précise la date, car si le désordre prévalait alors, la situation était bien pire encore lorsque sir John Fielding fut désigné magistrat du tribunal de Bow Street, en 1754, une année avant ma naissance. Son frère Henry avait établi un projet prévoyant l'emploi d'agents de police permanents et rémunérés, de garde jour et nuit, Bow Street leur tenant lieu de point de ralliement. Mais, une fois le projet voté au Parlement, Henry Fielding, souffrant d'une hydropisie qui lui serait fatale, en confia la réalisation aux bons soins de son frère et s'en alla mourir au Portugal.

On pouvait rendre les rues plus sûres, affirmait sir John, en « donnant l'alerte sur-le-champ » et en « poursuivant aussitôt le malfaiteur »... et ainsi le devinrent-elles. Toutefois, quiconque penserait qu'on réussira un jour à totalement éradiquer le crime de la plus importante ville du monde se montrerait pour le moins puéril, voire d'une grande sottise. Il s'agit là d'une bataille sans relâche. Les victoires que remportèrent les sergents de Bow Street (tels qu'on désignait alors les agents de police) furent suivies de temps à autre par de lourds échecs. Aussitôt démantelées, les bandes de détrousseurs se reformaient avec les membres survivants. Les vols mineurs subsistaient. Des apprentis désœuvrés étaient conduits à mener une existence de criminels pour financer leurs activités dissolues, les jeux d'argent et la débauche. Or donc, si dans l'année dont je vous rapporte les événements les rues se révélaient plus sûres qu'auparavant, elles ne l'étaient point autant qu'elles le sont de nos jours.

Tout cela en guise de préambule explicatif à la nouvelle inattendue que j'appris de la bouche même de sir John le lendemain matin, peu après le déjeuner. J'avais perçu de bonne heure le bruit sourd de ses pas dans la maison. À vrai dire, il s'était brièvement absenté pour s'en revenir, alors que je me trouvais à genoux, en train de nettoyer l'escalier, comme Mme Gredge me l'avait demandé. Je l'entendis au-dessous. Je me tournai et le vis quelques marches plus bas.

— Jeremy ? lança-t-il.

— Oui, sir John, répondis-je en me relevant d'un bond.

— Je dois te demander d'abandonner la tâche qui t'occupe présentement pour m'accompagner.

Il paraissait pour le moins inquiet et je m'interrogeai.

— À votre guise, sir John.

Je n'étais en vérité que trop heureux qu'on m'arrachât au décrassage des escaliers.

— Je suis à vous dans une minute, ajoutai-je.

Et cela ne me prit guère plus pour vider mon seau par la fenêtre, le remiser et quérir ma veste. Mme Gredge n'était point disponible pour entendre mes excuses ou encore les explications de sir John, aussi allait-elle sans doute me maudire lorsqu'elle découvrirait que j'étais parti.

Tout en suivant le magistrat, je m'enquis non sans audace :

— De quoi s'agit-il ?

— Une bien triste affaire, je le crains, me confia-t-il. M. Bailey a été frappé hier au soir par un coutelas.

— Est-il en vie ? Est-ce grave ?

— Oui, il est effectivement en vie. Quant à la gravité de la blessure, nous devons nous rendre à sa pension pour nous en assurer.

Ce que nous fîmes, traversant Covent Garden et sa horde de marchands des quatre-saisons pour gagner les rues situées derrière. J'observai qu'une fois Covent Garden franchi sir John se montra quelque peu hésitant.

— Je ne suis point tant accoutumé à ce quartier, Jeremy, me confessa-t-il enfin. Sans doute vaut-il mieux que je te confie l'adresse du domicile de M. Bailey. C'est au 10, Berry Lane ; dans le voisinage, à ce qu'on m'a dit, un peu au nord et un peu à l'ouest de Covent Garden. Tu peux demander notre chemin et je n'aurais aucune objection à ce que tu me prennes le bras, lorsque tu le jugeras nécessaire, en cette terre inconnue.

Lorsque nous arrivâmes au numéro 10, j'en informai sir John et le plaçai face à la porte, qu'il martela vivement de sa canne. Apparut alors une dame d'une quarantaine d'années, rousse et replette.

Elle fut pour le moins saisie en avisant le visiteur sur le pas de la porte.

— Ooooh, mon Dieu ! Sa Seigneurie en personne ! s'exclama-t-elle. Veuillez vous donner la peine d'entrer, lord John.

Amusé de cette tirade, le magistrat sourit :

— Madame, vous m'élevez inutilement à un rang qui n'est pas le mien, mais je vous sais gré de m'avoir reconnu aussi prestement. Vous aurez deviné que je viens rendre visite à votre pensionnaire, M. Bailey, afin de m'assurer de son rétablissement.

Elle s'empressa de nous faire entrer et nous précéda en se trémoussant, annonçant notre arrivée tambour battant. Par-dessus l'épaule, elle nous confia qu'elle avait installé M. Bailey dans sa chambre à coucher, afin qu'il y fût plus à l'aise.

— Je puis me contenter du sofa, assurément.

— C'est fort aimable à vous, madame.

— Le médecin est à son chevet en ce moment, sir John.

Au bout du vestibule, elle s'arrêta devant une porte ouverte et nous invita d'un geste à pénétrer dans la pièce.

Nous découvrîmes M. Bailey confortablement assis dans le vaste lit, nu jusqu'à la taille où la courtepointe préservait sa pudeur. Un gros bandage recouvrait son avant-bras gauche. Le praticien était assis de ce côté-là du lit; c'était un homme plutôt jeune qui n'avait pas encore atteint la trentaine, à mes yeux. Tous deux souriaient, comme s'ils eussent échangé à l'instant quelque boutade ou plaisanterie.

— Entrez, entrez, sir John, et faites connaissance avec mon médecin, M. Donnelly. Il est cousin de la dame qui vous a ouvert la porte, Mme Plunkett.

Ce à quoi M. Bailey ajouta, comme pour nous assurer que tout était parfaitement en ordre :

— Veuve de son état.

M. Donnelly se leva d'un bond et serra vigoureusement la main de sir John, affirmant qu'il était honoré de le rencontrer. Sur ces entrefaites, le magistrat prit soin de me présenter au praticien et à la logeuse, laquelle nous avait rejoints dans la pièce, en disant : « Le jeune Jeremy Proctor dont j'ai la charge », ce qui me réchauffa le cœur.

Il s'ensuivit un compte rendu de M. Donnelly sur la blessure de M. Bailey, ni superficielle, car il l'avait recousue la veille au soir, ni profonde pour autant.

— Ce qui l'a sauvé est sa musculature, vous voyez, expliqua le médecin, qui est considérable. Ses bras sont si fermement charnus que l'os était fort bien protégé.

— Et les tendons ?

— Il est un peu tôt pour nous prononcer. Sa main gauche est quelque peu invalide, mais il fallait s'y attendre. Je ne pense pas que l'entaille soit suffisamment profonde pour provoquer de tels dommages.

— Oh, je vais bien, sir John, déclara M. Bailey. D'ici demain, je reprends ma tâche.

— Il vous faudra peut-être attendre davantage, grimaça Donnelly. Nous devons surveiller la température et les risques d'infection. Je viendrai tous les jours.

Il se mit alors à rassembler les instruments de sa discipline pour les flanquer dans son sac.

— Si vous en avez le temps, monsieur Donnelly, intervint sir John, j'aimerais vous voir attendre un instant, pendant que je discute avec M. Bailey. Notre rencontre en ce lieu est sans doute fortuite, mais il y a une tout autre affaire dont je voudrais vous entretenir.

— Mais certainement, monsieur.

Se tournant ensuite vers Mme Plunkett :

— Oserais-je te demander une tasse de thé, chère cousine ?

Et les deux parents s'en allèrent à l'office, tandis que je m'emparais d'une chaise pour le magistrat. Celle que saisit ma main était jonchée pêle-mêle d'effets masculins et féminins, que je déposai à un coin du lit. J'acquis la certitude que M. Bailey ne se trouvait peut-être pas pour la première fois dans la chambre de Mme Plunkett, et qu'elle ne lui avait pas uniquement offert son lit pour son confort à *lui*.

Quoi qu'il en fût, sir John s'installa dans le fauteuil au chevet de son chef de police et lui demanda de relater comment la blessure lui était venue.

— Le scélérat qui s'en est rendu coupable doit m'être présenté cet après-midi. La victime du vol sera présente, bien sûr, mais je dois entendre votre déposition en qualité d'officier ayant appréhendé le malfaiteur.

Veuillez donc me narrer les faits, sans omettre le lieu, l'heure et les personnes en présence, et cela fera office de témoignage en mon tribunal.

Ainsi, fréquemment interrompu par sir John qui désirait des détails, M. Bailey se livra au récit du vol, de la poursuite et de l'arrestation.

Peu après minuit, il se trouvait dans St. Martin's Lane, dans le quartier des Seven Dials de triste notoriété. Sans être déserte, la rue n'en grouillait pas pour autant de passants. Il y faisait sombre et les coins isolés y étaient légion pour se cacher ou y perpétrer un vol. Dans l'un d'eux, une allée adjacente, il perçut du vacarme, une cavalcade, puis quelqu'un qui clama : « Au voleur ! Arrêtez-le ! Au voleur ! »

Lorsque le malandrin déboucha de l'allée, M. Bailey ne se trouvait qu'à une vingtaine de yards de distance. Au haro de la victime vint s'ajouter son habituel « Arrêtez ! Au nom de la loi ! » et il n'eut aucune peine à rattraper le brigand.

— L'imbécile croyait m'effrayer avec le coutelas qu'il avait en main, déclara M. Bailey. Il le brandissait dans les airs en décrivant des cercles menaçants. Puis, comme je m'approchais de lui, il s'est lancé dans je ne sais quelle intimidation, en me disant combien il savait manier l'instrument, ce qui se révéla un mensonge. Il le manipulait avec une maladresse remarquable.

— Mais le pistolet ? interrompit sir John. Vous l'aviez emporté de la bibliothèque des Goodhope, n'est-ce pas ? Vous auriez assurément calmé l'individu avec cette arme, même si elle n'était point chargée.

— J'aurais pu, monsieur, mais je m'étais arrêté à Bow Street et je l'y avais déposée. Je ne pouvais compter que sur mon instrument habituel.

M. Bailey avait brandi sa matraque et, si d'ordinaire elle ne pouvait rivaliser avec un coutelas, elle se révéla suffisante dans ce cas précis.

— Il a fait mine de m'assaillir, poursuivit-il, et j'ai sauté de côté, lui assenant un violent coup à l'épaule gauche. La rage l'a enflammé au point qu'il a voulu me frapper au cou. J'ai reculé, mais pas suffisamment, car son assaut s'est achevé par une entaille à mon avant-bras. Comme il avait perdu l'équilibre, je n'ai eu qu'à m'avancer et lui porter un second coup à la tête. Un dernier l'a assommé enfin au beau milieu de la rue.

La victime du vol, reconnaissante envers M. Bailey et inquiète de sa blessure, se débrouilla pour quérir un fiacre aux Seven Dials. Tous les trois, la victime, le sergent de ville et l'agresseur, arrivèrent donc non sans panache à Bow Street. Le gredin revint à lui dans la voiture, la pointe de son propre poignard contre son ventre.

— Quel est son nom ? s'enquit sir John.

— Dick Dillon, ou quelque chose d'approchant, Davey, peut-être. C'est consigné dans mon rapport. Un grand gabarit mais peu habile de ses jambes.

— Et à combien s'élève le montant du vol ?

— Vingt guinées et quelques broutilles. La victime, un certain Hawkins, les a gagnées aux cartes, de Dillon et d'autres joueurs, et il était assez niais pour croire qu'on le laisserait rentrer paisiblement chez lui en possession de cette somme. À présent, il souhaite récupérer sa bourse, bien entendu.

— Bien entendu.

Sur ces paroles, sir John se leva et le remercia.

— Votre témoignage conviendra à merveille. Je reviendrai vous voir, peut-être même demain. À présent, si vous voulez bien m'excuser, monsieur Bailey, je dois aborder une certaine affaire avec votre praticien.

— C'est un bon médecin, sir John. Il n'a pas son pareil pour vous recoudre. Cinq années durant, il a servi à bord d'un navire.

— Un marin ?

— Tout à fait, et il vient de quitter les services de Sa Majesté.

Gabriel Donnelly naquit à Dublin, fils d'un boutiquier prospère nourrissant de grandes ambitions pour son héritier. La profession médicale, à laquelle le père le destinait, était alors, comme de nos jours, quasiment inaccessible aux catholiques irlandais, hormis dans le cadre d'un apprentissage auprès d'un praticien catholique établi. Comme on ne lui trouvait aucune place et qu'ils n'espéraient pas moins qu'une éducation universitaire, le commerçant rassembla jusqu'à la moindre de ses économies et liquida ses investissements ; ainsi réunit-il suffisamment d'argent pour envoyer son fils étudier à l'étranger. Compte tenu de la guerre, il était hors de question qu'il allât en France ; aussi se rendit-il à Vienne. Gabriel traversa une longue et difficile période, loin de son pays et de sa langue, mais il réussit dans ses études. Lorsqu'il les eut achevées, le seul emploi qui se présenta fut celui de médecin à bord d'un bateau. La marine royale manquait si cruellement de praticiens qualifiés durant les deux dernières années de guerre contre la France qu'elle ferma volontiers les yeux sur sa religion. Au terme de son contrat, Gabriel s'était à présent installé à Londres et avait utilisé l'argent qu'il avait épargné pour ouvrir un cabinet dans le quartier de Covent Garden.

— Mais pourquoi Londres ? lui demanda sir John, tandis que nous roulions tous les trois vers St. James Street.

— C'est une ville si grande, monsieur. J'ai songé qu'elle serait assurément moins provinciale que ma ville natale dans certains domaines. Un homme de ma confession devrait réussir plus facilement ici.

— Un espoir bien illusoire, je le crains.

— Bon nombre d'Irlandais résident à Londres.

— Oh, certes. D'aucuns me sont présentés chaque semaine au tribunal de Bow Street.

M. Donnelly n'eut rien à lui répondre. Il se cala dans le siège du fiacre et se borna à hausser les épaules, aussi éloquemment que l'eût fait un Français ou un Italien.

Il avait narré son histoire à sir John alors que nous gagnions St. James Street et la résidence de feu lord Goodhope. Ayant appris que le magistrat avait besoin d'un médecin pour examiner le corps et vérifier une de ses présomptions, M. Donnelly avait volontiers accepté de nous accompagner.

— Peut-être auriez-vous dû rester dans la marine, suggéra sir John.

— Il n'y avait aucun avenir pour moi.

Le magistrat réfléchit à cette idée.

— Sans doute, admit-il. Et, en vérité, un homme ayant vos diplômes mérite une meilleure place que médecin de bord. Quoi qu'il en soit, monsieur Donnelly, vous serez rémunéré pour les soins prodigués à M. Bailey.

— Mais j'ai été appelé par ma cousine. M. Bailey et elle sont de grands amis, semble-t-il.

Il n'y avait pas l'ombre d'un sourire. Il acceptait la situation, quelle qu'elle fût.

— Soyez assuré, reprit sir John, que la cour dispose de fonds pour régler l'assistance médicale apportée à ses agents de police. À propos, sachez aussi qu'elle vous rétribuera pour le temps passé à cet examen vers lequel nous nous hâtons.

— Très bien, sir John, je ne prétendrai pas que les honoraires, aussi maigres soient-ils, ne seront pas les bienvenus. Jusqu'ici, mon cabinet n'a guère attiré beaucoup de patients.

— Pour ma part, je m'estime heureux de vous avoir rencontré par le plus pur des hasards.

L'attelage s'arrêta devant la demeure des Goodhope.

— Mais nous voici devant la maison de St. James Street, déclara le magistrat. Vous allez pouvoir faire vos preuves.

— Pour votre plus grande satisfaction, j'espère.

Nous entrâmes sans difficulté. Potter ne dit rien et se contenta de nous ouvrir la porte. Je remarquai toutefois, en pénétrant le dernier, une note d'hostilité dans les yeux du majordome. Elle disparut cependant lorsque lady Goodhope vint nous accueillir. Elle arborait d'ores et déjà une toilette noire, comme il sied en ces circonstances. Sir John lui présenta M. Donnelly et spécifia combien la présence d'un médecin était nécessaire, afin d'examiner le corps de son époux. Hésitant un instant, elle y consentit et ordonna à Potter de conduire le praticien au cellier. M. Donnelly s'inclina et la remercia, puis s'éloigna pour œuvrer à sa tâche, nous laissant seuls avec lady Goodhope.

— J'espère qu'ainsi nous en aurons fini, déclara-t-elle.

Sa voix trahissait une nuance de dépit.

— Je vous demande pardon, milady? répliqua sir John en se tournant vers elle, pour le moins confus.

— J'ose espérer qu'à l'issue de cet examen il me soit permis de rendre public le décès de lord Goodhope et de préparer ses funérailles. Ai-je tout lieu de le croire?

— Vous avez tout loisir d'agir comme bon vous semble, répondit-il. Mais dites-moi, qu'escomptez-vous faire publier au titre de la cause du décès? Crime crapuleux? Homicide?

— Pourriez-vous m'éclairer en la matière? Pourquoi devrais-je justifier les raisons de sa mort?

— Il est d'usage de procéder ainsi et la nouvelle aura tôt fait de se répandre. Les domestiques parleront, s'ils ne l'ont déjà fait.

— Oh! s'exclama-t-elle en serrant les poings et en tapant du pied avec colère. Je veux seulement en finir avec tout cela et rentrer à Grandhill.

— Grandhill, lady Goodhope?

— Notre résidence dans le Lancashire. C'est *ma*

demeure. J'ai un fils à élever. Il n'a encore que huit ans et sera le prochain lord Goodhope à sa majorité.

— Je comprends vos raisons, dit sir John, mais eu égard à cet enfant, il reste beaucoup à faire ici.

— Que voulez-vous dire ?

— Avez-vous suivi mon conseil et fait examiner les comptes de lord Goodhope ?

— Non, mais vous avez insisté pour que je le fasse lorsque vous étiez convaincu qu'il s'était suicidé.

— La démarche est nécessaire dans tous les cas. Qui était le banquier de votre époux ? Son notaire ?

— Je l'ignore. Je suis certaine que cela se trouve parmi les documents rangés dans son bureau.

— Mais n'avez-vous point encore cherché ?

— Non.

Sa voix dénotait à la fois la colère et la résignation.

Sir John eut un soupir, s'avança vers elle et baissa le ton jusqu'au murmure :

— S'il ne s'est point suicidé, on l'a donc assassiné. Nous en convenons ?

— Je suppose que oui. Certes.

— Qui aurait souhaité assassiner votre époux, lady Goodhope ?

— Il avait des ennemis politiques, je présume. Il était actif au Parlement et connu à la Cour.

— Tout à fait. Je puis prendre des renseignements.

— Par ailleurs, nul doute qu'il s'en trouvait bon nombre à espérer sa disparition pour d'autres raisons.

— De qui s'agirait-il ?

Elle se tut un instant. Puis, laissant son regard vagabonder alentour, elle me regarda ouvertement pour la première fois. Elle m'avait enfin remarqué.

— Qui est ce garçon qui se trouve toujours à vos côtés, sir John ?

— Jeremy Proctor, madame, répondis-je en m'inclinant, avant même que le magistrat eût pu répondre.

— Voilà donc *qui* il est, reprit sir John. Quant à savoir *ce* qu'il est, nous pouvons le coiffer du titre d'assistant.

Cette désignation me combla encore davantage que « le garçon dont j'ai la charge ».

— Eh bien, dit-elle, dispensez-vous quelque temps de ses services et nous discuterons du problème dans mon salon.

Il acquiesça d'un hochement de tête, non sans mauvaise grâce, puis me confia :

— Jeremy, rends-toi dans la bibliothèque et prépare la pièce pour moi. J'y interrogerai bientôt les domestiques.

Je me renfrognai quelque peu pour avoir été mis à l'écart comme un enfant (ce que j'étais alors sans l'ombre d'un doute), encore que je ne pusse blâmer sir John pour la façon dont il avait traité l'affaire. En outre, qu'il m'eût appelé son « assistant » me transportait au paradis. S'il m'avait désigné ainsi, alors j'étais déterminé à le devenir. Je ferais tout ce qu'on me dirait de faire, bien sûr, soit pour l'heure disposer la pièce comme il me l'avait demandé : placer deux sièges face à face au milieu de celle-ci, le plus confortable lui étant destiné. Avant toute chose, je l'aiderais à voir. Si ma description candide de l'état des mains de la victime s'était avérée capitale pour sir John, alors je demeurerais plus attentif que jamais aux irrégularités et aux détails qu'il jugeait d'une grande importance.

Il ne fut guère occupé longtemps en compagnie de lady Goodhope et, lorsqu'il entra dans la bibliothèque, Ebenezer Tepper marchait dans son sillage. Priant le jeune valet de pied de s'asseoir, il me fit venir à ses côtés et me confia, d'une voix si faible que l'individu qu'il s'apprêtait à interroger ne pouvait entendre :

— Jeremy, je souhaiterais que tu passes en revue les

moindres coins et recoins de cette pièce, en cherchant les endroits où un homme adulte aurait pu se dissimuler : une niche, un cabinet, voire un coffre. Car pour l'heure, la meilleure interprétation que je puisse faire de cette curieuse suite d'événements est la suivante : quel que soit celui qui a tiré un coup de pistolet à la face de lord Goodhope, il a accompli son forfait, est demeuré caché jusqu'à ce qu'on défonce la porte, a attendu que la pièce se vide enfin, comme ce fut en effet le cas, puis est sorti subrepticement par la seule issue qu'il lui était possible d'emprunter.

J'opinai du chef en lui chuchotant avec flamme :

— Oui, cela a très bien pu se dérouler ainsi !

— Mais alors, dit-il, plus pour lui-même qu'à mon adresse, nous sommes en présence d'un autre problème.

— Et quel est-il, sir John ?

— Comment notre homme s'est-il introduit dans la pièce en tout premier lieu ?

Il se détourna alors de moi, secouant la tête d'un air confus, et je l'aidai à s'installer dans le fauteuil que je lui avais préparé.

— Votre nom, déclara-t-il ensuite au jeune homme assis face à lui, est Ebenezer Tepper, si je ne m'abuse.

— Oui, m'sieur, c'est ben ça, répondit le valet dans un bref hochement de tête.

Sir John se pencha soudain en avant, en proie à un vif intérêt.

— Vous venez du Lancashire, n'est-ce pas ?

— Pour sûr, m'sieur.

— Tibble Valley ?

Ebenezer sourit à belles dents, ravi qu'on l'eût reconnu.

— Comme vous dites, monsieur.

— Eh bien, reprit sir John, c'est fort intéressant. Dites-moi, Ebenezer, que vous rappelez-vous des événements survenus hier au soir ?

— Ben... comme qui dirait qu' c'est milady qui m'a appelé su' l'coup d' sept heures.

Je ne poursuivrai pas plus avant cette tentative d'imitation. Je n'en ai ni le talent ni la mémoire et vous, cher lecteur, risqueriez sans aucun doute de vous en lasser. Vous aurez toutefois deviné que je saisis bien peu de choses à ce qu'Ebenezer confia à sir John. J'eus peine à croire que le jeune homme s'exprimât dans la langue de Shakespeare, bien qu'il fût compris de sir John. Le magistrat opina du chef avec sagesse et lui posa à intervalles réguliers des questions dans un anglais châtié. Il semblait n'avoir pas plus de difficultés avec le valet de pied qu'il n'en avait eu plus tôt avec M. Bailey, encore qu'il parût s'amuser beaucoup plus.

Sans doute était-ce aussi bien que je fusse découragé d'écouter leur conversation, car cela m'obligea à m'atteler à la tâche que sir John m'avait assignée. J'agis donc selon ses directives, arpentant la pièce en long et en large, en quête de la moindre cachette. Au passage, je dois faire remarquer au crédit de lord Goodhope que sa bibliothèque était digne de cette appellation. Des ouvrages de toutes sortes en tapissaient les murs, dont certains interrompirent mon tour d'horizon. Et si l'endroit abritait effectivement ce qu'on eût pu désigner du nom de niches, d'où les étagères étaient exclues et où les fenêtres se trouvaient, aucune ne parut suffisamment grande pour cacher un homme. Les épaisses tentures, qu'on avait tirées, effleuraient les fenêtres. Ce qui n'était point visible de ces niches depuis la porte l'était en revanche depuis le secrétaire, où l'on avait découvert le corps de lord Goodhope. Il semblait peu vraisemblable que ces supposées alcôves eussent dissimulé l'assassin.

Cependant, si scrupuleuse fut ma recherche (et, je dois l'admettre, si fréquentes furent mes interruptions pour feuilleter les livres les plus tentants sur les rayons) que je n'avais pas fait la moitié du travail lorsque sir John congédia Ebenezer Tepper en lui demandant de lui dépêcher Potter.

Il s'adressa alors à moi.

— Comment se déroule ton inspection, Jeremy?

— Jusqu'ici je n'ai rien trouvé.

— Eh bien, poursuis ta recherche. Il se peut que tu découvres quelque chose.

— Sir John, je désirerais vous dire un mot!

La phrase n'émanait pas du maître d'hôtel mais de M. Donnelly. Il entra à grandes enjambées dans la pièce et se dirigea vers le magistrat.

— Autant de mots que vous le souhaitez, monsieur Donnelly, répliqua sir John en se levant.

Je ne pus m'enpêcher de m'approcher pour savoir de quoi il retournait.

Sans plus attendre, le médecin confia au magistrat :

— J'ai une requête, quelque peu hors du commun, à vous présenter.

— Et quelle est-elle, je vous prie?

— J'aimerais emmener le corps de lord Goodhope dans mon cabinet pour un examen plus approfondi.

— Oh? fit sir John, qui sembla légèrement pris au dépourvu par la demande. La blessure est-elle si difficile à analyser?

— Non, elle ne présente aucune difficulté. Elle correspond d'une façon remarquable à la description que vous en avez faite chez ma cousine. Les conclusions que vous avez tirées sont, je pense, correctes. Il ne s'agit pas d'un suicide.

— Alors quoi?

— Il y a un autre détail; une décoloration de la langue que je trouve pour le moins curieuse.

— Qu'est-ce que cela pourrait signifier?

— J'hésite à me prononcer, sir John, tant que je n'aurai pas procédé à un examen plus approfondi.

— Et pourquoi ne pouvez-vous pas vous en charger sur place ?

— À mon avis, ce serait... euh... délicat, je le crains.

Le praticien soupira.

— Ce que je propose correspond à ce qu'on appelait, lors de mes études à Vienne, une *Obduktion*.

— Veuillez vous exprimer clairement, monsieur Donnelly, répliqua sir John non sans une once d'exaspération. Je possède quelques notions de latin, des bribes de français et aucun mot d'allemand.

— Je souhaiterais pratiquer une autopsie.

— Au sens médical du terme, voulez-vous dire ? Autrement dit, vous désirez ouvrir le corps de lord Goodhope et examiner ses entrailles et ses organes ?

Sa canne martela le tapis dans un bruit mat, non point de rage, comme je le pensai de prime abord, mais plutôt pour insister avec vigueur sur ce qu'il prononça ensuite :

— Il ne s'agit pas là d'une chose à laquelle je puis offrir mon assentiment ou opposer mon désaccord. Pour être honnête, eussions-nous été en présence de quelque pauvre diable ramassé sur le trottoir des Seven Dials, je n'aurais eu aucune objection à ce que vous le dépeciez à l'envi. Mais, palsambleu, monsieur ! Lord Goodhope est *lord* Goodhope, après tout. Ce n'est pas entièrement à moi, voire pas à moi du tout, qu'il incombe de donner la permission. Seule compte la décision de lady Goodhope, et je doute fort qu'elle considère d'un œil favorable votre proposition.

De nouveau, M. Donnelly eut un soupir de bon aloi, à l'instar de quelque amoureux transi.

— Eh bien, sir John, laissez-moi au moins tenter de la convaincre.

— Je n'ai rien contre et je vous souhaite bonne chance. Vous la trouverez dans le salon qui donne sur la porte d'entrée. Du moins est-ce là que je l'ai vue pour la dernière fois.

Gabriel Donnelly tourna les talons et s'apprêta à quitter la pièce. Je repérai Potter à la porte, absorbé par toute information susceptible de s'ébruiter. Il avait entendu aussi aisément que moi.

Mais sir John interpella alors le médecin :

— Monsieur Donnelly, à votre place, il y a deux points sur lesquels je me ferai clairement comprendre en sa présence.

— Quels sont-ils, monsieur ?

— En premier lieu, que vous n'êtes pas quelque boucher à la petite semaine, mais docteur en médecine, diplômé à Vienne. En second lieu, qu'avec son autorisation votre autopsie sera conduite dans le seul dessein de faciliter cette enquête et non point en présence d'étudiants ou d'apprentis, en vue de les former.

M. Donnelly réfléchit un instant, puis déclara :

— Entendu. Merci pour votre conseil, sir John.

Il franchit ensuite la porte toujours béante et défoncée de la bibliothèque, effleurant à peine le majordome Potter au passage.

Le magistrat se cala de nouveau dans son fauteuil et haussa le ton :

— Vous pouvez entrer à présent, monsieur Potter.

— Merci, milord.

— Un simple « monsieur » fera l'affaire. Maintenant, si vous voulez bien prendre place en face de moi, j'ai quelques questions à vous poser.

— Certainement, monsieur.

— Quelques-unes seulement. Tout d'abord, existe-t-il un plan de cette demeure ?

— Un plan, monsieur ?

— Oui, un plan d'architecte de la maison, un dessin, si je puis dire.

— Oh, je comprends, monsieur. Non, monsieur, aucun... à ma connaissance.

— Eh bien, il y en a sans doute eu un.

— Oh oui, monsieur.
— Il se peut qu'il existe encore.
Potter resta un instant pensif puis reprit :
— Oui, monsieur.
— Trouvez-le.
— Monsieur ?
— Trouvez-le, vous dis-je. Demandez à lady Goodhope, encore que j'imagine que vous n'obtiendrez guère de renseignements de sa bouche. Mais vous êtes le majordome, n'est-ce pas ?
Il se redressa de toute sa hauteur.
— Tout à fait, monsieur.
— Alors, vous devez connaître tous les endroits où de tels documents sont susceptibles d'être conservés. Allez-y, parcourez les papiers qui s'y trouvent. Trouvez le plan de la maison.
— Euh... entendu, monsieur.
— Ma question suivante, dit sir John, porte sur l'âge de la demeure. Quand fut-elle construite ?
— Au siècle dernier, monsieur, selon ce qu'on m'a laissé entendre.
— Très bien, mais *quand* au siècle dernier ?
Potter parut ennuyé, presque contrarié, par ces questions. Pourtant, il répondit humblement, avec le respect dû au magistrat :
— Il est difficile d'être précis sans le plan de l'architecte entre les mains, mais j'ai cru comprendre qu'elle a été édifiée au début du règne du premier Charles.
— Comme vous le suggérez vous-même, Potter, nous tirerons cela au clair dès lors que vous dénicherez le plan.
— Euh... oui, monsieur.
— Une dernière question, à présent. Cette maison dispose-t-elle d'un jardin ?
— Oh, tout à fait, monsieur, et il est fort joli, monsieur. Lady Goodhope lui accorde le plus grand intérêt.

— Je n'en doute pas. Je suis certain qu'il est splendide. Maintenant, Potter, je vous saurai gré de conduire monsieur Proctor dans le jardin, afin qu'il puisse l'examiner, et de répondre, je vous prie, à toutes les questions qu'il pourrait vous poser.

— Monsieur Proctor?

Le majordome balaya la pièce du regard comme si je n'étais point présent.

— Monsieur Proctor, exactement. À présent, veuillez avoir la bonté d'attendre à la porte, j'aurais un mot à lui dire.

J'abandonnai alors mon inspection de la bibliothèque qui, en vérité, n'avait guère avancé depuis le départ d'Ebenezer Tepper, et rejoignis aussitôt sir John. Potter, comme on le lui avait demandé, gagna la sortie... où il se renfrogna.

Le magistrat tâtonna dans le vide et me saisit par le bras, m'attirant vers lui.

— Jeremy, me confia-t-il dans un murmure, tu dois maintenant observer cette pièce de *l'extérieur*. Cherche la moindre protubérance dans ses murs à quelque niveau que ce soit. Demande-lui tout ce qui te passe par la tête, mais tâche de ne point lui divulguer l'objet précis de ta quête. Et montre-toi assez diligent. Je dois rentrer préparer la séance d'aujourd'hui au tribunal. C'est compris?

— Entendu, sir John.

— Très bien, je t'attendrai; probablement dans le vestibule, non loin de la porte d'entrée.

— Je ne serai pas long.

Il me libéra alors et j'emboîtai le pas à Potter, empruntant une porte sous l'escalier, juste au-delà de celle que nous avions franchie la veille au soir pour rejoindre la cuisine en sous-sol. Il fallait descendre trois marches menant à l'huis qui s'ouvrait sur l'extérieur. D'un geste ample et ostentatoire, Potter exhiba une clé de sa poche — non point un trousseau mais une clé unique — et ouvrit.

— Était-ce verrouillé hier au soir ? demandai-je en rendant ma voix juvénile le plus grave possible.

— Bien sûr, *mon garçon* ! répliqua Potter avec rudesse.

À l'évidence, il ne prisait guère de jouer les guides pour un adolescent de treize ans.

Pour autant, il n'avait pas menti sur la joliesse du jardin. Celui-ci se révélait resplendissant. Des floraisons de toutes sortes y abondaient dans chaque coin. Elles pastichaient l'opulent imbroglio de la nature ; disposées non point en parcelles mais plutôt pêle-mêle en une joyeuse profusion où couleurs et variétés s'entremêlaient d'une manière que je n'avais jusque-là jamais observée. Un sentier traversait ce désordre floral. Potter se tint de côté et me permit d'inspecter le lieu comme bon me semblait. J'empruntai l'allée jusqu'à la haute haie de troènes qui l'achevait, tandis que le majordome marchait dans mon sillage. Je découvris un portail que je tentai d'ouvrir. Il était fermé à clé.

— Et où mène-t-il ? m'enquis-je sans me départir de mon sérieux.

— À d'étroites écuries entre les maisons, répondit-il d'un ton cassant, tel un dogue prêt à mordre.

— Et était-il fermé hier soir ?

— Bien sûr !

— Avez-vous la clé sur vous ?

— Non, je ne l'ai pas !

— Voudriez-vous aller la quérir, monsieur Potter, je vous prie ?

Mon sang-froid m'étonnait moi-même. Pour sa part, le majordome parut offusqué par ma requête. Je le lus sur son visage, tandis qu'il résistait à l'envie de me calotter pour mon impertinence ou du moins de refuser d'accéder à ma demande. Il finit toutefois par se raviser, se rappelant sans doute que sir John Fielding en personne m'avait mandaté pour le représenter en ce lieu.

Aussi n'eut-il d'autre choix que de s'éloigner dignement vers la maison, me criant par-dessus l'épaule qu'il reviendrait dans un instant.

Cet instant-là me suffit amplement pour procéder à l'inspection dont on m'avait chargé. Je me ruai vers la demeure et la contournai par la droite, en quête de la moindre extension ou saillie dans les murs, tout ce qui pouvait paraître bizarre.

Mais non, il n'y avait rien.

Je longeai alors les fenêtres de la bibliothèque à l'arrière de la maison, scrutant le haut, inspectant le bas. Il en existait deux, séparées par la cheminée qui alimentait l'âtre de cette pièce, lequel se trouvait immédiatement derrière le bureau où j'avais vu pour la première fois le corps assis de lord Goodhope. Tout était disposé comme je le supposais, pour avoir examiné scrupuleusement la bibliothèque de l'intérieur.

Était-ce réellement le cas ?

Je reculai dans le jardin, continuant à observer l'arrière de cette pièce avec le sentiment qu'il y avait quelque chose à y découvrir, si toutefois je pouvais le voir.

Sir John attendit que nous fussions ensemble dans le fiacre pour me parler enfin de ce que j'avais observé ou non de l'extérieur. Il paraissait toujours quelque peu troublé par ce qu'il avait appris de la bouche de M. Donnelly.

Lorsque je l'avais rejoint dans le vestibule, il était occupé à une conversation fort animée avec le médecin. Ils discutaient des détails relatifs au transport de la dépouille de lord Goodhope. M. Donnelly affirmait à sir John qu'il ne devait point se soucier de l'enlèvement du corps ; le praticien y veillerait en personne.

— Vous seul, monsieur ? s'était enquis le magistrat.

— Les domestiques et moi-même, avait répondu

l'autre. Un cercueil rudimentaire est arrivé ce matin. Nous louerons un fardier.

— Vous avez donc obtenu ce que vous vouliez et je vous en félicite, bien que je doive avouer que je suis surpris.

— Elle s'est montrée fort courtoise.

— Et vous, à l'évidence, fort persuasif.

Il avait alors tourné la tête dans ma direction :

— Jeremy ? Est-ce toi qui viens d'arriver ?

— Oui, sir John.

— Alors, en route pour Bow Street.

Ce fut ainsi que nous entamâmes notre trajet en silence. N'eût été le ruban noir qui lui recouvrait les yeux et son tricorne qui lui cachait le front, j'eusse juré qu'il fronçait les sourcils. En l'occurrence, je ne pouvais que le conjecturer.

Nous avions quitté St. James depuis longtemps lorsqu'il m'adressa enfin la parole :

— Alors, Jeremy, dis-moi, as-tu découvert quelque chose dans le jardin ?

— Je n'en suis pas sûr, sir John, avouai-je en toute honnêteté.

— Pas sûr ? Allons, mon garçon, tu possèdes un œil aiguisé. Tu l'as d'ores et déjà prouvé.

— Mais je n'y ai rien vu dont je sois certain.

— Ne brûlons point les étapes. Il n'est pas nécessaire que tu sois certain mais seulement suspicieux. À présent, qu'est-ce qui a éveillé ta suspicion, au juste ?

— La cheminée, dis-je. Sa forme est assez étrange.

— La cheminée ? Humm... eh bien... c'est une possibilité, n'est-ce pas ? Si je me souviens de la description que M. Bailey et toi avez faite de la pièce hier au soir, l'âtre qu'elle dessert se trouve exactement derrière le bureau où lord Goodhope a été découvert. Est-ce exact ?

— Oui, monsieur, c'est exact.

— De quoi a-t-elle l'air, vue de l'extérieur ? Constitue-t-elle un appendice d'une profondeur extravagante? Par trop vaste?

— Pas tout à fait. Elle a été bâtie en saillie, certes, mais sur les deux côtés. Sa forme est telle qu'elle se déploie sous les deux fenêtres.

— Intéressant. Cela nécessitera une plus ample inspection dès demain.

Je crus que ce serait là tout ce qu'il aurait à dire, mais il s'anima et m'interrogea sur le jardin.

— Oh, fort joli, monsieur.

— Allons, Jeremy, tu peux sans doute mieux faire. Décris-le-moi.

Il avait raison d'insister, bien sûr. Je ne faisais guère mieux que M. Bailey la veille au soir lorsqu'on lui avait demandé de décrire la maison. Aussi pris-je le temps de réfléchir, de me représenter le jardin à l'esprit, puis je lui confiai simplement ce que j'avais vu.

— Sa taille, lui dis-je, correspond environ à la moitié de celle de la demeure en profondeur, quoiqu'il soit plus large sur les deux côtés, bien sûr, lesquels sont délimités par une clôture en bois.

Il hocha la tête mais m'indiqua d'un geste de la main que je devais poursuivre.

— Des fleurs et des arbustes bordent l'allée de part et d'autre, laquelle traverse le jardin en son milieu. Il y a deux bancs.

— Où mène cette allée?

— À un portail dans une haie de troènes. Celle-ci mesure environ six pieds de haut.

— Et par-delà ce portail?

— Une écurie. Potter semblait assez peu disposé à l'ouvrir ou peut-être était-ce seulement parce qu'il n'avait point la clé sur lui. Je lui ai demandé d'aller la quérir.

— Tu l'as fait, vraiment? s'étonna sir John en riant de bon cœur. Cela a dû le plonger dans une colère noire, non?

Me remémorant combien l'envie de m'éconduire s'affichait littéralement sur la face de Potter, j'éclatai de rire à mon tour.

— Tout à fait ! m'écriai-je.

— Bravo, mon garçon. Mais dis-moi, quelle sorte d'écurie est-ce ?

— Eh bien, elle s'étend sur la longueur de la rue et est sans doute assez large pour accueillir un chariot et des chevaux, encore que j'en doute. Selon Potter, on y trouve de la poussière et des détritus de toutes sortes. C'est une venelle de terre battue qui empeste.

— Il n'existe aucune bâtisse de taille moindre derrière la maison ?

— Non, monsieur, aucune.

— Dans ce cas, toute la domesticité doit être logée au sous-sol. Ce qui n'est guère confortable, à mon avis. Mais...

Il s'interrompit alors et se tourna vers la rue.

— Oui, nous voici à Covent Garden. Il est temps pour moi d'adopter mon air officiel.

Je regardai par la fenêtre de l'attelage et constatai, ébahi, qu'il disait vrai. Je ne m'étais pas rendu compte que nous étions si près.

Comme le cocher ralentissait et arrêtait son cheval devant le tribunal de Bow Street, je ne pus m'empêcher de demander :

— Sir John, comment avez-vous pu deviner où nous nous trouvions ?

— Jeremy, déclara-t-il, en me déplaçant, j'utilise simplement mes quatre autres sens. Vous autres qui jouissez de la vue ne faites que mésuser du reste. Dans le cas présent, j'ai seulement mis à l'œuvre mon nez et mes oreilles. J'ai respiré la verdure et l'odeur terreuse des étals des maraîchers, tout en écoutant ces derniers vanter leurs marchandises. Crois-moi sur parole, mon garçon, il n'existe aucun lieu à Londres qui exhale et résonne comme Covent Garden.

Ainsi qu'il en avait fait la démonstration.

Une fois le cocher rétribué, nous prîmes chacun une direction distincte, lui rejoignit son tribunal et moi, hélas, Mme Gredge. Mais ses dernières paroles à mon endroit prirent la forme d'une invitation :

— Lorsque tu auras accompli tes tâches pour sa plus grande satisfaction, tu seras libre, si cela te chante, de venir en mon tribunal pour observer le déroulement de la séance.

J'acceptai volontiers.

Restaient cependant les escaliers à nettoyer, deux grandes marmites à laver et quelques coups de balai à donner. Lorsque j'eus achevé tout l'ouvrage qui m'était assigné, je fus bien sûr tenté de m'esquiver simplement au tribunal de sir John. Je savais toutefois qu'une telle attitude eût été malavisée, aussi demeurai-je à l'office ; n'osant même pas m'asseoir à la table, je préférai m'occuper à de menus travaux, comme apporter quelque ordonnance aux couteaux, fourchettes et autres cuillères que je découvris pêle-mêle dans un recoin du buffet. Je n'ignorai point que les fruits de mon labeur devaient recevoir l'approbation de Mme Gredge, avant de pouvoir prendre convenablement congé.

Elle n'apparut pas aussitôt. Et à en juger par les murmures que j'entendais au-dessus, nul doute qu'elle se trouvait dans la chambre de sir John, au chevet de lady Fielding. J'entendis enfin une porte s'ouvrir et se refermer, puis des pas dans l'escalier, et Mme Gredge entra à la cuisine. Elle semblait troublée.

Elle se laissa choir sur une chaise près de la table, se prit la joue dans la main, ne me prêtant guère attention. Après avoir attendu plus d'une minute, je me dandinai un peu et toussotai discrètement.

Tout à coup, elle releva la tête et me dit :

— Ah, Jeremy... Finir promptement, c'est le mieux que nous puissions espérer pour chacun d'entre nous.

— Lady Fielding est-elle donc gravement malade ? Jusqu'ici on ne m'avait point clairement informé de son état.

— Quand se rétablira-t-elle ?

— Elle est fort souffrante, en effet. Quant à son rétablissement, il est peu vraisemblable, je le crains.

En proie à l'embarras, j'attendis un moment, tout à la fois curieux et hésitant à l'interroger. Puis je rassemblai mon courage à deux mains et lui demandai :

— De quelle sorte de maladie souffre-t-elle ?

— Une sorte de maladie qui la ronge. Cette pauvre femme si bonne s'affaiblit tout simplement à vue d'œil.

Puis elle se ressaisit, se redressa sur sa chaise et me lorgna d'un œil critique :

— As-tu fini l'ouvrage que je t'ai confié, Jeremy ?

— Oui, madame. L'escalier, les marmites, le balayage. J'ai même rangé les couverts dans le buffet.

— C'est parfait, commenta-t-elle dans un soupir. Nul doute que tu as fait du bon travail.

Elle ajouta ensuite, recouvrant un semblant de sa férocité initiale :

— Sinon, tu entendras parler de moi plus tard. Sois-en sûr.

— Oui, madame.

— Tu es libre de monter lire à l'étage. Autant le faire dans la journée que de gaspiller une bougie la nuit.

— Oui, madame. Mais... euh... sir John a dit que je pourrais me rendre au tribunal et assister aux audiences.

Elle secoua la tête à une ou deux reprises, son visage trahissant son désarroi.

— Alors, vas-y, si tu le souhaites, dit-elle, encore que j'ignore ce qui te pousse à vouloir être le témoin d'un tel étalage de la misère et de l'iniquité humaines.

— Eh bien, bredouillai-je, parce que sir John me l'a proposé.

— Je comprends. Alors file, mon garçon.

Mais comme je gagnais les marches, elle m'appela :

— Jeremy !

— Oui, madame, répondis-je en m'arrêtant pour me retourner.

— Il te tient en haute estime. Tâche de ne point le décevoir.

Je lui en fis la promesse puis descendis en trombe l'escalier de service.

Une bonne partie de l'après-midi s'était écoulée lorsque je fis mon entrée au tribunal de Bow Street. Il ne restait guère de prévenus ou de témoins et ce que je devais plus tard assimiler au public habituel de sir John se réduisait à quelques personnes à peine. N'ayant que l'embarras du choix parmi les places libres, je préférai toutefois m'installer suffisamment près de la barre, afin d'entendre le déroulement du procès, sans pour autant attirer l'attention sur ma personne.

Sir John semblait hâter le déroulement de la séance. On venait d'emmener un prisonnier lorsque je pénétrai dans la salle. De quel délit l'accusait-on ? Je l'ignorais. Nul doute, cependant, qu'il était voué aux assises. Je l'observai non sans compassion — un jeune homme guère plus âgé que moi —, sachant que si j'avais échappé à un transfert à Newgate deux jours plus tôt, je le devais uniquement à l'intérêt que sir John portait à la justice. Je me demandai alors si cet individu n'était pas le tristement célèbre Dillon, qui avait entaillé l'avant-bras de M. Bailey. « Le cas échéant, me persuadai-je, il mérite certes moins ma sympathie. »

Le magistrat eut ensuite deux cas de moindre importance à traiter : un différend à propos d'un acte de propriété, que sir John régla en faveur du porteur dudit titre ; puis une accusation de vol à la tire. L'issue de cette affaire n'étant pas dénuée d'intérêt, je me propose de vous la narrer ici. Pour résumer brièvement : Peg

Button, sans profession (en vérité, femme de petite vertu), avait accosté un dénommé John Turley, régisseur de son état, dans Black Boy Alley, à environ onze heures ce matin-là, et lui avait fait certaines propositions. Tandis qu'il considérait l'offre de la dame, notre homme sentit un léger mouvement dans la poche de son habit et comprit qu'elle lui avait chipé un mouchoir en soie, d'une valeur d'une guinée, voire davantage. Le temps qu'il s'en rendît compte, elle tendait déjà l'objet à son complice, un jeune garçon d'une dizaine d'années. Turley saisit ce dernier mais ne réussit qu'à lui arracher le mouchoir, avant que le garçonnet ne disparût au coin de la rue. Gênée par ses jupes, la femme fut facilement rattrapée, en revanche. Et une fois prise, il la conduisit sur-le-champ au tribunal de Bow Street, où une plainte pour vol fut alors déposée contre elle. Ce récit émanait de Turley. Il n'y avait aucun témoin pour confirmer ses dires.

Sir John écouta patiemment l'histoire puis il s'enquit :

— Qu'avez-vous à déclarer au sujet de ce dont on vous accuse, Peg Button ?

— Qu' c'est point moi qui l'a pris, m'sieur l' juge, c'est l' gamin.

— Le connaissez-vous ?

— Je l' vois souvent dans l' quartier.

— Il a été déclaré sous serment que vous avez pris le mouchoir en soie, pour le tendre ensuite au garçonnet. Que dites-vous de cela ?

— Ben j' dis qu' le gentleman a fait erreur, monsieur. J'ai vu qu' le garçon avait la main dans la poche du gentleman, alors j'ai cherché à l' prendre de sa main pour l' rendre au gentleman.

— Logique, je vous l'accorde, logique. Alors pourquoi vous êtes-vous enfuie ?

— Ben parce qu'il beuglait qu' j'étais la voleuse de

son mouchoir tout crasseux, pardi ! Même que c'était point vrai, mais il n' voulait point en démordre, pour sûr.

— La cour est-elle en possession de l'objet en question ?

— Je l'ai ici, sir John, répondit l'huissier, M. Marsden.

— Est-il « crasseux » ?

— Eh bien, la morve et les crachats séchés qu'il contient en ont durci l'étoffe.

Un rire parcourut les spectateurs restants de l'habituel public.

— Naguère il était blanc, mais il est à présent en grande partie jaunâtre.

— Êtes-vous enrhumé, monsieur Turley ?

— En effet, sir John.

Et il toussa une ou deux fois, comme pour en apporter la preuve.

— Eh bien, nous avons au moins établi la propriété dudit objet.

La remarque suscita d'autres éclats de rire. Le magistrat médita alors sur la question :

— L'avons-nous réellement établie ? Monsieur Marsden, voudriez-vous examiner cette pièce autrefois blanche et nous dire si elle porte la moindre marque distinctive ?

John Marsden ouvrit le mouchoir avec délicatesse et l'inspecta soigneusement.

— Deux initiales, sir John. Un *F* et un *A*, clama-t-il.

— Comment expliquez-vous cela, monsieur Turley ? Comment vous êtes-vous trouvé en sa possession ?

— C'est un présent, sir John, de la part de quelqu'un qui ne me connaissait pas bien.

— Non, en effet... pas très bien, pas de nom, en tout cas.

Sir John se tut un long moment.

— Franchement, reprit-il enfin, je reste dubitatif. De

prime d'abord, même le plaignant a déclaré dans son témoignage qu'il a récupéré le mouchoir des mains du garçonnet, lequel ensuite s'est échappé. La manière dont l'enfant s'est emparé de l'objet a été passablement contestée par l'accusée. Reste enfin la question du mouchoir lui-même. M. Turley en revendique la propriété, mais il y a matière à en douter. Aussi la cour acquitte-t-elle Mme Peg Button et enjoint M. Turley de s'en aller sans son mouchoir. Celui-ci devient la propriété du tribunal. Si on le fait bouillir pendant une journée, il pourra sans doute de nouveau servir.

La tribune, qui d'ordinaire soutenait les prévenus, se mit à applaudir lorsque Turley se tourna pour s'éloigner d'un pas rageur. Mme Button remercia publiquement le magistrat, mais sir John l'interpella avant qu'elle ne s'en fût.

— Oui, m'sieur... euh, Votre Honneur, dit-elle, tout sourire.

Il se pencha vers elle et, d'une voix que seuls ceux du premier rang comme moi pouvaient entendre, lui dit :

— Allez-vous-en et évitez de sombrer dans le péché désormais, Peg.

Elle s'en alla en acquiesçant d'un bref hochement de tête.

Il y eut alors ce qui parut un long conciliabule entre sir John et M. Marsden, à l'issue duquel le greffier se leva et quitta un instant la salle. À son retour, il laissa la porte ouverte et regagna sa place auprès du magistrat, avec lequel il échangea un dernier mot en aparté. Ensuite Marsden, un homme plutôt petit, se redressa de toute sa hauteur et clama à haute et intelligible voix :

— Qu'on amène le prisonnier !

Franchissant cette même porte à l'arrière du tribunal, un homme enchaîné fut présenté par deux agents de police. Il s'agissait sans l'ombre d'un doute de l'agresseur de M. Bailey, en l'occurrence Dick Dillon. C'était, tel qu'on l'avait décrit, un individu de bonne stature. Qu'il eût été maladroit sur ses pieds, ce fut impossible de l'affirmer, car ceux-ci portaient des fers qui eussent alourdi la démarche du plus fringant des danseurs. Il décocha un regard hargneux à la cour, s'attirant ainsi la défaveur du public. Poussé par ses deux gardes vers la barre, il fixa le magistrat d'un air de défi : ce qui échappa à sir John, à cause de sa cécité.

On appela Frances Hawkins, lequel donna sa version du vol à main armée que Dillon avait perpétré à son endroit. À ce moment du récit, où Benjamin Bailey entrait en scène, sir John prit la relève. Il annonça qu'il avait entendu la déposition de son chef de police, ce matin-là, et se mit à la répéter mot pour mot de mémoire, hormis quelques rectifications grammaticales ou stylistiques. À la fin, il déclara :

— Que la cour prenne acte par écrit que tel fut le témoignage de l'officier ayant procédé à l'arrestation.

Un long et impressionnant silence s'ensuivit. Sir John prononça enfin, d'une voix plus forte et plus profonde qu'à l'accoutumée :

— Dick Dillon, qu'avez-vous à déclarer ?

— Qu'est-ce que j'ai à déclarer ? répéta le prévenu, comme s'il se moquait de la question solennelle du magistrat. C' que j'ai à dire, c'est qu' je veux la transportation.

— En d'autres termes, reprit sir John, vous préférez ne point être pendu.

— Dick Dillon ne s'ra pas pendu ! brailla l'accusé. Il a què'qu' chose à donner en échange.

— Et de quoi pourrait-il bien s'agir ? s'enquit le magistrat.

— Pouvez-vous me promettre la transportation aux colonies ?

— Comme quelqu'un qui est lié par contrat à vie ? Un esclave ?

— Je prendrai ce risque.

— Je ne puis rien vous promettre, Dick Dillon. Toutefois, si vous détenez des renseignements en matière de criminalité, lesquels seraient susceptibles d'entraîner une mise en accusation ou une condamnation, ceux-ci seront pris en considération lors de votre procès, au moment de prononcer votre sentence.

— Je veux la transportation ! réitéra Dillon.

— Et je ne puis vous la promettre.

— Je ne m'adresse donc pas à la bonne personne, pas vrai ?

— Sans aucun doute, déclara sir John.

Il attendit un peu, pour que les paroles qu'il s'apprêtait à prononcer fussent perçues dans toute leur gravité par l'ensemble du tribunal.

Or donc, le magistrat reprit :

— À tous les spectateurs ici présents, je demande de prêter attention à l'individu debout devant moi. Les preuves sont suffisamment claires et manifestes pour qu'il comparaisse sous l'accusation de vol. Le témoignage de la victime et la déposition de l'agent qui l'a appréhendé l'attestent. Néanmoins, comme nous le savons tous, il y a vol et vol. D'une part, nous sommes en présence d'un garçonnet de dix ans qui tente de dérober un mouchoir souillé : l'acte demeure répréhensible, certes, mais un tel larcin ne souffre aucune comparaison avec, d'autre part, le crime de Dick Dillon. Le sien n'a été autre qu'un vol perpétré avec une arme meurtrière, un coutelas. La victime, M. Hawkins, eut la chance d'en réchapper. En l'espèce, je n'exagère point, car selon la déposition de l'agent de police en chef Bailey, lorsqu'il s'est trouvé confronté à Dillon, ce dernier a témoigné de la ferme intention de l'assassiner et est parvenu en effet à le blesser avant d'être maîtrisé, lors de l'altercation qui a eu lieu. Je considère un tel acte bien plus grave, car en s'attaquant à un représentant de la loi, Dillon s'est attaqué à la loi elle-même. Cela ne peut et ne doit pas être toléré. Aussi doit-il être amené à comparaître non seulement pour vol, mais également pour tentative de meurtre sur la personne d'un officier de police, dans l'accomplissement légitime de ses fonctions. Je ne crois point qu'il se trouvera un juge ou un jury d'assises qui traitera de telles charges à la légère ou avec clémence. Que le prévenu, Dillon, soit donc emmené à Newgate, où il attendra le bon vouloir de la Couronne pour passer en jugement.

J'ignore si ce fut pour la valeur de son allocution ou la puissance de sa rhétorique impromptue, mais le public (guère plus d'une vingtaine d'âmes présentes) applaudit sir John Fielding à tout rompre. Jugeant malséante une telle manifestation, il frappa quant à lui son pupitre du plat de la main et réclama le silence.

Dick Dillon eut cependant le dernier mot. En quittant le tribunal, il se retourna pour crier, le plus puissamment qu'il put :

— Je n' s'rai point pendu. Vous verrez !

Et les gardes le poussèrent pour franchir la porte.

— La séance est levée ! clama sir John.

Il se leva ensuite et, sans le moindre faux pas, sortit par la même issue qu'avait empruntée Dillon quelques instants plus tôt.

Comme je m'en allais à mon tour, M. Marsden m'interpella pour m'indiquer que sir John souhaitait me recevoir en son cabinet après la session, au cas où je ferais une apparition au tribunal. Fort de cette invitation, je franchis cette même porte, lançai un dernier coup d'œil au funeste Dillon et, après que je me fus annoncé en frappant à l'huis, le magistrat m'accueillit.

Il était assis avec aussi peu de cérémonie que la première fois, les pieds relevés, souliers ôtés et perruque remisée de côté. Me priant de m'asseoir, il s'enquit de mon opinion à propos de Dick Dillon.

— Il me semble un fieffé vaurien, répondis-je.

— Je n'en disconviens pas, dit-il.

Il ajouta, plus à part lui qu'à mon adresse :

— Je me demande ce qu'il sait qui le rend si confiant.

Comme je n'en avais aucune idée, je me tus.

— As-tu saisi, me questionna-t-il, la distinction que j'ai faite dans ma péroraison en l'envoyant à Newgate ?

— Entre son vol et l'attaque à l'encontre de M. Bailey ?

— Non, Jeremy, je voulais dire entre le petit larcin et le vol à main armée. La loi, vois-tu, considère les deux sur un pied d'égalité. Tu as entendu l'affaire qui précédait ?

— Oui, sir John.

— Eh bien, selon toute vraisemblance, Peg Button a effectivement plongé la main dans la poche de l'individu et ce dernier l'a surprise en train de tendre le mouchoir au garçon. Cela s'est résumé à sa parole contre la sienne. Eût-il capturé et présenté l'enfant à la cour, Mme Button et le gamin eussent été, en théorie du moins, passibles d'une comparution et d'une condamnation à la pendaison.

— Tout cela pour un mouchoir en soie ?

— Oui, valant à peine une guinée, selon son propriétaire, en tout cas ; montant suffisant aux yeux de la loi pour mériter la peine capitale.

Il secoua gravement la tête, comme en proie à la plus grande perplexité.

— Selon moi, cet individu, Turley, est le propriétaire ou plutôt simplement le possesseur dudit mouchoir. Il l'a sans doute acheté à quelqu'un comme Peg ou son jeune complice, moyennant quelques pence, à l'approche de son rhume.

J'étais pour le moins anéanti par ce que je venais d'entendre. Dans le sort hypothétique qui eût attendu les deux comparses, je vis se refléter la situation où je me trouvais moi-même deux jours plus tôt.

Je finis par lui demander :

— Auraient-ils réellement été pendus pour si peu ?

— Selon toute probabilité, non. Les enfants qui n'ont pas quatorze ans ne sont point exécutés, quoique plusieurs d'entre eux aient été condamnés à mort. J'ai eu vent de certains cas dans les comtés, où la peine a véritablement été infligée. Mme Button ou quelqu'un comme elle aurait-elle été pendue ? C'est tout aussi peu probable. Si nos lois se révèlent les plus sévères du monde chrétien, nos procédures juridiques favorisent le prévenu. Turley, ou tout autre plaignant, eût dû se montrer plus convaincant aux assises : présenter des témoins, établir sa propriété de l'objet dérobé, apporter la preuve de sa valeur marchande, et ainsi de suite. Mais eût-elle été jugée coupable et condamnée à mort, la peine de Mme Button aurait été commuée en châtiment par le fouet, un séjour en prison ou la transportation dans l'une des colonies tant convoitées par Dillon ; ce qui, en l'occurrence, n'est point un sort enviable. Dans la pratique, seule la moitié des condamnés...

Il fut interrompu par un coup frappé à l'huis du cabinet.

Il se tourna, agacé.

— Jeremy, dit-il, veux-tu aller voir, je te prie ? À moins qu'il ne s'agisse de M. Marsden ou d'un des agents de police, renvoie l'importun.

Je bondis de ma chaise pour aller ouvrir. En entrebâillant la porte, j'aperçus le visage impatient et enthousiaste de M. Gabriel Donnelly. Difficile de la lui claquer au nez. En l'espèce, cela fut impossible.

— Je *dois* parler à sir John, déclara-t-il, en poussant le battant.

— Qui est-ce ? s'écria le magistrat.

M'ayant ainsi contraint à le laisser entrer, M. Donnelly se précipita vers lui, se pencha par-dessus la table en une posture impérieuse et déclara :

— C'est moi, Gabriel Donnelly, et je suis venu...

— Pourquoi n'avoir point attendu qu'on vous annonçât comme il convient ? s'enquit sir John.

Il avait ôté ses pieds du bureau et tâtonnait en quête de sa perruque.

— Car, voyez-vous, la nouvelle que je vous apporte ne pouvait attendre. Laissez-moi vous confier ce dont j'ai la certitude. J'ai procédé à l'*Obduktion*, j'ai examiné la plupart, mais non point la totalité, des organes du défunt. Les tissus des reins me sont apparus pour le moins détruits, de même que j'ai découvert un foie en piteux état, avec des lésions des plus extraordinaires. La paroi de l'estomac accuse de sérieuses inflammations, d'autres blessures et des plaies qui s'apparentent à un ulcère. Le tube digestif...

— Il suffit, il suffit ! Qu'êtes-vous en train de me dire, monsieur Donnelly ?

— J'affirme, sir John, que lord Goodhope a été empoisonné par une puissante substance caustique, dont j'ai recueilli un échantillon dans son estomac. Celle-ci, et non la blessure par balle, a causé le décès. J'en ai l'intime conviction.

CHAPITRE V

Où l'on me narre une histoire scandaleuse et où je rencontre une nouvelle fois M. Boswell

Voilà qui n'allait guère simplifier l'affaire. Je saisis aussitôt la terrible contradiction que suscitait la révélation fracassante de M. Donnelly. Si l'on avait empoisonné lord Goodhope, alors pourquoi l'avait-on abattu ? Pourquoi eût-il été nécessaire d'assassiner un homme par deux fois ? Ou bien était-il possible qu'il se fût lui-même administré le poison et qu'un pistolet lui explosât en pleine face, alors qu'il était à l'agonie ? Cette dernière hypothèse n'avait aucun sens. Mais où était la logique dans cette suite incohérente de circonstances ?

Si de telles pensées traversaient mon esprit juvénile, quelles considérations autrement graves occupaient alors sir John, après que le praticien lui eut annoncé la nouvelle ? Il demeura silencieux comme une pierre durant un long moment, réfléchissant à part lui comme seul un aveugle peut y parvenir. L'expression de son visage ne s'altéra en aucune manière. Il n'affichait point tant la surprise qu'une légère vexation devant cette nouvelle complication.

Comme le silence se prolongeait, l'impatience de M. Donnelly s'accrut et il s'exclama, non sans une certaine impétuosité :

— Avez-vous entendu, sir John ? J'ai dit que c'était du poison qui l'avait tué.

— Je ne suis point sourd, par-dessus le marché, répliqua le magistrat, saisissant enfin sa perruque avec poigne pour s'en coiffer d'un air désinvolte. En vérité, j'entends mieux que la plupart de mes semblables.

C'était peu dire et j'étais le premier à le savoir.

— Pardonnez-moi. Ma remarque était à la fois futile et discourtoise.

« Là n'est pas le problème. Ce qui importe, bien entendu, c'est que j'ai posé les mauvaises questions depuis le début. J'ai accordé, par exemple, une certaine attention à l'heure où le coup a été tiré. Ce qui n'offre désormais qu'un intérêt secondaire, puisque vous m'indiquez qu'il était déjà décédé.

Il marqua une pause, puis demanda tout à trac au médecin :

— Vous le déclareriez sous serment devant la cour ?

— Absolument, répondit l'autre sans hésiter.

— Vous serait-il possible de dire depuis combien de temps il était mort avant que le coup ne partît ?

— Non, son estomac ne contenait quasiment aucun aliment. Selon votre description du corps au moment où M. Bailey l'a vu, la rigidité cadavérique n'avait point encore commencé.

Pour la première fois depuis qu'il m'avait bousculé en franchissant la porte, M. Donnelly se tourna vers moi et déclara :

— Jeremy, lorsque tu as observé la dépouille, les membres pouvaient encore s'articuler, n'est-ce pas ?

— Vous songez au cou ?

— Oui, Certes.

Je décrivis alors comment la tête de lord Goodhope s'était affaissée de la façon la plus horrible qui fût, au moment où M. Bailey lui avait retiré sa perruque afin d'examiner la blessure derrière l'oreille. Un autre élément me revint alors en mémoire :

— Les valets de pied avaient porté le corps au cellier. Il y était étendu sur le dos, lorsque nous l'avons vu ensuite. Donc...

— Donc, pas de rigidité cadavérique, enchaîna M. Donnelly. Il ne pouvait pas être mort depuis plus de quatre heures, six tout au plus.

— Une longue durée, commenta sir John.

Il médita en silence puis, tout à coup, s'exclama :

— Que je sois damné pour ma niaiserie ! J'étais si préoccupé par cette affaire de pistolet que je n'ai même pas établi *l'heure* à laquelle il était entré dans la bibliothèque, son état à ce moment-là, rien de tout cela. Jusqu'ici, mon travail d'enquête se résume à l'œuvre d'un véritable sagouin.

— Oh, fit le praticien, ne vous blâmez pas de la sorte. Vous avez correctement agi, eu égard au pistolet et au reste. Qui aurait pu deviner cela ?

— *Moi,* j'aurais dû le deviner, rétorqua le magistrat avec conviction.

Puis, dans un soupir, il reprit de manière plus constructive :

— Que savons-nous au juste ? Si son estomac ne contenait pas de nourriture, il est donc peu probable que le poison lui ait été administré ainsi ?

— Vous êtes parfaitement dans le vrai.

— Peut-être dissimulé sous une forme liquide. Jeremy, y avait-il une carafe ou une bouteille sur le bureau ? Dans la pièce ? Te souviens-tu de quelque objet semblable ?

Je tentai d'évoquer l'endroit de mémoire, ou plutôt les nombreux souvenirs que j'en avais, depuis que M. Bailey et moi avions inspecté si scrupuleusement la pièce.

— Non, répondis-je enfin. Pas qu'il m'en souvienne. Mais je ne puis être certain que du bureau. Il était vide, vierge de toute bouteille.

— Hum... Cela en soi est inhabituel, dit sir John.

Puis à l'adresse de M. Donnelly :

— Savons-nous quelle *sorte* de poison l'a tué ?

— Non, déclara le médecin d'une voix hésitante. Comme je l'ai dit auparavant, j'ai prélevé un échantillon de liquide dans l'estomac. Je vais l'apporter à un pharmacien, mais à vrai dire, il se trouvait tant mêlé au sang et à la bile qu'il risque de se révéler impossible à identifier. Il a fait de tels dégâts, cependant, qu'il doit s'agir de quelque substance caustique, un genre d'acide ; une mort très douloureuse.

— Que comptez-vous faire du corps, à présent ?

— Eh bien, le rendre, monsieur. J'ai promis à lady Goodhope de lui rendre la dépouille de son époux au bout de quelques heures, afin qu'on pût la préparer pour les obsèques. La putréfaction a déjà commencé, mais elle n'est guère avancée, bien sûr.

— Alors, je dois vous demander, reprit sir John, de rédiger un rapport adressé à mon nom. Incluez-y tous ces détails que mon impatience m'a empêché d'entendre. N'en négligez si possible aucun, car ce document, soyez-en sûr, sera transmis au ministère public.

— Je m'en charge, n'ayez crainte.

— Qu'avez-vous l'intention de dire à lady Goodhope ?

— La vérité. La moindre affabulation se révélerait non seulement préjudiciable mais difficile à soutenir. Elle l'apprendra tôt ou tard, de toute façon.

Sir John soupira.

— Vous avez raison, bien entendu. Mais demandez-lui de ne point divulguer l'information. Et lorsque vous le lui direz, veillez à ce qu'aucun domestique ne soit présent pour écouter. À cet égard, le majordome mérite la plus grande méfiance. Pour l'heure, rien ne justifie que l'affaire soit rendue publique.

— J'entends bien, mais ne le lui direz-vous pas vous-même ? N'allez-vous point m'accompagner, monsieur ?

— Non, j'ai prévu de passer quelque temps en compagnie de mon épouse.

— Avec votre épouse, sir John ?

Il parut clair, je le crains, à en croire son ton et son expression, que M. Donnelly supposait que la nouvelle qu'il avait apportée était d'une importance telle que sir John allait aussitôt se replonger dans l'investigation.

Toutefois, le visage impavide de sir John disait tout aussi clairement qu'il n'avait aucune intention de bouleverser ses projets domestiques pour la soirée.

Il s'adressa alors au praticien avec une franchise brutale :

— Monsieur Donnelly, je ne puis vous blâmer en la matière, car vous ignorez mes affaires intimes. J'ai nonobstant le désir de passer du temps avec mon épouse, car il est certain qu'il ne m'en reste guère à passer en sa compagnie. Autant dire sans ambages, monsieur, qu'elle est à l'agonie.

M. Donnelly fut aussitôt rongé par le remords. À leur manière grandiloquente, les Français ont coutume de dire *désolé*[1], pour exprimer la peine ou le regret. Nul doute qu'il sembla sincèrement désolé. Sa face se crispa à tel point que je crus un instant qu'il allait fondre en larmes, mais il n'en fit rien.

Il hocha la tête et recula d'un pas.

— Monsieur, je ne puis exprimer combien...

Sir John agita une main, comme s'il eût souhaité chasser quelque mouche importune.

— Il est inutile, monsieur Donnelly, d'en discuter plus avant. Vous n'aviez aucun moyen de le deviner.

— Pourrais-je vous apporter mon aide ? Peut-être que si je me rendais à son chevet...

— Avec votre diplôme obtenu à Vienne ?

Il eut un soupir.

1. En français dans le texte. (*N.d.T.*)

— Pardonnez-moi. Ma remarque était malséante. Non, monsieur, toute une série de médecins se sont penchés sur son cas. Moult remèdes ont été mis en œuvre, tous sans résultat.

— Quelle est sa maladie, sir John ?

— Une tumeur, les praticiens partagent tous cet avis, mais ils semblent être en désaccord quant à son emplacement. Tous pensent que la fin est proche, néanmoins, et j'en ai moi-même le sentiment. Je l'ai délaissée hier au soir et ce matin. Je dois me trouver auprès d'elle ce soir.

— Bien sûr. Je comprends. Mais laissez-moi, je vous prie, lui rendre visite demain matin.

— Aucun diagnostic, aucune forme d'aide ne sauraient avoir raison de son état. Ma pauvre, ma chère Kitty ne doit guère peser plus de soixante-dix livres. Elle qui fut jadis une femme corpulente.

— Mais je suis sûr qu'elle souffre. Je puis sans doute lui administrer quelque chose qui la soulage tant soit peu.

Sir John se tut un instant.

— Dans ce cas, venez, je vous en conjure.

— Vous avez le mérite de poursuivre votre travail au tribunal, déclara M. Donnelly. Et cette enquête...

— Qui ne saurait survenir à un moment plus inopportun, croyez-moi. Comment s'étonner que je la sabote de la sorte ? Mais attendez, monsieur, bien que je n'aie nullement l'intention de vous accompagner ce soir, laissez-moi dépêcher Jeremy à vos côtés. Il pourrait se montrer pour nous d'une aide bien plus précieuse que vous ne pourriez l'imaginer.

Devant cette nouvelle occasion de me rendre utile, mon cœur d'adolescent bondit dans ma poitrine.

— Comment, sir John ? m'enquis-je. Comment puis-je vous aider ?

— Eh bien, en discutant avec ceux du sous-sol. Ne me singe point en les interrogeant de façon officielle.

Bavarde avec eux. Ils te poseront des questions de leur cru, sois-en certain. Réponds à toutes sans distinction, hormis à celles ayant trait à cette récente affaire de poison. Ils n'ont nul besoin de le savoir. Livre des renseignements de sorte à en obtenir en retour. Sois mon espion.

— Je m'y efforcerai, sir John.

— Cela vous satisfait-il, monsieur Donnelly ?

— Je serai ravi d'avoir Jeremy à mes côtés.

Et ce fut ainsi que je me retrouvai assis à califourchon sur un cercueil discrètement drapé, à l'arrière d'un fardier conduit par Ebenezer Tepper dont je ne comprenais pas un traître mot. M. Donnelly se tenait assis auprès de lui et ne parut guère mieux le comprendre que moi. Il avait tenté à quelques reprises d'engager la conversation avec le gaillard du Lancashire : une question sur le trajet, un commentaire sur la chaussée encombrée. Ces phrases furent prononcées de son habituelle élocution, en un anglais des plus châtiés, quelque peu adouci et chantonné à la manière irlandaise. Ebenezer n'eut aucune peine à le saisir, mais ses réponses, passablement longues et verbeuses, déroutèrent le praticien. À la seconde qu'il reçut, M. Donnelly se tourna pour me lancer un regard interrogateur. Je me bornai à lui offrir un haussement d'épaules en retour. Dès lors, les deux hommes n'échangèrent plus aucune parole.

Et ce fut en grande partie dans le silence que nous poursuivîmes lentement notre chemin, au hasard des rues de la ville, jusqu'à ce qu'enfin, aux abords de St. James Street, nous empruntions une étroite et sombre venelle qui me sembla tout à fait familière. J'eus tôt fait de deviner que nous étions en train de nous frayer un passage derrière la demeure des Goodhope, en traversant l'étroite et lugubre ruelle que j'avais succinctement observée avec Potter. Ebenezer me prouva que j'avais tort. J'avais jugé le passage trop exigu pour une voiture telle que celle-ci. Je me promis de rectifier la description que j'en avais offerte à sir John.

Ebenezer amena les chevaux au pas avant la haie de troènes et juste au-delà du portail. M. Donnelly me demanda de mettre pied à terre et de tenir l'attelage. Ce que je fis non sans mauvaise grâce, tandis que les deux hommes déchargeaient le cercueil et bataillaient pour le passer par l'ouverture. Si, selon les critères de Londres, je n'étais qu'un petit campagnard, je n'avais qu'une maigre expérience des animaux et quasiment aucune des chevaux. Les rares fois où mon père avait jugé nécessaire de louer un attelage et un chariot, il s'était débrouillé sans mon assistance au demeurant discutable. Nous nous déplacions tous deux à pied, comme la plupart des Anglais des petites villes et des villages.

Je ne pus donc que tenir les traits de ces deux énormes bestiaux, en espérant qu'Ebenezer ne tarderait pas à revenir. L'un des deux chevaux était commode et l'autre non. Le gris commença à s'agiter, il remua les pieds d'un air impatient en faisant grincer les roues de la carriole. Je tentai de lui parler gentiment et sans hausser le ton, mais il ne voulut rien entendre. Il tourna brusquement la tête et voulut me mordre le bras.

D'instinct, je reculai d'un bond en lâchant les traits et me retrouvai contre la haie; le passage était vraiment étroit. Il y eut un bruit sourd à l'endroit où je posai les pieds. C'était l'un de ces détails qu'on ne note point sur le moment. En vérité, je n'eus rien d'autre à l'esprit que de saisir de nouveau les traits et de maîtriser ce destrier gris récalcitrant. La peur me rendait audacieux. Je l'injuriai de ma manière juvénile, le traitant de démon et proférant des menaces à son endroit que je n'avais aucun espoir de mettre à exécution. Les paroles sévères eurent davantage d'effet que les mots doux. J'empoignai les courroies plus bas et appuyai contre sa tête. Lorsque les roues cessèrent de grincer, je sus que j'avais triomphé.

Ce ne fut qu'à ce moment-là que le bruit de mes pieds sur le sol me revint en mémoire. Je n'avais aucune certitude, simplement l'impression que le son différait de ce qu'il aurait dû être. Faisant volte-face, je me débrouillai pour maintenir mon emprise sur les chevaux tout en cherchant l'endroit où mes talons s'étaient enfoncés dans la terre. Il ne semblait guère distinct de celui où je me tenais à présent. Le sol m'avait paru ferme sous les pieds; oui, sans doute un peu *trop* ferme. Comme pour éprouver celui-ci, je sautai sur place, trouvai la terre plus meuble et n'obtins aucun son mat. Cet exercice pour le moins singulier troubla les deux chevaux, aussi décidai-je de rester calme jusqu'au retour d'Ebenezer, lequel arriva peu après. À la fin, je me bornai à évaluer la distance entre cet endroit et le portail de la haie, en réservant cela à une inspection future plus détaillée.

Libéré de ma pénible tâche, je franchis le portail, traversai le jardin et pénétrai dans la résidence Goodhope par l'entrée de service. Puis dans le cellier et enfin la cuisine. J'y trouvai les domestiques, non point affairés, comme je m'y attendais, à la préparation du souper, mais plutôt baguenaudant à leur propre repas du soir, tous assis à la longue table où le corps de lord Goodhope était étendu la veille. Outre les deux jeunes filles que j'avais rencontrées alors, étaient également présents l'autre valet de pied, compagnon d'Ebenezer, dont j'allais apprendre qu'il s'appelait Henry, ainsi qu'une femme qui m'était inconnue et leur aînée à tous, à laquelle j'attribuai avec justesse la fonction de cuisinière. J'ignorais, en revanche, où se tenait Potter, mais fus nonobstant ravi de son absence.

Comme j'entrais, toutes les conversations cessèrent. Je n'aurais pas dû m'en étonner, car lors de ma dernière visite j'avais exercé une fonction officielle avec un zèle pour le moins excessif. Mais j'eus la sagesse de les aborder à présent avec la douceur de l'agneau qui vient de naître.

— Je me demandais, annonçai-je à l'assemblée, s'il m'était possible de quémander quelque nourriture ; un quignon de pain me comblerait.

— Et d'où viens-tu ? s'enquit la femme la plus âgée. De la rue, n'est-ce pas ?

— En aucune manière, madame. J'accompagne M. Donnelly, le médecin.

L'une des filles de cuisine, celle qui avait gloussé la veille au soir devant la déconvenue de Potter, chuchota avec ardeur à l'oreille de la cuisinière et le visage de cette dernière s'adoucit grandement.

— Eh bien, dit-elle, tu t'exprimes comme un gentleman. Peut-être devrais-je te nourrir comme tel. Tu peux partager notre repas, si cela te chante, car nous soupons nous-mêmes comme des dames et des messieurs. Nous devons finir, du reste. La viande ne se conserve pas éternellement.

Elle fit une pause, comme pour juger de ma valeur :

— Que dirais-tu d'une côtelette ?

— Une côtelette de quoi ? demandai-je non sans hardiesse.

— Une côtelette de bon mouton anglais, déclara-t-elle.

— Vendu ! lançai-je comme si j'avais conclu une affaire.

Ma repartie détendit quelque peu l'atmosphère, me fit bénéficier d'une place à table et, en un tournemain, d'une épaisse pièce de viande, accompagnée d'un soupçon de graisse de rôti et d'un morceau de pain pour saucer le tout. Ce fut en vérité un somptueux souper.

En un clin d'œil, rires et causerie reprirent de plus belle parmi mes commensaux, mais cette fois, comme sir John l'avait prédit, les propos s'adressèrent directement à moi sous forme de questions concernant le décès aussi prompt qu'inattendu de lord Goodhope.

— Il ne s'est donc pas donné lui-même la mort ? s'enquit Henry, le valet de pied.

Il avait compris la signification des mains immaculées de son maître et en avait avisé les autres.

— Sir John ne le pense pas, affirmai-je.

Et voilà que je m'exprimais de nouveau avec solennité, me faisant le porte-parole du magistrat.

— Qu'en pensez-vous ? ajoutai-je.

— Eh bien, répondit-il, si un homme tire un coup de pistolet, nul doute que sa main en porte la trace.

Je me contentai d'opiner du chef et découpai ma côtelette.

— Qui es-tu donc pour lui ? demanda la jeune fille qui gloussait, après avoir dit s'appeler Annie. Tu m'as l'air un peu jeune pour être agent d' police.

Cherchant quelque titre adéquat, je me remémorai alors celui que sir John m'avait octroyé.

— Je suis son assistant, déclarai-je. Vous avez dû remarquer qu'il avait un problème de vue.

— En effet, dit-elle. Avec c'te bandeau noir sur les yeux, j' m'en doutais un peu, figure-toi.

Sa remarque impertinente provoqua un murmure réprobateur autour de la table. J'intervins aussitôt pour montrer qu'il n'y avait pas lieu de s'en offusquer.

— Je l'aide en observant les moindres détails, expliquai-je, et en les lui rapportant. Ensuite, il met toute son intelligence en œuvre pour les étudier. C'est un esprit brillant.

— Oui, commenta la cuisinière. Il est réputé pour cela.

— Est-ce toi qui as remarqué les mains propres de lord Dickie ? questionna Henry.

— Moi-même, répondis-je avec immodestie, négligeant de préciser que je n'avais alors aucune idée de la portée de mon observation.

— Tu as fait preuve d'un esprit vif, dit-il.

Et ainsi se poursuivit le tour de table ; je me régalai de ce que la cuisinière avait fort justement appelé du bon mouton anglais, tout en répondant aux questions que chacun me posait à tour de rôle. La seule à ne point bavarder était la camarade d'Annie, la charmante jeune fille que j'avais remarquée la veille au soir. Elle demeurait silencieuse, ne s'exprimant qu'avec ses yeux, lesquels paraissaient trahir quelque effroi. À moins qu'il ne se fût agi de respect craintif ? Je me gonflai d'orgueil devant l'admiration qu'elle me portait.

Les seules questions auxquelles j'omis de répondre furent celles que sir John avait prévues : Pourquoi le médecin avait-il emmené le corps de lord Goodhope ? Qu'avait-il découvert ? La première fut posée par Henry, la seconde par la cuisinière. Je m'interrogeai à son sujet. Avait-elle quelque notion au sujet des poisons ? Dans le cours normal des choses, les soupçons se fussent portés sur elle en cas d'empoisonnement. Cependant, M. Donnelly avait énoncé clairement que l'agent mortel n'avait point été introduit par l'alimentation. La femme parut mal à l'aise. Je souhaitais dissiper son embarras, mais ne pouvais le faire sans divulguer les renseignements qu'on m'avait strictement chargé de tenir secrets. Aussi me bornai-je à lui répondre d'un haussement d'épaules, comme je le fis avec le valet de pied, en déclarant que je n'entendais rien aux manières d'agir des praticiens et que je n'y attachais guère d'importance, contrairement à sir John. Ma réponse, qui n'était peut-être qu'un demi-mensonge, sembla la soulager.

Sur ces entrefaites, Annie la bavarde me désarçonna avec une question à laquelle je n'étais pas préparé. Elle voulut savoir pourquoi, étant donné le peu de crédit que je portais aux docteurs, j'étais arrivé en compagnie de M. Donnelly.

Je bredouillai un tantinet, avant de déclarer sincèrement :

— C'est sir John qui m'envoie.

— Dans quel but ?

J'hésitai.

— Allons, ne nous fais point languir ! glousse-t-elle de nouveau.

— Afin d'inspecter encore la bibliothèque, répondis-je, sauvé par une ultime inspiration.

— Tu n'es point à la bibliothèque.

Je lançai alors un regard à la ronde, faisant mine de découvrir les lieux pour la première fois.

— Oh, dis-je en toute innocence, je n'y suis pas !

Ce qui me valut les rires de mon auditoire, comme je l'espérais, et, à mon grand soulagement, le sujet fut écarté. Toutefois, j'achevai ma côtelette de mouton sans avoir obtenu aucun renseignement de leur part, quel qu'il fût, alors que j'avais répondu à toutes les questions ou presque.

Le cours de ma visite prit cependant une nouvelle tournure lorsque quatre autres domestiques arrivèrent, embaumant le crottin. Ebenezer se trouvait parmi eux et je découvris ensuite que ses trois compagnons servaient en qualité de cocher, de postillon et de valet d'écurie. Ebenezer hocha la tête et me gratifia de ce que j'interprétai comme un salut, pas le moins du monde surpris de me voir attablé à l'office. La cuisinière demanda aux deux servantes de libérer leurs chaises, en ajoutant qu'elle ne les rappellerait pas avant une heure pour laver la vaisselle. La jeune fille charmante et silencieuse s'esquiva aussitôt par une porte ouverte, non sans décocher un regard grave dans ma direction. Elle m'intriguait au plus haut point. Annie la friponne s'attarda à ladite porte et me fit signe de la suivre.

Je regardai alentour. Nul ne semblait s'en soucier ou y prêter la moindre attention. Aussi, après avoir saucé mon assiette avec mon dernier morceau de pain, je la posai sur celles qui étaient déjà empilées et quittai la cuisine dans le sillage d'Annie. La pièce suivante était une salle commune, presque aussi vaste que l'office ;

elle débouchait sur un vestibule qui desservait des chambres individuelles, réservées aux domestiques.

Annie, pleine de hardiesse et de formes généreuses, me prit la main et m'attira sur un sofa défraîchi, sur lequel sa collègue de cuisine avait déjà pris place. Le vestibule était meublé à l'avenant de bric et de broc, vestiges des pièces de la grande demeure du dessus qu'on avait remisés ici. La lumière y était faible ; quelques chandelles flanquées dans les coins éclairaient toute la pièce. En dépit des touches décoratives destinées à l'égayer çà et là (des gravures ornaient les murs jaune pâle), l'endroit offrait un aspect assez lugubre. Aussi grande fût-elle, la pièce n'en demeurait pas moins un sous-sol.

Je fus placé à une extrémité du canapé, Annie s'installant entre sa compagne et moi. Je demandai qu'elle fît les présentations. Comme Annie ne répondait pas sur-le-champ, je me penchai, tendis la main à la jeune inconnue et prononçai mon nom en souriant. Elle effleura mes doigts avec timidité et hocha la tête.

— Mais comment vous appelez-vous ? m'enquis-je.

Il n'y eut pas de réponse. La jeune fille détourna les yeux.

— Elle s'appelle Meg, déclara Annie.

— Ne peut-elle point parler ? murmurai-je.

— Quand ça lui chante.

Puis, désireuse à l'évidence de changer de sujet, elle ajouta :

— Lady Goodhope t'a dit qu'elle souhaitait fermer la maison d' Londres ?

— Elle ne m'en a assurément rien dit, répondis-je.

— Non, mais puisque t'es l'assistant de sir John Fielding et tout ça, je m' suis dit que tu l'aurais entendue... comm' qui dirait... parler d' ses projets.

Je réfléchis un instant.

— Eh bien... elle a effectivement déclaré que sa

demeure se trouvait dans le Lancashire. Et sur un ton qui laissait supposer qu'elle désirait y retourner.

— C'est bien c' que nous craignons tous. Ici, c'était la demeure de lord Dickie. Elle n'y séjournait que quelques semaines par an. Et que Dieu m'en soit témoin, c'était tout à fait différent le reste du temps.

— Que voulez-vous dire ? demandai-je, trop heureux d'en apprendre enfin un peu plus.

— Eh bien, les domestiques d'étage aimaient c't' époque, car il y avait des réceptions, trois, parfois quatre fois par semaine, avec lord Dickie, des soupers et d'aut' sortes de soirées. Les valets de pied et Potter s'alignaient dans le vestibule pour collecter leurs pourboires. En pareilles occasions, ils amassaient autant en une semaine que nous autres à l'office en une année.

Elle donna un coup de coude à la jeune fille assise auprès d'elle et ajouta :

— Mais nous savions y faire, pas vrai, Meggie ?

À cette saillie lancée à son endroit, celle qu'on m'avait présentée comme s'appelant Meg se leva d'un bond et sortit en courant. Qu'elle eût pleuré ou pas, je ne saurais dire, car elle avait disparu trop prestement dans le couloir. Je demeurai abasourdi, me bornant à regarder fixement l'endroit où je l'avais vue pour la dernière fois.

— C'était méchant de ma part, avoua Annie. En vérité, je voulais me débarrasser d'elle, mais j'ai utilisé un moyen méprisable.

— Est-elle muette ? Sait-elle réellement parler ?

Je pensais qu'elle semblait plutôt vive, mais terriblement timide, effrayée.

— Meg est à moitié folle, peut-être plus, même.

— A-t-elle toujours été ainsi ?

— Non, répondit Annie en soupirant. Ces aut' réceptions de lord Dickie, c' n'étaient point de véritables soupers où il invitait tous les lords et les ladies de la création. Il y en a même eu certaines avec lady Goodhope. Et j' te prie d' croire qu'on s'escrimait à l'office ! Non, la plupart des soirées de Dickie étaient c' qu'il appelait ses « impromptus ». Un drôle de mot, pas vrai ? Ça doit vouloir dire què'qu' chose de paillard, car c'est bien c' qui s' passait ces soirs-là. Dickie se rendait au théâtre ou je ne sais où et il revenait avec toute une bande d'élégants et leurs catins. Il tirait la cuisinière du lit et exigeait un souper pour toute la troupe. C' qui nous faisait travailler jusqu'à point d'heure. Sauf que parfois, il leur manquait une ou deux catins pour la nuit. Què'qu' fois, ils envoyaient Potter en dénicher une dans la rue. Mais ils se sont habitués à v'nir nous chercher Meg et moi à l'office. C'était not' jeunesse qu'ils préféraient, tu vois. En général, on s' contentait de rire, de danser et ainsi d' suite, en prenant part à leur p'tite comédie, mais certaines fois non. On était bien payées, en tout cas. Fallait voir comme les valets de pied et les serviteurs nous jalousaient *nos* pourboires ! Bon, tout ce r'mue-ménage entre galants et catins, moi c'est aussitôt vu, aussitôt oublié, tu vois. Mais cela a commencé à ronger Meg sérieusement, à cause des péchés et tout l' reste. Alors, un soir est arrivée une bande qui f'sait un drôle de charivari. Lord Dickie était en compagnie d' sa nouvelle, cette actrice, Lucy Kilbourne, et après le repas, comme de juste, le v'là qui nous envoie chercher, Meg et moi. Sauf que cette fois, elle refuse d'y aller. Fallait bien qu' je monte pour l' dire au maître. Bon, j'aurais dû dire qu'elle était malade, mais j' l'ai point fait ; j'ai dit qu'elle voulait pas. C' qui l'a mis dans une rage folle. Il est descendu lui-même la quérir et il l'a traînée à l'étage. Puis un groupe d'entre eux l'a emmenée dans les chambres là-haut et puis ils ont abusé d'elle que c'en était honteux. Je n'y ai pas moi-même assisté, Dieu merci, mais j' l'ai entendue crier et hurler, et puis tout d'un coup, v'là qu'elle se tait et moi j'ai bien cru qu'ils l'avaient tuée. Inutile de t' dire que ça a j'té un froid sur la soirée dans la salle à manger.

Annie cessa alors de parler, comme si elle avait achevé son histoire. J'en conclus ce qui me paraissait plausible :

— Et cela a affecté son élocution ?

— Et comment ! Même qu' ça s'est passé il y a près d'un mois et qu'elle a pas r'parlé d'puis. Sauf que j' l'ai surprise une ou deux fois à marmonner dans sa barbe. Donc, c'est pas comme si elle pouvait point parler ; c'est simplement qu'elle veut plus.

Le récit me plongeait dans la plus profonde des confusions. Souvenez-vous, cher lecteur, que je venais à peine de fêter mes treize ans. L'éducation que j'avais reçue de mon père m'avait amplement tenu à l'écart des mystères qui venaient de m'être évoqués. Je n'avais aucune notion précise de ce qui se déroulait entre hommes et femmes, mais je soupçonnais qu'en ce domaine mon ignorance était à la fois immense et fondamentale. J'avais commencé à considérer les femmes comme des femmes et les jeunes filles comme des jeunes filles. Parfois, mon regard s'attardait sur elles. Parfois, je les épiais à leur insu. D'une façon générale, ma curiosité allait en grandissant. Toutefois, le récit qu'Annie m'avait fait de la souffrance de Meg jetait un voile sombre sur des sujets que j'avais assimilés jusque-là à des plaisirs secrets. Je n'avais aucune idée de ce qui avait pu la blesser autant. Et si je demeurais profondément déconcerté, je ne souhaitais pas pour autant qu'Annie m'expliquât les choses dans le moindre détail. Cela eût provoqué chez moi une gêne par trop pénible.

— Je pense que tu lui plais, me dit-elle. C'est pourquoi elle s' met dans tous ses états.

Que pouvais-je répondre à cela ? Notamment à la lumière de ce que je venais d'entendre ?

— Mais tu m' plais aussi... et c'est pour ça qu' je l'ai chassée !

Cela dit, elle se mit à me chatouiller farouchement.

Prétextant la tâche pour laquelle on m'avait envoyé et la poursuite de mon inspection de la bibliothèque, je coupai court à pareille folâtrerie le plus prestement du monde. Annie feignit d'en être blessée mais elle m'attira à elle et m'embrassa sur la joue, comme je lui faisais mes adieux ; c'était mon premier baiser depuis la mort de ma mère. J'en eus les joues empourprées et faillis m'enfuir coudes au corps.

En traversant l'office et en songeant enfin à remercier tardivement la cuisinière, je remarquai la présence de nouveaux visages et me demandai combien de domestiques pouvaient être au service de cette seule demeure. (Il s'avéra qu'on n'en dénombrait pas moins de douze au total.) Puis je montai à la bibliothèque où ma respiration finit par recouvrer une cadence plus confortable.

Je passai les lieux en revue. Ils ne semblaient guère avoir changé depuis ma dernière visite. La porte demeurait toujours béante et de guingois. On avait cependant enfin retiré la bûche qui avait servi à la forcer. Je flânai ici et là, notant de prime abord que le secrétaire était, comme dans mon souvenir, tout à fait nu ; aucune bouteille, fiole ou autre carafe n'y était posée, en l'occurrence. Je me mis alors à arpenter la pièce, en quête de quelque endroit où l'on eût remisé des boissons fortes. Deux meubles de rangement étaient situés à gauche du bureau. L'un contenait un nécessaire à écrire et moult papiers en désordre. L'autre abritait des spiritueux. Je dénombrai trois bouteilles et une carafe, ainsi qu'un assortiment de verres.

— Ah, te voilà, jeune Jeremy !

Je me tournai et découvris M. Donnelly à la porte. Il paraissait d'humeur remarquablement joyeuse pour quelqu'un qui venait à peine de rendre à une veuve le corps de son époux.

— J'ai trouvé où sont remisés les alcools, déclarai-je, exagérant quelque peu la portée de ma découverte.

— Ah, bien... dit-il en s'approchant nonchalamment de moi. Voyons cela de près.

Il s'agenouilla à mes côtés, posant sa canne sur le sol, et plongea la main dans le meuble, pour en sortir les bouteilles une à une.

— Qu'avons-nous ici ? Du porto, de l'usquebac[1] et du cognac espagnol. Une bonne prise, non ?

Il les déboucha et renifla chacune des bouteilles en secouant scrupuleusement la tête.

— Non, dit-il, aucune de celles-ci ne l'a tué, je le crains.

— Mais comment pouvez-vous en être certain, sans les présenter à un pharmacien ou y goûter ?

— Tu souhaites que j'y goûte ? Je serai ravi de te faire plaisir.

Comme par défi, il se mit alors à boire une gorgée de chaque bouteille, en les rebouchant au fur et à mesure.

— Voilà, dit-il, es-tu satisfait ?

Il riait à demi. À vrai dire, il était d'humeur exubérante, voire insouciante.

— Je le suis en effet, mais si vous vous étiez trompé, vous pourriez présentement être mort ou à l'agonie.

— Vois-tu, Jeremy, je ne pouvais me tromper. Deux éléments s'opposaient à la présence de poison dans ces bouteilles. En premier lieu, la puissance et la nature de l'*additif* eussent été telles que celui-ci eût exhalé une odeur forte et distincte, même mêlé à des spiritueux. C'est pourquoi je me demande comment il a pu l'avaler sans nourrir le moindre soupçon. Reste alors le second

1. Whisky coloré et parfumé avec diverses plantes, très prisé des montagnards écossais. (*N.d.T.*)

élément, lié au premier. Le dosage était si violent, si caustique, et son action si véloce, que la victime n'aurait guère eu le temps de replacer la bouteille dans le meuble. Tu saisis ?

— Oui, je comprends, mais vous avez tout de même couru un risque.

— Ah, eh bien... nous devons de temps à autre prendre des risques dans la vie, ne crois-tu pas ?

J'ignorais ce qui avait tant modifié son état d'esprit. Il se redressa promptement et m'indiqua avec sa canne que je devais remiser les bouteilles à leur place initiale, ce que je fis, puis je refermai la porte du petit meuble.

— Bon, déclara-t-il, peut-être avons-nous par trop abusé de l'hospitalité de lady Goodhope. Allons-nous-en, n'est-ce pas ?

Et il quitta la pièce le premier, traversa le vestibule pour gagner la sortie, tout en faisant tournoyer sa canne, tel l'homme le plus heureux de Londres. Potter se tenait à la porte pour lui tendre son tricorne, il le salua et nous ouvrit.

Une fois dans St. James Street, M. Donnelly s'arrêta et se tourna vers moi, un large sourire illuminant son visage.

— Je n'ai qu'une plainte à formuler à l'encontre de la veuve, déclara-t-il, c'est que l'on ne m'a rien offert à manger : ni dîner, ni souper. Il semble qu'elle jeûne, cette brave femme, en pénitence pour ses péchés à *lui*. Aussi dois-je t'avouer, Jeremy, que je suis à présent tenaillé par une faim de loup. As-tu idée d'un endroit où nous pourrions nous restaurer à peu de frais ?

Je n'eus guère à réfléchir longtemps, car je ne connaissais qu'un seul établissement dans les environs.

— Peut-être que le *Cheshire Cheese* ferait l'affaire, suggérai-je.

— Tout à fait ! Il se situe dans une rue qui donne dans Fleet Street, n'est-ce pas ?

— Je crois, monsieur Donnelly.

— Alors, je connais le chemin.

Nous nous mîmes en route d'un bon pas. Ses jambes, plus longues que les miennes, exigeaient que j'allonge ma foulée pour marcher à ses côtés. Je me débrouillai pour rester à sa hauteur, tandis qu'il me gorgeait de détails découverts lors de son entretien avec lady Goodhope. Il n'était pas peu fier d'avoir appris ce que sir John avait omis : à quelle heure lord Goodhope était entré dans la bibliothèque et dans quel état il se trouvait à ce moment-là.

— C'était environ une demi-heure avant que le coup ne fût tiré, dit-il. Lady Goodhope n'en a pas été elle-même le témoin mais elle l'a appris de deux sources ; de Potter, ce gaillard en qui sir John n'a point confiance, sans doute à juste titre, mais aussi de la gouvernante, qui a aperçu par hasard le maître de maison alors qu'elle descendait l'escalier. Tous deux s'accordent à penser qu'il semblait d'humeur avenante, assurément pas comme quelqu'un qui vient d'absorber un poison.

— Mais n'est-ce pas étrange ? demandai-je. A-t-il donc été empoisonné puis abattu en l'espace d'une demi-heure ?

— Cela semble en effet étonnant, reconnut-il.

Puis, après que nous eûmes marché un peu, il me posa une question au sujet de mes conversations à l'office.

— Eh bien, dis-je, ils semblent fortement craindre que l'on ferme la demeure de Londres et d'être contraints de chercher un emploi ailleurs.

— Ils ont tout lieu de s'inquiéter, dit Donnelly. Entre nous, Jeremy, lady Goodhope m'a confié son aversion profonde pour cette cité et son désir de retourner définitivement dans le Lancashire.

— Ils en seront marris.

— Sans aucun doute, déclara-t-il d'un air absent.

Puis, exprimant ses véritables pensées, il ajouta :

— Elle s'est beaucoup confiée à moi lors de cette visite.

Il n'en dit pas plus pour autant. Il redevint silencieux, plongé dans ses méditations, encore que celles-ci fussent, semblait-il, de nature réjouissante. Accélérant ses enjambées, il se mit à marcher d'un pas si fringant que je dus me mettre à trotter, afin de ne point rester à la traîne. Puis, remarquant ma difficulté, il me pria de l'excuser d'une manière digne d'un gentleman et ralentit le pas pour s'adapter à mon rythme. Peu de temps après, il se mit à fredonner. C'était quelque chansonnette irlandaise, une gigue ou un quadrille à l'air manifestement enjoué. Me rappelant combien il s'était montré insistant précédemment auprès de sir John, son changement d'humeur me plongeait dans la perplexité.

C'est la raison pour laquelle je tus les graves sujets dont j'avais eu vent en bavardant avec Annie. Comment pouvais-je rapporter à quelqu'un d'aussi jovial l'effroyable histoire de Meg frappée de mutisme ? Allait-il même y accorder toute son attention ? Quoi qu'il en fût, je gardai le silence.

La nuit était à présent tombée depuis longtemps. Fiacres, attelages et coches encombraient le pavé. Telle une myriade d'étoiles, les réverbères scintillaient au loin. Tandis que nous descendions le vaste Strand, nous frayant un chemin parmi la foule qui semblait s'être accrue en dépit de l'heure, un vent froid nous fouettait l'échine, m'offrant quelque raison de regretter de n'avoir point emporté mon habit chaud en quittant Bow Street dans l'après-midi. Peut-être que les douces journées, qui m'avaient réconforté lors de ma fuite à Londres, allaient momentanément cesser. J'avais peine à croire que tout ce qui m'était arrivé fût si proche dans le temps. Une grande partie de mon existence avait changé et risquait fort de changer bientôt encore davantage.

Lorsque nous entrâmes au *Cheshire Cheese*, l'établissement grouillait littéralement de buveurs et de dîneurs. Comme nous errions vainement dans la salle à manger lourdement enfumée, en quête d'une table vide, je sentis soudain qu'on me tirait par la manche. Je découvris, à ma plus grande consternation, que ce n'était autre que le prolixe M. James Boswell qui m'avait agrippé. Il m'avait reconnu de la veille au soir et insista pour que nous nous installions à la table où il dînait en solitaire. Comme on a coutume de l'observer chez de tels individus, sa gentillesse n'était point désintéressée, car il apparut bientôt qu'il mourait d'envie de savoir pour quelle mission sir John avait été appelé la veille au soir.

— Je me souviens, me dit-il, que sir John espérait voir le Dr Johnson. C'est fort fâcheux ; l'éminent lexicographe est arrivé aussitôt après votre départ. Et vous êtes partis en toute hâte... ?

M. Boswell avait déjà commencé son dîner. Il marqua une pause, un gros morceau de bœuf piqué à sa fourchette, tandis que son regard inquisiteur allait de M. Donnelly à moi.

— L'affaire était grave, déclara le médecin.

— Oh, cela ne fait aucun doute, monsieur... ? Monsieur... ?

Hélas, ma conduite en société était celle d'un enfant. J'avais omis de faire les présentations lorsque nous nous étions assis. Ils se débrouillèrent toutefois sans mon aide. M. Boswell alla jusqu'à dire, non sans quelque fierté :

— Vous avez sans doute entendu parler de moi récemment, monsieur Donnelly... ?

Mon compagnon parut se dandiner avec embarras sur son siège. Il me lança un regard, en quête d'une assistance que je ne pus lui apporter. Enfin, il parvint à balbutier :

— Non, monsieur... mais je viens à peine de m'installer dans cette ville.

— Et moi, je viens à peine de publier mon premier ouvrage ! Vous en avez assurément eu vent ! *Relation sur la Corse* ? Tout le monde en parle.

— Eh bien, oui, à présent que vous en citez le titre, déclara M. Donnelly, je me souviens, bien entendu, de votre nom, monsieur... Boswell. Je suis honoré, monsieur.

— Allons... Allons... répliqua Boswell, feignant la modestie. Mais je ne saurais trop vous conseiller de jeter un œil à mon livre, si je puis dire. Je crois voir en vous un homme d'expérience. La mienne n'est autre que le premier compte rendu de la lutte corse pour l'indépendance. J'ai collecté des renseignements de première main lors d'une visite prolongée dans cette île troublée, où je devins l'ami et le confident de l'instigateur de ce combat, le général Pasquale Paoli.

— Je l'ignorais, avoua M. Donnelly. Alors vous êtes bien sûr un authentique homme de lettres.

— Un amateur seulement, déclara M. Boswell en portant enfin ce morceau de viande à sa bouche (après qu'il l'eut agité pendant plus d'une minute).

Sur ces entrefaites, un serveur apparut et M. Donnelly commanda une pièce de bœuf comme celle de M. Boswell et insista, malgré mes protestations, pour qu'on m'en servît une aussi. Je soupirai en mon for intérieur, peu certain de pouvoir faire honneur à ce plat, ayant d'ores et déjà superbement dîné d'une côtelette de mouton.

Mais alors que le serveur s'en allait, l'Écossais revint au véritable sujet de ses préoccupations.

— Comme je disais, monsieur Donnelly, je ne suis qu'un écrivain amateur. J'exerce la profession d'homme de loi, inscrit au barreau d'Édimbourg. C'est la raison pour laquelle je nourris l'intérêt le plus vif et le plus légitime pour la grave affaire d'hier au soir. Vous l'avez qualifiée ainsi vous-même.

Il jeta un regard interrogateur dans ma direction et, comme il n'obtint pas de réponse, se concentra sur M. Donnelly.

Sans doute vaincu par l'insistance de M. Boswell ou peut-être (c'est possible) parce qu'il souhaitait s'attribuer quelque importance, le médecin poussa un soupir théâtral, se pencha au-dessus de la table (à cause du brouhaha ambiant) et prononça dans le murmure le plus audible qui fût :

— Autant que vous ayez la primeur de la nouvelle, monsieur, car elle paraîtra dès demain dans le *Public Advertiser*.

Conquis par ce ton confidentiel, Boswell projeta sa face par-dessus son assiette, de sorte qu'ils se retrouvèrent quasiment nez à nez, à peine séparés par une dizaine de pouces.

— Dites-moi, monsieur. Je vous en prie.

— Lord Goodhope est mort hier soir.

— Mais il s'agit là d'un événement considérable ! C'était un homme dans la fleur de l'âge, ayant à peine dix ans de plus que moi, je pense. Quelle est la cause de son décès ?

Les yeux de M. Donnelly, qui partirent alors dans ma direction, durent saisir mon regard épouvanté. Il n'allait assurément point confier tout ce qu'il savait à ce pipelet ! Lorsque vint sa réponse, elle déçut amèrement Boswell.

Le praticien se pencha davantage et déclara :

— Une mésaventure.

— *Une mésaventure ?* Mais ce n'est pas une cause de décès, monsieur. Un... un... euphémisme, tout au plus. Censé remplacer quel terme ?

M. Donnelly recula alors et me gratifia d'un regard que j'interprétai comme rassurant. À l'adresse de Boswell, il reprit :

— Eh bien, je ne fais que citer l'avis de décès. Je ne peux en dire davantage.

Cherchant à masquer sa déception devant M. Donnelly qui faisait montre de discrétion, Boswell hocha la tête et revint à son assiette, alors que nos plats arrivaient. J'attaquai vaillamment et, dois-je ajouter, avec optimisme, la monstrueuse tranche de bœuf que j'avais sous les yeux.

— J'entends bien, déclara Boswell. Sir John Fielding ne souhaiterait point qu'il en fût autrement. Je présume que l'affaire est grave, comme vous l'avez dit, et qu'une enquête est à présent en cours.

— Vous êtes libre de le supputer. Bon nombre feront de même lorsque l'avis paraîtra demain.

Boswell saisit alors la bouteille placée devant lui et versa du vin dans les verres vides disposés sur la table. Il entama un discours qui, eût-il émané d'une autre bouche que la sienne, m'eût inspiré le respect. Ce n'était pas, somme toute, un imbécile ; simplement un homme, comme j'en vins plus tard à le juger, dont l'infatuation confinait parfois à la sottise.

— Considérons ceci, dit-il. Si nous prenons « mésaventure » dans son sens le plus courant, soit celui d'*accident* — c'est-à-dire non prévu et désastreux —, il n'y aurait pas lieu d'employer ce mot. À moins, bien entendu, que les faits inhérents à ladite « mésaventure » — c'est-à-dire l'accident — ne se révèlent d'un caractère si embarrassant qu'on ne puisse les divulguer. Cela arrive de temps à autre. Cependant, ils ne sont pas de nature à déloger du restaurant le magistrat du tribunal de Bow Street, avant qu'il n'ait commencé son repas... et *avant* l'arrivée du Dr Johnson, dont la rencontre semblait constituer la raison même de la visite dudit magistrat à cet établissement. Et avec un *tel empressement*, devrais-je ajouter. L'affaire eût été traitée de manière plus sereine. Non, dans le cas présent, je pense que nous pouvons écarter la « mésaventure » dans son sens le plus commun. Il ne s'agissait certainement pas d'un accident. Quelles autres possibilités nous reste-t-il ? Le suicide ? Lord Goodhope avait-il des raisons de recourir à un geste aussi irrévocable ? Il avait ses entrées à la Cour, on disait encore récemment de lui qu'il était le favori du souverain pour la défense des lignes politiques royales les moins défendables. Un orateur talentueux, m'a-t-on dit ; à la fois acteur et polémiste. Je ne l'ai jamais entendu en personne et ne l'ai vu que deux fois, bien que ce fût à distance. Mais j'ai bien dit qu'il était *encore récemment* un favori du roi, n'est-ce pas ? Jusque dans ma lointaine contrée septentrionale, j'ai eu vent qu'il était quelque peu tombé en disgrâce. Mon informateur a plaidé l'ignorance quant aux raisons de cette défaveur. Il savait seulement avec certitude que les portes du palais royal étaient désormais closes à lord Goodhope. Cela suffirait-il à pousser un homme à mettre fin à ses jours ? J'en doute. Des ennuis financiers ? Ce serait plus plausible. L'homme était joueur, client assidu de l'établissement *Bilbo*, comme vous le savez peut-être ou non. Ses avoirs fonciers du Lancashire lui assuraient toutefois de bons revenus. Et même si elles n'étaient point inépuisables, ses ressources eussent été difficiles à épuiser. Il existe un autre élément qui nous dissuade d'envisager le suicide. Peut-être en avez-vous conscience, monsieur Donnelly ?

— Peut-être.

Je n'appréciais guère que Boswell embobelinât mon compagnon dans ses conjectures. Je n'aimais point cela, car j'étais certain que sir John désapprouverait.

— Vous êtes irlandais, n'est-ce pas ?

— J'en suis fier, monsieur.

— Et catholique de surcroît ? Donnelly, m'a-t-on dit, est un patronyme catholique.

— Telle est ma confession, en effet.

— D'aucuns murmurent qu'elle était aussi celle de lord Goodhope.

Quel que fût l'effet recherché ici par Boswell, nul doute qu'il échoua dans cette entreprise, car le médecin se borna à le regarder droit dans les yeux durant de longues secondes, de hocher brièvement la tête et de retourner à sa viande. Ce qui ébranla Boswell. Alors qu'il s'était exprimé jusqu'ici de façon mesurée, émaillant ses propos de sous-entendus, voilà qu'il explosait tout net, à présent.

— Eh bien... eh bien... vous n'êtes pas sans savoir ce que cela implique, bien sûr !

Comme il n'obtint aucune réaction de M. Donnelly, il tâta le terrain plus avant :

— Il appartient à une très ancienne famille du Lancashire qui, comme vous devez le savoir, constitue l'un des fiefs de la loyauté papiste. Ils se sont élevés sous les Stuarts. Ils ont acquis leur titre sous le règne du second Charles et se sont attiré les faveurs de la Cour lorsque le précédent George était sur le trône.

— Vous possédez une connaissance approfondie de la question, monsieur.

— Alors, il s'agit d'un meurtre ! Il doit s'agir d'un meurtre ! Le suicide est hors de propos ! En matière juridique, la mésaventure peut indiquer un homicide involontaire, exempt de toute responsabilité. Pourquoi pas *avec* responsabilité ? Une mésaventure occasionnée par un meurtre !

Boswell était quasiment en train de beugler. Aux tables alentour, les conversations avaient cessé. Les clients se penchaient en avant, tendant l'oreille pour écouter la suite.

M. Donnelly continua à mastiquer froidement, il avala son morceau et déclara :

— Lorsque je vous ai donné la primeur du contenu de l'avis de décès à paraître demain, ce que je conçois à présent comme une erreur, j'ai involontairement laissé certains sujets sérieux en suspens. Je ne vous ai cependant point laissé toute liberté de les crier sur les toits, monsieur.

Lançant alors un regard à la ronde, Boswell remarqua les visages avides d'en savoir davantage.

Sa voix baissa pour ne plus être qu'un murmure :

— Pardonnez-moi, je vous en prie. Je me suis certes emporté, je le crains. Mais je pensais qu'en votre qualité d'avocat vous eussiez compris que...

— Je ne suis pas avocat, monsieur Boswell.

— Mais je vous croyais associé de quelque façon avec le tribunal de Bow Street... le garçon... sir John... hier au soir...

Ses propos faiblirent en un piteux galimatias, tandis qu'il cherchait les mots qui l'eussent tiré du pétrin. Il se tut enfin et esquissa un sourire forcé.

— Quelle est votre profession, je vous prie? s'enquit-il.

— Je suis médecin. Jusqu'à une période récente, je servais dans la marine royale.

Une lueur se dessina dans l'œil de Boswell. Sans même demander sa permission, il saisit la bouteille devant lui et la vida dans le verre du praticien. Puis il agita la fiole en avisant le serveur et en réclama une autre.

Si Boswell m'avait auparavant impressionné, malgré moi, avec sa logique d'homme de loi, il m'apparaissait à présent sous les traits d'un conspirateur, jetant ici et là des regards furtifs, avant de s'exprimer. Que n'avait-il fait preuve d'une circonspection semblable, en parlant de la « mésaventure » de lord Goodhope !

— Je n'avais point saisi, bien entendu, que vous étiez médecin, déclara-t-il. Eussé-je été au courant, je ne vous aurais pas importuné, à l'évidence, avec de tels sujets, comme je l'ai fait à l'instant. Veuillez accepter mes excuses.

— Je les accepte, répondit M. Donnelly, en avalant une grande lampée du vin de Boswell.

Il éructa rondement et repoussa son assiette vide, tandis que je livrais encore bataille avec la mienne.

— J'aurais toutefois abordé un autre sujet avec vous. Il s'agit d'un problème médical qui m'a grandement tourmenté ces dernières années. Je présume que vous possédez un diplôme. Vous n'êtes pas... barbier ?

— Mon diplôme émane de l'université de Vienne, rétorqua M. Donnelly, non sans bomber quelque peu le torse. Quelle est donc la nature de votre affection ?

— Vénérienne.

Le médecin parut tout à coup si embarrassé que je passai en revue mes vocabulaires anglais, latin et français, en quête d'une signification pour ce mot nouveau. Je ne pus que supposer, une fois que j'eus fouillé ma mémoire, que le terme avait quelque lien avec la déesse Vénus. M. Boswell se languissait-il d'amour ? Je n'aurais su dire pourquoi, mais il ne semblait pas homme à s'émouvoir de la sorte.

— Laissez-moi vous expliquer, je vous prie, dit-il. En qualité de médecin de bord, vous avez dû traiter des indispositions semblables à la mienne des vingtaines, que dis-je, des centaines de fois.

— Eh bien, je... je...

Voilà que M. Donnelly était à son tour à court de mots.

— Laissez-moi vous exposer mon cas. J'ai subi huit attaques depuis l'âge de dix-neuf ans, ou peut-être moins. C'est difficile à dire. Oh, croyez-moi, j'en connais tous les symptômes : l'écoulement purulent, le membre douloureux, le pissement brûlant. Oh, sachez que je m'y entends !

— Mais vous me décrivez... vous me décrivez...

Décidément, les mots faisaient sérieusement défaut à M. Donnelly.

— La chaude-pisse, disons-le tout net. Oui, monsieur, la chaude-pisse. À présent, deux choses me déconcertent. En premier lieu, il y a ma difficulté à dénombrer les crises. Par exemple, un suintement clair sans les autres symptômes constitue-t-il une attaque à part entière ? Les médecins d'Édimbourg présentent des avis partagés sur la question.

— Je vous en prie, monsieur. Songez au jeune homme !

Le praticien fit un signe dans ma direction, mais je ne voyais pas en quoi de tels propos me concernaient.

— Ah, bien... dit Boswell dans un haussement d'épaules, m'ignorant complètement. En second lieu, poursuivit-il, et je m'adresse encore à vous en qualité de médecin de bord, je dois vous demander comment je peux m'en prémunir à l'avenir ? J'ai essayé la gaine prophylactique, et si elle peut certes influer, elle n'en préserve pas moins du plaisir. Que suggérez-vous ?

— Avez-vous songé...

Et, à cet instant, M. Donnelly se leva d'un bond.

— Avez-vous songé à l'abstinence, monsieur ?

— Ah oui, dit Boswell, l'abstinence... Cela ne fonctionne guère avec moi, semble-t-il.

— Jeremy, as-tu fini ton dîner ?

— Oui, tout à fait, répondis-je, trop heureux qu'on me libérât de mon assiette.

— Alors, mettons-nous en route.

— Oh, ne partez pas ! répliqua Boswell. Le Dr Johnson a promis de passer. Il dîne en compagnie de cette ennuyeuse Mme Thrale, laquelle ne m'a point invité. Lorsqu'il viendra, je vous présenterai.

— Aussi tentante que cette idée puisse être, je dois, avec Jeremy, prendre congé de vous. Notre entrevue s'est révélée, croyez-moi, du plus grand intérêt.

Boswell se leva et serra la main du praticien, tout en lui assurant qu'il avait eu grand plaisir à le rencontrer.

Puis M. Donnelly me tira par la manche et m'entraîna hors du *Cheshire Cheese*, ne s'arrêtant que le temps de régler l'addition.

Nous étions enfin de nouveau dans la rue et si l'air que nous respirions n'était pas aussi pur que celui que M. Donnelly avait parfois humé dans les Alpes autrichiennes, il était au moins d'une pureté sans commune mesure avec celui que nous venions de respirer dans l'établissement.

Mon compagnon inspira à fond et je l'imitai, éprouvant une sensation d'autant plus salutaire.

Nous partîmes ensuite dans l'exacte direction d'où nous étions venus plus tôt. Pendant quelques minutes, nous cheminâmes côte à côte en silence. Puis M. Donnelly se tourna vers moi et s'enquit :

— Jeremy, qui *était* cet abominable individu ?

CHAPITRE VI

Où l'on apprend l'existence de M. Clairmont et où l'on fait une découverte

Le lendemain matin, riche en événements, commença par la visite que M. Donnelly avait promis de rendre à lady Fielding. On frappa de bonne heure à la porte. Mme Gredge conduisit le praticien à l'office, où j'étais assis pour déjeuner. Je me levai aussitôt de ma chaise, pensant qu'il était poli d'agir ainsi, mais il me pria d'un geste de me rasseoir.

— Voudriez-vous quelque chose, monsieur ? s'enquit Mme Gredge. Je puis d'ores et déjà vous proposer du pain beurré, mais si vous le souhaitez, je vous découperai deux ou trois tranches dans la flèche de lard et vous les ferai rissoler.

— Je ne veux rien, je vous remercie, dit-il. Si vous pouviez toutefois prévenir sir John de mon arrivée ? Il est debout, je présume ?

— Sur pied et à l'ouvrage. En vérité, je pense qu'il a à peine fermé l'œil la nuit dernière. Elle a passé des moments effroyables, la malheureuse.

— Eh bien, je puis peut-être y remédier.

— Vous en seriez béni.

Cela dit, elle disparut dans l'escalier. Le médecin avait apporté sa sacoche noire. Il la posa sur la table et l'ouvrit. Tout en me faisant un signe de tête, plus professionnel que jamais, il s'affaira avec le contenu du sac, d'où il sortit un mortier et un pilon, ainsi qu'une grosse fiole bouchée.

— Sir John vous attend là-haut, cria Mme Gredge depuis l'étage.

M. Donnelly s'apprêta à monter puis, se ravisant, il se tourna vers moi :

— Jeremy, aurais-tu la gentillesse de mettre de l'eau à chauffer dans la bouilloire, mon garçon ?

— Pour le thé, monsieur ?

— Une sorte de thé : une potion. Inutile de remplir la bouilloire à ras bord. Un peu d'eau suffira.

À son tour, il s'engagea dans l'escalier, tandis que j'exécutais sa requête. Quelques minutes plus tard, j'entendis les deux hommes converser à voix basse sur les marches... pas assez basse, toutefois, pour que je ne puisse point les percevoir distinctement.

— Quelle est la nature de la potion ? questionna sir John d'un ton lugubre.

— Une infusion d'opium. Je dispose d'une quantité considérable de graines de pavot en provenance des Indes.

— J'en ai demandé à l'un des docteurs qui vous ont précédé. Il me l'a déconseillé, me disant qu'il y avait un risque sérieux d'accoutumance qui risquait d'être difficile à satisfaire.

— L'accoutumance ? Certes, mais cela n'est guère important à présent, n'est-ce pas ?

Sir John y réfléchit un instant.

— Non, en effet, admit-il.

Puis tout à coup, il demanda :

— Cela ne va pas écourter sa vie, n'est-ce pas ?

— Croyez-moi, je ne pourrais jamais en conscience...

— Pardonnez-moi cette question.

L'eau bouillait lorsqu'ils arrivèrent à l'office. M. Donnelly retira la bouilloire du feu, la laissant refroidir, pendant qu'il faisait ses préparations. Puis il se tourna vers moi et s'enquit :

— Jeremy, pourrais-tu aller quérir cette dame à l'étage ? Quel est son nom ?

Assis à table, en face de moi, sir John releva la tête et nous répondîmes de conserve :

— Mme Gredge.

— Je veux qu'elle sache comment je procède.

Sans plus attendre, je filai dans l'escalier mais me retins de heurter l'huis avec trop de vigueur. Je préférai donc frapper légèrement et appelai Mme Gredge sans trop hausser le ton.

Lorsqu'elle apparut, je lui indiquai que le praticien souhaitait sa présence en cuisine.

Et ce fut alors qu'une faible voix retentit dans la chambre :

— Est-ce le garçon ? Est-ce Jeremy ?

— Oui, madame, c'est bien lui, répondit la gouvernante.

— Je souhaiterais le rencontrer.

Tandis qu'elle passait devant moi en ouvrant la porte en grand, Mme Gredge me souffla violemment à l'oreille :

— Ne t'avise point de la tracasser, mon garçon !

J'avançai alors d'un pas timoré dans la pièce. Là, dans le lit, presque dissimulée par les draps, reposait une minuscule silhouette, légèrement rehaussée par deux oreillers. J'eus l'impression que sa tête, la seule partie d'elle-même que je pouvais voir, s'était recroquevillée sous son bonnet de nuit.

— Approche, prononça-t-elle de cette voix frêle qui évoquait celle d'un enfant malade. Je veux te voir de près.

J'allai à son chevet. Sa face, jadis fort avenante, car j'en ai vu un portrait ancien que sir John conserva toujours depuis, était alors si flétrie par la maladie qu'elle ressemblait à une vieille femme. J'appris plus tard qu'elle n'avait pas atteint quarante ans. Ses lèvres se pinçaient sous la souffrance.

Je me tins là avec gaucherie, et je ne sais pendant combien de temps, puis j'esquissai un salut.

— Fort bien, me dit-elle. Es-tu un brave garçon, Jeremy ?

— Je m'y efforce, madame... lady Fielding.

— Tel est l'avis de Jack.

Qui pouvait être ce Jack ? Mais oui... je le savais, bien sûr. Qu'étais-je censé répondre ? Comme je n'en avais aucune idée, je fis ce qui convenait le mieux en pareille situation et gardai le silence.

— D'ordinaire, il excelle à reconnaître la nature des individus, aussi lui ferai-je confiance dans ce cas. Jeremy, s'il te choisit pour fils, je veux que tu sois un bon fils pour lui. Apporte-lui toute l'assistance qu'il te permettra de lui offrir.

Elle s'interrompit soudain, un nouvel et plus féroce accès de douleur refrénant ses paroles. Ses lèvres se rétractèrent quasiment dans sa bouche. La regarder me plongeait dans l'effroi.

Puis son spasme se dissipa et elle reprit enfin, l'œil vif :

— Il a besoin d'un fils. Je n'ai pu lui en offrir un. Ne sois point effronté, mais prête-lui assistance et accède à ses requêtes.

Ensemble, nous entendîmes le trio gravir l'escalier.

— J'agirai selon vos conseils, lady Fielding, répondis-je d'une voix quelque peu étouffée.

— Je n'en doute point. Je suis heureuse... que le hasard m'ait permis de te connaître.

Ils entrèrent : sir John, M. Donnelly et Mme Gredge. Je m'éloignai du lit, leur cédant la place pour qu'ils accomplissent ce qu'ils avaient prévu, quoi que ce fût. Le médecin avait en main une petite tasse fumante qu'il tenait avec grand soin.

Mme Gredge me saisit au poignet et, de ce même murmure féroce dont elle m'avait gratifié plus tôt, me dit :

— Tu peux t'en aller à présent, Jeremy.

Puis elle me lâcha et me laissa quitter la chambre.

En toute honnêteté, cher lecteur, j'en étais ravi. La rencontre et ma brève conversation avec lady Fielding m'avaient anéanti. Ma seule présence à son chevet ravivait en moi le souvenir cruel des dernières heures de ma mère. Elle n'avait eu aucune ultime parole à me confier ; inconsciente ou en proie au délire, elle ignorait jusqu'au décès de mon frère. Mon père la soigna jusqu'à la fin. Aussi étrange que cela puisse paraître, ni lui ni moi ne fûmes affectés par la fièvre.

Toutefois, la teneur des propos de lady Fielding m'envahit de crainte, voire d'un sentiment proche de la terreur. Je n'en avais point saisi la signification. L'idée qu'on pût troquer un père décédé contre un vivant me paraissait presque monstrueuse. Si, en dépit de sa souffrance, elle paraissait en pleine possession de ses facultés, ce qu'elle m'avait dit paraissait néanmoins le fruit du délire. En clair, j'étais désorienté et grandement accablé.

Cela justifie mon état, lorsque sir John revint en cuisine. J'avais pleuré à la table, mais, en le voyant, j'essuyai mes larmes et m'apprêtai à les lui cacher. J'eusse pu y parvenir, mais mon nez me trahit. Je reniflai doucement à deux reprises.

Il vint directement à l'endroit où j'étais assis, tâtonna en quête de mon épaule et l'étreignit de sa main.

— Oui, Jeremy Proctor, dit-il, c'est triste, n'est-ce pas ? Au-delà de ce que les mots peuvent exprimer.

En revenant dans la bibliothèque des Goodhope, nous constatâmes la présence de menuisiers, qui réparaient la porte dégondée. Sifflotant et plaisantant, ils formaient un duo turbulent, affichant clairement leur indifférence à notre endroit.

Nous avions attendu près de deux heures avant de

nous rendre sur les lieux. Si M. Donnelly avait aussitôt pris congé, après avoir administré sa potion à lady Fielding, tant il avait foi en son pouvoir, sir John était resté en revanche au chevet de son épouse, jusqu'à ce qu'elle sombrât dans un profond sommeil. Mme Gredge me dénicha diverses corvées jusqu'à ce que le magistrat réapparût, coiffé de son tricorne et canne en main, prêt à s'en aller.

Sur le chemin de St. James Street, je lui offris un compte rendu de mes trouvailles de la veille au soir. J'étais déçu qu'il attachât peu d'importance au fait que j'avais peut-être découvert une issue secrète derrière la haie de troènes, en bataillant avec une paire de chevaux hargneux.

— Je crois sérieusement qu'il existe quelque chose là-bas, lui confiai-je. Peut-être une plaque quelconque dissimulant un tunnel qui mène à la demeure.

Et lui de me répondre :

— À mon avis, il est plus vraisemblable que tu as trébuché sur la cave à charbon ou quelque accès à la fosse d'aisances. Tu pourrais sans doute trouver le temps de le vérifier aujourd'hui.

Quant à mon récit des « impromptus » de lord Goodhope, il se borna à déclarer :

— Bien que ce que tu me relates me chagrine, je n'en suis guère surpris. Cela ne fait que confirmer les soupçons que lady Goodhope m'a confiés en ton absence. Je verrai ces deux jeunes filles lorsque nous arriverons à destination.

Enfin, quand je tentai de lui rapporter les judicieux propos de James Boswell sur les significations possibles d'une « mésaventure » et m'empêtrai quelque peu dans mes explications, il m'enjoignit d'un geste au silence.

— Il suffit, déclara-t-il. Quand bien même cet homme demeure un fat, il n'en est pas pour autant un sot. Et tandis qu'il raisonne à sa façon sur les possibilités d'assassinat, ainsi agira la multitude de manière plus cruelle. Les gens se montrent avides de sensations, et un meurtre leur procure la plus grande qui soit. En vérité, ce que Boswell a dit de Goodhope s'avère tout à fait juste. J'ai eu l'occasion d'entendre Son Excellence s'exprimer à l'encontre d'un projet de loi, à la rédaction duquel j'avais participé, et il s'est montré des plus éloquents ; certes pernicieux dans son raisonnement, mais nonobstant convaincant. Ce qu'il ne pouvait présenter comme argument, il y suppléait par sa verve théâtrale. L'homme possédait également une voix, je dois dire, tout à fait inoubliable.

Et nous arrivâmes ainsi à St. James Street, tout inondés de sueur, après cette marche alerte en cette âpre matinée de printemps. Dès lors qu'il se mettait en route, sir John se montrait tout aussi véloce que le jeune M. Donnelly. Lorsqu'il frappa impérieusement à l'huis de la résidence Goodhope, ce ne fut nul autre qu'Ebenezer Tepper qui vint tardivement répondre ; il nous salua en portant la main à son front, comme il est d'usage à la campagne, et nous ouvrit la porte en grand.

Comme sir John demandait qu'on l'annonçât à la maîtresse de céans, le valet de pied lui répondit avec le plus grand respect :

— Elle a d'jà un visiteur, monsieur.

Puis, d'un geste ample, il indiqua le salon voisin.

Sur ces entrefaites, lady Goodhope apparut dans l'embrasure de la porte donnant sur cette pièce, la mine affligée ; sa main tenait ce qui semblait être une missive dont le sceau avait été rompu. Derrière elle, à ma grande surprise, se tenait Gabriel Donnelly. Je souhaitai en informer sir John mais n'en eus pas l'occasion. Cependant, il fut aussitôt conscient de la présence de la femme, vers laquelle il se tourna en s'inclinant.

— Milady... prononça-t-il.

— Sir John, répondit-elle, vous êtes plus que jamais

le bienvenu ce matin, car j'ai reçu un message à tout le moins inquiétant.

— De quelle nature ?

— Oh... eh bien, de nature financière. Ne diriez-vous pas cela, monsieur Donnelly ?

— Monsieur Donnelly ? répéta le magistrat, quelque peu stupéfait. C'est *vous* le visiteur ?

— Je l'ai mandé, dit-elle, dès que j'ai reçu cette lettre grossière et présomptueuse. J'avais besoin de ses conseils. Les vôtres, bien entendu, sont aussi les bienvenus.

— J'en suis flatté, avoua-t-il.

Puis il ajouta, non sans une nuance de malignité :

— Monsieur Donnelly aura eu une matinée fort agitée.

— Sans conteste, répliqua le praticien, et chacune de mes visites aura été cordiale et dûment respectueuse.

— Certes, reconnut sir John, radouci et presque confondu. Je n'en doute pas un instant. Si ma pauvre femme dort à présent, en dépit de sa maladie, c'est uniquement grâce à votre concours. Mais je comprends à présent pourquoi vous souhaitiez passer prestement à votre prochain rendez-vous.

— Il suffit ! rétorqua lady Goodhope. Souhaitez-vous ou non connaître le contenu de cette missive ?

— Bien sûr ! Bien sûr !

— Alors entrez et fermez la porte. Je ne désire point qu'un autre que Potter soit mis au courant. J'expliquerai son rôle dans un instant.

Elle nous conduisit dans la pièce. Tout le monde s'assit hormis moi, qui restai debout auprès du siège occupé par sir John, en songeant que telle était l'attitude convenable pour l'assistant d'un magistrat.

Je remarquai que M. Donnelly considérait lady Goodhope avec le plus grand sérieux et la plus grande sympathie. Tenant la lettre de près et trahissant ainsi sa myopie, elle s'éclaircit la voix et se mit à lire :

— « Ma chère lady Goodhope », cela commence ainsi. Peut-on imaginer pareille impudence dans la salutation ? Notamment de la part d'un tel individu ?

— Quel individu, milady ? s'enquit sir John.

— Eh bien, écoutez !

— Poursuivez, je vous prie.

Elle se racla de nouveau la gorge et reprit :

— « Veuillez recevoir toutes mes condoléances en pareilles circonstances, puisque j'ai lu de bonne heure ce matin dans le *Public Advertiser* que lord Goodhope était décédé. Cela m'est douloureux, car je le connaissais bien puisqu'il fréquentait souvent mon établissement, à l'instar des messieurs appréciant les jeux de hasard que j'y propose. Et cela me chagrine d'autant que je dois porter à votre connaissance que lord Richard, à présent défunt, a cumulé tant de dettes et de reconnaissances de dette que j'ai été contraint voilà deux semaines de lui réclamer quelques gages de sa bonne foi. Nous sommes donc convenus d'un accord qui a été établi par mon avocat. La nature de celui-ci est telle que je le qualifierai d'hypothèque, mais mon homme de loi affirme qu'il s'agit d'un droit de gage. Le montant de ce droit de gage (j'accorde le bénéfice du doute à mon avocat, puisqu'il a assurément utilisé le terme adéquat pour le document qu'il a rédigé de sa propre plume) s'élève à douze mille livres et le bien sur lequel s'exerce ce privilège n'est autre que la demeure à laquelle j'ai dépêché mon employé pour vous porter la présente. Pour parler sans détour, sachez qu'en l'absence d'un apurement de cette dette par vous-même ou quelqu'un représentant feu votre époux, vous devrez quitter les lieux et me céder la maison. Je puis vous présenter les impayés, que je détenais à l'encontre de lord Goodhope de son vivant, et vous constaterez que leur montant dépasse largement les douze mille livres. Toutefois, il s'agit d'une agréable demeure et je me plairais à y résider. Aussi m'en tiendrai-je à cela. Dépêchez qui bon vous semble pour consulter le droit de gage et les reconnaissances de dette. »

Elle releva la tête. Ses yeux flamboyaient. Elle frappa le sol de son pied élégamment chaussé.

— Voilà ! lança-t-elle. Ne diriez-vous point qu'il outrepasse la bienséance ?

— Comment conclut-il ? demanda sir John.

— Avec la plus grande effronterie, bien sûr !

Elle porta de nouveau la lettre à ses yeux et en lut les deux dernières lignes :

— « Je demeure votre humble et dévoué serviteur, John Francis Bilbo. »

Elle renifla non sans noblesse et ajouta :

— *Serviteur*, c'est un comble !

— Hum... fit sir John. Black Jack Bilbo.

Il médita un instant.

— Et quel est le rôle de Potter dans tout cela ?

— C'était ma suggestion, répondit M. Donnelly.

— C'est-à-dire... ?

— Que nous dépêchions quelqu'un afin d'examiner le document en question, ne fût-ce que pour authentifier la signature de lord Goodhope.

— Existe-t-il la moindre raison pour qu'on en puisse douter ?

— Eh bien... je... balbutia lady Goodhope, à court de mots. Lord Goodhope était certes un joueur. Mais de cette envergure ? Assurément pas !

— D'aucuns, affirma sir John, ont perdu davantage au jeu. Souvenez-vous, milady, que mon premier conseil fut que vous examiniez les finances de votre époux. L'avez-vous fait ?

— Non, admit-elle, encore quelque peu courroucée.

— Mais nous avons à présent l'intention d'y procéder, sans nul doute, intervint M. Donnelly.

— Quoi qu'il en soit, reprit lady Goodhope, c'était

alors que vous attribuiez sa mort à un suicide. Je vous ai fait remarquer que vous vous trompiez.

— Ah ! fit le magistrat en inclinant la tête. En effet, en effet...

M. Donnelly reprit la parole :

— Mais lady Goodhope devra-t-elle répondre de dettes comme celle-ci ?

— Non point elle-même, répondit sir John, mais plutôt la succession de lord Goodhope. Si elle souhaite la conserver plus ou moins intacte pour elle et son fils, elle devra alors veiller à ce que les dettes de feu son époux soient apurées, même celles pour lesquelles elle pourrait émettre quelque objection morale, *comme celle-ci.*

— Tout de même, sir John...

— C'est la loi, milady, interrompit sir John avec sévérité. Nous ne pouvons choisir parmi les dettes celles qui nous agréent. Nous devons les régler toutes. Encore une fois, je ne saurais trop vous conseiller d'examiner l'état des finances de votre défunt mari. Trouvez son notaire. Il est possible que le droit de gage détenu par M. Bilbo puisse être acquitté en puisant dans d'autres fonds. Vous avez, somme toute, jusqu'à la fin du mois pour agir, soit plus d'une semaine. Employez ce temps à bon escient.

Elle le considéra à son tour avec gravité.

— En toute franchise, avoua-t-elle, j'ai fort sérieusement envisagé de vendre cette maison. Comme je crois vous l'avoir confié précédemment, je ne m'y suis jamais sentie chez moi. J'ai toujours eu une prédilection pour le Lancashire. C'est ici que mon époux menait sa vie citadine et, pardonnez-moi l'expression, sa vie de débauche. Il requérait ma présence en ces lieux quelques semaines dans l'année, au printemps et à l'automne, et le reste du temps la demeure était sienne. Aussi, voyez-vous, je n'y suis aucunement attachée. Je serais ravie de la vendre, mais je ne m'imagine point *l'abandonner* à quelque parieur auquel mon mari devait quelques livres.

— C'est ainsi que vous qualifiez une somme de douze mille livres ? rétorqua sir John non sans dureté.

— Cette dette reste encore à vérifier, déclara-t-elle.

Après quoi le magistrat se leva, baissa la tête en un salut désinvolte et lui dit :

— Eh bien, lady Goodhope, je vous souhaite bonne chance. J'espère sincèrement que la procédure de contrôle jouera en votre faveur. Mais je dois à présent m'atteler à l'aspect criminel de cette affaire. Vous comptez parmi vos domestiques deux aides de cuisine répondant aux prénoms d'Annie et de Meg, leur nom de famille m'étant inconnu.

— Vraiment ? s'étonna-t-elle, découvrant visiblement l'existence des jeunes filles. Je l'ignorais.

— Je souhaiterais leur parler dans l'ordre suivant : Annie en premier lieu, Meg ensuite.

D'un geste vague de la main, elle répondit :

— Adressez-vous à Potter, ou mieux encore sans doute, puisqu'il est absent, à Ebenezer.

— Ah oui, Ebenezer Tepper. Je désirais m'entretenir avec vous à son sujet. C'est un nouveau venu dans la domesticité, n'est-ce pas ?

— En effet.

— Comment est-il entré à votre service et depuis combien de temps ?

— Depuis quand ? Oh, fort récemment, il y a quelques jours à peine.

— Et pour quelle raison ?

— Peu après mon arrivée, il y a une dizaine de jours, l'un des habituels valets de pied a disparu.

— Disparu ?

— Oui, tout simplement disparu. Pour le remplacer, j'ai suggéré que l'on dépêchât quelqu'un dans le Lancashire, afin d'y quérir Ebenezer. Je n'ai jamais caché ma sympathie à son endroit. Dans l'ensemble, c'est un brave garçon et, voilà un an, il a évité à mon fils une grave blessure. Mon défunt mari n'a vu aucune objection à ce choix ; à vrai dire, cela lui était indifférent, et ainsi fut fait.

Sir John demeura un long moment silencieux.

— Et pourquoi ne m'a-t-on point informé de la disparition du valet de pied ? Quel était son nom ? questionna-t-il enfin.

— Je n'en ai pas la moindre idée. Les domestiques... dit-elle en haussant les épaules, ils vont et viennent. Pensez-vous que cela puisse avoir quelque lien avec le décès de lord Goodhope ?

— Éventuellement.

— Dans ce cas, il est heureux qu'on ait abordé le sujet aujourd'hui, encore que je n'en saisisse point l'importance.

— Telle est ma tâche, milady : trouver dans quelle mesure les choses ont de l'importance.

— Puisque vous l'affirmez, sir John.

— Je prends donc congé de vous, milady, et vous remercie.

Nous gagnâmes la porte, accompagnés de M. Donnelly, qui s'était levé avec le magistrat et attendait patiemment que nous eussions fait nos adieux. Une main sur la poignée, le médecin nous retint, le temps de murmurer avec ferveur à sir John :

— Je vous remercie, monsieur, de lui faire entendre raison. Elle n'a pas la moindre idée de l'état des comptes de son époux. J'ai cru comprendre, de sa bouche, que vous lui avez proposé le nom d'hommes dignes de confiance, susceptibles de dresser un état de la situation financière de feu lord Goodhope. S'il vous était possible de me les confier à présent, peut-être pourrais-je...

— Le seul nom que je puis fournir sur-le-champ est

celui de Moses Martinez. Il est juif et honnête homme. Il possède un établissement juste en bas de la rue du *Cheshire Cheese*, qui donne dans Fleet Street. Le numéro m'échappe, mais l'homme est bien connu dans le quartier.

— Je le trouverai.

— Une simple question, monsieur Donnelly. Où se trouve le corps ?

— Lord Goodhope ? Eh bien, chez l'embaumeur. Lady Goodhope a décidé de l'enterrer dans un cimetière voisin de Grandhill... c'est-à-dire aux abords du domaine du Lancashire. Il paraissait judicieux de l'embaumer pour le voyage.

— Je vois. Eh bien, si elle a l'intention de s'en aller peu après, en vue des obsèques, je puis avoir besoin de la retenir ici.

— Je l'avais pressenti, sir John. M. Martinez peut tout autant requérir sa présence.

— En effet.

Puis, comme M. Donnelly allait ouvrir la porte pour nous permettre de sortir dans le vestibule, quelqu'un se mit à frapper. Le médecin ouvrit l'huis à la volée, laissant apparaître Potter sévère et immobile, mais essoufflé, comme s'il avait couru sur une longue distance.

— Je dois rendre compte à lady Goodhope, annonça-t-il non sans solennité.

Il sembla que ce fût moi qui lui barrais le chemin. Il fronça les sourcils pour que je m'en écarte et avança à grandes enjambées au centre du salon.

— Vous pouvez me présenter votre compte rendu, Potter, déclara-t-elle. Je n'ai rien à cacher à ces messieurs.

— À votre guise, milady. Mais je crains de vous apporter de mauvaises nouvelles. J'ai pu voir le document en question et je réponds de la signature. Il s'agit bel et bien de celle de lord Goodhope. M. Bilbo s'est montré fort coopératif. Il m'a présenté aussi chacune des reconnaissances de dette. Elles portaient également la signature de milord, souvent illisible et à peine griffonnée, mais il s'agissait assurément de *son* paraphe.

— Nous verrons, déclara-t-elle, son visage se muant en un masque dénué d'expression.

— Bien, milady. Il y a autre chose, cependant.

— Et de quoi s'agit-il ?

— Alors que je me trouvais dans l'établissement de M. Bilbo, j'ai rencontré par hasard M. Charles Clairmont, que vous connaissez. Il était bouleversé par la nouvelle du décès de son frère, qu'il venait d'apprendre, et demande la permission de vous rendre visite.

— Il n'en est pas question, répliqua-t-elle d'un ton déterminé. Il n'en sera *jamais* question pour M. Clairmont.

Ayant entendu les propos que je viens de citer, sir John s'éloigna de la pièce et traversa vivement le vestibule avec moi sur ses talons. Comme j'arrivais à sa hauteur, je le trouvai soudain en proie à une colère noire. Il s'arrêta tout à coup, grommelant sur un ton que je ne lui connaissais pas jusque-là. Je ne pouvais que m'interroger devant un tel changement d'humeur. J'hésitai, déchiré entre ma crainte de le déranger et mon désir de lui prêter assistance.

Je rassemblai enfin mon courage pour m'enquérir :

— Puis-je vous aider en quoi que ce soit, monsieur ?

Il se tourna vers moi, écumant de rage, encore que (à mon grand soulagement) celle-ci ne me fût point destinée.

— Jeremy, dit-il, as-tu souvenance de ces propos immodérés que j'ai tenus il y a deux soirs à peine sur les défauts de la gent féminine ?

— Oui, monsieur, répondis-je.

— J'ai ensuite pu donner l'impression de les regretter.

Il n'en est rien! lança-t-il en frappant le tapis de sa canne. Qu'avons-nous à présent en annexe au récit dont lady Goodhope nous a gratifiés de mauvaise grâce ? Un domestique disparu et un frère qui apparaît comme par enchantement ! Non point une mais deux surprises ! Eh bien, vois-tu, mon garçon, j'ai eu mon content de surprises. Aperçois-tu ce maître d'hôtel pompeux dans les parages ?

— Vous voulez dire Potter, monsieur ?

— Tout à fait. Amène-le-moi ici.

Nul doute que je voyais Potter, car il raccompagnait au même moment M. Donnelly. Je me précipitai vers le majordome pour lui indiquer que sir John souhaitait lui parler séance tenante. Il accueillit la nouvelle avec une expression affligée, mais gagna néanmoins avec moi le centre du vestibule, où le magistrat avait pris place.

Dans l'ensemble et compte tenu des exemples rapportés jusqu'ici, vous admettrez aisément, je pense, que sir John Fielding se montrait assez courtois dans ses interrogatoires. Il ne le fut pas avec Potter. Le magistrat exigea de connaître l'histoire de Charles Clairmont. Le domestique afficha quelque répugnance à obtempérer, prétextant la discrétion eu égard à une affaire de famille, mais sir John ne voulut rien entendre ; agitant sa canne, il menaça de l'inculper pour entrave au bon déroulement d'une enquête criminelle. Ce devant quoi le majordome perdit courage et relata brièvement l'histoire de l'homme en question.

Charles Clairmont était effectivement le frère de feu lord Goodhope, quoique le demi-frère seulement. Il n'était pas question qu'il héritât du titre, puisqu'une barre de bâtardise l'écartait de la succession. Clairmont, dont l'âge avoisinait celui du défunt, était le fruit des amours de leur père et de sa maîtresse londonienne ; reconnu, élevé dans de bonnes conditions, il s'était vu octroyer une confortable fortune à sa majorité. Homme ambitieux, il partit aux Caraïbes avec ladite fortune en poche, où il se lança dans le commerce avec grand succès. Il était revenu maintes fois à Londres depuis lors, faisant montre à chaque visite de sa prospérité croissante dans les achats dispendieux qu'il rapportait ensuite à la Jamaïque.

— Et pourquoi une telle hostilité entre lady Goodhope et M. Clairmont ? s'enquit sir John.

Le visage de Potter trahit son désir d'inviter le magistrat à poser directement la question à lady Goodhope. Mais il se ravisa :

— Elle vient du fait, je pense, que M. Clairmont a assisté à leur mariage alors qu'il n'y était point convié. Et n'y étant pas invité, il en profita pour y faire étalage d'une ivresse tapageuse, laquelle ne répondait aucunement aux règles de la bienséance. Très désagréable, en vérité. Toutefois, lord Goodhope et lui ont conservé des relations de nature cordiale au fil des ans. Chaque fois qu'il venait en Angleterre, M. Clairmont ne manquait jamais de rendre visite à son frère, quoique ce fût toujours à Londres et jamais lorsque lady Goodhope y résidait.

— Et vous l'avez rencontré par hasard à l'établissement Bilbo ce matin même ?

— En effet, monsieur.

— Et qu'y faisait-il donc ?

— Je ne puis le dire au juste. Il ne s'y trouvait pas pour jouer. Les tables n'étaient point encore ouvertes. Il traitait quelque affaire avec le propriétaire des lieux. C'est de sa bouche qu'il a appris le décès de lord Goodhope. Il affirmait arriver à peine des îles.

— D'où cela ?

— Il ne l'a pas précisé, monsieur.

— Ah bon...

Sir John prit le temps de méditer sur le sujet, puis reprit :

— S'il a demandé la permission de rendre visite à lady Goodhope, il a dû vous indiquer une adresse où l'on puisse le joindre.

— Euh... oui, monsieur. Une pension de bonne réputation sur le Strand. Je l'ai sur moi.

Le majordome se mit à fourrager dans son habit.

— Gardez-la, répliqua sir John. Dépêchez-y l'un des valets de pied ou allez-y en personne et transmettez-lui l'impitoyable message de lady Goodhope. Dites-lui de surcroît que je requiers sa présence en mon cabinet du tribunal de Bow Street à dix-sept heures précises. J'insiste sur le caractère *obligatoire* de cette convocation. C'est bien compris, Potter ?

— Entendu, monsieur.

Le majordome commença à s'agiter, comme prêt à s'en aller.

Mais sir John n'en avait point fini avec lui.

— À présent, dit-il, nous arrivons à l'affaire du valet de pied disparu. Quand a-t-on constaté sa disparition ?

— Il y a dix... ou onze jours, je suppose.

— Décidez-vous, mon brave ! rétorqua sir John avec rudesse. Dix ou onze ?

Quelque peu ébranlé, Potter s'exprima prestement, les mots semblant lui échapper malgré lui :

— Il est difficile de se prononcer, monsieur. L'homme s'est éclipsé dans la nuit avec ses effets personnels. Alors qu'il allait recevoir ses gages !

— Vous tenez cela pour passablement étrange ?

— Oh, assurément, monsieur ! Assurément !

— Et quel était son nom ? Quelle était sa physionomie ? Combien de temps est-il resté au service de cette maison ?

À présent, Potter sembla véritablement pris de panique. Il lança un regard à droite et à gauche, comme s'il eût cherché les réponses ailleurs. Ne les trouvant point, il finit par regarder sir John en face :

— Il comptait parmi les domestiques depuis presque un an. C'était un homme massif, solidement charpenté, dont la force le rendait utile pour déplacer de lourds fardeaux dans la maison.

— Bien, bien. Et son nom?

— Richard, monsieur, comme le maître.

— Est-ce ainsi qu'on l'appelait ici ?

— Euh... non, monsieur. Cela eût causé quelque confusion. Dans la maison, on le nommait Dick.

— Je présume, dit le magistrat, qu'il avait un nom de famille. Même les plus mal lotis d'entre nous s'en voient gratifier.

— Je suis certain qu'il en possédait un, monsieur, mais il m'échappe pour le moment.

Ce fut alors qu'à ma grande surprise sir John, qui avait fait montre jusque-là de la plus grande sévérité dans ses propos, choisit de se radoucir. Cependant, ses paroles masquaient une sombre menace.

— Eh bien, réfléchissez-y, déclara-t-il à Potter. Il doit sans doute figurer dans le registre de la domesticité de l'an passé. Tâchez de mettre la main dessus, tout en poursuivant la quête du plan de la maison que je vous ai demandé. Mais concentrez-vous sur le patronyme de ce valet de pied et songez en même temps à cette inculpation d'entrave à la justice dont je vous ai menacé. Il ne s'agissait point de paroles en l'air, pas plus qu'il ne s'agit d'une accusation à prendre à la légère. La culpabilité peut conduire à des mois, que dis-je, des années de prison, selon les circonstances. Mais, en dépit de sa gravité, ce n'est pas aussi sérieux que la complicité dans un crime capital. Lequel, comme vous ne l'ignorez sans doute pas, est passible de la pendaison. Alors, fort de tout ce que je viens de vous confier, pourriez-vous faire un ultime effort de mémoire?

La sueur perlait au front de Potter. S'il était aussi ignorant qu'il prétendait l'être, les paroles de sir John ne pouvaient lui inspirer de la crainte. Peut-être craignait-il moins son interrogateur que quelque autre qui n'était pas alors présent.

Au seuil de l'apoplexie, le majordome éprouvait la plus grande peine pour s'exprimer puis, après avoir pris une profonde respiration, il parvint enfin à articuler les mots qu'il cherchait.

— Il vient seulement de me revenir en mémoire, monsieur... le nom du valet de pied, je veux dire. C'était... Dillon.

— Il s'appelait donc Dick Dillon ?

Anéanti, le domestique opina du chef et ajouta posément :

— Oui, monsieur.

— Eh bien, j'ai peut-être de bonnes nouvelles pour vous, Potter. Vous avez témoigné d'une terreur épouvantable qui, si je puis dire, ne pouvait échapper même aux yeux d'un aveugle. Si Dick Dillon vous effraie autant, et nul doute qu'il est à craindre, vous pouvez être rassuré. À l'heure qu'il est, il se trouve en détention à Newgate, où il attend d'être jugé pour crime capital.

Loin d'être rasséréné, Potter montra alors tous les signes de la plus grande confusion. Il se débrouilla néanmoins pour déclarer à sir John :

— Je suis quelque peu soulagé. Il a laissé un billet, menaçant quiconque chercherait à le suivre.

— Et vous avez négligé d'en faire mention ?

— En effet.

— Avez-vous ce billet ici ?

— Non, monsieur. Je l'ai montré au maître et il l'a détruit.

— C'est fâcheux. À présent, veuillez, je vous prie, aller dire à l'office que je souhaiterais m'entretenir avec les aides de cuisine, Annie et Meg, dans la bibliothèque. Et veillez à notifier ma requête à M. Charles Clairmont, afin qu'il se présente à cinq heures à Bow Street.

Hochant ensuite la tête avec prévenance, sir John conclut :

— Merci, Potter. Ce sera tout.

Et ce fut ainsi que nous nous retrouvâmes enfin à la bibliothèque, où les menuisiers sifflaient, badinaient et accomplissaient parfois quelque ouvrage ; j'en profitai pour interroger l'interrogateur sur la façon dont il avait pu percevoir l'affaire.

— Sir John, dis-je, sa crainte était inscrite sur son visage. Comment êtes-vous parvenu à le découvrir ? Il s'exprimait assez distinctement.

— Mon garçon, la peur exhale une odeur. Tu peux ne pas le croire, mais telle est la vérité. Ces dernières minutes, les effluves ont été manifestes sur notre Potter.

— Était-ce vous qu'il craignait ? La justice ?

— Je serais tenté de le penser, répondit le magistrat, mais sans doute en partie seulement. Il paraissait comme pris entre deux feux. Il y a quelque chose, ou plus exactement quelqu'un, qui l'effraie tout autant. Et il ne s'agit pas de Dick Dillon.

— Je l'ai également ressenti, admis-je avec ardeur.

— Ah oui ? Vraiment ? Le brave garçon !

Il avança dans la pièce avec sa canne et effleura le bureau, puis le fauteuil où le défunt s'était assis. Il prit alors sa place puis, après avoir médité un instant, ajouta :

— Peut-être eussé-je dû le poursuivre dans ses derniers retranchements. Nul doute que cet homme en sait plus qu'il ne nous en a dit. Toutefois, il devrait être intéressant de voir quelle va être son attitude, après la frayeur qu'il vient d'avoir. Nous risquons d'en apprendre davantage ainsi.

Sur ces entrefaites, Annie-de-l'office apparut, provoquant moult commentaires et agitation chez les charpentiers. C'était effectivement une jeune fille aux formes généreuses, du genre de celles qui s'attirent les remarques de la gent masculine dans la rue, ou du moins était-ce le cas à cette époque. Ce fut le plus jeune des compagnons, sans doute un apprenti, qui, agenouillé devant la porte, se chargea de lui proférer lesdites remarques. Elle gloussa et lui flanqua une tape de bon aloi sur l'épaule, tout en se pavanant devant lui comme elle pénétrait dans la bibliothèque. Lorsqu'elle passa devant moi, elle me pinça le bras d'une façon que je trouvai plutôt douloureuse et me souffla à l'oreille : « *Mouchard!* » Puis, avec la prestance d'une lady, elle s'installa dans le fauteuil qui faisait face à sir John et lissa son tablier.

— À vot' service, milord, lui dit-elle.

Ce fut pourtant à moi qu'il s'adressa et non à elle :

— Je me demande si tu ne pourrais pas t'éloigner quelque peu de nous ? Peut-être vers cette extrémité de la pièce ? J'ai souvenance que tu portes un intérêt particulier aux livres. Pourquoi ne pas en choisir un parmi ceux qui se trouvent là-bas ? Nous devons faire de notre mieux pour que Miss Annie se sente à l'aise pour parler, ne crois-tu pas ?

— À votre guise, sir John.

Je m'éloignai donc, déçu, me retournant juste à temps pour voir Annie me tirer la langue avec effronterie. Ce qui fit rire les menuisiers, tandis que je me retranchais dans mon coin. Il ne me restait plus qu'à me coiffer d'un bonnet d'âne et m'asseoir sur un tabouret, semble-t-il. Je choisis un ouvrage au hasard et commençai à le feuilleter, tout en tendant l'oreille pour ouïr les propos échangés entre les deux personnes assises au bureau.

Hélas, sans grand succès, je le crains. Leur conversation se déroula à voix basse et, à la distance à laquelle je me trouvais, les paroles ne furent guère distinctes. De temps à autre, une phrase, ou plus souvent un nom, parvenait jusqu'à moi. À un certain moment, Annie parut confier un certain nombre de patronymes à sir John. Nul doute qu'il devait s'intéresser aux invités présents aux « impromptus » de lord Goodhope. Étaient-ce les noms qu'elle lui révéla ? Je me souviens les avoir entendus échanger ceux de Lucy Kilbourne et de Black Jack Bilbo.

Ce qui me frappa alors le plus, quoique certes moins à présent, fut la manière frivole avec laquelle ils bavardaient. S'ils poursuivirent leur dialogue sans hausser le ton, pour ne pas dire à mots couverts, celui-ci se ponctuait çà et là d'accès d'hilarité ; des rires profonds de la part de sir John et des gloussements de la part d'Annie. On eût dit deux commères occupées à jaser. Quel contraste, ô combien, avec l'attitude menaçante dont il avait témoigné, quelques minutes plus tôt à peine, à l'endroit du majordome ! Se pouvait-il que les manières conquérantes d'Annie l'eussent radouci ? Ou était-ce quelque stratagème qui m'échappait alors ? Je pencherais pour la dernière hypothèse, car je ne le vis jamais interroger deux témoins à l'identique.

Aussi long et intolérable que me parût alors l'interrogatoire d'Annie, pendant que j'étais relégué dans mon coin, celui-ci n'excéda pourtant guère plus d'un quart d'heure et dura sans doute moins. Lorsqu'il fut terminé, le magistrat se leva, inclina la tête le plus poliment du monde et présenta ses remerciements à l'interrogée. À son tour, cette dernière le gratifia d'une gracieuse révérence et lui dit au revoir.

Lorsque nos chemins se croisèrent, moi rejoignant sir John et elle gagnant la porte, elle me décocha une œillade friponne et me dit :

— Il n'est pas si mauvais, pas vrai ?

— Oh, Annie, ma chère ! s'écria le magistrat pour la retenir.

— Oui, milord ?

— Voudriez-vous avoir la gentillesse de faire monter Miss Meg ?

— Entendu, milord, répondit-elle, encore que vous n'obtiendrez pas grand-chose d'elle.

— Eh bien, nous devons essayer. Nous devons essayer.

— C'est c' qu'il verra, me chuchota Annie.

Puis, m'étreignant la main, elle ajouta :

— J' te pardonne d'avoir mouchardé.

Et elle disparut aussitôt dans une envolée de jupons.

Je rejoignis sir John, resté debout au bureau.

— Une enfant pleine de vie, me dit-il, bien que je nourrisse quelque crainte quant à son avenir. Peut-être puis-je lui dénicher une place dans quelque autre maison. Sinon, m'est avis qu'elle rejoindra le pavé.

Ne saisissant pas tout à fait la portée de ses propos, je répliquai :

— Puisque vous le dites, monsieur...

— Mais écoute bien, Jeremy. J'ai l'intention de quitter cette pièce afin de m'entretenir avec l'autre jeune servante. Je souhaiterais que tu demeures ici et t'attelles sérieusement à la recherche d'une porte dérobée dans la pièce. Je suis certain qu'il en existe une, que l'on dispose ou non d'un plan. Tu m'as indiqué que ton inspection à l'extérieur t'a conduit à t'interroger sur la construction et la conception de la cheminée. Je t'encourage donc à concentrer tes efforts sur le foyer. Il se trouve ici, derrière le bureau, n'est-ce pas ? Cherche la moindre corniche susceptible d'être poussée, des boutons à tirer, tout ce qui pourrait mettre en marche un mécanisme de poids et de poulies pour que se meuve un pan de mur. C'est ainsi que...

Il s'interrompit et se détourna de moi pour fixer la porte. Meg s'y tenait, paraissant encore plus effrayée que la dernière fois que je l'avais vue. Ses yeux étaient écarquillés, ses mains s'agitaient sur son tablier. Les menuisiers la considérèrent avec indifférence.

— Est-ce elle ? me demanda sir John.

— Oui, répondis-je, c'est Meg.

Elle s'avança d'un pas pour le moins indécis.

Une métamorphose s'opéra alors sur la personne du magistrat. Tout à coup, il devint malhabile, heurta un coin du bureau, qu'il avait préalablement contourné sans encombre, et lâcha d'une voix affligée :

— Oh, bonté divine !

Je tendis la main pour l'aider mais il grommela à mon oreille :

— Écarte-toi, Jeremy. Laisse-moi faire.

Il avança alors d'un pas saccadé vers le milieu de la pièce, agitant sa canne devant lui avec sa main droite, tandis que la gauche tremblotait en décrivant des cercles dans le vide. Je ne l'avais jamais vu dans cet état. Il semblait plus âgé, plus faible, beaucoup moins adroit. Je me hasardai à lui emboîter le pas.

— Miss Meg, est-ce vous ? Êtes-vous là ?

— Elle hoche la tête, sir John, annonçai-je.

— Merci, Jeremy, prononça-t-il d'une voix pitoyable.

Puis, à l'adresse de la visiteuse :

— Auriez-vous la bonté, mon enfant, de guider un pauvre aveugle dans le jardin et de lui tenir quelque temps compagnie ? Jeremy m'affirme que les fleurs y ont commencé à éclore et ne tarit point d'éloges sur leur beauté. Si je ne puis les voir, j'eusse aimé les sentir. Voulez-vous m'y conduire ?

Sans un mot, bien sûr, quoique moins craintive que quelques instants plus tôt, Meg s'avança avec sollicitude et prit sir John par le bras.

— Oh, merci, dit-il, vous êtes si gentille. Jeremy ? Continue à chercher, mon garçon.

Et tous deux quittèrent la bibliothèque, les menuisiers ne leur prêtant pas la moindre attention.

Resté seul, je gagnai le foyer pour y accomplir ma tâche. Il était vaste, compte tenu de la taille de la pièce, environ trois pieds de large. La tablette et la maçonnerie latérale étaient réalisées dans une pierre robuste et sombre, qu'un long usage avait fortement noircie. Cette cheminée était prévue pour y faire brûler du charbon, contrairement à celle du vestibule, laquelle tenait plus de la décoration et offrait ainsi une note bucolique à une maison de ville. Si je suis certain qu'on n'y cuisinait point, une crémaillère y était toutefois suspendue de côté, suffisante pour y accrocher une théière.

L'ensemble paraissait en tout point fort résistant. De solides briques tapissaient le mur du fond. La bordure s'avérait plus imposante que de coutume. Je me tenais là debout en soupirant et ne sachant guère où commencer.

En vérité, cela n'importa point. Je m'escrimai pendant plus d'un quart d'heure à tirer, à pousser à hue et à dia. Je fis osciller la crémaillère de part et d'autre, allant jusqu'à la lever et l'abaisser. J'éprouvai chacune des barres de fer de la plaque du foyer, en les tordant, en les tirant et en les martelant. Lorsque je cherchai à déloger les briques du mur du fond et des parois latérales, je ne réussis qu'à noircir mes mains. Bref, autant de tentatives infructueuses.

Je me relevai, pris un certain recul et, à bout de patience, considérai le foyer d'un regard féroce. Avais-je pu nourrir le fol espoir qu'il se fût plié à mon bon vouloir ?

— Bonté divine ! explosai-je dans une imitation novice de sir John.

Puis, tout en m'interrogeant, je me mis à marcher de long en large. Je cherchais à me représenter la cheminée, telle que je l'avais observée depuis le jardin. Quels détails m'avaient alors intrigué ? Sa forme vaste et inclinée, n'est-ce pas ?

Pour me rafraîchir la mémoire, sans doute, je gagnai la fenêtre qui donnait sur le jardin derrière la maison. Le couple assis sur le banc de pierre, au bord de l'allée, attira aussitôt mon attention. Sir John avait incliné la tête et paraissait concentré en silence. Il écoutait ! Car Meg, dont j'apercevais le visage de face, l'air grave, lui chuchotait à l'oreille.

L'espace d'un instant, je restai coi à les contempler. Puis je reculai vivement de la vitre, de crainte qu'ils m'aperçoivent. J'étais si absorbé par cette affaire de foyer que j'en avais oublié leur présence dans le jardin. Eussé-je songé à eux, j'eusse été intrigué par le fait que sir John eût passé autant de temps avec une personne aussi muette que Meg. Quant à savoir comment il était parvenu à la faire parler, je ne pouvais que me perdre en conjectures. Ce qu'elle lui confiait, je ne pouvais que le deviner.

Aussi étrange que cela pût paraître, j'en fus marri. Non seulement avais-je échoué à percer le secret du foyer, mais je me voyais de surcroît proscrit des détails divulgués de prime abord par Annie et à présent par Meg. Il est possible, cher lecteur, que ma fâcherie fût uniquement le fruit d'une curiosité malsaine inassouvie, car j'avais eu le temps de méditer sur ces choses auxquelles Annie avait fait largement allusion, la veille au soir. Quoi qu'il en fût, j'étais fâché et déterminé à le montrer. Je traversai la pièce à grands pas et réclamai un marteau aux menuisiers. Ils me dévisagèrent avec surprise. Le plus jeune des deux parut disposé à m'ignorer, lorsque le maître haussa les épaules, fourragea dans sa caisse à outils et me tendit l'instrument demandé. J'eus au moins l'urbanité de le remercier.

Ainsi armé, je regagnai le foyer et me mis à en marteler le fond et les flancs. J'espérais trouver quelque endroit creux, là où mes mains n'avaient auparavant rencontré que de la brique. Comme mes martèlements ne sonnaient pas creux, je frappai comme un beau diable, jusqu'à ce que sir John arrivât et m'empêchat d'endommager la maçonnerie.

— Qu'as-tu donc à l'esprit, Jeremy ? prononça-t-il non sans humeur dans mon dos.

J'étais tant affairé à ma tâche que je n'avais pas remarqué son entrée. Je sursautai alors et le marteau m'échappa des mains, comme je me redressais pour lui faire face.

— Je... tapotais, balbutiai-je. Je cherchais un vide derrière les briques.

— Tu tapotais, dis-tu ? Non, mon garçon, tu *martelais*, en vérité... en te livrant à un vacarme des plus malséants ! Cesse sur-le-champ ! Nous ne pouvons troubler davantage cette demeure.

Totalement humilié par son déplaisir, je ne pus que marmonner : « Oui, sir John... » et je me penchai pour récupérer le marteau.

— Suis-moi, à présent.

Et je trottai derrière lui, tandis qu'il quittait la pièce. Il ralentit un bref instant à l'huis, afin d'en jauger l'embrasure à l'aide de sa canne, ce qui me laissa le temps de rendre l'outil à son propriétaire. Puis nous nous retrouvâmes dans le vestibule. Sir John semblait être mû par quelque affaire urgente qui m'échappait. Lorsqu'il atteignit la porte donnant sur la rue, il s'arrêta néanmoins, se tourna vers la droite et s'avança de quelques pas. Il tendit sa canne.

— Est-ce la porte de son boudoir ? s'enquit-il.

Il ne se trompait point.

— En effet, monsieur.

De sa canne, il effleura à peine l'huis à trois reprises.

— Voilà ce qui s'appelle « tapoter ». Saisis-tu la différence ?

Avant même que j'eusse le temps de répondre, la porte s'ouvrit à la volée et lady Goodhope apparut, surprise d'être ainsi dérangée. Je remarquai quelques grains d'un chapelet et un crucifix pendillant de son poing fermé.

— Entrez, sir John.

Bien qu'elle me considérât d'un œil sceptique, j'emboîtai le pas au magistrat.

Il se tint au milieu de la petite pièce et délivra promptement son message :

— Milady, je dois me rendre à ma séance de tribunal. Je vous demande toutefois la permission de laisser ici mon jeune compagnon. La bibliothèque doit être inspectée davantage.

— Ne l'a-t-il point déjà examinée par trois fois ?

— La quatrième peut se révéler la bonne.

— Oh, dans ce cas, je m'incline.

— Encore un détail, ajouta sir John. Disposez-vous d'un portrait de lord Goodhope ?

— Un excellent, répondit-elle. Il a été réalisé voilà seulement un an.

Elle désigna le tableau suspendu au-dessus de la cheminée. Dans la forme et le contour général de l'amène visage peint sur la toile, on reconnaissait à peine la face noircie et maculée de sang que j'avais examinée avec M. Bailey deux soirs plus tôt.

— Pensez-vous qu'il y a quelque chose d'accusateur dans les yeux ? poursuivit lady Goodhope. D'une certaine façon, ils me persuadent de me sentir coupable. Eh bien, je n'ai... Ah, mais bien sûr, vous ne pouvez voir ce à quoi je fais allusion. Votre affliction.

— En effet, dit-il, mon affliction. Regarde bien ce portrait, Jeremy.

— Je me permets d'insister sur un point, reprit-elle. Si ce garçon demeure ici, il doit se rendre à l'office pour se laver correctement. Ses mains et son visage sont malpropres. Je ne tiens pas à ce qu'il salisse les soieries et les draperies de cette maison. Sa seule présence en cette pièce me gêne déjà.

— Oh ? Est-ce vrai, Jeremy ?

Je regardai mes mains. Elles étaient couvertes de suie. Dans le feu de mes efforts, j'avais essuyé la transpiration de mon visage, en le souillant probablement aussi.

— Je le crains, sir John. Le foyer...

— Ah, oui, bien entendu. Eh bien, je vous assure, milady, qu'il va y remédier séance tenante. Inutile de nous raccompagner. Allons-nous-en, Jeremy.

Il trouva l'huis sans difficulté et, une fois dans le vestibule, me demanda de le fermer.

— Tâche de ne rien salir, mon garçon, murmura-t-il. Les salissures constituent un péché mortel. Il suffit de consulter Mme Gredge à ce sujet.

Nous rencontrâmes à la sortie le valet de pied Henry, non point Ebenezer, qui remit au magistrat son tricorne et lui ouvrit la porte.

— Tu sauras rentrer seul à Bow Street ? me demanda sir John.

Je lui assurai que je connaissais le chemin.

— Si tu te perds, tu n'auras qu'à demander. Tout le monde connaît le tribunal. Mais tu ne dois en aucun cas rester jusqu'à la tombée de la nuit.

Je le lui promis, nous nous saluâmes et il s'en alla. Je gagnai ensuite directement l'escalier de service et l'office. Si je n'ignorais point que j'étais censé m'y débarbouiller, j'espérais aussi y trouver la jeune Meg. Peut-être, songeai-je, avait-elle désormais recouvré la parole, puisque sir John l'avait persuadée de parler. Mieux la connaître constituait mon plus cher désir. J'aimais ses manières délicates et la plaignais pour cette mystérieuse épreuve qu'elle avait endurée.

Mais hélas, lorsque je parvins en bas des marches, j'entrai dans une cuisine déserte, à l'exception d'Ebenezer qui prenait ses aises à table, une tasse de thé bien fort posée devant lui. Nous nous saluâmes poliment dans nos langages respectifs et je me dirigeai tout droit vers la pierre à eau. Après avoir rempli une cuvette, je dénichai un morceau de savon. Je retirai ensuite mon habit, relevai mes manches et me mis à l'ouvrage.

Tout en me nettoyant, je réfléchis. Et tout en réfléchissant, il m'apparut que j'avais peut-être entrepris mes recherches de façon erronée. Sir John m'avait enjoint de chercher quelque issue dérobée dans la bibliothèque. J'avais obtempéré, mais cela s'était révélé stérile. Peut-être aurais-je davantage de succès en explorant les lieux depuis un autre point de départ. Il me faudrait pour cela de l'aide. Ebenezer conviendrait-il ? Eh bien, sans doute, songeai-je, car si je n'entendais rien à son langage, il pouvait certes comprendre le mien. Pouvais-je le persuader ? La persuasion n'était point de mise en l'occurrence. Nul doute qu'un ton audacieux et autoritaire plaiderait mieux ma cause. Après tout, j'étais l'assistant de sir John Fielding, magistrat au tribunal de Bow Street... n'est-ce pas ?

J'empoignai un torchon graisseux et me séchai la face et les mains. Puis je me tournai vers Ebenezer et lui dit de ma voix la plus grave :

— J'aurai besoin de votre aide, à présent. Allez quérir une pelle ou une bêche plate, ainsi qu'une bougie et des allumettes, car elles nous seront également utiles.

Ebenezer se leva aussitôt et s'en alla chercher les objets nécessaires.

Environ un pouce de bonne terre londonienne dissimulait la plaque. Je n'avais eu aucun mal à la trouver. J'avais repéré son emplacement par rapport au portail dans la haie. Bêche en main, j'avais commencé à frapper le sol, en partant vers la gauche, depuis ledit portail. Je donnai chaque coup de bêche à un pied d'intervalle du précédent. Au bout du septième ou du huitième essai, l'outil heurta une surface dure et je manquai le lâcher : j'avais trouvé l'endroit où mes pieds s'étaient craintivement posés, après que les monstrueux chevaux m'eurent bousculé l'autre soir.

À mes côtés, Ebenezer écarquillait les yeux de surprise devant ma découverte. Il m'arracha la bêche des mains et se mit à enlever la terre. Cela ne lui prit guère de temps, car elle était meuble, preuve qu'on l'avait récemment retournée. N'eût-elle été aussi meuble, je n'aurais sans doute jamais décelé la plaque.

Ce que le valet de pied mit au jour n'était autre qu'une dalle de pierre d'un peu moins d'un yard au carré, dotée d'un trou en son centre, afin qu'on la pût soulever. Il y inséra trois doigts de sa main gauche et y exerça une traction considérable. Malgré toute sa force, il ne parvint pas à l'ôter complètement. Non sans difficulté, je glissai la pelle par-dessous en guise de levier, tandis qu'il changeait de prise et, à deux mains, retirait la plaque. Il la posa contre la haie, à bonne distance du trou.

Ensemble, nous considérâmes celui-ci. Une échelle correctement entretenue descendait. De sa poche, Ebenezer extirpa une épaisse bougie d'environ huit pouces. Il me dit alors une phrase dont je ne saisis quasiment pas le sens. Puisant de nouveau dans sa poche, il en sortit des allumettes et me demanda d'allumer la bougie. Ce que je compris, cette fois. Je m'exécutai et, l'instant d'après, il commençait sa descente le long de l'échelle. Je le suivis.

Nous descendîmes jusqu'à une dizaine de pieds sous le sol. Une fois à ce niveau, nous courbâmes l'échine et, presque pliés en deux, nous prîmes la direction de la maison. Aucun effluve méphitique n'assaillit nos narines, aussi étais-je au moins certain que nous ne gagnions point la fosse d'aisances. De même qu'il paraissait peu probable que nous eussions pénétré dans la réserve à charbon, car nous nous trouvions trop loin de la demeure. La galerie était assez large pour qu'un homme pût y cheminer, mais du vieux bois d'œuvre l'étayait tout le long, ce qui la rendait plus étroite à intervalles réguliers et aussi dangereuse, semblait-il, qu'un ancien puits de mine.

Quoi qu'il en fût, nous parvînmes à l'extrémité, où

était placée une autre échelle, semblable à celle que nous avions utilisée pour descendre. Chandelle en main, Ebenezer me regarda, en attendant mes instructions.

— Grimpez jusqu'en haut et dites-moi ce que vous voyez.

Il monta d'un pas décidé bien au-dessus de moi, et je n'aperçus plus que ses souliers sur les barreaux. Tout ce que je pouvais distinguer, en scrutant vers le haut, était un imposant mécanisme d'engrenages, à la gauche du valet de pied, contre un mur de brique.

— Voyez-vous une manette quelconque ? Quelque chose qui permette d'actionner l'ensemble ?

Il déplaça la bougie, poussa ici, tira là, mais en vain.

— Ma foi non, répondit-il enfin. Comm' qui dirait qu' j' vois rien.

— Très bien, repris-je, restez là où vous êtes. Laissez-moi le temps de retourner à la bibliothèque, puis commencez à frapper le mur à intervalles réguliers. Vous comprenez ?

— Oui !

Je le laissai donc, rebroussant chemin dans la galerie, à présent plongée dans le noir, hormis le mince rai de lumière qui en signalait l'accès. Une fois sur place, je levai les yeux sur le ciel de l'après-midi et gravis l'échelle avec l'agilité d'un chimpanzé. J'atteignis ainsi le niveau de la haie de troènes en un tournemain. L'instant d'après, je franchissais la grille et me retrouvais dans la maison.

Dès que je vis la porte de la bibliothèque, je m'arrêtai net. Elle était close... pour la première fois depuis qu'Ebenezer et Potter l'avaient fracassée. Je conclus avec justesse que les menuisiers avaient achevé leur ouvrage avec succès en mon absence. La pièce était-elle fermée à clé ?

Ah, certes non. Elle céda dès que je mis la main sur la poignée. Je l'ouvris en grand et me ruai sur la cheminée.

Ebenezer avait d'ores et déjà commencé à heurter le mur. Toutefois, à ma grande surprise et pour ma plus grande confusion, les coups ne retentissaient pas sur le mur du foyer, mais à quelques pieds sur la gauche, parmi les livres et derrière les étagères. Je dus y plaquer l'oreille et il me fallut un certain temps pour déterminer leur provenance exacte.

Songeant à répondre au signal, je me mis prestement à retirer pêle-mêle les livres des rayons. À vrai dire, je m'y employai sans le moindre soin. Certains volèrent à gauche, d'autres à droite et d'autres encore tombèrent au sol. Je n'en abîmai pas un seul pour autant, aussi eus-je le sentiment que je ne méritais point la fureur qui, l'instant d'après, s'abattit sur moi.

— Petit misérable ! s'écria Potter. Comment oses-tu traiter ainsi les ouvrages du maître !

Ce fut la seule semonce dont il me gratifia car, dès que je me retournai pour lui expliquer de quoi il s'agissait, je le vis fondre sur moi, les bras tendus comme pour m'étrangler. Je baissai la tête et m'écartai, mais ne pus échapper à ses mains vengeresses. Il me saisit à l'épaule et me repoussa violemment contre les rayonnages, à l'endroit même où Ebenezer avait frappé.

J'appréhendais une correction, et tel eût pu être mon sort, mais j'eus la surprise de sentir un lent mouvement continu dans mon dos, à l'endroit même où je me recroquevillais. L'ensemble des rayonnages se déplaçait en même temps que moi.

Je m'en éloignai et dévisageai Potter. J'y vis aussitôt de l'étonnement, du désarroi et de la colère. Il ne dit rien mais demeura immobile, les yeux rivés sur la bibliothèque qui s'ouvrait sur la mine réjouie d'Ebenezer Tepper. Le valet de pied agita la chandelle qu'il tenait en main et laissa échapper un hurlement de triomphe.

CHAPITRE VII

Où Charles Clairmont
se présente à sir John
et où nous allons au théâtre

On a coutume de prétendre que c'est en s'efforçant de se hâter que l'on perd le plus de temps. La justesse du dicton se vérifia cet après-midi-là, lorsque je quittai la résidence Goodhope, décidé à informer promptement sir John de ma découverte.

Après être resté un instant bouche bée, consterné, Potter avait quitté la bibliothèque tel un ouragan et sans dire un mot. Si je fus alors grandement tenté de le suivre pour regagner aussitôt Bow Street, je restai cependant assez longtemps pour examiner avec Ebenezer la nature du système qui déclenchait le mécanisme de la porte secrète. Il opérait des deux côtés du mur factice, encore qu'il fût si habilement dissimulé à l'extérieur que le valet de pied ne l'avait absolument pas remarqué. Je demandai alors à ce dernier de traverser la galerie et de replacer la dalle de pierre sur le trou, puis j'appuyai sur le déclic qui remit lentement les rayonnages et le mur factice en place, à proximité du foyer. Je rangeai les livres sur leurs tablettes, avec hélas guère plus de précaution que lorsque je les avais retirés. Ma tâche accomplie, je sortis prestement de la pièce, traversai le vestibule et franchis la porte d'entrée. Potter ne demeurait nulle part en vue.

En quittant St. James Street à la hâte, j'étais en vérité

certain de retrouver mon chemin. Toutefois, tandis que je me faufilais dans les rues bondées, j'empruntai ici et là un mauvais itinéraire et finis par me retrouver dans une venelle semblable à celle où MM. Bledsoe et Slade-Sayer m'avaient si pernicieusement dupé. Fort perplexe, je regagnai l'artère principale en quête de la direction à prendre. Je crus plus sage de m'en enquérir auprès d'une femme, croyant qu'il y avait moins à redouter de la part du beau sexe.

Ce fut ainsi que j'abordai une dame d'un âge indéterminé, laquelle se tenait debout, adossée à une façade, souriant à tous ceux qui passaient devant elle. Elle me parut assez avenante.

— Pardonnez-moi, madame, lui dis-je, je souhaiterais que vous m'indiquiez le chemin de Bow Street.

Le sourire s'estompa aussitôt. Elle s'approcha brusquement pour me parler nez à nez et, alors que je manquais défaillir sous sa forte haleine empestant le gin, me demanda ce qu'elle retirerait en échange de ce renseignement.

— Eh bien, répondis-je, je vous en serais obligé.

— Il y a « obligé » et « obligé », répliqua-t-elle. Combien es-tu prêt à payer, jeune homme ?

Je lançai des regards à la ronde, quelque peu embarrassé. Je pouvais sans doute la laisser et m'en aller demander mon chemin à quelqu'un d'autre, mais ma première expérience de la ville me faisait craindre tout contact avec des inconnus. La peur l'emporta. Nous négociâmes. Elle exigea une guinée. Je lui ris au nez et lui proposai deux pence. Et peu à peu les enchères baissèrent, jusqu'à ce que nous nous accordions sur la somme d'un shilling. Je sortis de ma poche l'un des quatre que j'avais conservés et le déposai dans sa main tendue.

— T'en ajoutes un autre et j' m'offre en prime, dit-elle. J' niche en bas d' la ruelle, mon beau.

Elle souriait de nouveau.

— S'il vous plaît, madame, je suis dans une grande hâte.

— Oh, vous aut' jeunes mâles, vous êtes toujours pressés, en particulier sous les draps. Mais puisque c'est l' cas, alors écoute bien et tu pourras r'gagner Bow Street, car j' suis p'têt' une catin mais point une voleuse.

Elle se montra à la hauteur de ses paroles et me décrivit un itinéraire différent de celui que j'avais emprunté de prime abord, mais si détaillé que je n'eus aucune peine à le suivre jusqu'à ma destination. Je compris qu'elle m'avait roulé et me sentis plus provincial que jamais. Je décidai de me familiariser avec mon nouvel environnement et le fis effectivement dans les mois et les années qui suivirent, si bien qu'aujourd'hui je puis m'enorgueillir du fait que rares sont les natifs de Londres à connaître la ville aussi bien que moi.

Dès lors que Covent Garden apparut dans mon champ de vision, je n'eus aucun mal à diriger mes pas vers Bow Street et tout droit vers le numéro 4. Lorsque j'y pénétrai, je pris toutefois conscience de la difficulté de ma situation. En effet, si je désirais faire part de ma découverte à sir John, je ne pouvais certes point agir aussitôt, car il siégeait alors au tribunal, s'acquittant de ses tâches officielles. La cour était en séance et il n'eût guère apprécié que je l'interrompe; cela était hors de question. Aussi pris-je place non loin de la porte, par laquelle je pouvais m'échapper et traverser prestement la cour pour rejoindre son cabinet, à la première occasion.

Sir John jugeait deux affaires de moindre importance : le recouvrement d'une dette individuelle et un différend entre des négociants à propos d'un contrat. J'attendis en rongeant mon frein et me réjouis, lorsque, à l'issue d'une courte discussion *sotto voce* avec

M. Marsden, sir John demanda enfin une brève suspension d'audience. Comme il se levait et disparaissait par l'arrière, je bondis et franchis la porte en bousculant impoliment deux grues venues pour le spectacle, puis me frayai un chemin jusqu'à la cour. J'arrivai juste à temps pour entrevoir le magistrat qui entrait aux toilettes.

Je voulais lui parler. Ne songeant à rien d'autre, je gagnai la porte du lieu d'aisances et frappai grossièrement en appelant son nom.

— Qu'est-ce ? cria-t-il de l'intérieur. Qui est là ?

— C'est moi, Jeremy Proctor.

— Éloigne-toi, mon garçon. J'ai un besoin naturel à assouvir.

— Mais j'ai quelque chose d'important à vous communiquer.

— Eh bien, tu m'en informeras plus tard. Je suis occupé à une autre besogne, rétorqua-t-il d'un ton bourru.

Sur ces paroles, je reculai, en proie à une honte aussi subite que justifiée par l'audace dont j'avais témoigné. Je me tins quelques pas plus loin et l'attendis humblement. Il réapparut enfin, boutonnant ses culottes.

Il dut percevoir ma présence, car il se tourna dans ma direction et déclara :

— Bonté divine, mon garçon, un homme ne peut-il point pisser sans qu'on l'interrompe ?

— Je vous demande sincèrement pardon, sir John, mais ce que j'avais à dire ne pouvait attendre.

— Jeremy, rares sont les choses qui ne peuvent attendre en ce bas monde, et je viens à l'instant de m'affairer à l'une d'elles. À présent, quelle est donc cette affaire qui réclame selon toi une telle urgence ?

— Je l'ai trouvée, répondis-je.

— Trouvé quoi ?

— Eh bien, monsieur, l'issue secrète dans la bibliothèque. Ebenezer et moi avons découvert un mur factice derrière les rayonnages.

— Ah, eh bien... c'est parfait.

Comme il ne semblait point impressionné outre mesure, je persistai :

— C'est au bout d'un tunnel et l'entrée se situe à l'endroit exact que j'avais découvert par-delà la haie de troènes. Vous vous souvenez, sir John ? Vous pensiez qu'il s'agissait tout au plus de la réserve de charbon ou...

— Oui, je me souviens, dit-il en commençant à regagner la salle d'audience, tandis que je sautillais pour le rattraper. Alors tu as prouvé que j'avais tort. C'est bien, mon garçon.

— Mais... repris-je d'une voix éteinte, mais n'est-ce pas d'une importance capitale ?

Il s'arrêta alors et, la main sur le menton, parut méditer un instant avant de s'exprimer.

— Non, finit-il par répondre, c'est d'une importance relative, Jeremy. Logiquement, tout portait à croire qu'il existât une telle issue dérobée. L'acte n'eût pu s'accomplir dans le cas contraire. Par ailleurs, le passé de cette famille d'obédience papiste soutenant les Stuarts suggérait fortement qu'une entrée de la sorte avait dû servir au passage clandestin des prêtres, au siècle dernier ; c'est la raison pour laquelle je n'ai eu de cesse de réclamer le plan de la maison à ce pisse-froid de majordome. Ce qui aujourd'hui tient lieu de bibliothèque pouvait jadis servir de chapelle. Peut-être que telle est encore sa fonction, car il ne m'a point échappé que lady Goodhope pratique à présent cette foi avec assiduité, quoique en secret : chapelet, prières, jeûne, *et cætera*. Mes investigations révèlent que son père l'a retirée d'un couvent en Belgique afin de la marier... tout à fait contre son gré, du reste, mais cela nous éloigne de notre propos. Bref, compte tenu de tout cela, vois-tu,

Jeremy, l'existence du tunnel et du mur factice ne relevait pas seulement de l'hypothèse. Nous en avions acquis la certitude, n'est-ce pas ?

Je ne pus que lui offrir mon assentiment.

— Oui, monsieur.

— Eh bien, forts d'une telle certitude, il ne nous restait plus qu'à faire la découverte de cette issue secrète. Je t'ai confié cette tâche et tu t'en es acquitté avec une diligence admirable. Je t'en félicite. Mais tu saisis, n'est-ce pas, qu'une découverte, dans ce cas, s'apparente davantage à une confirmation qu'à une surprise ?

— Certainement, sir John.

— Bien. Alors, tu comprends. Mais j'ai une question à te poser. Tu as qualifié ta découverte d'issue secrète. C'était, j'imagine, également une entrée secrète ? J'entends par là que la porte, ou le mur factice, pouvait s'ouvrir des deux côtés, n'est-ce pas ?

Je me tus, le temps de réfléchir au déclic dissimulé du côté d'Ebenezer, puis lui offris toutes les garanties que le mécanisme servant à déplacer le mur pût opérer depuis le tunnel ou depuis la bibliothèque.

— Merci, dit-il. Il peut s'agir d'un détail non négligeable. À présent, aussi bienvenue qu'ait été ta nouvelle et aussi plaisante que fût notre discussion, je dois nonobstant regagner le tribunal.

Il tourna alors les talons et se dirigea droit vers la porte, parcours qu'il avait sans nul doute réitéré nombre de fois auparavant. Pourtant, il s'arrêta, me fit face et dit :

— Tu te souviens que j'ai demandé qu'on prie instamment Charles Clairmont, ce demi-frère fraîchement découvert du défunt lord, de se présenter à cinq heures à mon cabinet ?

— En effet, sir John, et je crois que Potter lui a porté le message en personne.

— Ce ne serait pas surprenant. Bon, je souhaiterais

que tu assistes à l'entretien. Apporte un balai et je ne sais quoi encore pour nettoyer la pièce. Cela devrait justifier ta présence et le mettre à l'aise. Compte tenu de l'état actuel de mon cabinet, un coup de balai ne serait point superflu, puisqu'en aucune manière Mme Gredge n'y est admise. Tu y veilleras ?

J'y veillai ; encore que j'eusse les plus grandes peines du monde à amadouer Mme Gredge, afin qu'elle me concédât un balai et un plumeau. Elle parut profondément offensée que le choix se fût porté sur ma personne, et non point la sienne, pour offrir à l'antre de sir John sa première « touche de propreté » (telles furent ses propres paroles) depuis « Dieu sait combien de temps ». Je préférai ne rien dire quant aux véritables raisons pour lesquelles le magistrat souhaitait ma présence là-bas. Ce fut, d'une part, parce que j'ignorais lesdites raisons et, d'autre part, parce que je crois que je commençais à apprendre les vertus de la discrétion, une des leçons les plus difficiles que les enfants (et la plupart des adultes) aient à retenir.

Pendant le temps qui s'écoula entre ma conversation avec sir John dans la cour et le rendez-vous de cinq heures, auquel je devais assister, lady Fielding ne se réveilla qu'une seule fois. Il n'y eut qu'un cri réclamant Mme Gredge, mais je compris que la pauvre femme était de nouveau à l'agonie, car lorsqu'elle quitta la chambre à l'étage, la gouvernante se hâta de préparer une autre dose de la potion prescrite par M. Donnelly. Elle était en train de porter à ébullition les graines de pavot qu'elle avait réduites en bouillie, lorsque je consultai l'heure et, jugeant le moment opportun, lui demandai la permission de prendre congé.

— Puisqu'il le faut, répondit-elle. Comme tu peux le voir, j'ai les mains occupées.

— Sir John souhaitait absolument que je me présente

là-bas avant cinq heures. Il a vivement insisté sur ce point.

— Il a certaines manies, reprit-elle, bien que je n'y entende souvent pas grand-chose. Alors sauve-toi et tâche de faire du bon travail !

Je le lui promis et descendis l'escalier, balai et plumeau en main. En fait, je ne précédai Charles Clairmont que d'une minute ou deux à peine. Sir John eut juste le temps de me confier ce qu'il désirait que j'observe chez le visiteur, avant qu'il n'arrivât.

Quelqu'un frappa trois coups secs à la porte. Sir John invita son hôte à entrer et un homme d'âge indéterminé, tant soit peu disgracieux, se faufila dans la pièce. Était-il bossu ou simplement voûté ? Je ne pus véritablement l'affirmer. Plutôt que de l'examiner tout à trac, je songeai qu'il valait mieux m'en tenir au balayage que j'avais commencé dès qu'on avait heurté l'huis.

Charles Clairmont déclina à sir John son identité. Il fut remercié pour sa promptitude à se présenter et invité à prendre un siège.

— Ne prêtez point attention au garçon, dit le magistrat. Cet endroit mérite un bon coup de balai.

— Il met du cœur à l'ouvrage, observa M. Clairmont.

— Cela vaut mieux pour lui. Il a été arrêté pour un menu larcin. Nous lui avons offert la possibilité d'acquitter son dû en travaillant au tribunal.

La réplique me blessa quelque peu, car elle contenait un grain de vérité. Je dévisageai sir John et surpris un sourire espiègle.

— Ah, fit M. Clairmont, les travaux forcés. Nous en faisons bon usage dans la contrée d'où je viens.

— Et quelle est-elle, monsieur ?

— Les colonies des Caraïbes. Mon affaire et ma plantation se situent sur l'île de la Jamaïque, bien que j'aie des intérêts dans celles des Antilles qui ne nous sont pas fermées par les Espagnols.

— Eh bien, je constate que vous êtes un homme d'influence.

— À l'esprit entreprenant, dirais-je plutôt. Tout ce que je possède, je l'ai obtenu de mes propres mains.

Quelque chose dans la voix de M. Clairmont vous heurtait les oreilles : une voix de ténor, avec des tonalités nasales. Mais elle était dotée en outre d'une désagréable brutalité; on eût dit qu'il aboyait littéralement ses réponses.

— Entreprenant, n'est-ce pas? répéta sir John. Ma foi, c'est admirable, tout à fait admirable. Mais dites-moi, monsieur Clairmont, quand êtes-vous donc arrivé à Londres?

— Hier au soir, à la marée.

— Par la mer?

— Bien sûr, rétorqua-t-il sèchement, à bord de l'*Island Princess*. Le voyage eût été quelque peu humide en diligence.

— Ne soyez point aussi irritable, je vous prie, monsieur Clairmont. Jusqu'à ce matin, j'ignorais même votre existence. Je me borne simplement à établir certains faits concernant votre présence dans cette ville.

— Pardonnez-moi, dit-il. Je suis encore sous le choc de la nouvelle du décès de lord Goodhope. Mais oui, nous avons accosté vers sept heures ou sept heures trente environ. J'ai débarqué peu de temps après. Vous pourrez le faire confirmer par l'officier de bord, il s'agit du capitaine Cawdor.

— Je n'y manquerai pas, répliqua sir John d'une voix ferme. Pouvez-vous me renseigner quelque peu sur la raison de votre visite ici?

— Je suis venu pour affaires.

— Des détails, monsieur. Pourriez-vous préciser?

— Je ne préférerais pas. Mais je puis néanmoins vous confier que j'ai reçu une offre attrayante pour certaines de mes propriétés; reçu par courrier maritime, cela va de soi. Vous comprendrez que de telles affaires doivent impérativement se conduire en tête à tête. Certaines clauses du contrat doivent se négocier. Je dois également m'assurer de l'authenticité de l'offre ; à savoir si l'acheteur potentiel dispose des fonds nécessaires. Je ne tiens pas à laisser de telles responsabilités entre les mains d'avoués ou de notaires.

— Et le nom de l'acheteur potentiel ?

— Je ne puis vous en faire part. Une fois l'achat effectué ou l'offre rendue officielle, je serai ravi de vous le communiquer. Pour l'heure, toutefois, nous en sommes à un point par trop délicat. Vous le comprenez, je n'en doute pas.

— Entendu, admit sir John après un instant d'hésitation. Vous avez fait allusion au décès de lord Goodhope. Comment avez-vous appris la nouvelle ?

— Par un ami.

— Cet ami serait-il Potter, le majordome de lord Goodhope ?

— Ha ! jappa-t-il avec mépris. Je ne compte pas d'amis parmi la classe des domestiques, sir John.

— Qui est-ce, alors ?

— M. John Bilbo. Durant une grande partie de la traversée, le mal de mer m'a confiné dans ma cabine. C'est un désagrément qui m'empêche de revenir souvent ici. Toutefois, dès lors que j'ai senti la terre ferme sous mes semelles, je me suis senti capable de passer une nuit en ville. Après m'être installé à ma pension, j'ai soupé et pris le chemin de l'établissement de jeu Bilbo. J'ai dû y arriver bien après dix heures, non loin de onze heures, en vérité, ou peut-être même après... j'avais déjà bu quelques verres, voyez-vous. Je me trouvais à la table depuis une bonne demi-heure et je gagnais... la chance était de mon côté. C'est alors que M. Bilbo est apparu et m'a chuchoté ses condoléances à l'oreille. Ma chance a immédiatement tourné. J'ai ramassé mes gains, du moins ce qu'il en restait, et quitté la table. Je me suis mis en quête de M. Bilbo et il m'a confié tout ce qu'il savait de l'affaire.

— C'est-à-dire ?

— En bref, que Richard s'était suicidé. Ce qui m'a bouleversé, bien entendu, car il semblait posséder tout ce dont un homme peut avoir besoin ou désirer. Je m'en suis ouvert à M. Bilbo.

— Et que vous a-t-il dit ?

— Il a avoué qu'il était lui-même bouleversé, bien que n'étant pas totalement surpris. Il a fait mention de difficultés financières, d'une dette de jeu considérable à son endroit et de rumeurs concernant la disgrâce de mon frère à la Cour, encore qu'il n'ait guère été précis sur ces points. Il m'a promis de me tenir au courant, dès qu'il en apprendrait davantage. Il m'a dit qu'il se renseignerait.

— Et vous y êtes retourné aujourd'hui, en fin de matinée ?

— En effet, dans l'espoir d'en savoir plus, mais aussi pour tenter de comprendre avec lui l'annonce légale du décès de lord Goodhope qui est parue ce matin dans le journal. Mort par « mésaventure » me semblait singulièrement confus.

— Je vous l'accorde, déclara sir John.

Jusque-là, le magistrat était resté assis bien droit, prêtant à son visiteur toute son attention. À cet instant, il se tourna subitement vers moi :

— J'aimerais entendre le balai racler le sol, mon garçon. Pourquoi est-ce aussi silencieux dans ton coin ?

Je redoublai aussitôt d'activité. En vérité, j'avais abandonné le balayage, tant j'étais intéressé par le personnage de M. Clairmont et le récit qu'il relatait.

— Navré, milord, répondis-je. Ce sera plus propre que jamais. Vous verrez, milord.

— J'y compte bien, répliqua sir John du ton le plus sévère qui fût.

— Peut-être qu'une volée de bois vert sur son arrière-train ? suggéra M. Clairmont.

— Je n'approuve pas le fouet, rétorqua le magistrat.

— Il permet d'obtenir des résultats.

— Sans doute, mais pas toujours ceux escomptés. À présent, monsieur, pourriez-vous me parler de vos relations avec lord Goodhope ?

— Eh bien, nous étions frères, d'une certaine façon.

— Demi-frères.

— Tout à fait. Ma mère était la catin de mon père.

M. Clairmont avait prononcé la phrase le plus naturellement du monde. Si sir John parut ciller à la mention des origines bâtardes de son visiteur, il n'en souffla mot ; il demeura simplement assis, les mains à présent posées sur son bureau, et attendit la suite.

Laquelle fut énoncée ainsi :

— En fait, nous avons quasiment le même âge. Il n'était mon aîné que de quelques semaines. Il n'est, bien sûr, nullement question pour moi de réclamer le titre, ni aucune partie de la fortune, aussi amoindrie fût-elle. Son fils, William, héritera des deux à sa majorité. Plût à Dieu qu'il en jouisse, car je n'en ai pas besoin. Je suis souverain en ma lointaine contrée.

Pendant tout ce temps, j'avais agi comme sir John me l'avait demandé, en ne cessant d'agiter mon balai. Le sol était réellement immonde. J'avais rassemblé trois tas de poussière, de terre et de miettes de pain, mais m'étais tant éloigné des deux autres assis au bureau qu'une question m'échappa. En revanche, la réponse, que M. Clairmont articula de sa voix nasillarde et forte, me parvint clairement à l'oreille.

— Oh, dit-il, il en existe quelques autres dans Londres, sans aucun doute. Mon père était pour le moins prolifique. L'un d'eux, je sais, s'en est allé aux colonies de Caroline... non point transporté comme un criminel, mais en qualité d'émigrant. J'étais toutefois le seul à entretenir des liens avec Richard. Mon père aimait à nous réunir et nous voir partager les mêmes jeux, chaque fois que Richard se trouvait avec lui à Londres. Je mettais souvent mon frère en fâcheuse posture, encore qu'il s'en souciât assez peu. Il n'avait guère de difficulté à s'attirer tout seul des ennuis.

— Vous vous êtes connus enfants, alors ?

— De temps à autre, mais seulement à Londres.

— Vous connaissiez bien la maison ?

— Je suppose que oui, à une certaine époque.

— Étiez-vous au courant du tunnel ? La galerie souterraine menant à la bibliothèque ?

Je relevai le nez de mon balai, tout en continuant à frotter le sol. Pour des raisons qui m'étaient propres, bien sûr, j'étais fort intrigué par la façon dont M. Clairmont allait réagir. La réponse sur son visage me surprit : il sourit. Et M. Clairmont était un homme peu enclin à sourire.

— Ah oui, dit-il comme au souvenir de jours heureux, le tunnel. Dès que nous l'avons découvert, ce qui n'a pas été difficile, Richard et moi y avons souvent joué. Un jour, nous y avons même entraîné l'une des jeunes servantes. Dieu, que nous l'avons fait hurler ! Elle était entièrement à notre merci.

Il laissa alors échapper une sorte de petit rire.

— Une fois adulte, êtes-vous resté en relation avec lui ? s'enquit sir John.

— Oh oui, nous avons été très proches durant quelque temps. Nous partagions les mêmes mauvaises habitudes, voyez-vous. Mais il y a plus de dix ans, je m'en suis allé en Jamaïque. Nous avons échangé quelques lettres, mais rarement. Nous vivions littéralement dans deux mondes différents.

Il s'interrompit, comme s'il hésitait, puis poursuivit :

— Puis il y a eu un incident assez malencontreux, dont je dois seul m'attribuer la faute. Il m'a écrit, en proie à une vive agitation, qu'il devait épouser une jeune fille sortie du couvent. J'ai pris cela pour une invitation à la cérémonie et me suis dit qu'il aurait besoin d'un soutien en pareille épreuve, aussi, en dépit de graves difficultés, j'ai quitté presque aussitôt les îles pour le rejoindre. Je me souviens que la traversée a été particulièrement pénible, avec les tempêtes de septembre et tout cela. Quoi qu'il en soit, je suis arrivé à Liverpool, me suis rendu dans le Lancashire, où se trouvaient la famille et sa propriété, et lui ai fait savoir que j'étais présent pour le mariage. Entre-temps, notre père avait disparu, pour gagner l'enfer, sans doute, et Richard était désormais lord Goodhope. La veille des noces, il m'a rendu visite à mon auberge et m'a fait comprendre sans détour que je n'étais pas invité. Il m'a expliqué que la future épouse et sa famille comptaient parmi les papistes les plus pieux qu'il pût exister et qu'il serait peu commode de justifier ma présence à leurs yeux. Je lui ai demandé pourquoi il s'en souciait autant et il m'a répondu sans ambages qu'il avait besoin de leur argent. Après avoir fait tout ce voyage, j'étais mécontent et me suis mis à boire. Une fois ivre, j'ai décidé d'assister aux épousailles, que je fusse invité ou non. Je suis parvenu à franchir les grilles de la propriété dans ma voiture de louage, puis j'en ai franchi la porte. Ayant bu plus que mon content, je titubai, et, dans ma quête de quelque endroit idoine où régurgiter, j'ai choisi la robe de la mariée. Un épisode qui, je le crains, a causé pendant un certain temps quelque dommage aux relations que Richard et moi entretenions.

— Mais il n'y a pas mis terme ?

— Oh, non ! Il obtint son argent, ou du moins une bonne partie. C'était la seule raison de ce mariage, outre son désir d'avoir un héritier. Bien sûr, je ne venais pas souvent à Londres, mais, le cas échéant, nous nous rencontrions, tant que lady Goodhope n'était point en ville.

La dernière fois que je me suis trouvé ici, il m'a invité à l'une de ses soirées impromptues. Fort divertissante.

— À quelle époque cela s'est-il déroulé ?

— Oh, il y a environ un an, dirais-je.

Il s'interrompit et soupira.

— Mais vous souhaitez davantage de précision, je suppose, alors disons que c'était il y a onze mois... à la fin du mois d'avril et au début de mai.

— Malgré vos difficultés de jadis avec lady Goodhope, reprit sir John, vous avez désiré lui rendre visite, lorsque vous avez appris le décès de son époux ?

— Ah, oui... l'occasion de le lui faire savoir s'est présentée... en la personne de ce majordome. Comment s'appelle-t-il ?

— Potter.

— Potter, c'est cela. Il est arrivé à l'instant même où Jack Bilbo et moi étions en train de décrypter le sens de ce mot exécrable : « mésaventure ». Je songeais qu'en me présentant moi-même à elle, rasé de frais et propre, et en m'efforçant de ne pas lui vomir dessus, je pourrais apprendre peut-être ce qu'elle voulait dire. Car je *présumais* qu'elle était l'auteur de l'annonce. Mais il devait en être autrement. J'ai reçu de sa part un refus des plus sévères. Les vieilles inimitiés ont la vie dure. En toute honnêteté, je ne puis l'en blâmer.

Un silence s'établit qui dura un long moment. J'en profitai pour saisir le plumeau et m'attaquer à la tablette supportant quelques livres et de nombreux documents, derrière sir John. C'était un véritable nid à poussière et je la fis voler çà et là. M. Clairmont se mit à tousser et à jurer. Sir John fouailla l'air de ses mains.

— Que fais-tu donc, mon garçon ? questionna-t-il.

— J'ôte la poussière, répondis-je.

— Eh bien, cesse jusqu'à que nous en ayons fini.

Je me retirai dans un coin et j'attendis en observant.

— Vous vous êtes montré fort obligeant, monsieur

Clairmont, déclara le magistrat, et je vous en sais gré. Je n'ai plus qu'une seule question à vous poser et c'est la suivante : Lord Goodhope avait-il des ennemis ? Des personnes qui puissent réellement souhaiter le voir mort ?

— Sans conteste, c'est un fait... des ennemis de toutes sortes. Aucun, je pense, n'aurait eu recours à pareille extrémité. Toutefois, votre question suggère que vous avez envisagé le meurtre. Vous ne pouvez assurément soupçonner une telle chose !

— Comme vous, monsieur Clairmont, je me borne simplement à définir ce mot « mésaventure ».

Sir John se leva, tendit la main dans le vide, trouva celle de Charles Clairmont et la lui serra à la manière d'un gentleman. Et ce fut avec un bref « Au revoir » que le visiteur prit congé, quittant la pièce plus hâtivement qu'il n'y était entré. Bien qu'il se déplaçât d'une façon curieuse, à la fois furtive et conquérante, sa démarche n'en était pas moins légère.

Sir John resta debout jusqu'à ce qu'il entendît la porte se fermer. Il attendit encore un instant, puis s'affaissa dans son fauteuil.

— Viens, Jeremy, assieds-toi, me dit-il, et discutons de cet individu.

— En êtes-vous sûr, sir John ? m'enquis-je en toute innocence. Cela réduira-t-il ma punition ?

— Quelle impudence ! s'écria-t-il en riant. Pardonne-moi de t'avoir présenté de la sorte. Et assieds-toi.

Je fis, bien entendu, ce qu'il me priait de faire, occupant la place que M. Clairmont avait laissée vacante.

Il retira sa perruque, comme il semblait le faire dès que possible, et se pencha en avant dans une attitude impatiente.

— Maintenant, dit-il, que t'inspire-t-il, en général, comme si tu l'avais croisé dans la rue ?

— En général ? Eh bien, c'est un homme laid, si

voûté que j'ai cru de prime abord qu'il était bossu. En outre, il a cette curieuse démarche. Il donne l'impression de fuir, un peu comme un crabe.

— Oui, et sa manière de s'exprimer est tout aussi laide. Comment la décrirais-tu ?

— Il parle sèchement. Même à voix basse, il semble aboyer.

— Exactement. C'est un homme accoutumé à donner des ordres... et à être obéi. Que dit-il déjà ? « Je suis souverain en ma lointaine contrée. » Nul doute qu'il y croit dur comme fer. Péché d'orgueil ne va pas sans danger.

— Et que pensez-vous de ses réponses ? m'enquis-je.

— Tout à fait convenables. Même ses réserves, quant au nom de l'acquéreur potentiel de sa propriété, étaient de celles qu'eût émises tout homme engagé dans une négociation commerciale. Tout ce qu'il a dit doit être vérifié, bien sûr. Nous devons assurément rendre visite à Black Jack Bilbo, un aigrefin jovial, si ce n'est plus. Et je dois à l'évidence dépêcher un agent de police pour interroger le capitaine Cawdor de l'*Island Princess*. Selon toute vraisemblance, notre M. Clairmont a fourni son alibi pour l'heure du décès de lord Goodhope, mais cela reste à vérifier.

Il réfléchit un instant en se mordillant les lèvres, puis demanda :

— Quelle a été sa réaction lorsque j'ai parlé du tunnel et du passage secret dans la bibliothèque ? Il a hésité à ce moment-là. A-t-il paru s'étonner que nous fussions au courant ?

— Non, il a souri à part lui, comme si les souvenirs lui revenaient soudain en mémoire.

— Cela s'accorderait effectivement avec sa réponse. Il a semblé prendre plaisir à la réminiscence des cris de cette jeune servante. Un homme pour le moins abject, ce Charles Clairmont, mais alors lord Goodhope l'était aussi, semble-t-il. Un dernier point, à présent, Jeremy.

Tu m'as brossé un portrait grossier de son apparence. Je souhaiterais que tu m'exposes ses particularités : son visage, ses mains, la manière dont il était vêtu, tout ce qui te vient à l'esprit.

— Je dois réfléchir un peu, répondis-je avant de méditer un instant.

Je me remémorai le visiteur puis commençai à en esquisser la physionomie à sir John, en lui livrant la description la plus précise dont je fusse capable. Je fis mention du grand nez crochu de M. Clairmont et de ses lèvres le plus souvent boudeuses.

— Cela lui donne un air de mécontentement, conclus-je.

Sa carnation, je l'évoquai comme étant ni sombre ni claire, mais quelque peu brunie par le soleil, même si ses cheveux étaient foncés, d'une nuance presque semblable à celle de l'homme sur le tableau ; par ailleurs, il n'arborait point de perruque. Avec son dos rond, il était peu aisé de déterminer sa stature, bien que je la jugeasse à peine supérieure de deux ou trois pouces à la mienne ; il n'excédait sans doute guère les cinq pieds et demi de haut. Il était vêtu de noir, à l'exception d'une chemise blanche ornée de guipure sur le devant et de bas de la même teinte.

Sir John écouta tout cela, sans m'interrompre ni faire le moindre commentaire. Lorsque j'eus terminé, il me demanda :

— Rien de plus, donc ? C'est ainsi que tu t'en souviens ?

Je réfléchis un peu.

— Un autre détail, peut-être : la face de M. Clairmont semblait luire, en quelque sorte.

— Luire ?

— Oui... elle brillait ou luisait. La lumière s'y reflétait.

— La transpiration, sans doute, répliqua sir John

d'un ton songeur. Cette pièce est un peu confinée. À moins qu'il n'eût un soupçon de fièvre, quelque chose qu'il aurait rapporté de ces climats plus chauds. Encore que, en y repensant à présent, ses mains fussent tout à fait sèches. Ce qui n'a pas manqué de m'impressionner. Je l'ai tenu dès lors pour un homme de confiance ou un fieffé menteur.

Le magistrat me posa alors une question que je trouvai pour le moins singulière :

— Ils sont demi-frères, Jeremy, ou du moins est-ce ce que l'on nous a dit. Tu as vu le portrait suspendu dans le petit salon de lady Goodhope. Que penses-tu de la ressemblance entre les deux ?

— Entre lord Goodhope et M. Clairmont ? Eh bien, il y a peut-être un air de famille, répondis-je, encore qu'il ne saute pas véritablement aux yeux. Le tableau était censé reproduire fidèlement l'original. Dans ce cas, lord Goodhope était bel homme, tandis que M. Clairmont ne l'est point. Ils ont quasiment le même teint, quoique M. Clairmont soit peut-être à présent plus brun et possède un grand nez crochu. En tout état de cause, je ne leur eusse point trouvé une quelconque parenté.

— Ah oui, dit-il, il en est souvent ainsi chez les demi-frères. Je ressemblais peu au mien, encore que le souvenir de son visage se soit estompé.

Il se leva, m'indiquant ainsi qu'il mettait un terme à notre entretien. Comme je l'imitais, il me sourit d'un air mutin en disant :

— Jeremy, tu veux bien finir cette pièce, je te prie ? Les tablettes doivent être horriblement poussiéreuses. Fais ce que tu peux et je considérerai que ta dette envers le tribunal est acquittée.

J'étais ébloui par ce qui s'offrait à mes yeux. Jamais, hormis en rêve, je n'avais vu un tel lieu, et la réalité défiait toute imagination. J'avais assisté à des spectacles amateurs à Lichfield, en compagnie de ma mère, mon père les jugeant insignifiants et refusant de s'y rendre. Étant enfant, j'avais été conquis par ces représentations rudimentaires, notamment par celle du *Songe d'une nuit d'été* donnée par une troupe de comédiens ambulants venue de Londres. Même mon père s'était alors déplacé, car il s'agissait de Shakespeare, et il éprouvait un respect d'autodidacte pour le génie. Durant les mois qui avaient suivi, je me pavanais comme Puck et jouais les fiers-à-bras avec mon jeune frère. Et puis ma mère et lui moururent.

Et j'étais à présent dans le sanctuaire de Shakespeare, le Drury Lane Theatre, où j'allais assister à la représentation de *Macbeth*, avec — excusez du peu — David Garrick[1] en personne dans le premier rôle. Le spectacle faisait partie, pour ainsi dire, de mes attributions. S'étant assuré de l'anesthésie apaisante de son épouse auprès de Mme Gredge, sir John avait décrété qu'une sortie au théâtre s'imposait. Aussi peu enclin que je fusse à souhaiter le dissuader d'une telle équipée, je n'en demeurais pas moins curieux quant au motif (car sir John avait toujours des motifs). Il m'expliqua que ce soir-là *Macbeth* avait été annoncé comme la représentation d'adieu de Miss Lucy Kilbourne, laquelle incarnerait lady Macbeth. Comme elle quittait les planches de façon aussi prématurée qu'inattendue, cela suscitait moult questions en l'esprit du magistrat.

Nous nous installâmes donc à la galerie ; le balcon au-dessus et l'orchestre au-dessous grouillaient d'un auditoire que je n'avais jamais imaginé et encore moins vu. De part et d'autre, les loges étaient occupées par la petite noblesse. On eût dit qu'il ne restait pas la moindre place libre. Lucy Kilbourne attirait-elle autant les

1. Célèbre acteur shakespearien du XVIIIe siècle, qui donna ses lettres de noblesse au théâtre de Drury Lane. (*N.d.T.*)

foules ? En vérité, oui, sir John me l'affirma. En moins de douze ans de carrière, elle était sortie du rang des comédiennes bonnes à tout faire pour monter à celui d'actrice principale, puis elle s'était élevée plus haut encore grâce aux acclamations du public, à tel point que de toutes les dames qui donnaient la réplique à M. Garrick, elle se révélait de loin la plus applaudie.

Le rideau se leva. La pièce débuta. J'eus tôt fait d'être emporté dans une intrigue que, si je la connais aujourd'hui fort bien, je n'avais alors jamais eu le plaisir de voir ou même de lire. Il s'agit en fait d'une sombre histoire, sans doute la plus sombre que Shakespeare ait écrite, et peut-être est-ce la raison pour laquelle on dénombre tant de préjugés à l'endroit de cette pièce parmi les acteurs. Les prophéties des sorcières me flanquèrent la chair de poule. Les complots de lord et lady Macbeth me laissèrent pantois. Chaque nouvel assassinat me bouleversa. Lorsque vint l'entracte, je demeurais passablement éreinté, mais sir John m'assura que je n'étais pas au bout de mes peines.

— Verrais-tu un inconvénient, me demanda-t-il, à ce que nous nous levions et fassions quelques pas ? Je suis assis toute la journée et j'éprouve souvent le besoin de me dégourdir les jambes.

Aussi nous mêlâmes-nous à la foule avec précaution, tandis que les spectateurs allaient et venaient, conversant en petits groupes dans le vestibule. Certains reconnurent et saluèrent le magistrat, la plupart l'ignorèrent et quelques-uns le dévisagèrent telle une curiosité, semblant se demander ce que pouvait bien faire un aveugle au théâtre.

— Que penses-tu de M. Garrick, Jeremy ?

— Il... Oh oui, il incarne Macbeth, n'est-ce pas ? À vrai dire, sir John, j'avais totalement oublié qu'il s'agissait de comédiens. Tout cela se déroule de façon si réelle !

— Son jeu t'aura donc convaincu, n'est-ce pas ?

— Oh, tout à fait ! Il n'arpente pas la scène en beuglant et en agitant les bras, comme certains comédiens que j'ai vus à Lichfield.

— Cela n'est point nécessaire, dit sir John. Il dispose de la musicalité de la langue du poète. Voilà tout ce dont il a besoin. Et cela me suffit à moi aussi, conclut-il.

Ce fut à cet instant que j'entrevis la silhouette familière d'un personnage que j'eusse préféré éviter. Seul dans un coin sombre, adossé au mur, se tenait M. Charles Clairmont. Il nous avait vus. Il grimaça son sourire contraint et se mit à marcher vers nous. Je laissai échapper une exclamation à la fois surprise et consternée.

— Qu'est-ce donc, mon garçon ?

— M. Clairmont, répondis-je. Il s'approche de nous.

— Eh bien, c'est parfait. Pourquoi pas ?

— Ne vous causerai-je point de l'embarras, étant donné la manière dont vous m'avez présenté ?

— Je m'en charge.

L'instant d'après, M. Clairmont nous avait rejoints ; la célérité avec laquelle il s'était ménagé un chemin dans la foule me stupéfia.

— Ah, sir John, quelle heureuse coïncidence que de vous revoir de sitôt ! Quel bon vent vous amène ici ce soir ?

— Shakespeare, répondit simplement le magistrat.

— Vous devez donc venir souvent ?

— Assez fréquemment.

— Et votre jeune compagnon ? Si mes souvenirs sont exacts, il s'acquittait d'une punition, la dernière fois que je l'ai vu.

— En effet, reconnut sir John, mais vous vous souvenez sans doute, monsieur Clairmont, que je vous ai déclaré réprouver le fouet ?

— Oui, c'est exact.

— Je crois en revanche aux récompenses. Il a nettoyé mon cabinet d'une manière somme toute acceptable, ou du moins me l'a-t-on dit, et aussi ai-je décidé de le récompenser par une soirée au théâtre.

M. Clairmont me décocha alors un regard que je puis seulement qualifier de sceptique.

— Heureux garçon, dit-il.

— Mais dites-moi, reprit le magistrat, pour quelle raison vous trouvez-vous en ce lieu ?

— Ah, eh bien... je suis en visite dans une ville qui jadis était la mienne. Je m'agite çà et là, en quête de divertissement, et j'ai songé que je pourrais en trouver ici.

— *Macbeth* n'est point ce que je qualifierais de pièce divertissante.

— En effet, admit M. Clairmont, mais j'entends « divertissement » en son sens le plus noble.

— Certes. Mais cette représentation devrait être l'ultime, à ce que j'ai cru comprendre, de Miss Lucy Kilbourne. Est-ce pour cela que vous êtes venu ?

— Je l'ai appris à mes dépens. C'est pour cette raison que j'ai eu toutes les peines du monde à obtenir un billet. Je ne suis point accoutumé à la galerie.

— Elle était l'amie de feu votre frère. Il était pour elle une sorte de mécène.

— C'est ce que j'ai cru comprendre. Ce qui m'a rendu curieux de la voir, bien entendu.

— Bien entendu... et que pensez-vous de son talent ?

— Le plus grand bien. Sa lady Macbeth est une impitoyable chienne.

— Elle risque de ne point apprécier cette description, encore qu'elle semble assez proche de la réalité. C'est étrange, ne trouvez-vous pas, qu'elle choisisse d'abandonner la scène avec de telles perspectives de carrière ?

— Sans doute. Encore que j'ignore ce qui se passe derrière le rideau. Je me contente simplement d'être spectateur.

— Un spectateur diverti ?

— Certes, distrait et diverti.

M. Clairmont jeta un regard autour de lui et remarqua ce que j'avais moi-même observé quelques instants plus tôt :

— Mais je vois qu'il est temps de regagner la salle. La pièce va reprendre.

— Bonne soirée, alors, souhaita sir John. Qui sait quand nos chemins se croiseront à nouveau ?

Il tendit la main, que M. Clairmont serra avec vigueur, en concluant :

— Le cas échéant, puisse-t-il s'agir d'une heureuse occasion. Bonne soirée à vous !

Il nous quitta alors, se faufilant parmi la foule, avant d'y disparaître, tandis que nous nous dirigions vers une porte à l'opposé et rejoignions nos places.

Une fois que nous fûmes installés, sir John me confia :

— Des adieux pour le moins intéressants de sa part, ne penses-tu pas, Jeremy ? « Puisse-t-il s'agir d'une heureuse occasion. » Hum... Eh bien, il n'a rien à craindre de moi *s'il* m'a dit la vérité.

Le reste de la représentation de *Macbeth* m'enthousiasma encore davantage, avec la réapparition des sorcières et de leur maîtresse, Hécate, tandis que d'autres meurtres venaient jalonner l'intrigue. Gêné par ce que j'avais précédemment avoué à sir John, je m'efforçai de garder vivement à l'esprit qu'il s'agissait d'acteurs et que l'histoire qu'ils relataient n'était, somme toute, qu'une histoire. J'accordai ainsi une attention particulière au jeu de Lucy Kilbourne, puisqu'elle avait servi de prétexte à notre déplacement.

Le public la chérissait effectivement. Auparavant, j'avais observé que les spectateurs de l'orchestre retenaient leur souffle, comme Macbeth accusait un certain découragement, et Miss Kilbourne, incarnant lady

Macbeth, le réprimandait ainsi : « Nous, échouer ! Chevillez seulement votre courage au point résistant et nous n'échouerons pas. » Il s'ensuivit un murmure dans l'auditoire, alors qu'elle exposait comment ils assassineraient Duncan. Puis, tandis qu'on approchait de la fin et qu'elle errait sur la scène, en proie à sa folie repentante, toute la salle applaudit sa sortie ; je compris que son rôle s'achevait là.

Lorsque le rideau tomba pour la dernière fois, un tonnerre d'applaudissements éclata. Les acteurs réapparurent et reçurent chacun leur ovation, les plus enthousiastes allant à M. Garrick et à Miss Kilbourne. Au signal de M. Garrick, tous quittèrent la scène, à l'exception de sa partenaire. De nouveau, le public applaudit. Elle écouta, sourit avec douceur, puis demanda le silence d'un geste de la main.

— Mes chers amis, commença-t-elle. C'est une soirée triste, mais heureuse également. Car la tristesse que j'éprouve à vous quitter est dissipée par le bonheur ressenti dans l'affection que vous me témoignez ce soir. Ce que je souhaite vous exprimer se résume en quelques lignes, qu'un ami m'a aidée à rédiger. C'est pour ma plus grande peine que ce cher ami a disparu avant de m'épauler en cette occasion, cependant...

Tout à coup, on entendit chuchoter : « Goodhope... Goodhope » dans l'auditoire, suivi par des commentaires *mezza voce*.

— Et *cependant*... reprit-elle d'une voix qui couvrait les murmures, s'il était ici, il serait aussi fier de la considération dont vous m'avez gratifiée et aussi reconnaissant que je le suis. Si vous me permettez...

À ces paroles, elle entama son soliloque, frêle silhouette sur les planches, encore vêtue de son costume écossais à l'ancienne. Elle retint néanmoins l'attention du public, comme l'eût fait le roi en personne en l'occasion la plus solennelle qui fût. Plus une parole, plus un murmure ne s'échangèrent, tout le monde parut se concentrer, afin de saisir chacun des mots qu'elle articula avec force gestes et élégance :

Mon fidèle auditoire, soyez remercié,
Tandis qu'avec chagrin je prends de vous congé.
Ne vous lamentez point, ayez le cœur léger,
Car à de meilleures mains je m'en vais vous [confier.
Puissiez-vous m'évoquer comme celle qui a tenté
De vous plaire et qui vous honore à tout jamais.
Et puisse le théâtre, pour les puristes combler,
Au fil des jours gagner en noblesse, en beauté;
Sans qu'il aille recourir aux talents étrangers,
Faisons fi du trivial, mais demeurons anglais.
Divers sont les domaines où vous œuvrez fort [bien;
Foin de leur hâblerie, Shakespeare vous [appartient!

Il y eut un silence, puis les cris et les applaudissements fusèrent de toutes parts. Elle fit une révérence, lente, belle, ample et grave. Le rideau tomba et, alors que l'auditoire ne cessait d'applaudir, il ne se releva plus. Peu à peu, le tumulte s'estompa et les spectateurs regagnèrent calmement la sortie. Quelques-uns nous bousculèrent, mais sir John restait fermement assis sur son siège.

— Ne partons-nous pas ? lui demandai-je.

— Non, Jeremy, notre besogne en ce lieu ne fait que commencer. Préviens-moi lorsque le théâtre se sera vidé.

Puis il se tut. Qu'il eût réfléchi à la pièce ou médité sur d'autres sujets, je ne puis honnêtement me prononcer. Quoi qu'il en fût, il resta silencieux et son mutisme sembla m'indiquer qu'il ne souhaitait point être dérangé. Aussi attendis-je, comme il me l'avait dit, que l'auditoire eût quitté les lieux et je l'informai que nous restions seuls.

Il se leva en disant :

— Dirige-moi vers la porte. Demandons ensuite où nous pouvons trouver M. Garrick.

Du placeur au régisseur, nous nous frayâmes un chemin jusqu'en coulisses, où régnait un grand branle-bas de mouvements et de déménagements. On rassemblait les arbres de la forêt de la scène finale pour les emporter, tandis que les murs du château disparaissaient dans les cintres. Je compris alors combien l'on m'avait habilement mystifié durant ces dernières heures.

Comme on l'aidait à traverser ce tumulte et à descendre quelques marches, on demanda au magistrat s'il était attendu de M. Garrick.

— Dois-je vous annoncer, sir John ?

— À votre guise, répondit-il. J'ai pris rendez-vous.

— Je vous laisse donc à la porte, déclara le régisseur, avant de disparaître dans l'escalier.

Quelques acteurs flânaient dans le vestibule, encore vêtus de plaids bigarrés. Ils parlaient et badinaient entre eux.

De sa canne, sir John heurta l'huis avec vigueur.

— Entrez ! lança une voix à l'intérieur.

Et nous entrâmes alors dans une pièce exiguë, encombrée ici et là de costumes de scène. Un petit homme, dont la taille ne devait guère excéder la mienne, se tenait debout, prêtant une grande attention à son reflet dans le miroir tandis qu'il s'essuyait prestement la face à l'aide d'un linge huilé. On avait quelque peine à croire qu'il s'agissait de David Garrick et davantage à l'imaginer dans la peau de Macbeth.

Nous apercevant dans la glace, M. Garrick s'en détourna de mauvaise grâce et, prompt à sourire, nous accueillit le plus cordialement du monde. Si sir John et lui n'étaient point amis, il me parut évident qu'ils se connaissaient néanmoins fort bien.

— Je vous tendrais la main, déclara M. Garrick, si elle n'était totalement souillée par le fard.

— Vous devez alors ressembler à un parfait Peau-Rouge, David. Mais laissez-moi vous présenter mon jeune ami, Jeremy Proctor.

Jeune ami ? Voilà qui m'élevait à un échelon supérieur à mon ancien statut d'assistant. Le sourire dont je gratifiai M. Garrick en fut d'autant plus épanoui. Il leva sa main maculée de gras comme pour s'excuser, puis m'honora d'un aimable salut que je lui rendis.

— Comme vous, reprit sir John, Jeremy est natif de Lichfield.

— Ce n'est pas tout à fait vrai en ce qui me concerne, répondit l'acteur, encore que j'aie assurément grandi là-bas.

— On parle souvent de vous à Lichfield, lui dis-je.

— Ah, fort bien. J'y compte encore de la famille. Nul doute qu'ils entretiennent mon souvenir.

— Allons, David, intervint le magistrat, la modestie est un atour qui vous va mal.

— Je le revêts de temps à autre et découvre que ma poitrine et mes épaules y sont à l'étroit, répliqua M. Garrick en me décochant une œillade. Dites-moi, jeune Jeremy, Londres vous plaît-il ?

— Au-delà de mes rêves, répondis-je. La soirée que je viens de passer équivaudrait à un millier d'autres à Lichfield ou dans n'importe quelle ville d'Angleterre.

— Vous faites honneur au Drury Lane et je vous en remercie, dit-il avec sincérité. J'espère, sir John, que vous n'étiez pas trop mal placés.

— Nullement. M. Wren a réalisé des prouesses d'acoustique en concevant cet endroit. J'ai entendu à merveille. Et nous vous remercions pour les billets.

— Cela m'a fait un réel plaisir. Mais vous méritiez

une loge, et je regrette de n'avoir pu vous l'offrir, avec tout ce tapage déplorable autour de la représentation d'adieu de Son Altesse.

M. Garrick hésita, puis, sans ambages, ajouta :

— J'ignorais que vous étiez l'un de ses admirateurs.

— De Miss Kilbourne ? En toute honnêteté, elle me laisse froid, encore que je salue sa prestation de ce soir.

— Cette femme a du talent. Je ne saurais le dénier.

— Non, je m'intéresse davantage à son comportement hors de scène. Elle fait en quelque sorte partie d'une enquête présentement en cours.

— Ah ! Le contraire m'eût surpris ! S'agirait-il, par hasard, du décès de lord Goodhope ?

Un sourire anima lentement la large face de sir John.

— Cela se pourrait... dit-il.

— Le bruit circule qu'il s'agirait d'un meurtre ! Est-ce le cas ?

— L'enquête est *en cours*, David. Aucune conclusion n'a encore été tirée.

— Mais...

— Laissez-moi vous poser quelques questions, je vous prie.

— À *moi* ? répliqua l'acteur quelque peu stupéfait. Mais je serai bien entendu ravi d'y répondre, quelles qu'elles soient. Je suis à votre service, sir John.

— Très bien. Pourriez-vous me dire, par exemple, à quel moment précis Lucy Kilbourne vous a informé de sa décision de quitter la compagnie ? J'ai cru comprendre que cela est survenu pour le moins inopinément.

— Eh bien, nul doute que la nouvelle m'a causé quelque surprise, répondit M. Garrick. Cela a dû se passer voilà dix jours ou deux semaines tout au plus. En fait, cela constituait une rupture dans son contrat avec le théâtre, mais elle avait conçu ce projet de représentation d'adieu et c'est avec cela qu'elle a acheté mon accord.

Je dois le reconnaître ; elle a fait salle comble ce soir. Ce n'est pas moi qu'ils sont venus voir.

— Il y a donc si longtemps ? Dix jours ou deux semaines ? Je supposais que cela s'était produit plus récemment, puisque l'annonce de ses adieux n'a été publiée qu'il y a quelques jours.

— Vous devez comprendre, sir John, qu'un spectacle nécessite un certain temps pour être monté. Pour celui-ci, en l'occurrence, nous avons accéléré le processus. Elle souhaitait jouer dans *Le Marchand de Venise*. C'était hors de question, je le crains, puisque le décor et les costumes étaient remisés au magasin depuis la saison dernière, encore que j'admette qu'elle excelle dans le rôle de Portia. La pièce écossaise, en revanche, a été jouée par notre troupe en début de saison, aussi ça n'a pas été difficile de la remonter pour cette seule et unique représentation.

— Je vois, déclara le magistrat. Et qu'en est-il de ce — comment pourrait-on l'appeler ? Un épilogue ? Un envoi ? — qu'elle a déclamé après le spectacle ? Quand a-t-il été établi ?

— Eh bien, elle l'a présenté voilà cinq jours à peine, j'en ai la certitude. Il a été rédigé il y a trois jours, j'en suis également sûr, car j'y ai apporté des corrections, autrement dit je l'ai récrit. En vérité, les six derniers vers sont de ma plume. Ne les trouvez-vous pas de meilleure facture que le reste ?

— Oh, sans l'ombre d'un doute.

— Le passage sur la résistance à l'influence des Français, le fait que nous possédions Shakespeare et eux absolument rien ? Trouvant cela judicieux, j'ai insisté pour qu'on l'ajoutât. Comment donc se terminait sa version à elle ? Ah oui, je puis la citer de mémoire :

Puissiez-vous à jamais continuer à chérir
Ceux dont la tâche consiste à les rangs vides
[emplir.

Des rangs vides, franchement ! Nous ne jouons jamais devant des *rangs* vides. Et quand bien même, il ne lui appartiendrait pas d'en faire état. Pas sur *ma* scène, en tout cas !

— Je vous comprends fort bien, assurément, affirma le magistrat. S'est-elle prétendue le seul auteur de ses vers ?

— Non point. Comme elle l'a annoncé sur scène, ils étaient le fruit d'une collaboration avec son « ami », lord Goodhope à l'évidence. Elle ne cachait rien de sa liaison.

— Et comment s'est-elle comportée depuis l'annonce de son décès ?

— À l'instar d'un veuve éplorée ! Toute solennelle dignité. C'est un rôle dont elle raffole, sir John, et elle est même allée jusqu'à se vêtir en noir, très élégamment.

— Lui aviez-vous déjà vu cette toilette auparavant ?

M. Garrick prit le temps de réfléchir, puis répondit :

— Non. Certes, non.

— Qu'a-t-elle offert comme motif de son départ ? Rares sont assurément les personnes de son âge qui prennent leur retraite.

— Oh, il lui restait une bonne dizaine d'années, peut-être plus, à exercer ce métier ; encore que j'eusse préféré qu'elle les passât à Covent Garden, je l'avoue. Mais non, une retraite précoce n'est pas si rare parmi les actrices. Plusieurs exemples me viennent à l'esprit, mais ils avaient tous pour raison un riche mariage. Lucy s'est montrée assez vague quant à ses motifs et ses projets. Si je ne la connaissais pas, je dirais qu'elle a hérité. Quoi qu'il en soit, nous voilà débarrassés d'elle... d'elle et de ses liaisons ! S'il existe une chose que je me suis efforcé d'accomplir tout au long de ma carrière, sir John, c'est de rehausser la dignité du théâtre. Et dès lors que Kilbourne a été connue, elle s'est évertuée à la rabaisser.

— Vous faites allusion à ses « liaisons ». Je présume donc que lord Goodhope eut des prédécesseurs.

— Oh, plus d'un ! Jack Bilbo avant lui, et, auparavant, un individu d'une réputation encore plus discutable, affublé d'un nom haut en couleur : Balthazar Barbey.

— Ah oui, il faisait commerce d'objets volés, quoique toujours sur le Continent. Qu'est-il devenu ?

— Il n'est jamais revenu de son dernier voyage en France, voilà bientôt deux ans.

— Eh bien, déclara le magistrat en tapotant le sol de sa canne, c'est une femme qui a un passé, n'est-ce pas ? Je souhaiterais nonobstant lui parler, à condition que sa loge ne grouille point d'admirateurs.

— N'ayez crainte, assura l'acteur. Elle n'en compte pas dans la troupe et la noblesse l'évite, flairant le scandale. Si vous sortez par l'entrée des artistes, et j'ai peur qu'à cette heure vous n'y soyez contraint, vous y trouverez sans doute massés une foule de spectateurs de l'orchestre, venus lui rendre un dernier hommage. Mais allez donc la voir, avec ma bénédiction : c'est la dernière porte sur votre droite, le plus éloignée possible de la mienne.

— Alors au revoir, David, et merci de m'avoir consacré du temps.

— Ce fut un plaisir. Et bonne chance à vous, Jeremy. Si par hasard vous voyez mon valet rôder dans le vestibule et qu'il ne soit point trop imbibé d'alcool, alors dites-lui de venir, voulez-vous ?

Je le lui promis, bien qu'une fois au-dehors je ne visse personne. Le couloir s'était complètement vidé durant notre entrevue avec M. Garrick. Nous le traversâmes tout du long. Sir John cheminait en silence, sa canne légèrement levée, frappant le sol au rythme lent de ses pas. Je ne le quittais pas d'une semelle pour autant, prêt à le retenir devant le mur qui délimitait la fin du vestibule. Mais je n'en eus nullement besoin. Une fois encore, il me stupéfia en s'arrêtant de justesse, ma main à quelques pouces à peine de son épaule.

Il obliqua à droite.

— Sa porte doit se trouver ici. Ai-je raison ?

— Tout à fait, monsieur.

Il frappa avec fermeté.

— Qui est-ce ? grinça une voix à l'intérieur. J' suis pas encore prête.

Quoique dans des tonalités plus basses, la voix n'était pas sans évoquer celle de Mme Gredge, qu'il s'agisse du volume ou de son caractère désagréable. Je me dis que nous avions peut-être frappé à la mauvaise porte.

— Sir John Fielding, magistrat au tribunal de Bow Street, venu enquêter au sujet du décès de lord Goodhope.

Je n'avais entendu ce ton qu'une seule fois auparavant et c'était en séance. L'épisode qui me revint à l'esprit n'était autre que l'apparition de l'agresseur de M. Bailey, Dick Dillon. Sir John l'avait sévèrement traité, en usant de cette voix.

Quelle que fût la personne dans la loge, elle réagit promptement à l'intonation du magistrat, car la porte s'ouvrit à toute volée et une femme d'une grande beauté apparut, vêtue de sa seule chemise avec des cerceaux et un jupon au-dessous. De toute ma juvénile existence, je n'avais point vu de femme si peu mise, à l'exception de ma mère.

— Eh bien, sir John, prononça-t-elle avec la douceur de lady Macbeth, quel plaisir inattendu ! Donnez-vous la peine d'entrer.

Il s'agissait bel et bien de Lucy Kilbourne !

Sir John pénétra dans la loge, qui était encore plus modeste que celle de M. Garrick ; je restai toutefois en retrait, songeant qu'il était malséant de rendre visite à une dame en pareille tenue. Mais elle me fit signe d'approcher, me gratifiant d'un clin d'œil en haussant les épaules. Dès cet instant, une sorte de vague conspiration s'établit entre nous. Je suivis sir John et cherchai la femme à la voix rauque qui avait crié à travers la porte, mais ne la trouvai nulle part. Je ne pus qu'en conclure qu'elle n'était autre que Miss Kilbourne s'exprimant spontanément. Toutefois, laquelle était donc la plus authentique des deux ?

— J'ai quelques questions à vous poser, déclara sir John.

— Et je serai ravie d'y répondre, répliqua-t-elle d'un air charmeur.

Elle s'empara de sa robe, noire et sévère, quoique à la dernière mode, comme M. Garrick l'avait décrite, et l'enfila prestement.

— J'entends un bruissement d'étoffe, observa le magistrat. Êtes-vous décemment vêtue, Miss Kilbourne ?

— Voyons, bien entendu, sir John. Je débarrassais simplement une chaise pour vous. Ne souhaitez-vous point vous asseoir ?

— Je préfère rester debout, ainsi que mon jeune compagnon.

— À votre guise, alors.

D'un geste, elle me montra son dos et le tourna vers moi, me signifiant de fermer une série de crochets et d'œillets, lesquels couraient le long de son échine nue de la taille au cou. Je ne savais que faire. Sir John désapprouverait sûrement, mais cette femme possédait un charme qui m'envoûtait. Elle me glissa un sourire par-dessus son épaule et, l'instant d'après, j'accédais malgré moi à sa silencieuse requête.

— Depuis combien de temps connaissiez-vous Richard Goodhope ? s'enquit le magistrat.

— Depuis moins d'un an, répondit-elle. John Bilbo nous a présentés. Si vous me demandez depuis combien de temps j'étais sa compagne — car je n'en fais aucun mystère —, alors je vous répondrai que cela remonte à six mois.

— Vous étiez précédemment la compagne de Bilbo ?

— Pour ma plus grande honte, oui.

— A-t-il pris ombrage que vous déplaciez votre affection sur lord Goodhope ?

— On peut sans doute le formuler ainsi. Mais lui seul pourrait réellement vous répondre.

— Certes. Qu'est-ce qui vous a attirée vers lord Goodhope ? Vous saviez, bien sûr, qu'il était marié et père d'un garçon ? Ou peut-être ne le saviez-vous pas au début ?

Il lui offrit ainsi une excuse, qu'elle refusa d'utiliser.

— C'est en réalité la conséquence de son mariage qui m'a attirée vers lui, déclara-t-elle avec impudence. Il le rendait profondément malheureux. J'ai fait mon possible pour l'égayer.

— Et agiriez-vous de même avec tout homme malheureux en ménage ? Il en existe des milliers, ne fût-ce qu'à Londres.

— Ne me traitez pas à la légère, je vous prie.

— *Diable !* lâchai-je.

J'avais réussi à agrafer les œillets jusqu'au milieu du dos. À cet endroit, son corps présentait une résistance considérable. Luttant pour glisser le crochet dans l'œillet, j'avais cru y parvenir, lorsque soudain ledit crochet s'était délogé de son trou, en m'arrachant une exclamation.

— Jeremy ? Que fabriques-tu donc ?

J'hésitai, l'air coupable.

— J'ai heurté une chaise, sir John.

Il inclina la tête dans ma direction.

— Tâche d'être plus prudent. Approche-toi de moi, veux-tu ? Je me sentirai plus tranquille ainsi.

— À votre guise, sir John.

J'obtempérai, bien entendu, et regardai Miss Kilbourne en haussant les épaules d'un air impuissant. Elle, en retour, me décocha un regard furieux et agacé. Puis elle lutta virilement. si je puis dire, pour contenir sa généreuse poitrine dans les confins de sa robe de deuil.

— Où en étions-nous ? reprit le magistrat. Ah oui, vous me demandiez de ne point vous traiter à la légère. Détrompez-vous, Miss Kilbourne. Je suggérais simplement que d'autres se retrouvent dans la même situation. Qu'est-ce qui vous a attirée vers Richard Goodhope en particulier ?

Elle abandonna sa lutte et ses gesticulations le temps de répondre :

— C'est son esprit, son intelligence, sa sensibilité. À vrai dire, je n'avais jamais rencontré d'homme tel que lui, et à présent qu'il n'est plus, je suis tout à fait certaine de n'en plus jamais rencontrer d'autre.

Sa phrase fut prononcée sur le ton le plus suave et le plus éploré que j'eusse jamais entendu, bien que sa mine renfrognée semblât le contredire.

— Vous avez assisté à maintes soirées improvisées dans sa demeure, de celles qu'il nommait ses « impromptus ».

— Oui, en effet.

— Que s'y passait-il ?

— Rien d'incorrect, si tel est le sous-entendu de votre question. Certainement rien de nature scandaleuse. Les langues ignorantes sont bien pendues. Ceux qui y étaient présents confirmeront mes dires.

Elle était enfin parvenue à mettre le crochet récalcitrant en place. Poussant un profond soupir, elle bougea ses bras et les passa par-dessus ses épaules pour s'attaquer au reste.

— Qu'est-ce donc, Miss Kilbourne ?

— Que voulez-vous dire, sir John ?

— Vous avez semblé soupirer. Est-ce dû à quelque souvenir précis ?

— Lord Goodhope reste toujours dans ma mémoire.

— Croyez-vous qu'il se soit suicidé ? Ce qui corroborerait sans doute le fait qu'il était malheureux en ménage, encore que cela ne plaide guère pour les faveurs que vous lui accordiez. Il n'a laissé aucun billet. Vous a-t-il fait part de ses intentions de quelque manière que ce fût ?

— Certes non, répliqua-t-elle d'un ton sec. Quant à ce que je puis penser des circonstances de son décès, cela importe peu. Après tout, c'est vous qui menez l'enquête, n'est-ce pas ?

— En effet, et j'espère que vous serez disponible pour quelque autre interrogatoire.

— Cela risque d'être malaisé.

— Oh ? Pourquoi donc ?

— J'ai prévu de me rendre à Bath.

— Un peu tôt pour la saison, ne croyez-vous point ?

— Je souffre de maux digestifs. J'espérais que les eaux là-bas pourraient...

— Je me vois contraint de vous demander de retarder votre départ.

Elle soupira une fois encore.

— Eh bien, si je le dois...

— Vous le devez, insista sir John avec fermeté. Je n'ai plus qu'une dernière question.

— Et quelle est-elle ?

— Qui est votre couturière ?

— Ma *quoi ?*

— Vous m'avez fort bien compris.

— Mais qu'est-ce que... ? Entendu, c'est Mme Mary Deemey. Sa boutique et son salon d'essayage se situent dans Chandos Street.

— Ah, bien, ce n'est pas loin de mon tribunal. Ce sera tout, Miss Kilbourne. Nul doute que vous aurez bientôt de mes nouvelles.

— J'en serai ravie, sir John.

Elle parut avoir eu raison des derniers crochets, car elle s'affaira à lisser le devant de sa robe, tandis que sir John tournait les talons pour s'en aller. Je m'empressai d'aller lui ouvrir la porte et il ne tarda point à sortir. Avant de la refermer derrière nous, je hasardai un ultime regard en direction de l'actrice. Ses yeux croisèrent les miens et elle me décocha un sourire équivoque.

Sir John avançait d'un bon pas et je dus courir pour le rattraper.

— Ç'a été une perte de temps, déclara-t-il. Ou peut-être pas entièrement.

— En vérité, elle n'avait pas grand-chose à dire, répondis-je.

— Saint Richard, martyr d'un piteux mariage ! Franchement !

Il s'interrompit, puis médita en silence tout en hâtant le pas de plus belle.

— J'aurais dû rester plus longtemps et l'acculer davantage, mais j'ai bien senti... Jeremy, j'ignore ce qui s'est passé entre vous deux et je ne désire point d'assurance ou de réponse de ta part, mais j'ai perçu qu'il y avait une sorte de coalition à mon encontre.

— Mais je...

— Pas un mot ! À présent, où se trouve cette entrée des artistes par laquelle nous devons sortir ?

— En haut des marches, qui se situent... *à trois pas devant vous !*

Il s'arrêta net.

— Oh ! Merci, Jeremy.

Il tendit alors sa canne et ralentit sur la distance restante.

Une fois dans la ruelle avoisinant le théâtre, ce fut tel que David Garrick l'avait prévu. Une foule colossale attendait Lucy Kilbourne. En vérité, lorsque j'ouvris la porte, des acclamations fusèrent dans l'espoir d'une apparition imminente de l'actrice, mais elles moururent bientôt lorsque sir John sortit, encore que sans hostilité aucune. Quelques-uns rirent de leur méprise.

— C'est l' Curieux de Bow Street ! s'écria une voix, comme pour en informer les autres.

J'avais précédemment entendu sir John ainsi appelé dans la galerie du tribunal et parfois, avec moins de respect, le « Curieux aveugle ». J'ignorais la portée du surnom, mais il ne parut point malveillant et le magistrat ne s'en offusqua pas.

En l'occurrence, comme nous nous fondions dans la foule, sir John se tourna vers l'homme qui avait parlé.

— Will Simpson, est-ce vous ?

— Pour sûr qu' c'est moi, milord !

— De retour de vacances, n'est-ce pas ?

— Newgate, c'est point Bath !

— Nul ne l'a jamais souhaité !

La réplique provoqua l'hilarité générale. Sir John lui-même mêla son rire aux leurs. Bien qu'elle fût quelque peu turbulente, cette réunion de tire-laine, de souteneurs et de catins, qui attendaient l'héroïne de la soirée, était bon enfant. Alors que nous nous trouvions encore au milieu d'eux, Miss Lucy franchit soudain le portail et la foule se rua sur elle, nous prenant par surprise et nous forçant à reculer.

Sir John m'empoigna de toutes ses forces par le bras.

— Jeremy, aide-nous à sortir d'ici, veux-tu ?

— Je... je vais tâcher !

Et Dieu sait que je m'y efforçai, jouant des coudes pour remonter la marée humaine qui avait envahi l'étroite venelle, jusqu'à ce que nous parvenions enfin à nous en extirper. Sir John prit le temps de se ressaisir, de réajuster son tricorne, qui se retrouvait de guingois, et de s'assurer qu'il était encore coiffé de sa perruque.

— Bonté divine ! lâcha-t-il. J'ai bien cru qu'ils nous piétineraient !

— Nul doute qu'elle est leur favorite, commentai-je.

— Évidemment. Elle était jadis l'une des leurs. Ils rendent hommage à son ascension sociale.

Il tourna la tête à gauche et à droite, puis ajouta :

— Je sens l'odeur d'un cheval. Y a-t-il une voiture de louage dans les parages ? Vois si elle est libre, veux-tu ?

Il y en avait effectivement une qui attendait à l'entrée de la ruelle. Je courus vers le fiacre et interrogeai le cocher. Comme il me répondait qu'on l'avait payé pour attendre, mon œil surprit un mouvement derrière la vitre du compartiment. J'entrevis quelque chose... un visage que j'eus à peine le temps de voir avant qu'il ne disparût. Je ne pouvais l'affirmer, bien sûr, pourtant j'eus la nette impression que c'était M. Charles Clairmont qui attendait à l'intérieur.

CHAPITRE VIII

Où une proposition
est faite et où une rencontre
inattendue a lieu

Le lendemain matin débuta par une visite de M. Donnelly à sa patiente. Lorsque j'allai lui ouvrir la porte, Mme Gredge étant occupée ailleurs, j'eus la surprise de découvrir au côté du médecin la silhouette étoffée du chef de police.

— Monsieur Bailey, lui dis-je, allez-vous bien ?

— On ne peut mieux, répondit-il d'un air plus confiant que jamais, et prêt à reprendre du service.

— Détrompe-toi, intervint M. Donnelly, mais il a insisté pour m'accompagner.

— Je dois en parler à sir John. C'est à lui de décider.

Et les deux hommes pénétrèrent ainsi à l'office, tandis qu'au même instant Mme Gredge y entrait en trombe, avisant M. Bailey de ne pas souiller son sol immaculé, bien qu'il n'eût pas plu depuis des jours. M. Donnelly, qu'elle tenait à juste titre pour un gentleman, ne reçut aucune mise en garde de la sorte. Comme à son habitude, elle proposa du thé et du pain beurré, offre que tous deux déclinèrent, puis courut prévenir sir John de leur arrivée.

— Qu'en est-il de lady Fielding ? me demanda le praticien.

— Elle a dormi, monsieur, sans interruption depuis votre visite d'hier matin.

— Tel était l'effet escompté, bien sûr, encore que je ne souhaite pas lui administrer une trop forte dose. Et sa douleur ?

— Il vaudrait mieux vous en enquérir auprès de sir John ou de Mme Gredge.

— Certainement, admit-il. Il n'est jamais sage de spéculer au hasard.

Sur ces entrefaites, sir John entra dans la cuisine.

— Ah, monsieur Donnelly, merci de votre visite. J'ai cru comprendre que vous étiez accompagné ?

— C'est moi, Benjamin Bailey, répliqua l'agent à haute et intelligible voix.

— Oui, « le gardien de nuit », comme m'en a informé Mme Gredge.

— Elle a des idées fixes, n'est-ce pas ?

— Comment va-t-il, monsieur Donnelly ? s'enquit le magistrat.

— Pas aussi bien qu'il le prétend, mais il se rétablit avec une promptitude impressionnante. La blessure se referme à merveille, aucun signe de fièvre.

— Je suis frais et dispos, sir John ! clama M. Bailey.

— Il ne l'est pas, à mon avis, contra le médecin. Mais je ne suis point venu ergoter mais plutôt voir lady Fielding. Vous m'y autorisez ?

— Vous avez ma bénédiction, monsieur. Voilà des mois qu'elle n'a passé meilleure journée et meilleure nuit. Je vous en sais gré. Je suis certain qu'elle vous en dirait davantage, si elle n'était en ce moment endormie. Mme Gredge se trouve à son chevet. Elle s'en est occupée avec dévouement. Allez donc les voir, je vous en prie.

— J'y cours, répondit M. Donnelly en saluant brièvement sir John avant de gravir l'escalier menant à la chambre.

Comme le praticien s'en allait, sir John se tourna vers M. Bailey.

— Ainsi donc, capitaine Bailey, vous prétendez être dispos, mais votre médecin affirme le contraire. À qui nous fier face à pareille divergence de points de vue ?

— Il n'est pas à ma place, sir John. Il ignore ce que je ressens.

— Votre remarque est fondée, je vous l'accorde, mais en vérité, tout cela me paraît bien prématuré, n'est-ce pas ? Deux jours ?

— Eh bien... tout ce que je puis dire, monsieur, c'est qu'un seul jour *de plus* aux bons soins de Mme Plunkett, et mon état risque fort de s'aggraver. Cette femme m'épuise, si vous comprenez ce que je veux dire, monsieur.

À cette remarque, sir John partit d'un rire jovial, dont la signification m'échappa totalement.

— Certes, je crois comprendre, lui dit le magistrat. Je comprends fort bien, en fait. Peut-être pourrions-nous établir un compromis. Seriez-vous prêt à essayer ?

— Quoi que vous proposiez, sir John.

— Eh bien, dans ce cas, que dites-vous de cela ? Si, en quelque sorte, vous repreniez vos fonctions de façon restreinte ?

— Cela dépend, monsieur.

— De quoi ?

— Des restrictions et des fonctions.

— Assurément, monsieur Bailey. J'avais à l'esprit quelque besogne à accomplir dans la journée. Un certain M. Charles Clairmont, dont on a découvert qu'il était le demi-frère du défunt lord Goodhope, prétend être arrivé de Jamaïque avant-hier au soir à bord de l'*Island Princess*, et avoir débarqué aux alentours de sept heures et demie. Je souhaiterais que vous vous mettiez en quête du capitaine dudit vaisseau, un dénommé Cawdor, et que vous vérifiiez les dires de M. Clairmont. Par ailleurs, vous pourriez flâner sur les quais et glaner tous les renseignements possibles au sujet du bateau et de sa traversée. Feriez-vous cela pour moi ?

— Avec plaisir, sir John.

— Allez donc vous vêtir comme un quelconque musard, mais emportez avec vous mandat et insigne, afin de monter à bord du bâtiment et de convaincre le capitaine que vous agissez en toute bonne foi et me représentez dans cette affaire. Quant au reste, je dirais qu'il n'y a point lieu de révéler vos intentions en la matière.

— Je dois bavarder avec eux en toute innocence, c'est cela ?

— Exactement, monsieur Bailey. Vous pouvez offrir du rhum pour aider les langues à se délier, mais ne vous laissez point emporter. Vous serez remboursé dans les limites du raisonnable. Prenez votre temps. Tâchez de découvrir tout ce que vous pouvez. Disons que... oh, disons que vous envisagez de prendre la mer et souhaitez vous renseigner au sujet du vaisseau et de son capitaine, avant de vous enrôler à bord. À cette étape de l'enquête au sujet du décès de lord Goodhope, de telles informations pourraient se révéler capitales.

— Eh bien, soyez certain, sir John, que je ferai du bon travail.

— Jusqu'ici, Jeremy m'a brillamment secondé, mais je pense que vous admettrez que la tâche dont je vous charge est au-delà de ses capacités.

— Si notre garçon se montrait sur les quais, déclara M. Bailey en me souriant à belles dents, il aurait de fortes chances de se réveiller à bord d'un navire en partance pour Le Cap.

— En effet, admit le magistrat. Qui plus est, lui et moi nous rendons ce matin à Newgate.

Cette révélation stupéfiante me mit en émoi et me plongea dans une singulière impatience, jusqu'à notre départ dans la demi-heure qui suivit. Mon expectative se singularisait notamment par les sentiments contradictoires qu'elle renfermait. J'étais animé d'une curiosité toute naturelle pour ce lieu. Quel garçon en Angleterre, ayant frissonné en cachette à la lecture de *L'Annuaire de Newgate* et autres opuscules du même acabit, n'eût point brûlé d'impatience de découvrir par lui-même la prison tant redoutée ? Toutefois, ayant frôlé de peu l'incarcération, une telle visite me mettait un soupçon mal à l'aise. Mais je n'en soufflai mot ni à sir John ni à M. Bailey.

Quoi qu'il en fût, j'eus de quoi m'occuper à l'office, avec le balayage et la vaisselle. Mettant du cœur à l'ouvrage et me rendant ainsi invisible, je fus alors témoin d'une autre conversation, entre sir John et M. Donnelly, cette fois. Après avoir examiné lady Fielding, le praticien revint au bout d'une dizaine de minutes. J'avais surpris quelques murmures échangés entre Mme Gredge et lui, encore que leur contenu échappât à mon oreille attentive. Il descendit l'escalier et revint seul à la cuisine ; sa démarche était lente et son attitude grave. Souhaitant parler à sir John, attablé en silence, il accepta la tasse de thé qu'on lui offrait et livra son compte rendu.

— Elle dort bien, déclara-t-il.

— Que Dieu en soit remercié, dit le magistrat.

— Elle ne s'éveillera sans doute pas avant midi, poursuivit le médecin. Mme Gredge s'en occupera alors. J'avais songé à réduire quelque peu la dose d'opium, mais je me suis ravisé. Son bien-être avant tout.

M. Donnelly se tut, puis posa une question :

— Sir John, vous m'avez confié que nombre de mes confrères se sont accordés à penser qu'une tumeur était la cause de ses maux, bien qu'ils divergent quant à son emplacement. C'est bien cela, n'est-ce pas ?

— Au début, expliqua le magistrat, ils n'étaient pas d'accord. Le premier praticien a affirmé que son malaise était dû à des calculs biliaires, le second à des calculs rénaux, et quand deux autres sont venus ensemble voilà un mois, ils ont solennellement déclaré que sa perte de poids résultait d'une tumeur; puis ils ont discuté ferme quant à savoir où elle se trouvait. À en croire l'un, il s'agissait de l'utérus, l'autre du foie.

— Le *foie*?

— Absolument. Tous deux l'ont tâtée et palpée çà et là sans merci, lui demandant si elle avait mal ou non; et bien sûr, tout cela lui a causé une grande souffrance. La malheureuse a fondu en larmes et imploré qu'on la laissât en paix. Ce qui m'a indigné le plus, monsieur Donnelly, c'est qu'après l'avoir tourmentée, ils m'ont assuré *en sa présence* qu'on ne pouvait la sauver. Attendez, je me trompe! Le partisan de la tumeur au foie ne jurait que par des saignées, afin d'amener l'humeur malsaine à s'écouler, dans l'espoir de « drainer » ainsi la tumeur. Compte tenu de l'affaiblissement de mon épouse, j'ai pensé qu'il valait mieux ne point lui faire subir pareil traitement. Par ailleurs, ce médecin l'avait suggéré après réflexion, de manière spéculative. Je préférais qu'il spéculât sur quelque autre patient.

— De mon point de vue, déclara M. Donnelly, les saignées ne sont aucunement bénéfiques, voire souvent nuisibles. Mais permettez-moi de vous dire, sir John, que je m'étonne que l'emplacement de la tumeur ait pu suscité le moindre doute. Elle est parfaitement visible sur l'ovaire gauche, une grosseur dans son abdomen, de la taille d'un citron. Bref, nullement à proximité du foie.

— Je m'en doutais, soupira le magistrat.

— Pour autant, je crains de devoir partager leur pronostic.

— Vous ne voyez donc aucun espoir de guérison?

— Aucun.

— Ahhh ! laissa-t-il échapper, telle une faible plainte. Ma pauvre et douce amie ! Je ne nourrissais certes aucun espoir à son endroit, mais j'aurais accueilli le moindre sujet d'optimisme, comme un homme qui se noie se cramponne à l'espar. Vous comprenez.

— Oui, je comprends, mais il serait mal de vous offrir, ou de lui offrir, de faux espoirs. À vrai dire, je pense que la fin est proche. Son cœur paraît plus faible et le pouls légèrement irrégulier. Elle s'est sans aucun doute affaiblie.

— Quand s'en ira-t-elle, selon vous ? Aujourd'hui ? Demain ? Je puis clore le tribunal, trouver quelqu'un pour siéger à ma place.

— Non, ce n'est point si proche ; une semaine, peut-être, un mois tout au plus. Ce paisible repos dont elle jouit ne peut que prolonger son existence. Ce qui devrait vous laisser le temps d'accepter l'inévitable. Je vous conseille donc de vous y préparer, sir John, tout en poursuivant votre travail sous toutes ses formes. Cela ne vous vaudra rien d'attendre la fin. Lady Fielding ne le supporterait pas.

Le magistrat réfléchit à la question et conclut en hochant ostensiblement la tête :

— Nul doute que vous êtes dans le vrai. Et je dois avouer que, de toutes les affaires qui se présentent à moi, cette enquête sur la mort de lord Goodhope me contrarie et me chagrine à l'extrême. Je suis troublé à l'idée que si je ne la résous pas bientôt, je n'y parviendrai jamais.

— Sachez, sir John, que si je puis de quelque façon vous aider...

— Vous le pouvez assurément, monsieur Donnelly. Le corps de lord Goodhope n'a pas été correctement identifié, du moins pas selon la manière dont je l'entends. Je me souviens que lors de ma première entrevue avec lady Goodhope, elle a affirmé avoir refusé d'entrer dans la bibliothèque, le soir du décès, et de contempler la dépouille, ce qui est compréhensible en pareilles circonstances. Cette pénible tâche a été confiée au valet de pied, qui venait de rejoindre la domesticité, ainsi qu'au majordome, en qui je n'ai franchement aucune confiance. Une fois le cadavre transféré, tout d'abord en votre cabinet, puis chez l'embaumeur, j'en suis venu à douter qu'elle l'ait jamais examiné. Je présume qu'il a été ramené de chez l'embaumeur ?

— On doit l'en ramener ce matin.

— Le visage a été en quelque sorte remis en état ?

— On nous a assuré qu'il serait fait tout ce qu'il est possible de faire.

— Parfait, répondit sir John. Vous semblez avoir une influence considérable sur elle. J'aimerais que vous en fassiez usage afin de la persuader d'examiner le corps et de procéder ainsi à une identification en bonne et due forme. Vous pouvez en l'occurrence agir en mon nom. J'accepterai de bonne grâce votre témoignage et le sien.

— Cela risque d'être malaisé, dit M. Donnelly.

— J'en ai conscience, car c'est en vérité une femme obstinée. Mais vous pouvez lui indiquer en mon nom qu'en l'absence d'une telle identification, je n'autoriserai aucunement l'inhumation du corps, qu'elle ait lieu à Londres ou dans le Lancashire.

— Vous vous montrez fort sévère !

— De temps à autre, il m'arrive en effet de l'être.

— À votre guise, sir John.

Le médecin se leva de table et s'apprêta à prendre congé.

— Je serais curieux de savoir... reprit le magistrat. A-t-elle reçu des visites ?

— Pas à ma connaissance.

— Des messages de sympathie et de condoléances ?

— Très peu.

— Voilà qui semble pour le moins étrange, ne trouvez-vous pas ? Il est banal et sans importance de tomber en disgrâce, dans le milieu de lord Goodhope. Mais tomber en disgrâce jusque dans la mort, c'est être renié à jamais. Je dois en savoir davantage à ce sujet, bien que je n'aie, je l'avoue, aucune accointance à la Cour.

— Je vous souhaite bonne chance dans cette entreprise et pour l'investigation en général. À présent, permettez-moi de prendre congé. J'ai un autre rendez-vous avant de rencontrer lady Goodhope et de remplir la délicate mission dont vous m'avez chargé.

Sir John se leva et tendit une main que M. Donnelly serra fermement.

— Encore une question, je vous prie... M. Martinez s'est-il montré à la hauteur pour la remise en ordre des comptes ?

— Parfaitement. Il a prévu une rencontre au cabinet du notaire de lord Goodhope, M. Blythe, cet après-midi même. Il sera discuté de la situation en détail.

— Vous y assisterez ?

— En qualité de représentant de lady Goodhope, oui.

— Dans ce cas, souffrez que je ne vous retienne point, une journée chargée vous attend. Au revoir, monsieur Donnelly. Veuillez accepter mes remerciements les plus profonds et les plus sincères.

Le médecin ne nous avait pas quittés depuis une minute lorsque sir John, toujours debout, s'adressa à moi comme à la cantonade :

— Jeremy ? As-tu fini l'ouvrage que Mme Gredge t'avait confié ?

— Oui, monsieur.

— Alors, prends ton chapeau et ton habit, mon garçon, car je dois à présent t'emmener dans l'antichambre de l'enfer.

En descendant du fiacre à Snow Hill, je découvris une

bâtisse que je n'avais jusqu'alors pas même imaginée. J'avais certes entrevu d'imposants bâtiments lors de mes escapades londoniennes de ces derniers jours, mais celui-ci demeurait sans conteste le plus vaste. Ce n'était pourtant point seulement sa taille qui me frappait, mais plutôt tout son aspect, que je trouvais profondément inhospitalier.

Tandis que sir John descendait derrière moi, d'un pas toujours aussi assuré, puis réglait le cocher, j'en profitai pour examiner la façade de l'infâme prison de Newgate. Elle se dressait sur trois ou quatre étages, bien qu'il me fût difficile, cher lecteur, de m'en rendre compte, étant donné la quasi-absence de fenêtres. Comme elle fut détruite au cours des émeutes de 1780 et reconstruite par la suite, elle présente aujourd'hui encore moins d'ouvertures sur l'extérieur. Bâtie en pierre grise, souillée jusqu'à frôler la noirceur, elle s'ornait néanmoins de quelques motifs décoratifs. Un ensemble de figures emblématiques surplombaient la voûte centrale, encore que je n'aie jamais su ce dont elles étaient l'emblème. Au milieu du groupe était représenté le défunt lord-maire Dick Whittington, qu'on reconnaissait aisément grâce au félin sculpté à ses pieds. Sous ce porche se trouvait un portail à barreaux, suffisamment large pour le passage d'un attelage ou d'un fourgon de bonne taille. Ce fut vers cette entrée commune que nous nous dirigeâmes.

— Nous ai-je bien dirigés ? s'enquit sir John.

— Avec la précision d'une flèche, répondis-je.

En agitant sa canne légèrement tendue devant lui, il trouva la grille dont il frappa vivement les barreaux. Un homme surgit, si mal vêtu et si mal rasé que je le tins de prime abord pour un prisonnier, alors qu'il était le gardien.

— Mais r'gardez donc qui c'est qui vient nous rend' visite ! Sir John Fielding ! s'écria-t-il en exhibant un trousseau de clés dont il glissa la plus grosse dans la serrure. Comm' qui dirait qu' vous nous amenez un pensionnaire, non ?

Je compris non sans émotion qu'il faisait allusion à ma personne. Était-ce là mon châtiment pour avoir contemplé le dos de Lucy Kilbourne ?

— En aucune manière, répliqua le magistrat, à mon grand soulagement. Nous sommes venus converser avec un individu qui vous a été envoyé voilà deux jours, lequel répond au nom de Dick Dillon.

— Eh bien, nous consult'rons la liste et vous aurez tôt fait de l' retrouver. À l'Hôtel du Shérif, on sait toujours où que s' trouvent nos pensionnaires.

Il nous ouvrit le portail et nous entrâmes. Il nous conduisit à la loge, où l'on retrouva le nom de l'agresseur de Benjamin Bailey sur le registre des prisonniers. Il convoqua alors un geôlier pour nous guider. Ce dernier, guère plus présentable que le gardien, nous fit traverser une gigantesque cour pour nous mener à la prison proprement dite ; tout au long du chemin, il badina, reprochant à sir John de ne point remplir un certain contingent présumé.

— Pourquoi donc qu' vous êt' aussi peu zélé ? déclara-t-il avec audace. Nous aut' pauv' diables, ben on dépend d' ceux qu' vous nous envoyez pour not' gagne-pain !

Et il se mit à glousser fortement, comme s'il avait fait quelque admirable plaisanterie.

Le geôlier continua à jacasser et à pouffer, tout en nous pilotant dans la pénombre. Dieu, que c'était sombre ! La seule lumière provenait des rares bougies logées ici et là, tandis qu'une torche éclairait le bout du corridor. Même si à l'extérieur le temps était nuageux et le soleil absent, il me fallut toutefois quelques instants pour que ma vue s'accoutumât à l'obscurité ambiante. Et dès lors que je commençai à distinguer l'environnement, j'aurais préféré qu'il n'en fût rien, car nous longions une grande salle commune de détenus, hommes et femmes mêlés. Quelques-uns se précipitaient aux barreaux pour nous voir. D'autres gisaient, inertes, sur des grabats contre le mur. Mais la plupart nous ignoraient, continuant à bavarder et à déambuler, indifférents à tout ce qui ne les affectait point directement. Et ils étaient tous fort misérables, réclamant l'attention à cor et à cri, gémissant la litanie de leurs malheurs, mêlant rires et grognements féroces, au point qu'on les aurait confondus.

Des mains surgissaient d'entre les barreaux, mendiant quelques piécettes. L'argent, comme je l'appris plus tard, était la seule chose qui importait à Newgate. Un ou deux détenus agrippèrent mon habit et je reculai, effrayé, avant de reprendre mon chemin en rasant le mur d'en face. La lumière vacillante des bougies prêtait aux visages difformes un aspect qui n'avait plus rien d'humain. Sir John était reconnu. On l'interpellait, pour simplement le saluer ou le harceler; quelqu'un alla jusqu'à l'insulter. Mais il poursuivait sa route avec acharnement, les ignorant tous, mû comme moi par le désir de s'éloigner de cette foule incarcérée.

Quant à l'odeur... Dieu, quelle puanteur! Une basse-cour aurait fleuré meilleur, car les excréments humains sentent quelque chose qui heurte davantage l'odorat que ceux de n'importe quel animal. Non point que ce fût l'essentiel, car encore fallait-il y adjoindre un effluve de pourriture qui suscita en moi une interrogation : à savoir si certains de ceux qui dormaient le long du mur n'étaient point morts et, le cas échéant, depuis combien de temps.

— C' que vous avez ici, déclara le geôlier, une fois que nous eûmes dépassé l'endroit, c' sont les délinquants ordinaires... soit qu'ils purgent une courte peine, soit qu'ils attendent d'êt' jugés pour des p'tits délits. Certains attendent longtemps, comm' qui dirait.

Cela parut m'être adressé en particulier, car je fus gratifié d'un clin d'œil et d'un gloussement. Nous étions parvenus à l'endroit où se consumait la torche, d'où une sombre volée de marches menait à l'étage au-dessus.

— L' quartier des grands criminels s' trouve en haut d' ces marches, poursuivit-il. Ils attendent tous d'êt' jugés pour crime capital. Vot' Dillon, il s' trouve là.

Sur ces mots, il sortit une bougie de sa poche et l'alluma à la torche. Il la tint en l'air et commença à gravir l'escalier; nous lui emboîtâmes le pas et je fermai la marche.

— Il y en a pas tant dans c' quartier, dit le gardien en haussant le ton, et ils sont plus calmes. Ça vaut mieux pour eux, si j' peux m' permet'.

Nous parvînmes à l'étage supérieur, lequel était non seulement plus paisible mais aussi un peu plus lumineux. Une torche brûlait, des bougies éclairaient çà et là les lieux, tandis que la lumière du jour filtrait au travers de deux étroites fenêtres, placées à mi-chemin dans le couloir. Je pouvais ainsi mieux discerner ceux qui se trouvaient derrière les barreaux. J'en dénombrai une douzaine, parmi lesquels deux femmes conversaient nonchalamment. L'air rêveur, deux hommes assis contre le mur regardaient au loin. Les autres étaient groupés, assis sur le sol jonché de paille, buvant dans des tasses et bavardant à mi-voix.

Un seul surveillant montait la garde à l'étage au-dessous, mais la section des grands criminels en méritait deux. Notre guide se dirigea vers l'un d'entre eux et l'informa de la mission de sir John. On appela Dick Dillon, à deux reprises et à haute voix. Parmi les détenus assis à terre, un de ceux qui nous tournaient le dos remua enfin, se leva et vint dans notre direction en titubant.

Un absurde sourire de triomphe se dessina sur son visage indolent.

— Eh bien, dit-il, v'là l' Curieux... Le Curieux aveugle, j' dirais. N'est-ce pas un grand honneur que l' magistrat en personne vienne vous rend' visite !

— Vous êtes ivre, déclara sir John.

— Ça me r'garde et point vous, pas vrai ? J'ai d'jà comparu d'vant vous et une fois suffit. Alors, si j' choisis d' m'imbiber avec un peu de gin de l'estaminet d' Newgate, c'est mon droit et ça vous r'garde point.

— Cela pourrait me concerner. Je puis vous faire confisquer votre gin.

— Ça m'étonnerait, tant qu' j'ai d' l'argent pour payer.

— On pourrait vous le retirer.

— Qu'ils essaient pour voir.

Non sans effort, Dillon se redressa de toute sa hauteur, laquelle était impressionnante, serra les poings et se mit à grogner en lorgnant les gardiens à tour de rôle. Puis il éclata de rire.

— Gardes ?

— Oui, sir John ? répliquèrent les deux surveillants en chœur.

— Laissez-nous. Je souhaiterais m'entretenir avec le détenu en privé.

Ils échangèrent un regard en fronçant les sourcils. L'un des deux haussa les épaules. L'autre, notre guide, enleva son tricorne et se gratta la tête.

— Si on fait ça, dit-il, faut qu' j' vous d'mande d' vous t'nir à bonne distance des barreaux, car je dois vous rappeler qu' c'est vous qui l'avez envoyé ici.

— Non, gardien, répliqua sir John en reculant comme on le lui demandait, il est seul responsable de son incarcération. Mais nous avons certains points à aborder à présent, lesquels ne sont point destinés aux oreilles de tout le monde.

— Comme vous voulez, sir John.

Le surveillant parut quelque peu récalcitrant, mais

son collègue et lui s'éloignèrent à bonne distance. Le magistrat se tourna alors vers moi.

— Jeremy ?

— Oui, monsieur ?

— Sont-ils partis ? Peuvent-ils entendre ?

— Je dirais que si vous parlez sur ce ton, ils ne percevront rien.

— Maintenant, tu dois également reculer, car la recommandation qu'on m'a faite était avisée.

Je m'exécutai et, m'ayant entendu, il hocha la tête. Une fois encore, Dillon grogna et se mit à rire.

— Vous faites bien de rire dans votre situation, commenta sir John.

— Je n' suis pas un si mauvais bougre.

— Peut-être pas, sans poignard à la main. Ce n'est, somme toute, que votre première arrestation.

— Diable oui, et c'est heureux ! Si cet enfant d' catin n'avait pas triché aux cartes, je l'aurais point coursé comme j' l'ai fait. Du reste, je ne l'ai pas tué, encore qu'il le méritait.

— Vous vous considérez donc injustement incarcéré ?

— Oui, Vot' Magistrat, c'est comme vous dites.

— Même si vous avez menti lors de votre arrestation ?

Dillon n'apprécia guère la remarque. Il tendit les bras à travers les barreaux et se mit à battre l'air comme pour nous attraper. Mais nous étions hors de portée. Il finit par se calmer et retira ses longs et robustes membres.

— Dick Dillon triche pas aux cartes et il ment point, déclara-t-il. Est-ce que j' vous ai pas donné mon vrai nom ? L'endroit où c'est qu' je vis ?

— Exact, répondit sir John d'un ton doucereux, mais sur la déposition, vous avez affirmé être sans emploi.

— Comme de juste ! C'était l' cas !

— Oh ? Quelle était alors votre relation avec lord Richard Goodhope ?

Dillon se tut, alors qu'un instant plus tôt leur échange était des plus animés. Lorsqu'il se décida à reprendre la parole, il parut choisir ses mots, aussi soigneusement que son cerveau noyé de gin le lui permettait.

— J'étais son valet de pied, confia-t-il au magistrat.

Il ajouta avec fierté :

— J' m'occupais d' transporter toutes les lourdes charges.

— Sans doute, dit sir John, mais quand vous a-t-il rémunéré pour la dernière fois ?

Dillon sembla alors se refermer sur lui-même. Son visage trahissait ses sentiments, tandis qu'il se tenait debout devant nous : il passa lentement de la résistance à la suspicion, puis à l'hostilité.

— Oui, Vot' Magistrat, déclara-t-il. J' vois où vous voulez en v'nir. Et vous me piégerez pas. Non, vous piégerez pas Dick Dillon.

Sir John n'abandonna pas la partie pour autant :

— Vous avez quitté son service tout à fait subitement. Pour quelle raison ?

— Vous essayez de m'extorquer gratis c' que je vends que très cher, répliqua Dillon. On en a causé au tribunal. Je souhaite la transportation. J'avoue que j' détiens des renseignements capitaux pour Vot' Magistrat. Mais je cafarde rien, à vous ou à qui qu' ce soit, tant qu' j'obtiens pas une promesse ferme de transportation.

— La vie dans les plantations peut se révéler pénible.

— J'en prends l' risque... et je préfère ça au reste.

— Comme n'importe quel individu, admit sir John. Mais écoutez bien ce que je vais vous dire, Dick Dillon, car votre vie peut en dépendre. Aucun magistrat ne peut vous offrir la garantie absolue que ses recommandations seront suivies, quoique j'aie recommandé la clémence dans le passé et qu'on ne l'ait jamais ignorée. Je vous promets sincèrement, Dick Dillon, que moi, John Fielding, magistrat du tribunal de Bow Street, recommanderai à lord Mansfield, président du Banc du roi, la transportation plutôt que la pendaison à votre endroit, si vous, en retour, me fournissez des renseignements concernant le décès de lord Goodhope. Qu'en dites-vous ?

— C' que j'en dis ? Pouvez-vous l' met' par écrit ?

— C'est inutile. Ma parole a valeur d'engagement, déclara sir John. Mais à ce que j'ai déjà dit, je puis ajouter la chose suivante : vos renseignements, quels qu'ils soient, ne doivent pas tarder, car l'enquête suit son cours et peut se conclure d'ici peu. Je l'espère, du moins. Si d'aventure vos informations me parvenaient tardivement, au moment de votre procès aux assises, disons, elles se révéleraient inutiles, de même que je n'aurais nul besoin de faire la moindre recommandation. Est-ce clair ?

Dick Dillon fustigea le magistrat du regard.

— C'est clair, dit-il. Très clair.

— J'ai encore une question, avant de procéder plus avant. Ces renseignements que vous devez me livrer vous compromettent-ils dans une affaire de meurtre ? Le cas échéant, je dois l'annoncer en toute franchise, je ne pourrai vous venir en aide. Alors, vous voyez ? Je joue franc jeu. Je vous indique les limites de mon pouvoir. Qu'en dites-vous, à présent ?

— J'ai point été mêlé à un meurtre. J'en ai jamais commis.

— Je vous crois. Vous pouvez poursuivre.

Un silence interminable s'ensuivit, durant lequel Dick Dillon parut tiraillé entre lui-même et Dieu sait quel adversaire. De nouveau, tout son visage trahissait le conflit qui l'habitait. Mais il s'y ajouta un nouvel élément : un sentiment proche de la crainte, pour le moins étrange chez un homme aussi grand et puissant. Au dernier moment, il parut sur le point de céder, mais finit par secouer la tête.

— Sir John, en c' moment, j'ai comm' qui dirait l'esprit embrumé par l'alcool. Vot' offre est équitable, je l'avoue, mais j' dois prendre le temps d'y réfléchir quand j' s'rai dégrisé. Vous voulez bien ?

— Qu'est-ce qui vous ronge autant ? s'enquit le magistrat. Qu'avez-vous à craindre ?

Dillon lança un regard à la ronde, comme s'il pesait le pour et le contre.

— Dick Dillon craint rien, dit-il, sa voix mourant en un murmure. Il a seulement besoin de temps pour réfléchir.

Sir John poussa brusquement un soupir.

— Je vous laisserai le temps, déclara-t-il sans chercher à masquer son agacement, mais seulement le reste de cette journée et cette nuit. Demain matin, je dépêcherai deux agents qui vous emmèneront au tribunal de Bow Street. Nous converserons dans mon cabinet. Vous avez tout intérêt à être prêt à parler de l'affaire qui nous occupe. Lorsque vous aurez livré votre témoignage, quel qu'il soit, vous serez transféré à la prison de Fleet.

Cela dit, le magistrat donna de la voix :

— *Gardiens !* Nous partons.

Dillon nous regarda partir sans souffler mot, les paupières presque aussi lourdes que celles d'un homme assoupi, mais sans relâcher sa vigilance pour autant. S'il avait prétexté l'ébriété, il semblait avoir à présent dessoûlé.

Le surveillant qui nous avait conduits nous ramena donc, en s'arrêtant à l'escalier pour rallumer sa bougie. En descendant, je lui emboîtai le pas et sentis la solide main de sir John sur mon épaule. Nous ne disions rien, mais le gardien se montrait plus bavard que jamais.

— C'est un dur à cuire, c't' homme-là. Il s'appelle comment déjà ?

Comme aucune réponse ne venait, il poursuivit :

— Ah oui, Dillon... Dick Dillon. J' me souviens

d'avoir vu son nom dans l' registre quand vous l' cherchiez. Il malmène les autres comme c'est point permis. Il vole des pièces aux hommes et s' sert des femmes d' façon éhontée. C'est comm' qui dirait sa taille qui lui donne tous les droits. Ils sont tous contre lui, ici.

À ce moment-là, je me dis que Dillon semblait boire plutôt amicalement avec le groupe de détenus de l'étage. Mais peut-être que non. Peut-être le geôlier disait-il vrai.

— J' parie que vous avez pas obtenu grand-chose de lui. Pour sûr qu'il s' croit plus malin qu' le bourreau. Prenez garde, sir John. Nous v'là en bas des marches, maint'nant.

Une fois au rez-de-chaussée, le gardien recula et souffla la chandelle.

La clameur qui s'élevait du quartier des petits délinquants semblait s'être atténuée. Quoi qu'il en fût, comme ils m'avaient effrayé la première fois, j'étais mieux préparé et je marchai d'un bon pas jusqu'à la sortie. L'odeur demeurait cependant tout aussi fétide. Mes tentatives pour ne respirer qu'à demi ne me furent guère utiles. Ce ne fut qu'une fois à l'air libre de la cour que je pus emplir mes poumons sans les vicier.

Le surveillant nous reconduisit jusqu'à la grille, ne faisant plus d'effort pour engager la conversation.

— Je vous laisse ici, sir John. Le gardien approche et j'aperçois un fiacre qui attend dans la rue, annonça-t-il alors.

— Puis-je vous demander votre nom? s'enquit sir John.

— Mon nom? Eh bien...

La question le déroutait quelque peu. L'espace d'un instant, il sembla avoir oublié la réponse.

— Eh bien... en fait, je m'appelle Jack Wilson, et ç'a été un plaisir d' vous rend' service, sir John.

— Je vous en remercie, monsieur Wilson, et je vous dis au revoir.

Le magistrat attendit que le geôlier se fût éloigné puis il me glissa à l'oreille :

— Ce Wilson ne me dit rien qui vaille.

Son hostilité fut attestée par les propos du gardien. Aussi malpropre et négligé qu'il fût, ce dernier se révélait fort obligeant et nous accueillit le plus chaleureusement du monde, nous demandant si notre visite avait porté ses fruits.

— Plus ou moins, répondit sir John. Plus ou moins...

— Eh bien, j'espère que vous obtiendrez ce que vous désirez, déclara-t-il en glissant son énorme clé dans la serrure du portail.

Tandis qu'il l'ouvrait et que nous allions le quitter, sir John s'arrêta et se tourna dans sa direction, comme en proie à une pensée soudaine.

— Il me vient à l'esprit, dit-il, que j'aimerais en savoir davantage au sujet du geôlier qui nous a servi de guide. Il s'est montré fort complaisant. Quel est son nom ? Je souhaiterais le recommander au poste de surveillant en chef de Newgate.

— Celui qui vous a guidé ? C'est John Larkin tout simplement.

— Merci, gardien. Mais ne lui en soufflez mot. Il risque de s'écouler un certain temps avant que je ne puisse parvenir à mes fins. Et votre nom, quel est-il ?

— Joshua Blackwood, à vot' service !

— Merci et bonne journée !

Sur ces paroles, reniflant l'odeur du cheval, sir John ouvrit la marche jusqu'à la voiture de louage et le début du long trajet de retour vers Bow Street, lequel se déroula dans un silence quasi total. Le magistrat, comme à son habitude, se renferma en lui-même. Et si j'avais nombre de questions au sujet de Newgate et de la conduite de Dick Dillon, je les conservai pour moi, songeant que mieux valait lui laisser le temps de méditer. L'une d'elles, toutefois, me taraudait, et, comme nous arrivions à destination et que notre isolement touchait à sa fin, je la lui posai tout à trac. Lorsque Covent Garden fut en vue, elle m'échappa enfin des lèvres.

— Sir John, déclarai-je subitement, pourquoi a-t-il donné un faux nom ?

— Qu'est-ce, mon garçon ? Que dis-tu donc ? répliqua-t-il, s'arrachant de mauvaise grâce à ses pensées profondes.

— Le geôlier, précisai-je, a prétendu s'appeler Wilson. Le gardien affirme qu'il répond au nom de Larkin. Le geôlier a menti. Pourquoi a-t-il agi de la sorte ?

— Ah oui... soupira-t-il. Eh bien, il n'a pu le faire sans quelque bonne raison. C'est certain. Notre Dillon semble accorder toute confiance à sa force. Prions Dieu qu'il ait raison.

Si sa réponse me désappointa, je ne l'interrogeai pas plus avant. S'il avait désiré m'en dire davantage, songeai-je, il l'eût assurément fait.

Nous descendîmes au 4, Bow Street et gagnâmes aussitôt le cabinet de sir John, encore qu'on m'en interdît l'accès :

— Tâche de trouver M. Marsden, veux-tu ? me dit-il. Et dis-lui de me rejoindre. Puis attends dans le vestibule, car j'aurai un message que je souhaiterai te voir porter.

J'obtempérai et dénichai le greffier en train de siroter son thé en compagnie de M. Thomas Baker, l'agent qui remplaçait M. Bailey à la tête des sergents de ville. Tous deux étaient d'humeur fort joviale, s'esclaffant sans doute à quelque boutade dont M. Marsden était l'auteur, lequel se révélait des plus spirituels. Aucun des deux, cependant, ne prit ombrage lorsque je troublai leur liesse pour transmettre la demande de sir John.

— Sais-tu éventuellement de quoi il retourne ? s'enquit M. Marsden comme nous cheminions vers le cabinet du juge.

— Non, monsieur, répondis-je, hormis qu'il m'a demandé d'attendre pour porter un message.

— Ah... fit-il, je vais encore jouer le scribe de Salomon.

N'ayant que peu ou prou connaissance de la Bible, l'allusion m'échappa totalement. Soyez assuré toutefois, cher lecteur, que si la remarque portait quelque ironie, elle demeurait vierge de toute forme d'irrévérence.

J'attendis peu de temps derrière la porte close et M. Marsden, une fois sa tâche accomplie, réapparut et me pria d'entrer. Lui-même fut interpellé par sir John. M'arrêtant dans l'embrasure, j'entendis la conversation qui s'ensuivit entre eux :

— Monsieur Marsden, déclara sir John, vous souvenez-vous de cet individu, ce Sayer qui s'est livré à un faux témoignage à l'encontre du jeune Jeremy Proctor, voilà quelques jours ?

— Tout à fait, monsieur, répondit le greffier.

— Si je ne m'abuse, la cour a vidé la bourse de cet homme afin de régler la dette de la femme Caulfield.

— C'est exact.

Sir John fourragea dans la volumineuse poche de son habit et en sortit quelques pièces. Les choisissant avec soin au toucher, il en isola quelques-unes du lot et les tendit au greffier.

— C'était inconséquent. Je souhaite que vous remettiez ces trois shillings dans sa bourse et la conserviez jusqu'à demain. Je dépêcherai ensuite deux agents afin qu'ils aillent quérir un prisonnier à Newgate. Arrangez-vous pour qu'ils rendent la bourse à Sayer. Veillez à ce qu'ils la lui remettent en main propre, sans l'entremise d'un geôlier. Comme je reviens à l'instant de cet endroit infâme, cela m'a rappelé combien ceux qui s'y trouvent ont désespérément besoin de toutes les ressources qui leur sont possibles.

— Ce sera fait, sir John.

— Bien. À présent, envoyez-moi Jeremy.

Comme M. Marsden s'en allait, je fis mon entrée dans le cabinet et découvris le magistrat debout derrière son bureau. Il m'offrit une missive close de son sceau.

— Jeremy, déclara-t-il, je souhaite que tu apportes ce billet à Mary Deemey, dans sa boutique de Chandos Street. Il reste suffisamment de place au bas de la feuille pour qu'elle y inscrive sa réponse. C'est ce qu'elle est censée faire. Tu dois attendre et me retourner aussitôt la lettre. C'est compris ?

— Parfaitement, répondis-je.

— Au besoin, n'hésite pas à insister sur la gravité de la requête. Dis-lui que l'affaire relève du tribunal et que ne seront tolérés aucune tergiversation ni aucun retard. Tu me cites mot pour mot.

J'acceptai et il m'expliqua précisément comment me rendre dans Chandos Street, en ajoutant qu'une fois là-bas je devais me débrouiller seul pour dénicher la boutique de la couturière.

— Observe attentivement et tu verras sans doute l'enseigne, déclara-t-il. Si nécessaire, demande à un passant.

En définitive, je n'eus nullement besoin de solliciter quiconque, qu'il s'agît du chemin ou de l'emplacement exact de l'échoppe. Une fois dans la rue, j'avisai une enseigne toute proche, portant le nom de Deemey, avec au-dessous l'inscription « *Modes Élégantes*[1] » qui tentait une incursion dans la langue de Molière. Je traversai la chaussée pour y parvenir, esquivant un attelage et bondissant par-dessus l'habituel amas de crottin. (En ce temps-là, nos rues de Londres n'étaient point tenues dans l'état de propreté que nous leur connaissons aujourd'hui.) J'allais frapper à la porte puis, me ravisant, pénétrai avec hardiesse dans la boutique.

1. En français dans le texte. (*N.d.T.*)

J'y fus accueilli par une Française, ou du moins s'adressa-t-elle à moi en français.

— *Bonjour, jeune homme*[1], me dit-elle en s'éloignant du comptoir. En quoi puis-je vous servir ?

Trouvant son anglais par trop tributaire de sa langue maternelle, je poursuivis sur mon audacieuse lancée en la noyant sous un véritable flot de français ; je la saluai tout d'abord le plus poliment du monde, comme mon père me l'avait enseigné, puis m'enquis de sa santé, puisque ce dernier m'avait également dit que les Français préféraient qu'il en fût ainsi, avant d'aborder les affaires proprement dites. J'attendis sa réponse.

Elle se borna toutefois à me dévisager d'un air interdit, avant de déclarer enfin :

— *Comment ? En anglais, s'il vous plaît*[1].

Sa réaction me laissa fort marri, songeant que mon accent était si mauvais qu'il en devenait incompréhensible. J'avais eu quelque raison de soupçonner l'imperfection de celui de mon père. Le soir que nous avait rendu visite le gentleman de France avec lequel mon père entretenait une correspondance, leur conversation avait débuté en français puis, suite aux semblables regards déconcertés de notre visiteur, s'était poursuivie en anglais le restant de la soirée.

Ainsi humilié, je cherchai à recouvrer ma fierté à travers le caractère solennel de ma commission. Je déclarai à voix haute, en agitant le document en question, que je tenais en main un message officiel, émanant de sir John Fielding du tribunal de Bow Street et destiné à Mme Mary Deemey.

— Donne-la-moi, dit la femme avec un accent français. Je veillerai à ce qu'on la lui remette.

Je retirai la missive.

— Non, répliquai-je. Elle doit lui être remise en main propre et je suis censé attendre la réponse.

1. En français dans le texte. (*N.d.T.*)

La femme me considéra d'un air quelque peu perplexe, puis répliqua dans un anglais tout à fait correct.

— Alors remets-la-moi, puisque Mary Deemey, c'est moi.

— Mais... mais... balbutiai-je, vous étiez française il y a une minute.

— C'est simplement pour ma clientèle, dont tu ne fais pas partie, comme tu viens de le prouver. Alors, laisse-moi voir cette missive, mon garçon.

Je la conservai toujours en main.

— Comment puis-je savoir que vous êtes bien celle que vous affirmez être ?

— Parce que je le déclare.

— Qu'une tierce personne vous identifie, car vous m'avez déjà trompé de prime abord.

En guise de réponse, elle poussa un profond soupir et se mit à tonitruer :

— Katy ! Margaret ! Beth !

Derrière une tenture à l'arrière de la boutique, trois voix répondirent de conserve :

— Oui, madame ?

— Que l'une d'entre vous vienne ici.

Au bout de quelques instants, la tête d'une jeune fille de seize ou dix-sept ans surgit de derrière le rideau. Elle me lorgna d'un air curieux, puis considéra la femme qui l'avait appelée.

— Oui, m'dame ?

— Qui suis-je ?

— Qui vous êtes ? répéta la fille en écho. Euh... madame Claudette ?

— Non, petite sotte, qui suis-je en réalité ? Tu dois décliner mon identité devant ce jeune présomptueux.

La jeune fille me regarda encore. Elle ne paraissait point tant stupide que myope et épuisée. Elle m'adressa directement la parole :

— C'est Mme Mary Deemey.

Puis se tournant vers sa patronne :

— Est-ce que ce sera tout, m'dame ?

— Absolument. Retourne à ton ouvrage, Beth.

La tête disparut, tandis que je tendais, non sans une certaine ostentation, la missive à Mme Deemey. En la prenant en main, la femme ne trahit pas la moindre crainte à la vue du sceau officiel, mais l'ouvrit d'un geste et se hâta d'en lire le contenu.

Sur ces entrefaites, tandis que mes yeux flânaient sur les gravures d'élégantes toilettes qui ornaient les murs puis sur les deux robes couvrant les mannequins sans tête, de part et d'autre du comptoir, quelqu'un écarta brusquement les rideaux que venait de soulever la jeune couturière, et apparut alors Miss Lucy Kilbourne, de nouveau vêtue de sa seule chemise. D'aussi loin qu'il m'en souvînt, c'était sa tenue favorite.

— Ah, fit-elle, si je ne m'abuse, il s'agit là de mon jeune galant d'hier au soir ! Nous n'avons pas été correctement présentés par ton maître, mais tu t'es révélé des plus utiles à mon endroit. Quel est ton nom, jeune homme ?

J'hésitai à le lui confier. Ayant été une première fois séduit, je n'ignorais point son charme. Mais elle semblait en avoir conscience, car elle me décocha un sourire alangui qui eut tôt fait de dompter ma résistance.

— Jeremy, répondis-je. Jeremy Proctor, madame.

— Joli nom et des plus poliment présentés, de surcroît.

Elle s'avança, tendant sa main comme pour serrer la mienne, ou pour que je la lui baise, mais j'ignorais ce qu'exigeaient les usages en pareil cas. Soudain, m'offrant à croire qu'elle se rendait pour la première fois compte de sa tenue pour le moins légère, elle retira sa main, recula et, avec une modestie affectée, croisa les bras sur sa poitrine.

— Tu dois me pardonner, dit-elle. J'avais oublié ma

nudité. Ne va point t'imaginer, je te prie, qu'il s'agit là d'une habitude.

Se tournant ensuite vers la propriétaire de la boutique, elle ajouta d'une voix doucereuse :

— Mary, je me demandais si vous pouviez venir et procéder à l'essayage de ma nouvelle robe.

Mme Deemey brandit la lettre de sir John.

— Mais je dois...

— *Maintenant*, Mary.

En soupirant et en me regardant d'un air contrit, Mme Deemey acquiesça d'un hochement de tête. Elle s'empressa de rejoindre Miss Kilbourne derrière le rideau, dans l'arrière-boutique. J'observai qu'elle avait conservé la missive en main.

Je me retrouvai donc seul avec deux mannequins sans tête, quoique fort élégamment vêtus, pour toute compagnie. Comme les estampes décorant les murs ne retenaient guère mon intérêt, je me surpris à m'approcher de la tenture, que Mme Deemey avait tirée en me quittant. Plus je m'en approchais, plus je percevais des chuchotements. Hormis quelques-unes, les paroles n'étaient point distinctes. Toutefois, je reconnus clairement la voix impérieuse de Lucy Kilbourne qui réclamait : « Qui donc vous paie, Mary ? », ce à quoi Mme Deemey répondit par un marmonnement inaudible. J'entendis encore quelques murmures et chuintements autoritaires émanant de Miss Kilbourne, puis enfin... le silence.

Je quittai alors mon poste et feignis de m'intéresser aux gravures de mode dont regorgeait la boutique. Je n'eus guère à attendre, car Mme Deemey réapparut bientôt, brandissant la missive. Je vis que quelques lignes avaient été ajoutées au bas de la feuille. Elle me la tendit prestement.

— Voilà ce que tu es venu quérir, déclara-t-elle. À présent, tu peux t'en aller.

Je m'attardai néanmoins.

— Sir John m'a demandé de vous dire qu'il s'agit

d'une affaire relevant du tribunal et qu'aucune tergiversation ne serait tolérée, précisai-je.

Elle me lança un regard dur.

— Cherches-tu à m'effrayer, jeune homme ?

— Non point, je ne fais que citer les paroles de sir John. En vérité, il a dit : « Aucune tergiversation ni aucun retard ne seront tolérés. » Mais vous avez rédigé votre réponse avec une telle promptitude...

Son visage restait de marbre. Elle hocha la tête en direction de la porte.

— Va-t'en, dit-elle.

Je quittai alors la boutique de Mary Deemey, ravi de m'en aller et de m'éloigner du danger. Je rentrai en courant au numéro 4 de Bow Street, mais découvris à mon arrivée que le tribunal était en séance. Qu'allais-je faire, livré à moi-même ? Je n'avais point le cœur à monter à l'appartement du dessus, où l'atmosphère était si lourde du silence de lady Fielding et des soupirs de Mme Gredge. Je franchis donc la porte latérale et traversai la chambre forte, où deux sergents de ville étaient assis avec un même nombre de prisonniers enchaînés, pour rejoindre le banc placé à l'extérieur du cabinet de sir John.

Une fois sur place, je décidai de m'asseoir jusqu'au retour du magistrat, aussi longue que dût être mon attente. J'eusse souhaité avoir sous les yeux l'un des ouvrages dont regorgeait ma chambre mansardée, parmi lesquels je n'en avais lu que deux. Mais en l'absence de livre, je me mis à réfléchir à ce qui se présentait à moi, à savoir, bien sûr, l'enquête au sujet de la mort de lord Goodhope.

J'ai fait plus tôt référence à certaines notes infantiles que j'avais prises sur l'affaire. En vérité, j'avais tenu une sorte de journal, traitant uniquement des progrès de l'investigation. Je n'ai aucune peine à le lire aujourd'hui, car alors même que je n'avais que treize ans, mon écriture était correcte et lisible. Toutefois, ce que j'ai griffonné témoigne moins de l'évolution de l'enquête que de l'émerveillement qu'elle suscitait en moi. J'avais consigné dans ce carnet la description précise que M. Bailey avait faite de la blessure à la tête de lord Goodhope. Mais au-dessous, je ne trouve que cette seule phrase : « Mains propres ! » Je devais faire preuve de modestie, car l'on eût pu fort bien alléguer que mon observation anodine de l'état des mains de l'aristocrate fut mon unique contribution à toute l'affaire.

Il y avait d'autres notes, mais la plupart étaient rédigées sous forme de questions : « M. Donnelly... poison ? » et « Un tunnel ? Cet endroit à l'écurie ? » S'ensuivait le récit de ma découverte de l'issue secrète dans la bibliothèque, en compagnie d'Ebenezer Tepper. Et ainsi de suite... J'avais donc tenu un compte rendu succinct sur le papier, conservant les détails dans ma tête. Deux interrogations n'apparaissaient point encore dans mes notes : la première portait sur notre visite à Newgate ce jour-là. Quels renseignements sir John espérait-il soutirer à Dick Dillon et qu'il tenait pour si précieux, au point d'être prêt à lui accorder ce qu'il lui avait refusé au tribunal ?... À savoir, recommander la clémence pour un agresseur, dont la violence eût pu se révéler fatale à un représentant de la loi. Et pourquoi Dick Dillon n'avait-il point saisi l'offre de sir John ? Qu'avait-il à craindre ou à négocier ensuite ?

Quant à ma seconde question, elle concernait la commission dont je venais de me charger pour sir John. Et ici, cher lecteur, mes joues s'empourprent en vous avouant que, assis sur ce banc jouxtant le cabinet, je fis sans être vu ce que je n'eusse osé faire devant témoin. Je sortis de ma poche la missive de sir John à Mme Deemey et, le sceau ayant déjà été brisé, lus son contenu. La lettre traitait de cette même robe de deuil que j'avais aidé Lucy Kilbourne à revêtir, la veille au soir : quand Miss Kilbourne en avait-elle passé commande et procédé aux essayages ? Quand avait-elle été livrée ? Au bas de la page, Mme Deemey avait griffonné : « Ladite robe fut commandée et livrée il y a un an en hiver. Je m'en souviens bien, car elle fut coupée et cousue en grande hâte, compte tenu de la disparition soudaine de son père. Certaines pièces tenaient encore avec des épingles ou étaient assemblées au point de bâti, lorsqu'elle assista à ses obsèques. » La signature, à peine lisible, de Mme Deemey venait clore la missive.

Je comprenais cela un peu mieux que les questions ayant trait à Dick Dillon. Car, somme toute, il était clair, même pour moi, que si Miss Kilbourne avait récemment commandé son élégante toilette de deuil, même quelque temps avant le décès de lord Goodhope, cela eût trahi une connaissance antérieure de sa part. Comme un verdict de meurtre avait été rendu, cette connaissance l'eût assurément rendue complice de celui-ci. La réponse de Mme Deemey semait cependant le plus grand doute sur cette hypothèse. Mais ladite réponse avait été rédigée en la présence de Lucy Kilbourne... peut-être même — étant donné tous ces graves murmures — sous sa dictée.

Tandis qu'elle devenait l'un des éléments de mon raisonnement, son image se matérialisa également en mon esprit. Comment une femme d'une beauté si remarquable pouvait-elle être mêlée à d'aussi viles affaires ? Je m'attardai quelque peu sur cette évocation, me remémorant non seulement son visage et la disposition hardie, mutine de ses traits fins, mais aussi (je l'avoue) ses épaules nues et la modestie avec laquelle elle les avait recouvertes. Ah, femme ! Que de contradictions dans le beau sexe ! Que de sujets offerts à notre méditation !

Tout occupé à mes fantasques pensées, je ne vis point venir M. Donnelly. Nul doute qu'il avait traversé tout le vestibule sans que je l'eusse aperçu et voilà qu'il se tenait à présent devant moi, s'éclaircissant la voix pour attirer mon attention.

Je sursautai et veillai à le saluer comme il se devait.

— Monsieur Donnelly ! Bonjour ! Pardonnez-moi, car je n'avais point...

Il fit un geste de la main, comme pour chasser mon inquiétude.

— Tu rêvasses en plein jour ? Nous le faisons tous de temps en temps. Je crains que nous autres Irlandais ne nous adonnions davantage à cette pratique que la plupart.

— Puis-je vous être utile de quelque façon, monsieur ?

— Certes oui, Jeremy.

Il sortit un document scellé de la poche de son habit. L'objet évoquait sensiblement celui que j'avais porté à Mme Deemey, hormis le fait qu'il était peut-être plus épais de deux ou trois pages.

— Ce que je détiens ici, reprit-il, est le compte rendu de lady Goodhope concernant la dépouille. Elle a effectivement identifié le corps. J'ai donc rédigé cette attestation à sa place et elle l'a signée ; j'en certifie l'authenticité. Cela devrait satisfaire sir John. En outre, j'ai inclus quelques ultimes observations de mon cru sur l'état du corps, en appendice à mon premier compte rendu... tout cela dans un souci de précision.

Il me tendit le document et je m'en emparai.

— Je compte sur toi pour qu'il soit remis entre les mains de sir John, ajouta-t-il avec le sérieux requis.

— Cela sera fait selon vos désirs, répondis-je.

— J'en suis persuadé.

Toutefois il s'attarda, sans doute peu disposé à se rendre à son prochain rendez-vous, à moins qu'il ne souffrît tellement de solitude dans cette grande ville qu'il était prêt, ne fût-ce que quelques minutes, à partager la compagnie et la conversation d'un garçon de treize ans.

— Ç'a été, me dit-il, une rude épreuve pour lady Goodhope.

— Je n'en doute pas. Lorsque j'ai vu le visage, il était dans un piètre état. J'imagine cependant que l'embaumeur aura œuvré pour l'embellir.

— Il n'a point accompli les miracles promis. Certes, il s'est arrangé pour clore les yeux, mais le nez demeurait une masse informe et la face conservait sa noirceur, due à la décharge de poudre. Non, il aurait pu mieux faire, j'en suis certain. Après toutes mes années passées en qualité de médecin de bord, je me suis accoutumé à de telles visions. Elle, en revanche — je parle de lady Goodhope —, n'avait jamais contemplé un tel spectacle ; si bien que lorsque je lui ai annoncé, ou plutôt, lorsque je lui ai demandé, en fait, si ce visage évoquant un pudding de Noël était celui de son époux, eh bien, comment s'étonner qu'elle ait fondu en larmes !

— J'ai remarqué, dis-je, qu'elle était myope. Cela a-t-il rendu la tâche plus incommode ?

— Fort bien observé, Jeremy. Certes, cela n'a pas facilité les choses. Une fois que je lui ai exposé la nécessité d'identification, elle s'est exécutée avec diligence. Elle s'est penchée et a examiné le visage de près, aussi longtemps qu'elle l'a pu.

— Aussi longtemps qu'elle l'a pu ?

— Oui, soupira le praticien. Il commence à sentir quelque peu, vois-tu. Sans compter qu'il empestera davantage lorsqu'ils l'emmèneront dans le Lancashire. En tout état de cause, l'expérience n'a guère été plaisante pour elle.

— Je le conçois aisément.

— Que penses-tu d'elle ?

— Pardon, monsieur ?

— Que penses-tu de lady Goodhope ?

Je fus frappé par l'étrangeté d'une telle question. Alors que je consigne aujourd'hui l'épisode, il me semble pour le moins singulier qu'on eût interrogé un garçon de mon âge, ayant si peu l'expérience de la vie.

J'attribue cela au sentiment d'isolement que M. Donnelly éprouvait, semble-t-il, dans la cité. Si je n'avais point trouvé un foyer temporaire chez sir John, j'eusse alors sans doute ressenti cette solitude de façon plus aiguë.

Je tâchai néanmoins de répondre :

— Eh bien... c'est une femme qui paraît résistante. Elle a bien réagi en dépit des épreuves. Mais sir John...

— Oui, que dit-il ?

— Il la juge obstinée.

À ces mots, M. Donnelly rit de bon cœur.

— Oui, admit-il en riant encore, il peut sans doute le dire. Tout à fait, même !

Mais il se calma et ajouta en recouvrant son sérieux :

— Toutefois, à l'instar de nombre de femmes de son rang — ou c'est du moins ce que j'ai entendu dire —, elle se montre totalement désarmée dans le domaine concret. Non parce qu'elle en est incapable, mais parce qu'elle n'y trouve aucun intérêt. Ce qui ne l'intéresse pas semble ne point exister à ses yeux. Durant cette entrevue à laquelle j'assiste en son nom, je vais discuter de son avenir financier avec M. Martinez et le notaire, Blythe. Pour autant, elle n'a pas voulu se donner la peine d'y participer. À moins que j'aie mal interprété son refus. Peut-être est-ce la crainte de paraître pitoyable qui la retient.

Tout en méditant sur ses propos, il se tut et sortit sa montre de ses culottes, puis la consulta en hochant la tête :

— C'est bien ce que je pensais, déclara-t-il. Il est temps que je m'en aille chez le notaire.

Opinant une nouvelle fois du chef, il m'étreignit vigoureusement l'épaule et ajouta :

— Ce fut un plaisir de bavarder avec toi, Jeremy. J'ai hâte qu'une nouvelle occasion se présente.

Il tourna les talons et s'empressa de traverser le vestibule. Il marchait d'un pas vif et assuré. Je savais par expérience qu'il était malaisé de le suivre une fois qu'il était lancé.

En me rasseyant, je songeai qu'en vérité il avait quasiment monologué. Pourtant, il s'était adressé à moi comme si j'eusse été un adulte. Voilà bien ce qui me plaisait le plus.

Un peu plus tard, sir John apparut. Il cheminait nonchalamment dans le long couloir, d'abord en compagnie de M. Marsden, le greffier, puis il échangea quelques mots avec M. Baker, le sergent de ville, et finit par rejoindre son cabinet. Il sentit ma présence avant même que je m'annonce.

— Qui est là ? s'écria-t-il.

— C'est moi, Jeremy.

— Ah oui, dit-il, bien sûr... la réponse de Mme Deemey. Viens avec moi et tu pourras m'en faire la lecture.

Il tapota la porte de son cabinet, trouva la poignée après quelques tâtonnements et me fit entrer. S'asseyant derrière son bureau, il se pencha en avant, impatient de m'écouter.

— Alors, dis-moi. Qu'avait à dire Mme Deemey ?

— Vous désirez que je vous lise le message à haute voix ? dis-je.

— Bien entendu.

— Ainsi que la lettre que vous lui avez adressée ?

— Non, non, je sais ce qu'elle contient.

Je lui lus donc la réponse de la couturière, mot pour mot, telle que je l'ai rapportée plus haut, et je notai aussitôt qu'une déception à peine dissimulée envahissait son visage.

— Ah bien... dit-il, peut-être qu'une autre piste nous entraînera où nous souhaitons aller.

— Mais, sir John, contrai-je, je crois qu'il serait erroné d'accorder foi à ce qu'elle dit ici.

— Oh ? Dis-moi pourquoi.

Et je m'exécutai, lui brossant la scène à l'échoppe de la couturière et le conciliabule qui avait suivi. Il m'écouta avec le plus grand intérêt.

— Tu dis que lorsqu'elle est revenue elle avait rédigé sa réponse ?

— Tout à fait.

— L'as-tu mise en garde sur toute tergiversation ou retard ?

— Je l'ai fait, monsieur, pas avant qu'elle ne m'ait remis sa réponse, néanmoins. Je n'en ai pas eu le temps plus tôt.

— Elle t'a pris de court, n'est-ce pas ?

— Oui, lorsque Miss Kilbourne a exigé sa présence.

— Une exigence, dis-tu, et non point une simple requête ?

Je réfléchis un instant, puis déclarai :

— Je dirais que le ton de sa voix trahissait l'exigence.

Ce à quoi il répondit par une sorte de grognement, suivi d'un silence soutenu. Il cogita sur le sujet et d'autres, sans doute, tandis que je demeurai debout devant lui, attendant qu'il me donne congé. Ce fut alors que les documents scellés de M. Donnelly me revinrent en tête.

— Sir John, annonçai-je en rompant le silence, j'ai également deux documents confiés par M. Donnelly à vous remettre en main propre.

— Ne te soucie point de mes mains, mon garçon, mais plutôt de mes oreilles. Lis-les-moi, je te prie.

Je brisai le sceau et obtempérai. Comme le médecin me l'avait confié, il s'agissait d'une attestation assez brève et sans détour qu'il avait intitulée « Certificat d'identification ». J'avais à peine entamé le texte, d'une longueur d'un paragraphe, que je fus distrait par une querelle éclatant dans le vestibule

— Madame, vous ne pouvez pas entrer !

— Qu'à cela ne tienne ! Il le faut à tout prix !

— Un rendez-vous est nécessaire pour consulter le magistrat.

Je reconnus cette voix comme appartenant à M. Marsden, le greffier du tribunal.

J'avais interrompu ma lecture et tentai de la reprendre, mais le vacarme continuait ; l'autre personne exigeait que M. Marsden la laissât passer, tandis que lui menaçait d'appeler un agent. D'un geste, sir John finit par m'enjoindre au silence.

— Jeremy, dit-il, va donc voir quelle est la cause de cet esclandre, veux-tu ?

Je gagnai la porte et l'ouvris doucement. De prime abord, j'entrevis seulement le dos de M. Marsden qui tentait de faire barrage de son corps. Puis, par-dessus son épaule, le visage de Mme Deemey, que l'agitation avait rendu rubicond, m'apparut. Elle m'aperçut.

— Il me connaît ! Ce garçon me connaît ! vociféra-t-elle. Il sait pourquoi je suis ici.

Je fermai aussitôt la porte.

— Qu'est-ce, Jeremy ? s'enquit le magistrat. Qui est-ce ?

— C'est cette femme, la couturière, Mme Deemey.

— Voyez-vous cela ? Eh bien, ouvre. Fais-la entrer, répliqua-t-il en souriant d'ores et déjà à la perspective de l'entretien à venir.

J'ouvris la porte en grand et sir John cria à M. Marsden de laisser entrer la femme. Par-dessus son épaule, le greffier me décocha un regard tout à la fois confus et dépité, tandis qu'il s'écartait de mauvaise grâce et que Mary Deemey nous bousculait tous deux dans une envolée de jupons pour se planter au milieu de la pièce.

Elle avait à peine ajusté sa jupe qu'elle s'adressait tout à trac au magistrat :

— Veuillez me pardonner pour cette intrusion, sir John, mais je suis Mary Deemey et je souhaite tirer au clair ma réponse à votre aimable missive.

— Asseyez-vous, madame Deemey, je vous en prie.

— Merci, dit-elle, quelque peu essoufflée. Mais je dois avant tout présenter mes excuses à ce jeune homme que vous avez dépêché dans mon établissement. Je l'ai quelque peu rudoyé, mais uniquement parce que j'étais bouleversée par ce qu'on m'avait demandé de faire, comme je vais vous l'expliquer.

— Jeremy, acceptes-tu les excuses de madame ?

— Oh oui... assurément.

— Parfait, dit-il. À présent, approche et pose ces documents qui émanent de M. Donnelly sur mon bureau, veux-tu.

Je lui obéis.

— Ce sera tout, Jeremy.

— Mais... sir John, je songeais que j'aurais pu...

— Ce sera tout. Merci, et ferme la porte derrière toi, je te prie.

Dieu, qu'il me parut alors infamant d'être traité comme un garçon de treize ans !

CHAPITRE IX

Où un pirate apporte son témoignage

Ce soir-là, pour la première fois depuis que j'étais arrivé dans sa maisonnée, sir John prit son repas en solitaire dans la petite salle à manger jouxtant l'office. Hormis les restes de mouton que nous avions partagés tardivement quelques soirs plus tôt, je ne l'avais jamais rien vu avaler en dehors de son pain beurré du déjeuner. Toutefois il n'avait rien perdu de sa corpulence et lorsqu'il était en territoire connu, il avançait d'un pas allègre avec lequel aucun homme plus vert ne pouvait rivaliser... à l'exception, peut-être, de M. Donnelly. De même que son jeûne n'avait point ralenti sa réflexion, comme nous allons le voir.

Mme Gredge profita de l'occasion pour préparer deux côtes de bœuf de bonne taille, qu'elle lui servit panées et agrémentées de graisse de rôti. Elle s'agitait, lui apportant le vin de Bordeaux que le plat nécessitait puis, en fin de souper, une bouteille de porto, dont elle pensait qu'il faciliterait la digestion du magistrat.

Ce dernier semblait chercher la solitude et il en était ainsi depuis qu'il était rentré de son entretien avec Mary Deemey. À cet égard, il se borna à me révéler que j'avais quelque peu semé la terreur chez cette femme. Comme ce commentaire me fut octroyé sous la forme d'un compliment, je lui en sus gré et attendis la suite.

Mais en vain, car rien d'autre au sujet de la couturière ne filtra ce soir-là. Il confia à Mme Gredge son désir de souper seul et rejoignit aussitôt la salle à manger. Il s'y attabla dans le noir, ce qui n'avait aucune importance pour lui, jusqu'à ce que Mme Gredge apportât une bougie pour faciliter son service. Ensuite je l'entrevis depuis ma place à la table de l'office, tandis que Mme Gredge allait et venait.

Tout cela était rendu possible par le fait que lady Fielding dormait. J'ignorais quand la gouvernante avait administré la dernière dose de la potion de M. Donnelly, mais celle-ci avait dû être puissante, car on n'avait entendu aucun bruit en provenance de la chambre à coucher depuis le retour de sir John, ni même depuis que j'étais rentré, près d'une heure avant lui. Chaque fois que je l'apercevais dans la salle à manger, il semblait tout à fait perdu dans ses pensées. Que son sujet de préoccupation fût la maladie incurable de son épouse, le décès de lord Goodhope ou quelque autre, je n'eusse su le dire alors, pas plus que je ne le saurais aujourd'hui. Je sais seulement que celui-ci exigeait toute sa concentration et qu'il souhaitait que je ne l'importune point.

Toutefois, lorsqu'elle se produisit, il accueillit favorablement l'irruption de Benjamin Bailey... contrairement à Mme Gredge. Comme à son habitude, le capitaine des sergents de ville entra à l'office par l'escalier de service. Il gravit lourdement les marches et nous l'entendîmes arriver bien avant qu'il ne heurtât l'huis avec vigueur. La gouvernante me lança un regard suspicieux, comme si j'avais été la cause du dérangement, puis elle trottina vers la porte et demanda en haussant le ton qui était là.

— C'est moi, Benjamin Bailey, répondit la voix de l'autre côté, et je vous saurai gré d'ouvrir.

Elle obtempéra de mauvaise grâce, entrebâillant suffisamment la porte pour qu'on aperçût le visiteur, lequel semblait pour le moins dans un piteux état.

— Je dois faire mon rapport à sir John, déclara-t-il.

— Il ne vous entendra point ce soir, glapit-elle comme jamais. Vous êtes ivre, avouez-le. Vous empestez le gin, si je ne m'abuse.

— Je n'en ai pas avalé une goutte.

— Vraiment ? répliqua Mme Gredge, dubitative

— Non, dit-il. C'est du rhum. J'avais oublié son goût, tout autant que son pouvoir.

Le magistrat apparut à la porte de la salle à manger.

— Laissez-le entrer, dit-il à la gouvernante. Qu'il soit ivre ou non, je dois écouter son rapport.

— Merci, sir John, dit le chef de police. Certains me laisseraient volontiers dehors, semble-t-il, mais je suis ravi de constater que vous n'êtes pas de ceux-là.

Il tenta une entrée des plus dignes mais tituba et obtint l'inverse de l'effet qu'il escomptait. Malgré tout, en passant devant moi, il inclina la tête et me gratifia d'un : « Bonsoir, monsieur Jeremy. »

Je me rappelai soudain mes bonnes manières et me levai aussitôt pour le saluer comme il se devait.

— Montons à l'étage, lui proposa sir John, dans mon bureau, si vous voulez bien, monsieur Bailey. Je vous demande simplement de faire moins de bruit en passant devant la porte en haut des marches, car ma femme dort de l'autre côté.

Le capitaine se tut mais acquiesça en portant un doigt à ses lèvres, comme si sir John pouvait le voir. Son pied manqua néanmoins la seconde marche et il se débrouilla pour trébucher sur les autres. Quoi qu'il en fût, ils gravirent l'escalier, le magistrat en tête, et disparurent l'instant d'après.

Mme Gredge me décocha un regard sévère.

— Ce Bailey ne me plaît guère, déclara-t-elle.

— Mais pourquoi donc ? répliquai-je, ébaubi.

Je le tenais pour le plus aimable des individus.

— Parce qu'il me rappelle mon défunt mari, dit-elle.

Sur ces entrefaites, nous nous séparâmes ; elle gagna la salle à manger pour débarrasser la table et mettre un peu d'ordre, tandis que je m'attelais au nettoyage des marmites, casseroles et autres ustensiles divers et variés ayant servi à la préparation du repas. J'étais devenu l'aide de cuisine attitré de Mme Gredge et mon travail semblait la satisfaire ; ce qui me faisait défaut en habileté était compensé par mon souci de m'appliquer.

Je n'eus donc guère le temps de songer à l'entretien se déroulant entre M. Bailey et sir John. La besogne ne manquait pas pour occuper mes mains et, quant à mon esprit, je dois avouer que le compte rendu du policier ne m'intéressait pas outre mesure. Hormis la question de savoir si le capitaine de l'*Island Princess* avait confirmé l'arrivée de M. Clairmont à l'heure que ce dernier nous avait indiquée, je n'avais aucune idée des renseignements susceptibles d'être glanés sur les quais, ni en quoi ils pouvaient se rattacher aux éléments de l'énigme que je connaissais.

Aussi, lorsque M. Bailey prit congé une demi-heure plus tard, je le saluai cordialement mais sans plus. Mme Gredge ne lui accorda point cette grâce, car il chancelait encore quelque peu. Sir John demeura à l'étage. Environ une heure plus tard, on entendit de légers bruits en provenance de la chambre à coucher ; la porte de celle-ci était restée entrebâillée, afin qu'on pût entendre lady Fielding. Aussitôt, Mme Gredge se leva d'un bond de la table de l'office, mais les pas de sir John résonnèrent au-dessus. La porte grinça et, une minute ou deux plus tard, il appela la gouvernante, afin qu'elle commençât à préparer la potion de M. Donnelly. Mme Gredge me décocha un regard désespéré et s'attela à sa tâche.

Je me sentis de trop dans cette situation. Incapable de rester assis à lire, face à un pareil désarroi, je me levai et errai comme une âme en peine, tandis que Mme Gredge pilait les graines de pavot pour les réduire en fine purée. Comme elle y ajoutait l'eau bouillante, sir John apparut au bas des marches.

— Madame Gredge, dit-il, donnez-moi la potion et je la lui porterai.

Elle parut hésiter, mais, après avoir remué une dernière fois le breuvage soporifique, elle le lui apporta et le lui plaça fermement entre les mains. Le tenant avec précaution, le magistrat tourna les talons et commença à gravir l'escalier. Mais sur l'une des premières marches, son pied trébucha ou glissa peut-être et il tomba bruyamment sur le palier. En lui échappant, la tasse se brisa et son contenu fut bien entendu perdu.

(S'agissait-il du même endroit où M. Bailey avait trébuché à peine une heure plus tôt ? Peut-être y avait-il une marche gauchie ou un clou saillant. Quoi qu'il en fût, sir John en assuma toute la responsabilité.)

J'accourus vers lui pour l'aider à se relever. Mais il me chassa et se redressa seul.

— Bonté divine ! s'écria-t-il. Maudite soit ma cécité et maudite soit ma fatuité à vouloir me déplacer comme tout un chacun.

Debout avec Mme Gredge à mes côtés, j'eusse souhaité prononcer quelques paroles de réconfort, mais elles eussent toutes paru présomptueuses ou condescendantes.

Il s'arrêta, poussa un profond soupir puis, recouvrant son calme, se tourna vers nous et déclara :

— Madame Gredge, je présume que j'ai renversé la dose ?

— Oui, sir John, en totalité.

— Alors veuillez en préparer une autre et la lui monter. Je serai auprès de ma femme.

Sur ses mots, il nous quitta.

La gouvernante s'empressa d'obtempérer, tandis que j'allais quérir un chiffon pour nettoyer les dégâts, avant de ramasser les morceaux de la tasse brisée. Lorsque je revins à l'office, Mme Gredge avait presque accompli sa tâche, mais elle sanglotait en silence et les larmes coulaient le long de ses joues fripées.

— Oh, Jeremy, dit-elle, je dois te demander d'apporter cette tasse à la chambre, car je ne puis cesser de pleurer et je crains que cela n'ait un effet déplorable sur lady Fielding, si d'aventure elle me voyait ainsi.

— Je m'en charge.

Mme Gredge glissa une cuillère dans la tasse et me dit de tourner une dernière fois le breuvage, avant de le donner. Avec moult précaution, je la pris donc à deux mains, gagnai l'escalier avec prudence et gravis les marches encore plus prudemment.

La porte de la chambre était ouverte. Je m'y arrêtai et jetai un regard à l'intérieur. Posée sur la table de chevet, une unique bougie éclairait la pièce. Sir John était assis dans un fauteuil auprès de son épouse et lui tenait la main. D'une apparence déjà quasi cadavérique, elle était étendue sans bouger sur le lit, mais il se pencha pour murmurer paisiblement à son oreille. Je ne pus entendre ce qu'il lui dit et il n'eût pas été bienséant que j'y parvinsse, compte tenu des circonstances.

Entrant dans la chambre toujours à pas mesurés, je me dirigeai avec la tasse vers sir John et sentis le regard morne de lady Fielding se poser sur moi.

— Est-ce toi, Jeremy ? dit-il.

— Oui. Mme Gredge m'a demandé de vous porter ceci.

— Tes mains juvéniles sont plus stables. Je crains que les miennes ne tremblent à présent et que je ne renverse à nouveau la tasse.

— Et moi, chuchota la voix sur le lit, je suis trop faible pour la tenir.

— Tu dois administrer la potion.

Telle perspective ne m'enchantait guère, mais je m'y

prêtai de bonne grâce. Sir John et moi échangeâmes nos places et, sans omettre de remuer la drogue, je soulevai doucement la tête de lady Fielding et portai le récipient à ses lèvres.

— Lentement, me dit-elle, très lentement.

Et ainsi but-elle à minuscules gorgées, avec une telle lenteur que, comme elle m'avait demandé de faire une pause, j'en profitai pour remuer une nouvelle fois le breuvage.

Mais ce fut enfin fini. Elle avait tout avalé. Je m'éloignai de son chevet, tandis que sir John tendait la main maladroitement et m'étreignait le bras pour me remercier en silence. Je me retournai et quittai la pièce.

Il demeura auprès d'elle pendant près d'une heure, longtemps, j'en suis certain, après qu'elle eut sombré dans un paisible et profond sommeil. Mme Gredge et moi l'entendîmes quitter calmement la chambre puis gagner son bureau. Dès qu'il y entra, il se mit à l'arpenter de long en large. C'était une pièce de taille modeste. On la traversait en trois enjambées dans un sens comme dans l'autre. Il procéda ainsi, puis fit deux pas et ensuite trois, deux et deux, avec un arrêt entre chaque série, puis revint à trois pas dans chaque direction.

Comme la mort planait sur la maisonnée, Mme Gredge s'était tournée vers la religion. Assise à table en ma compagnie, elle tenait en main *Le Livre du rituel anglican*, mais ses yeux erraient au plafond, tandis qu'au-dessus on faisait toujours les cent pas. Lorsque son regard croisa le mien, elle secoua la tête et reprit délibérément sa lecture.

Cela continua pendant de nombreuses minutes. Enfin, les pas cessèrent... à moins qu'il ne se fût agi d'un arrêt momentané, un peu plus long que les autres ? L'atmosphère de la maison m'épuisait et j'étais prêt à me coucher à mon tour. Aussi eus-je la surprise de voir sir John en bas de l'escalier, vêtu de son habit, coiffé de son tricorne et sa canne en main.

— Je sors, madame Gredge.

— À cette heure tardive, monsieur? Mais faites comme bon vous semble, bien sûr.

— Mon épouse devrait dormir jusqu'au matin, n'est-ce pas ?

— Jusqu'au matin, assurément, monsieur. Si elle devait se réveiller, je ne serai pas loin.

— N'ayez crainte, je ne m'absenterai pas aussi longtemps... Jeremy ?

Je me levai en sursaut, manquant renverser ma chaise.

— Oui, sir John ?

— Je souhaite que tu m'accompagnes.

À ces mots, toutes mes velléités de sommeil s'évanouirent. Je courus le plus prestement et le plus silencieusement possible jusqu'à ma chambre mansardée, afin d'y quérir mon chapeau et mon habit. Je revins en un clin d'œil, vêtu pour sortir, prêt pour toute aventure que la nuit me réservait.

Nous partîmes en fiacre. Je n'avais jamais encore traversé Londres aussi tard et je fus surpris de voir certains quartiers aussi animés qu'en plein jour. Rassemblés au coin des rues, des hommes — et des femmes aussi, en nombre égal — se livraient à des divertissements singulièrement bruyants pour une heure aussi avancée. Ces gens-là pouvaient-ils donc se dispenser de dormir? Ne travaillaient-ils point, comme la plupart, dans la journée ?

Assis dans la voiture de louage à contempler la ville par le carreau, je fus arraché à mes pensées par sir John qui, plongé dans les siennes, se mit à tambouriner le plancher de sa canne, geste que j'avais commencé à reconnaître comme un signe d'anxiété.

— Ah, Jeremy, me dit-il enfin, cette agonie me pèse énormément. Si je puis me permettre, mon garçon, quel âge avait ton père lorsqu'il a trouvé la mort entre les mains de cette odieuse foule d'hypocrites ?

— Quarante ans à peine, je crois. Il faisait peu cas des anniversaires, aussi ne puis-je vous l'affirmer.

— Pardonne-moi d'évoquer ces souvenirs qui doivent être douloureux. Ma Kitty n'a pas encore atteint cet âge. Tu peux sans doute ne point voir les choses ainsi, mais aussi cruelle qu'ait été la la mort de ton père, elle a été rapide, et d'une certaine façon c'est une bénédiction.

Me remémorant l'événement, le corps inerte de mon père gisant sous le pilori, je ne vis guère en quoi sa disparition avait été une bénédiction. Mais sur cette image atroce se superposa celle du visage de lady Fielding, crispé et décharné... dont on n'apercevait plus que les yeux, semblait-il, encore qu'ils eussent perdu de leur éclat vital. Cela faisait des semaines qu'elle se trouvait en cet état, au dire de Mme Gredge; l'agonie de ma mère, quoique de cause naturelle, n'avait duré que quelques jours. Aussi, en y réfléchissant, mais sans approuver entièrement sir John, je pouvais comprendre le sens de sa pensée. Toutefois, la mort, sous toutes ses formes, était assurément abjecte et injuste aux yeux de tous ceux qu'elle concernait.

Je restai silencieux et, après quelques instants, sir John reprit la parole.

— Je crains, dit-il, qu'elle ne souffre par ma faute.

Ce à quoi je m'opposai sur-le-champ :

— Non pas, monsieur ! Comment cela serait-il possible ?

— En ma qualité de magistrat, j'ai fait respecter la loi au pied de la lettre et conduit aux assises nombre d'hommes et quelques femmes. Qui sait combien d'innocents j'ai entraînés vers la potence ?

— Mais vous n'en avez condamné aucun. Le jugement est prononcé par le magistrat de la Haute Cour. C'est ce que vous m'avez dit. N'est-ce point le cas ?

— Certes, et j'en rends grâce à Dieu, mais j'y ai

contribué. J'y ai joué mon rôle. En vérité, j'y ai joué mon rôle.

Un long silence s'ensuivit, avant qu'il ne s'exprimât à nouveau.

— Jeremy, tu dois me faire une promesse.

— Entendu, sir John, de quoi s'agit-il ?

— Que tu n'assistes jamais à une pendaison à Tyburn Hill.

Bien que j'eusse une connaissance très vague du sujet et que celle-ci ne fût que livresque, je fis le serment qu'il me demandait.

— On en fait un spectacle pour amuser les masses, déclara-t-il. Face à la mort, un homme se retrouve face à Dieu et il ne s'agit point de l'exhiber à la vue d'autrui. Je pense que nous devrions davantage respecter la mort. J'y ai beaucoup réfléchi ces dernières semaines. La mort d'un homme relève du solennel, quelles que soient les circonstances.

Puis, au bout de quelques instants, il ajouta :

— Et celle d'une femme tout autant...

Je puis vous dire à présent, même si cela me fut impossible à l'époque, que nous nous arrêtâmes à un endroit de Mayfair assez proche de Tyburn Hill et, à vrai dire, sur le chemin. Si je tins ma promesse, j'entrevis par la suite la potence à maintes reprises, les jours où elle n'était point en service.

Comme sir John réglait le cocher, je descendis du fiacre et portai mon attention sur la demeure devant laquelle nous nous étions arrêtés. Elle ressemblait fort à la résidence de lord Goodhope, qui d'ailleurs ne se trouvait pas loin, mais elle était moins imposante et moins belle.

S'apprêtant à y entrer, le magistrat m'attira à lui et se pencha quelque peu, de sorte que nous nous retrouvâmes nez à nez.

— Jeremy, murmura-t-il sans trop baisser le ton, bien

que je vienne d'exprimer à l'instant mes scrupules et mes regrets, sache que je ne vais pas pour autant faillir à mon devoir. Et cela se rapporte notamment à cette affaire concernant lord Goodhope. Il s'agit là d'une chose atroce. Un meurtre. L'endroit où je t'ai amené ce soir compte parmi ceux où je t'interdirais habituellement d'aller. En dépit des apparences, il ne s'y déroule rien de convenable. Mais nous devons y trouver un homme et lui parler. Je souhaitais ta présence afin que tu étudies ses réactions pendant que je l'interroge. Je perçois beaucoup dans une voix, mais certains signes m'échappent. Tâche donc de les observer.

— Entendu, sir John.

— Dans ce cas, décida-t-il, allons-y.

Il me précéda, gravit trois marches, tapotant chacune de sa canne, puis se servit de celle-ci pour heurter l'huis avec ardeur. Avant même que l'on nous ouvrît, je perçus un vacarme de tous les diables à l'intérieur : les rires fusaient parmi les cris d'enthousiasme poussés en chœur. Quel était donc ce lieu ?

La porte s'ouvrit sur une impressionnante silhouette masculine en livrée de majordome. Cet individu était destiné, semblait-il, à nous barrer le passage.

— Que voulez-vous ? s'enquit-il d'un ton des moins amènes. Il s'agit d'un cercle privé.

— Je n'en disconviens pas, mais vous devez nous laisser entrer car je suis le magistrat du tribunal de Bow Street.

— Puisque vous le dites, je suppose que vous devez l'être.

L'homme recula à contrecœur et nous ouvrit la porte en grand.

Nous entrâmes et je contemplai l'intérieur. Un tapis rouge couvrait un vestibule menant à un grand escalier, dont les marches s'ornaient aussi d'une étoffe écarlate, et qui s'incurvait vers l'étage, qu'il m'était impossible d'apercevoir ou même d'imaginer. Les murs que je voyais étaient peints d'un jaune presque aussi éclatant que le rouge du tapis au sol, bien qu'ils fussent éclairés à la bougie. De part et d'autre du couloir, deux entrées conduisaient sans doute à de très grandes salles, car la clameur, que j'avais entendue au-dehors, s'amplifiait à présent qu'on se trouvait à proximité. De ce côté-ci de chaque porte se trouvait un sofa sur lequel étaient assises des femmes... oh, des dames, sans nul doute, vêtues le plus élégamment du monde, néanmoins seules et dans l'attente, telles des domestiques. Elles s'étaient tournées et nous observaient, sir John et moi, d'un air curieux.

Le majordome — ou portier ou quelle que fût sa fonction — nous entraîna dans le vestibule et nous parla avec force gestes amples, comme s'il eût récité un discours appris par cœur :

— Chaque pièce abrite des jeux de hasard. Les tables de roulette se trouvent sur votre gauche, tandis que le chemin de fer et les autres jeux de cartes se jouent dans la salle de droite. Des dames sont disponibles pour vous servir de guide...

Il me lorgna d'un air sceptique et ajouta :

— En désirez-vous une ou deux ?

— Aucune, répondit sir John. Nous sommes ici au titre d'une enquête officielle. Je souhaiterais m'entretenir un certain temps avec votre employeur, M. Bilbo. Je vous serais fort obligé d'aller le quérir.

— Je ne puis abandonner mon poste, répliqua celui qui nous avait ouvert la porte. Aussi vais-je vous confier aux bons soins d'une de nos dames.

Puis, considérant l'éventail offert, il fit son choix et appela :

— Nancy !

Elle se leva et nous rejoignit en un instant, s'adressant hardiment à sir John et m'ignorant complètement :

— Je vous souhaite une excellente soirée, milord. Qu'est-ce qui vous ferait plaisir ce soir ? Si je puis me permettre, la roulette vous conviendrait le mieux, n'est-ce pas ? Et vous avez amené votre jeune assistant pour déposer vos paris et ramasser vos gains, pendant que moi je vous accompagnerai et demeurerai à vos côtés pour vous porter chance. N'est-ce pas parfait ainsi, milord ?

Sir John ne souffla mot, mais il avait retiré son tricorne à notre arrivée (tout comme moi) et je voyais son front se plisser sous la concentration.

— Nancy, ma fille, intervint le portier, contente-toi de le conduire à Black Jack. C'est tout ce dont il a envie.

Et sur ces mots, il regagna la porte.

— Plummer, dit le magistrat. Nancy Plummer.

Celle qui, sous le maquillage et le rouge à joues, semblait tout au plus mon aînée de cinq ans, recula d'un air décontenancé. Dans l'une des salles qui se trouvaient derrière elle, les cris de joie finirent par se calmer.

— Vous vous souvenez ? dit-elle humblement.

— Ah oui, vous avez comparu devant moi à propos d'une affaire de montre volée.

— Mais c'était voilà plus de deux ans et je m'exprime beaucoup mieux maintenant.

— Oui, et vous ressemblez assurément à une dame. N'est-ce pas, Jeremy ?

— Oh oui, monsieur, répondis-je. Sans conteste.

Elle me gratifia d'un bref sourire.

— Mais peu importe votre langage, aussi châtié soit-il, vous avez conservé la même voix, ma fille.

— Eh bien, j'en suis abasourdie, déclara-t-elle. Dire que vous vous souvenez de moi au seul son de ma voix, après si longtemps !... Vous avez fait preuve d'indulgence envers moi.

— Si je ne m'abuse, il n'y avait point de témoins, et

l'objet n'a pas été trouvé en votre possession... L'affaire reposait uniquement sur les soupçons de la victime. Comme à l'accoutumée. Mais il suffit, Nancy. Veuillez nous conduire à M. Bilbo, je vous prie.

— Voyons... où peut-il être ? dit-elle en regardant ici et là. Je crois qu'il se trouvait à la roulette la dernière fois que je l'ai aperçu. Laissez-moi y jeter un œil.

— Nous vous suivons, rétorqua sir John avec fermeté.

Et bien qu'elle semblât hésitante, elle s'en alla en prenant quelque avance, offrant à sir John l'occasion de me chuchoter :

— En cette circonstance, je t'autorise à prendre mon bras. Guide-moi correctement. Veille à ce que je ne heurte personne.

Nous nous mîmes donc en marche : moi le pilotant et lui répondant avec dextérité à chacun de mes gestes. Je l'entraînai sur la gauche et nous pénétrâmes dans la pièce où Nancy s'était engouffrée ; l'espace d'un instant, je la perdis de vue, tant l'endroit grouillait de monde et tant le bruit y régnait. À mes yeux peu critiques, tous les joueurs étaient vêtus comme des lords et des ladies. Et si la clientèle comptait effectivement quelques pairs du royaume, nul doute que ces derniers avaient laissé leurs ladies légitimes à la maison. La plupart étaient rassemblés autour de la table située à l'extrémité de la pièce, la plus proche de nous n'attirant guère les parieurs. J'entrevis enfin Nancy, notre guide, au milieu du grand groupe. Une autre clameur s'en éleva, d'où fusa un rire féminin, évoquant quelque hennissement proche de la démence et se prolongeant une fois le brouhaha dissipé.

J'entraînai sir John vers l'attroupement. Quelques têtes se tournèrent vers nous, sans nous prêter attention comme nous contournions le groupe. Ce qui se jouait à la roulette les intéressait davantage, laquelle fit un nouveau tour et s'arrêta.

De nouveau des cris... de nouveau le hennissement.

Entre-temps, Nancy avait isolé des parieurs agglutinés à la table un individu à la physionomie pour le moins singulière. Il était corpulent ; assez grand, certes, mais avec un poitrail si ample, des bras si longs et des jambes si courtes, que l'ensemble lui prêtait une apparence simiesque. La barbe qu'il arborait, noire et touffue, à une époque où la pilosité faciale était tout aussi rarement de mise qu'aujourd'hui, ne faisait que renforcer cette impression. La vision d'un tel animal, vêtu assurément à la dernière mode ce soir-là, frisait le ridicule. Pourtant, personne ne se moquait de Jack Bilbo.

Sir John et lui se saluèrent presque comme des amis de longue date.

— C'est le Curieux ! glousse le tenancier de la maison de jeu. Voyez-vous cela ! Le Curieux aveugle nous rend visite !

Quelques joueurs se retournèrent et témoignèrent d'un vague intérêt, tandis qu'il serrait la main du magistrat avec vitalité. Puis la roulette reprit ses droits et tous les yeux, hormis les nôtres, obliquèrent vers celle-ci.

— John Bilbo, nous devons parler, déclara sir John, sans l'excès de gravité que ces paroles eussent pu supposer.

Un sourire ourlait ses lèvres, lequel n'était pas sans évoquer ce sourire tolérant dont quelque enfant espiègle eût été l'objet.

Comme le groupe hurlait de plus belle, le tenancier décocha un regard irrité à la table et nous en éloigna.

— Certes, dit-il, mais hors d'ici, n'est-ce pas ? Nous allons monter, si vous n'y voyez point d'inconvénient. Nancy, retourne à ton poste, ma fille.

Sur ces mots, il nous escorta hors de la salle, nous fit traverser le vestibule puis gravir l'escalier, tout en parlant sans cesse avec affabilité. De prime abord, il demanda mon nom, et comme sir John le lui indiquait, il me serra cordialement la main et se déclara ravi de faire ma connaissance. Et lorsque, après s'être informé, il découvrit que le portier nous avait accueillis de mauvaise grâce, Bilbo présenta ses plus humbles excuses à sir John, prétendant que l'individu occupait ses fonctions depuis peu et n'était point londonien mais un marin venu des colonies d'Amérique ; à l'avenir, il lui apprendrait à mieux se tenir.

À ce moment-là, sir John posa une question à propos du tintamarre régnant dans la salle de la roulette :

— Est-ce toujours ainsi ? s'enquit-il. Lors de mes précédentes visites en ces lieux, je n'ai point le souvenir d'un tel vacarme de la part de vos clients, et en provenance d'une seule table. Pourquoi tant de tapage ?

M. Bilbo nous avait conduits à l'étage. Il mit un certain temps à retrouver un trousseau de clés et ouvrit la porte d'un modeste bureau, éclairé par une unique chandelle. Il s'en servit pour allumer une autre bougie, puis un candélabre à quatre branches, posé sur un côté de son secrétaire. La pièce apparut dans la lumière, de même que le meuble en chêne derrière lequel il s'assit, et les chaises destinées à sir John et à moi, où nous prîmes place. Le mur s'ornait de plusieurs gravures représentant des scènes de chasse ou des marines.

— Ah oui... tout ce bruit, répondit Bilbo, en posant les coudes sur le secrétaire et en avançant sa grosse tête sombre vers nous. Vous avez certes raison, sir John, ce n'est point courant, mais cela fait partie de ces choses que j'ai peine à entendre... et encore plus à voir. Un individu avait une chance invraisemblable à la seconde table. Dans le cours normal des affaires, je ramasse davantage d'argent que les joueurs qui se présentent ici. Je le sais et ils le savent. C'est la loi mathématique de l'endroit, si je puis dire. Mais je n'ignore point non plus que si les tables sont honnêtement tenues — et les miennes le sont, monsieur, vous avez ma parole ! —, de temps en temps la chance peut se retourner contre mon établissement et par conséquent en faveur du parieur. C'est également une règle mathématique et je l'accepte. Toutefois, lorsque cela se produit, ceux qui devraient jouer deviennent alors des spectateurs... et cela me rend fou ! Ils viennent de l'autre table pour regarder. Ceux qui sont assis à celle du gagnant refusent de jouer contre lui. Les moins joueurs peuvent se mettre à parier avec lui, comme s'ils chevauchaient à deux, pour ainsi dire. Mais la plupart du temps, les gens se retirent et observent, comme s'il s'agissait d'une scène d'anthologie au théâtre. Ainsi, voyez-vous, mon établissement perd deux fois. Il perd en faveur de l'heureux client, ainsi que les paris de ceux qui autrement seraient en train de jouer, comme ils en ont la possibilité. Cet individu les a même arrachés à la salle des jeux de cartes, ce qui ne m'enchante absolument pas.

Sir John hocha la tête, ayant fort bien compris de quoi il retournait, puis finit par déclarer :

— Tout cela est fort intéressant. N'étant point joueur par nature et n'ayant jamais considéré les choses de votre point de vue, j'avoue avoir toujours jugé l'établissement de Black Jack Bilbo comme un lieu où les hommes allaient se délester de leur argent dans un environnement agréable.

La tirade provoqua chez le tenancier un gros éclat de rire. Il s'apprêtait à répondre lorsqu'on perçut une nouvelle clameur, non plus des cris, cette fois, mais plutôt une plainte ; la femme hennissante cessa de hennir. Le visage de Bilbo demeura un bref instant sans expression, tandis qu'il tendait l'oreille, puis il se détendit et sourit. Il poussa un long soupir paisible et ravi.

— Eh bien, commenta sir John en souriant à son tour, peut-être que les mathématiques, comme vous l'avez indiqué, ont eu raison de votre heureux parieur. Qui est-ce, à propos ?

— Ah, c'est Clairmont, qui nous vient des colonies.

— Charles Clairmont ? Le demi-frère de Goodhope ?

— C'est du moins ce qu'il prétend et je n'ai aucune raison d'en douter. Il y a un an environ, ils se trouvaient ensemble dans mon établissement et sans doute une autre fois auparavant... ensemble. Et ce majordome, qu'ils ont dépêché hier de la maison, le connaissait fort bien.

— Diriez-vous qu'ils se ressemblaient ? s'enquit le magistrat.

— Pas de façon notable, quelque peu, certes... ce sont des *demi*-frères, après tout. Mais Clairmont est plus petit.

— Nous allons un peu vite en besogne. Toutefois, M. Clairmont constitue l'un des sujets que je désirais aborder avec vous. Procédons par ordre, voulez-vous ?

— À votre guise, sir John.

— Parfait. À présent, John Bilbo, dites-moi, cette visite que vous a rendue M. Clairmont en compagnie de son demi-frère... ce n'était point la première dans votre établissement ?

— Oh, non. Il demeurait inscrit dans nos registres en qualité de membre, quand bien même il ne venait ici que lorsqu'il descendait à Londres, chaque année environ — ou peut-être s'écoulait-il une période plus longue entre deux visites, de... où était-ce ?... la Jamaïque ?

— Oui, la Jamaïque. Et selon vous, il a pu venir ici en compagnie de son demi-frère ?

Pour la première fois depuis le début de l'entretien, M. Bilbo accusa de légers signes d'exaspération :

— Oui, et cela a très bien pu se produire à plusieurs reprises... deux, trois, voire quatre fois, je l'ignore. Bien que je me trouve chaque soir dans les salles de jeu, je fais un petit somme à cet étage... je vais de table en table, je discute avec les parieurs, je les accueille, j'en vois certains, d'autres non. Et figurez-vous que je passe également un petit moment dans cette tanière, tous les soirs. Ce que je veux vous dire, sir John, c'est qu'ils ont fort bien *pu* se trouver ensemble au moins une fois auparavant... je pense que ç'a été le cas, mais il y a longtemps... sept ou huit ans, lorsque j'ai ouvert cette petite maison de jeu. D'autres occasions se sont sans doute produites par la suite, car je ne puis en être certain, comme je vous le dis.

Une nouvelle plainte s'éleva du rez-de-chaussée et un sourire relâcha une fois encore les traits du gros visage barbu du tenancier.

— Pardonnez-moi d'insister ainsi, dit-il, mais je désire simplement que vous compreniez que je ne puis être aussi affirmatif que vous le souhaiteriez.

— J'entends bien et j'accepte vos dires, John Bilbo. Mais parlons plus en détail de ce Clairmont, je vous prie. Le connaissez-vous bien ?

— Non, comme je vous le dis, ses visites ici étaient peu fréquentes, uniquement aux périodes où il venait de... Jamaïque, n'est-ce pas ?

— La Jamaïque, c'est cela. Pas aussi bien que vous connaissiez... disons... lord Goodhope ?

— Oh, certes non ! Lord Dickie venait *fort* fréquemment dans mon établissement, c'est évident. Pour sa plus grande perte, ces derniers temps.

— Pourriez-vous me dire quoi que ce soit au sujet de la dernière visite que M. Clairmont vous a rendue ?

— Vous faites allusion à avant-hier au soir, lorsqu'il venait d'arriver ?

— Tout à fait, oui.

— Eh bien, il a dû se présenter ici avant minuit, mais *guère* plus tôt. En tout cas, c'est à ce moment-là que je l'ai vu. Ayant remarqué sa présence à la roulette, la première table ce soir-là, je l'ai interpellé — je n'aime pas agir ainsi, mais c'était justifié, semble-t-il, compte tenu de la situation — et je lui ai confié que j'avais appris la mort de son frère ; c'est ce que je lui ai dit, encore que le terme « demi-frère » aurait été plus adéquat, n'est-ce pas ? La première question qui lui est naturellement venue concernait les circonstances du décès. Et je lui ai répondu qu'il s'agissait d'un suicide, car telle était la version qui circulait en ville à ce moment-là. À présent, je me suis laissé dire qu'on parle d'un assassinat. Est-ce le cas, sir John ?

— C'est à moi qu'il incombe de poser les questions.

— Sans aucun doute.

— Et comment a-t-il pris la nouvelle que vous lui avez annoncée ?

— Oh, fort bien ! Il s'est retiré et a bu deux verres de cognac. J'ai pris le premier en sa compagnie et nous avons bu à la mémoire de lord Dickie... puis M. Clairmont a rejoint la table de jeu.

— Vraiment ?

— Absolument. Et il est revenu le lendemain matin même, alors que j'étais à peine réveillé et buvais mon premier thé ; il désirait à tout prix discuter de l'avis publié dans le *Public Advertiser*. Il souhaitait savoir pourquoi on avait appelé la cause du décès... comment était-ce ?

— Mésaventure.

— C'est exact... « mésaventure », ce qui d'ordinaire signifie « accident », si je ne m'abuse. Il s'est assis à l'endroit même que vous occupez à présent, sir John, et a voulu savoir quel terme convenait le mieux : suicide ou mésaventure ? Comme si je l'avais délibérément induit en erreur. Eh bien, je lui ai fait remarquer qu'un suicide n'était pas le genre de chose qu'on rend public ; ce que chacun peut aisément comprendre, j'imagine. Notre homme reste assis là à réfléchir à la question et, sur ces entrefaites, voilà que ce majordome de la résidence Goodhope se présente et demande à voir les reconnaissances de dette du défunt lord, ainsi qu'un certain document. Eh bien, demi-frère ou non, je n'allais point traiter de telles affaires en la présence de M. Clairmont, aussi lui ai-je poliment demandé de prendre congé. Ce qu'il a fait tout aussi civilement, mais pas avant d'avoir dit au maître d'hôtel de présenter ses condoléances à lady Goodhope et de lui demander s'il pouvait lui rendre visite.

— Le majordome le connaissait, avez-vous dit.

— Oh, certainement : il l'a salué par son nom. Toutefois, il y avait quelque chose d'étrange chez Clairmont, ce matin-là.

— Et de quoi s'agissait-il, monsieur Bilbo ?

— Il était fardé... comme une femme.

— Vraiment ?

Sir John médita un instant sur la question, puis reprit la parole :

— Eh bien, on raconte que c'est en vogue à Paris pour les hommes comme pour les femmes. Peut-être lance-t-il la mode à Londres.

Je m'étais concentré sur M. Bilbo tout au long de son récit, comme sir John me l'avait demandé. Et alors qu'il se montrait des plus prolixes et des plus convaincants, j'observai un certain changement dans son attitude lorsqu'il se mit à parler directement de M. Clairmont... disons, à partir du moment où il relata comment il avait appris au demi-frère le décès de lord Goodhope. Ce fut alors qu'il commença à lancer des regards furtifs dans ma direction, tandis qu'il ne s'était adressé jusqu'ici qu'à sir John et uniquement à lui. Je ne pus noter aucune autre variation, assurément point les signes habituels d'embarras, comme le début de la transpiration : M. Bilbo transpirait à profusion depuis qu'il nous avait rejoints au rez-de-chaussée. J'en déduisis donc que c'était dans sa nature.

— La visite du majordome, Potter, déclara sir John, venait en réponse à une lettre que vous aviez adressée à milady. Quand l'avez-vous écrite ?

— La veille au soir, répondit M. Bilbo. Je l'ai confiée à mon valet, afin qu'il la porte le lendemain matin.

— Ce qui fut fait. Lady Goodhope m'a lu son contenu peu de temps après l'avait reçue.

À ces mots, le tenancier se cala dans le fauteuil et croisa les bras sur sa poitrine, arborant l'attitude d'un homme déterminé à ne rien concéder.

— Écoutez, sir John, si vous êtes venu ici pour contester la dette de lord Goodhope à mon endroit, je dois alors faire la sourde oreille, car je détiens ses reconnaissances de dette et le document concernant la demeure de St. James Street. J'ai satisfait le majordome au sujet de l'authenticité de la signature de son maître. Je puis tous vous les montrer — ou au garçon qui vous accompagne — ou encore devant n'importe quelle cour de justice, et ils seront jugés authentiques, car ces documents le sont. En vérité, je me contente de la moitié de sa dette réelle envers moi, laquelle avoisinait les cinquante mille livres.

— Autant ? Vraiment ?

M. Bilbo agita ostensiblement sa grosse tête sombre.

— Vraiment, répéta-t-il.

— Mais vous êtes prêt à vous contenter de la maison seule ?

— J'apprécie cette demeure.

— Je vois! Vous y êtes entré ?

— Maintes fois... un certain nombre de fois, devrais-je dire... plus d'une fois, en tout cas.

— En qualité d'invité ?

— Diable, oui, monsieur ! *Bien sûr* que j'étais invité. Je ne suis pas un cambrioleur !

— Alors vous étiez en bons termes avec lord Goodhope.

Un moment d'hésitation précéda la réponse et lorsque celle-ci vint, ce fut avec lenteur... chacun des mots étant choisi avec soin, sembla-t-il :

— J'étais en bons termes avec lui, certes, pendant un certain temps, mais dernièrement nos relations s'étaient dégradées.

— Quel différend vous a opposés ?

— Quel différend nous a opposés ? Mais enfin, sa dette, bien sûr ! Je suis un homme patient, mais il arrive un moment où la patience s'épuise. Lorsqu'il gagnait à mes tables, il était heureux d'emporter ses gains chez lui. Lorsqu'il perdait, il était tout aussi heureux de signer une nouvelle reconnaissance de dette. Cela a commençé à m'horripiler au plus haut point.

— Vous auriez pu de plein droit lui interdire l'entrée de votre établissement, tant qu'il n'avait pas acquitté son dû.

— Je l'en ai finalement menacé et de rendre publique sa dette, afin qu'il ne soit pas le bienvenu dans d'autres maisons de jeu telles que celle-ci. Et je lui ai fait signer le fameux document. Il était prêt à accepter les termes de l'accord que je proposais.

— Et quand cela ?

— Voilà deux semaines.

— Peu de temps avant sa mort, alors.

— Peu de temps, en effet. Disons une dizaine de jours. Le document en question est daté. Je puis vous le présenter, si tel est votre désir.

— C'est inutile. Mais supposons, je dis bien « supposons », que la première nouvelle que vous avez apprise fût la bonne... à savoir que lord Goodhope s'est suicidé. Lorsqu'il a signé l'acte de donation de sa demeure londonienne à votre profit, vous a-t-il donné l'impression de quelqu'un susceptible de mettre fin à ses jours ? Était-il désespéré ? Abattu ?

— Je dirais qu'il n'était pas heureux.

— Le contraire m'eût surpris. Mais avez-vous jamais songé, monsieur Bilbo, qu'en l'acculant comme vous l'avez fait, vous avez pu provoquer en lui un désespoir tel que cela l'a conduit au suicide ?... En supposant qu'il se soit réellement suicidé.

Le tenancier réserva sa réponse un instant, posant ses yeux çà et là, en premier lieu sur moi, puis sur les flammes des chandelles, et de nouveau sur sir John.

— J'y ai songé, certes, reconnut-il. Et en supposant ce que vous me demandez de supposer à présent, j'en serais naturellement affligé. Cela s'est produit tel que vous l'avez décrit avec un autre gentleman qui me devait une somme considérable, quoique moins importante que celle de lord Goodhope. Il s'est pendu, figurez-vous. Et nul doute que mes pressantes demandes au sujet de la dette l'ont conduit à cette extrémité, car il a laissé une lettre à ce sujet. C'était il y a près de sept ans.

— J'en ai souvenance, dit le magistrat.

— Je n'en doute pas. À vrai dire, l'affaire a été préjudiciable à mon établissement. Ces messieurs l'ont évité. Par respect pour le défunt, pourrait-on dire. Ou parce qu'ils étaient effrayés... de voir leurs menus plaisirs prendre un tour aussi dramatique. La désertion des clients m'a bouleversé. Mais lorsqu'ils ont commencé à revenir, ma peine s'est allégée, et lorsque j'ai retrouvé ma clientèle comme par le passé, j'avais oublié l'événement. Mais laissez-moi vous dire, monsieur, que même si j'avais su par avance que l'affaire allait prendre une telle tournure, j'aurais malgré tout engagé une procédure de recouvrement, comme auparavant, car une dette demeure une dette et doit être acquittée.

Sir John conserva à son tour le silence puis il déclara :

— J'entends souvent cela en mon tribunal, encore que les sommes en question soient dérisoires, comparées à celles que vous m'avez citées.

— Peu importe le montant, répliqua M. Bilbo non sans gravité. C'est une question de principe. Et les comtes, vicomtes et autres ducs semblent croire qu'ils peuvent se dispenser des lois qui s'appliquent à tout le monde.

— Vous avez causé à lady Goodhope un grand désarroi en une période pénible pour elle.

— J'en suis navré. Il lui reste jusqu'à la fin du mois. Mais sachez par ailleurs, sir John, que je tiens votre hypothèse pour erronée.

— Celle du suicide, vous voulez dire ?

— C'est ce par quoi nous avons commencé. Lord Dickie n'était point homme à commettre un tel geste.

— Que suggérez-vous alors ? Je crains que vous n'ayez raison au sujet de ce que vous avez dit à M. Clairmont, sur l'emploi du mot « mésaventure ». Il a servi davantage à masquer les faits qu'à les divulguer. Je ne suis pas à l'origine du choix du terme.

— Il s'agit donc d'un meurtre, déclara M. Bilbo. Supposons que ce soit le cas. Cela paraît plus vraisemblable.

— Pourquoi pensez-vous cela ?

— Parce que, comme je l'ai dit plus tôt, c'est de son *assassinat* que l'on parle à présent dans la rue et non point de son suicide. J'ajouterai par ailleurs que lord Dickie comptait de nombreux ennemis.

— De quelle sorte ?

— De toutes sortes... whigs, tories [1], vous n'avez que l'embarras du choix. Et puisque vous posez la question, sir John, vous n'êtes pas sans savoir que le défunt lord n'avait aucun scrupule à piétiner dans les plates-bandes d'autrui.

— Diriez-vous que vous faisiez partie de ses ennemis ?

1. Les *whigs* appartenaient au parti britannique soutenant les droits du Parlement et des sectes protestantes contre l'autorité monarchique et les privilèges de l'anglicanisme, défendus par les *tories* (ancêtres des actuels *conservateurs*). En 1832, le parti *whig* se rebaptisa *parti libéral*. (*N.d.T.*)

M. Bilbo recula avec la même vigueur que si le magistrat l'eût souffleté. Il le dévisagea, muet de stupéfaction, puis, le plus inopinément du monde, laissa échapper plusieurs gros éclats de rire. À l'entendre, on aurait juré qu'il était soudain la proie de quelque exultation irrésistible.

— Pourquoi riez-vous ? s'enquit sir John.

— Parce que je trouve cela fort drôle, répondit le tenancier en recouvrant son calme. Je vous ai parlé de la dette, n'est-ce pas ? L'affaire était réglée, en ce qui me concerne. Je connaissais bien mon lord Dickie. Il aurait rétabli sa situation d'une manière ou d'une autre et, après une période où il aurait boudé mon établissement, nul doute qu'il serait revenu jouer à mes tables, et avant même de s'en apercevoir, il aurait de nouveau été mon débiteur. La fois suivante, j'aurais pu tenter ma chance sur cette propriété qu'il possédait dans le Lancashire. Alors, je vous le dis sans détour : pourquoi aurais-je voulu tuer la poule aux œufs d'or ?

— Votre raisonnement est plein de bon sens, je dois l'avouer, monsieur Bilbo, mais lord Goodhope n'a-t-il pas piétiné vos plates-bandes ?

— Comment cela ? questionna le tenancier, perplexe.

— J'ai appris qu'avant que Lucy Kilbourne ne fût aussi étroitement liée à lord Goodhope, elle s'était liée à votre personne... tout aussi étroitement. Elle a admis — ou plutôt déclaré — qu'il vous l'avait prise. Dans nombre de situations, cette raison suffirait amplement à justifier un meurtre. Vous devez l'admettre, monsieur Bilbo. La jalousie est un élément non négligeable.

Tout au long du discours de sir John, le tenancier put à peine se contenir. Il n'allait certes pas interrompre le magistrat, mais Dieu du ciel, comme il piaffait pour avoir voix au chapitre !

— Sir John, explosa-t-il enfin, quoi que vous puissiez penser de moi, je crois que vous me tenez pour un homme qui ne mâche pas ses mots, aussi vais-je vous parler sans ambages. Cette femme ne m'a pas été enlevée. Je m'en suis débarrassé. Vous ne pouvez supposer le fardeau qu'elle constituait pour moi... les constantes flatteries qu'elle exigeait, les applaudissements qu'elle réclamait pour chacune de ses représentations à Drury Lane; oh, certes, j'ai assisté à toutes, au détriment de mon établissement. Elle ressemblait à une sangsue, à la manière dont elle m'a sucé jusqu'à la moelle... présents de toutes sortes, toilettes, colifichets... que sais-je encore ?... elle n'en avait jamais assez, voyez-vous ?

M. Bilbo pantelait sous la vigueur de ses propres paroles. Sir John en prit note et attendit un peu que l'homme se fût repris, avant de lui assener une nouvelle question.

— Combien de temps a duré votre martyre ?

— Une année... non, un peu moins : dix mois peut-être.

— Et quand l'avez-vous « donnée » à lord Goodhope ?

— Voilà six mois.

— Elle affirme néanmoins qu'elle était en relation avec le défunt lord depuis un an.

— Oh, elle l'a simplement rencontré ici, parmi des dizaines d'autres gentlemen auxquels je l'ai présentée lors de ses visites. Et elle l'a croisé plus d'une fois aux tables de jeu. Ils échangeaient quelques mots, bavardaient un peu. Lui insistait souvent pour que nous le rejoignions à ses soirées, ses « impromptus », ainsi qu'il les désignait. Je trouvais inconvenant d'y assister, mais nous avons accepté son invitation à deux occasions, assurément pas davantage.

— Pourquoi jugiez-vous cela inconvenant ?

— En premier lieu, à cause de sa dette. Elle était importante et s'accroissait. Il me paraissait malséant de jouer le rôle de son ami en pareilles circonstances. En second lieu, je n'appréciais guère ce qui se déroulait lors de ces soirées. C'était stupide et loin de me plaire... des chants et des danses sans intérêt. Et tout cela faisait partie des caprices de lord Goodhope... ce besoin infantile de se déguiser et de déclamer des vers écrits par le maître de céans et ses invités. Il y avait deux jeunes filles qu'on faisait monter de l'office, guère plus âgées que le garçon ici présent. Cela me semblait déplacé de les faire participer à pareilles soirées, car tout cela prenait un caractère pour le moins paillard.

— Vous témoignez d'une sensibilité que je n'aurais pas soupçonnée.

— Doutez-vous de la franchise de mes propos ?

— Non.

— Je vous accorde que feu lord Dickie s'intéressait à cette chère Lucy. Il la flattait tellement que cela en devenait scandaleux et le fait qu'une grande actrice joue dans son salon l'enthousiasmait... ou du moins le prétendait-il. Elle-même lui prêtait quelque intérêt, mais j'ai fait en sorte qu'elle soit au courant de sa dette et de l'accroissement de celle-ci ; ce qui a quelque peu calmé les ardeurs de la belle. En fin de compte, elle a eu raison de ma patience, de la façon que je vous ai décrite, au point que j'ai décidé de me débarrasser d'elle. Alors, la fois suivante où lord Dickie nous a invités à le rejoindre pour un « impromptu », j'ai dit à Lucy : « Ma chère, comme je ne puis quitter l'établissement, accompagne milord et amuse-toi bien. » À lui, j'ai ajouté : « Je vous la confie. » J'ai agi en sachant pertinemment ce qui se passerait et en désirant tout à fait qu'il en soit ainsi. Et, bien entendu, c'est ce qui est arrivé. Elle n'est plus jamais revenue, hormis en compagnie du lord. À présent, ne diriez-vous pas qu'en usant d'un tel stratagème je l'ai chassée ?

Sir John soupira. Était-ce dû à la fatigue ou en réponse au récit qu'il venait d'entendre ? Je n'aurais su le dire. Néanmoins, je savais que la raison n'en était point l'ennui. Pour ma part, j'étais fasciné par la façon dont les hommes et les femmes menaient leurs affaires de cœur. C'était une incursion dans un monde où je ne pouvais pénétrer qu'en imagination.

— Une seule chose me dérange dans ce que vous avez dit, monsieur Bilbo, déclara le magistrat. C'est la raison pour laquelle Lucy Kilbourne, connaissant l'énormité de sa dette, aurait choisi un noble apparemment ruiné.

— Oh, pas ruiné, je puis vous l'affirmer. Sa propriété du Lancashire dépassait en valeur plusieurs fois le montant de la dette qu'il avait contractée ici. Et il ne faut pas négliger l'individu en lui-même. Il était bel homme — je sais qu'à cet égard je ne pouvais tenir la comparaison avec lui —, spirituel de surcroît, et je n'ai rien à offrir en la matière non plus. Mais parmi ceux que vous avez prononcés, le mot clé demeure « noble ». Il possédait ce que je n'ai point, ne puis avoir et, avec tout le respect que je vous dois, monsieur, ne souhaiterais pas avoir... c'est-à-dire un titre. Un tel atout ne manque pas d'impressionner certaines femmes.

En réponse à cela, sir John se borna à opiner du chef.

— J'aimerais ajouter une chose, poursuivit le tenancier, qui m'est revenue quand je vous ai relaté les premières rencontres entre Lucy et lord Goodhope dans mon établissement, alors qu'elle était encore sous ma protection, pour ainsi dire. Je suis certain que l'une de ces entrevues — la première, peut-être — a également été la dernière où il accompagnait son frère, Charles Clairmont. J'ai cru bon de le préciser, car elle se trouve justement avec lui au rez-de-chaussée à l'heure qu'il est.

Sir John se redressa tout à coup.

— *En ce moment?* Avec *Clairmont*? À l'heure même où nous parlons?

Quelque peu interloqué par une telle réaction, M. Bilbo chercha ses mots :

— Eh bien... eh bien, oui, je veux dire qu'elle l'était. Vous avez entendu ce rire stupide, tel un cheval qui hennit ? C'est ainsi qu'elle rit lorsqu'elle n'est point sur scène ; une grue de la pire espèce, voilà ce qu'elle est. Elle était assise auprès de Clairmont, tandis qu'il me volait...

— Jeremy, ne l'as-tu point vue ?

— N... non, sir John, dis-je comme pour m'excuser, ni même M. Clairmont. Il y avait trop de joueurs autour d'eux pour que je les visse.

— J'entends bien, me répondit le magistrat.

Puis, à l'adresse de notre hôte :

— Monsieur Bilbo, merci pour le temps que vous nous avez consacré et pour la sincérité de vos réponses. À présent, si vous voulez bien nous conduire à ce couple curieusement assorti...

Ce disant, il se mit debout et je l'imitai. Bilbo, pour le moins décontenancé, se leva plus lentement et souffla les bougies qu'il avait allumées à notre arrivée.

— Par ici, dit-il.

En nous raccompagnant, il parla peu et seulement pour blâmer Lucy Kilbourne, observant avec quelle aisance elle passait d'un compagnon à l'autre, sans perdre la cadence... à présent d'un frère à l'autre.

En arrivant dans la salle que nous avions quittée, je constatai que les choses avaient repris, selon moi, leur cours habituel : les parieurs s'étaient dispersés et se répartissaient équitablement entre les deux tables de jeu. En regardant à la ronde, j'eus tôt fait de me rendre compte qu'aucune des deux personnes que nous cherchions ne se trouvait là. Comme M. Bilbo en était arrivé à la même conclusion, il nous reconduisit dans le vestibule et appela la fort obligeante Nancy.

— Ma fille, lui dit-il, as-tu vu Clairmont et cette pauvre idiote de Lucy dans les parages ? À moins qu'ils ne se soient déjà enfuis avec ma caisse ?

— Ils partent à l'instant, répondit-elle, en se retournant pour désigner la porte.

Elle disait vrai ; rajustant leur tenue, qui sa robe, qui son habit, tous deux étaient en effet sur le point de prendre congé avec l'aide du portier.

— Je les retiens pour vous, déclara le tenancier en passant prestement devant nous.

— Conduis-moi vers eux, me demanda sir John, mais avançons à pas mesurés et feignons la surprise de les rencontrer.

Nous cheminâmes donc ainsi sur le long tapis rouge jusqu'à son extrémité, où M. Bilbo retenait le couple en bavardant. Je vis Lucy Kilbourne (enfin vêtue des pieds à la tête de sa robe de veuve) lancer un regard dans notre direction, nous reconnaître, puis tirer M. Clairmont par la manche. J'en fis part à sir John.

— Bien, dit-il, à présent fais-leur signe comme si tu venais seulement de m'informer de leur présence. Une fois la chose faite, nous pourrons accélérer quelque peu et les rattraper.

Tout se déroula comme il l'avait prévu. Et avant même de les rejoindre, sir John arborait déjà le plus amène des sourires.

— Est-ce bien vous deux ? lança-t-il. Monsieur Clairmont ? Miss Kilbourne ? Eh bien, quel heureux hasard de vous trouver ici !

— Et quelle surprise ! renchérit l'actrice.

— Oui, n'est-ce pas ? admit M. Clairmont d'un ton des plus arides.

Sir John se plaça non loin d'eux, à proximité de la porte, et moi à ses côtés. M. Bilbo, affichant un vif intérêt, demeura en notre compagnie.

— Vous vous êtes donc retrouvés pour évoquer le défunt, n'est-ce pas ? continua le magistrat toujours aussi jovial. Ma foi, je trouve cela admirable. Oui, tout à fait, car la vie nous est offerte à tous et nous devons la célébrer. En votre âme et conscience, Miss Kilbourne, vous serez d'avis comme moi que si feu lord Goodhope pouvait vous parler depuis l'au-delà, il vous prierait de ne point le pleurer, mais plutôt de célébrer sa mémoire avec l'esprit et la bonne humeur dont, m'a-t-on dit, il n'était pas dépourvu.

— Sir John, répondit Miss Kilbourne, j'avoue que Charles a usé des mêmes arguments pour m'entraîner à sortir ce soir.

— Voilà qui est fort bien pensé et bien argumenté !

— Cela me paraissait convenir à l'occasion, intervint M. Clairmont.

— Tout à fait. Mais comment vous êtes-vous connus, tous les deux ?

— Lord Richard nous a présentés il y a quelque temps, dit-elle. Je crois que cela s'est passé lors de votre dernière visite à Londres, n'est-ce pas, Charles ?

— En effet, et ici même.

— Alors, il était tout à fait de mise que vous y reveniez. Je suppose que la fortune vous a souri ?

— Charles a eu la main heureuse.

Sur ces entrefaites, M. Bilbo s'interposa dans la conversation :

— Mais pas aussi heureuse que je le craignais de prime abord. Sa chance l'a abandonné.

— Tout de même, répliqua M. Clairmont, le bénéfice n'est pas négligeable... n'est-ce pas, Lucy ?

— Je note, commenta le magistrat, que vous vous adressez l'un à l'autre par votre prénom. Ainsi la simple relation aura mûri en une belle amitié. Il ne serait donc point fâcheux de ma part de vous inviter tous deux, ensemble j'entends, à un événement que j'ai prévu pour demain soir.

— Oh ? Quelle sorte d'événement ? s'enquit Miss Kilbourne.

(Je m'interrogeai moi-même !)

— Une simple réunion, rien d'officiel ; cela nous donnera l'occasion de discuter du décès prématuré de lord Goodhope. Je crains que ma modeste demeure ne convienne absolument pas en l'occurrence — d'autres personnes seront conviées — et j'ai donc décidé d'organiser cela à la résidence Goodhope. Comme la réunion se tiendra sous mon égide, milady ne verra aucune objection à votre venue. Je m'en porte garant. Vous, monsieur Clairmont, aurez ainsi l'opportunité de présenter à la veuve les condoléances que vous lui auriez exprimées si elle ne vous avait pas fermé sa porte. Quant à vous, Miss Kilbourne, vous pourrez aussi lui dire ce qui vous semble approprié... ou, en vérité, ne lui rien dire du tout, si vous jugez *cela* approprié. Je vous déconseillerais toutefois de parader dans cette robe noire que vous portez depuis peu.

À mesure que les détails de cette réunion inopinée leur étaient dévoilés, les sourires qu'affichaient M. Clairmont et Miss Kilbourne se dissipèrent peu à peu, jusqu'à ce que tous deux arborent un visage solennel, chacun dévisageant l'autre avec gravité. Cependant, ils recouvrèrent tant soit peu leur sang-froid.

— En ce qui me concerne, déclara l'actrice, je risque fort de ne pouvoir honorer ce rendez-vous. Je suis déjà prise par ailleurs.

M. Clairmont s'éclaircit la voix :

— Quand bien même j'eusse aimé parler à lady Goodhope, je crains d'avoir un rendez-vous avec cet acquéreur éventuel dont je vous ai parlé. Il s'agit d'une affaire, bien entendu, de la plus haute importance. C'est la raison de ma présence ici à Londres.

— Ah, certes, commenta sir John, on ne peut contester l'importance des affaires et, je ne doute pas que votre rendez-vous, Miss Kilbourne, soit tout aussi capital. Pour autant, je dois vous demander à tous les deux de vous décommander, car votre présence à cette réunion demain soir — à neuf heures, à propos — n'est point facultative mais obligatoire.

Miss Kilbourne d'amorcer :

— Mais je...

— Je sais, l'interrompit sir John, cela doit être terriblement contrariant, mais je vous saurais gré de nous épargner le désagrément et l'embarras de dépêcher un agent à vos trousses.

— À votre guise, sir John, déclara Miss Kilbourne.

Ce disant, elle fit un signe de tête au portier et s'apprêta à prendre congé.

M. Clairmont se contenta d'acquiescer du chef. La porte s'ouvrit et tous deux s'en furent. La porte se referma sur eux.

— Eh bien, commenta M. Bilbo, ç'a été fort intéressant.

— Je suis heureux que cela vous ait plu, dit le magistrat, car je vais également requérir votre présence.

— Mais, sir John, j'ai des affaires qui...

— Je ne veux rien entendre, monsieur Bilbo. Je vous attends là-bas à neuf heures précises.

Le tenancier poussa un profond soupir.

— Entendu, sir John.

— J'y compte bien.

Le magistrat hocha la tête et l'huis s'ouvrit à nouveau. Nous sortîmes ensemble dans la nuit. Une pluie légère tombait sur Londres. J'étais ravi de voir M. Clairmont aider Miss Kilbourne à grimper dans un fiacre qui attendait, et tout aussi ravi qu'il y en eut un second pour nous.

Comme la voiture de louage approchait, sir John cria au cocher :

— À Bow Street, numéro 4.

Nous nous installâmes à l'intérieur et je commençai à lui faire mon rapport. Je lui confiai tout ce que j'avais observé, depuis les regards que M. Bilbo avait lancés dans ma direction lorsqu'il parlait ouvertement de

M. Clairmont, jusqu'à son incoercible désir de s'exprimer au sujet de la jalousie concernant Lucy Kilbourne.

— Qu'as-tu pensé de M. Bilbo en général et en qualité de témoin ?

— Je l'ai trouvé fort intéressant, répondis-je. Je veux dire par là qu'il n'hésite point à parler, n'est-ce pas ? Il garde peu de choses pour lui, semble-t-il.

— Peu, en effet. Je l'apprécie. Sans doute ne devrais-je pas, mais c'est le cas. Sais-tu, Jeremy, qu'on raconte qu'il a ouvert cette maison de jeu avec une fortune qu'il avait acquise par des actes de piraterie ?

— De piraterie ? répétai-je, ébahi. Vraiment ?

— C'est une rumeur. Il n'existe toutefois aucun témoin pour attester de sa vie dans le passé.

Il soupira, avant d'ajouter :

— Il est tout à fait capable d'assassiner Richard Goodhope ou quelque autre individu, en réponse à une provocation. Cependant, j'ai jugé ses arguments convaincants pour contrer une telle éventualité, ne trouves-tu pas, Jeremy ?

— Oui, absolument.

J'hésitai puis, rassemblant mon courage, je poursuivis :

— Sir John, je pense qu'il y a quelque chose que je devrais vous dire.

— Qu'est-ce donc, mon garçon ?

Depuis que nous avions quitté le bureau du tenancier, je ne cessais de tergiverser, me faisant les pires reproches. Je comprenais que j'avais commis une faute et devais la confesser. Mais le savoir ne facilitait pas pour autant ma démarche. Sans doute étaient-ce l'heure tardive et ma fatigue, ou encore l'accablante suite d'événements qui me conduisirent à cette extrémité, mais alors que j'étais sur le point de faire ma révélation, tout tremblant, je perdis mon sang-froid, cher lecteur, et fondis en larmes.

— Jeremy, qu'est-ce ? Tiens, prends ceci.

Il glissa dans ma main un mouchoir qu'il avait puisé dans sa poche.

— Sers-t'en, je te prie.

J'accédai aussitôt à sa pressante prière, m'essuyant les yeux et me mouchant bruyamment.

— Bien, dit-il comme s'il me complimentait. Tu joues si bien ton rôle d'homme que j'en oublie que tu n'es encore qu'un enfant.

— Mais je *veux* être un homme !

Et ayant dit cela, je prouvai le contraire en me mettant à renifler.

— Tu le seras bien assez tôt, remarqua-t-il. À présent, mouche-toi encore et confie-moi cette terrible chose que tu dois me dire.

J'obtempérai de nouveau et finis par aborder le sujet. Je lui rappelai la soirée de la veille et notre sortie du Drury Lane par l'entrée des artistes, l'apparition de Lucy Kilbourne et la foule qui avait surgi.

— Oui, dit-il. Je me souviens fort bien de tout cela ; qu'en est-il, Jeremy ?

— Une fois que nous avons échappé à la foule, vous m'avez envoyé réserver le fiacre qui attendait à l'entrée de la venelle.

— Oui ?

— Eh bien, le cocher m'a dit qu'il était pris et il y avait effectivement quelqu'un à l'intérieur, un homme. Je ne l'ai qu'à peine entrevu, mais il m'a semblé qu'il pouvait s'agir de M. Clairmont, monsieur.

J'hésitai puis finis par me jeter à l'eau :

— Mais justement, sir John, je n'étais pas *certain*, et au tribunal vous vous montrez toujours fort pointilleux sur le fait que les témoins doivent être sûrs de ce qu'ils ont vu ou entendu. Je savais que s'il se trouvait là, il pouvait en effet attendre Lucy Kilbourne, et cela m'a paru étrange. Comme je ne pouvais le certifier, je ne vous en ai pas soufflé mot. Mais ce soir, j'ai vu que c'était d'une grande importance pour vous. Je... n'avais pas compris cela.

— Mais cela s'est révélé sans conséquence, Jeremy, car nous les avons bel et bien trouvés ce soir et nous avons eu notre petite discussion avec eux... n'est-ce pas ?

— Certes, monsieur.

— Quant au principe que tu as observé en gardant le silence, tu avais raison, bien entendu, eu égard aux affaires traitées au tribunal ; les témoins ne peuvent présumer, émettre des soupçons ou encore répéter ce que d'autres affirment être la vérité. Mais une enquête obéit à des règles différentes. Les hypothèses, les soupçons et les ouï-dire entrent tous en ligne de compte, car ils peuvent nous conduire à une preuve tangible d'une manière ou d'une autre. Et souviens-toi, Jeremy, de ce que je t'ai confié précédemment au sujet des détails : il n'existe rien de trop petit, de trop insignifiant qui ne puisse m'intéresser.

— Je m'en souviendrai.

— Je n'en doute pas. Tu as l'esprit bien intentionné, mon garçon.

Je fus si enchanté de ce compliment et tellement en veine de confession que je lui divulguai ma transgression dans la loge de Miss Kilbourne. Je fus grandement soulagé lorsqu'il exprima de l'amusement devant le récit que je lui livrais avec tant de gravité.

Il s'abstint de rire et remarqua simplement :

— Il valait mieux que tu sois occupé à boutonner sa robe plutôt qu'à la déboutonner.

Cela fut dit avec un sourire quelque peu ironique.

Ainsi, forts de mon absolution et de mon repentir, nous arrivâmes à destination, descendîmes de la voiture de louage et gagnâmes les appartements du magistrat par l'escalier de service. Je n'avais aucune idée de l'heure, mais j'étais certain de n'avoir jamais veillé aussi tard, pas même au cours de ma fuite à Londres. Quoi qu'il en fût, j'étais pour ainsi dire à moitié endormi, épuisé tout à coup par l'afflux d'émotions de ces dernières minutes passées dans le fiacre.

Souhaitant une bonne nuit à sir John, je rejoignis ma chambre dans la mansarde et me dévêtis dans le noir. Je sombrai presque aussitôt dans le sommeil. J'eus néanmoins l'impression que le dernier bruit que j'entendis, avant de succomber complètement, était la reprise de ces pas de long en large dans le bureau, deux étages plus bas.

CHAPITRE X

Où l'on procède à toutes sortes de préparatifs

J'ignore en grande partie ce qui se déroula lors de la visite de M. Donnelly, le lendemain matin, car presque tout se passa derrière des portes closes. Il y eut, en premier lieu, son examen de lady Fielding, qu'il entreprit en la présence de sir John et de Mme Gredge. On administra à la patiente la tisane aux graines de pavot et les deux hommes quittèrent la chambre en discutant gravement ; la teneur de leurs propos m'échappa puisque je travaillais au-dessous à l'office. Alors que j'étais dévoré par la curiosité, j'avais pourtant décidé de ne point écouter aux portes. Si l'on disait quoi que ce fût en ma présence, ou à voix suffisamment haute pour que je pusse entendre sans effort, eh bien, tant mieux ; mais pas question pour moi de me faufiler ici ou là, tel quelque majordome furtif qui eût collé son oreille à l'huis ou son œil à la serrure. Je n'ignorais point que sir John méprisait Potter, de la domesticité Goodhope, en raison de telles pratiques.

Le praticien et le magistrat se retirèrent dès lors dans le bureau où, je le compris plus tard, ils abordèrent d'autres sujets que l'état de santé de lady Fielding. Gageons que tous deux discutèrent un certain temps du document d'identification signé par lady Goodhope et attesté par le médecin. Plus délicate à aborder était la réunion prévue à la résidence, dont j'avais tardivement eu vent la veille au soir. Sir John non seulement sollicitait la présence de M. Donnelly, mais comptait également sur lui pour convaincre lady Goodhope d'accepter que la réunion eût lieu chez elle, précisément dans la bibliothèque, le lieu du crime.

Que ce second sujet eût été abordé, j'en suis effectivement certain, car, au bout d'une demi-heure, les deux hommes quittèrent le bureau et se rendirent à l'office, où j'étais affairé à nettoyer et à astiquer. Mme Gredge était alors redescendue de la chambre de lady Fielding et, après avoir échangé quelques paroles avec la gouvernante pour s'assurer que la patiente dormait, M. Donnelly revint à la question dont il discutait à l'instant avec sir John.

— Elle n'appréciera guère, dit-il au magistrat. Elle s'y opposera de toutes ses forces.

— Sans aucun doute, reconnut sir John, et c'est pourquoi je vous dépêche en émissaire, afin que vous lui fassiez bien comprendre pourquoi il doit en être ainsi.

— Je ferai ce que je peux, bien sûr.

— Vous devez faire davantage, ou davantage que ce que vous laissez ainsi supposer. La réunion doit *absolument* avoir lieu et elle *doit* se dérouler dans la bibliothèque. On disposera une dizaine de chaises, voire plus, pour n'en point manquer. Mais il faut qu'elle s'attende à un nombre approchant, au final.

— Et tout cela à neuf heures du soir?

— Parfaitement. Et n'oubliez point la fille de cuisine, Meg. Dites à lady Goodhope que cette domestique doit être présente et correctement vêtue.

— Très bien, sir John. Je ferai de mon mieux... et davantage.

— Je vous fais confiance.

Tous deux rejoignirent la porte et se serrèrent gravement la main. Sir John tâtonna en quête du loquet, le trouva, et ouvrit l'huis sur une clabauderie de tous les diables dans l'escalier au-dessous. Ce n'étaient rien moins que M. Bailey et son adjoint, M. Baker, armés jusqu'aux dents, avec un coutelas et une paire de pistolets chacun. M. Donnelly passa devant eux en s'écartant et marmonna : « À neuf heures, alors », puis, saluant M. Bailey d'un hochement de tête, il franchit la porte.

Les policiers trahissaient une vive agitation. Tous deux semèrent un brouhaha considérable à l'office, sollicitant ensemble l'attention du magistrat.

— Attendez, je vous prie ! répliqua-t-il. Un seul à la fois. Faites-moi votre rapport. Le prisonnier est-il à présent avec nous, monsieur Bailey ?

— Non, monsieur, et ce n'est pas faute d'avoir tout essayé !

— Et la situation est pour le moins étrange, intervint M. Baker.

— Alors, racontez-moi. Vous êtes partis voilà près de deux heures.

Permettez-moi de préciser, cher lecteur, qu'en aucune manière je ne savais que les deux agents avaient été envoyés à Newgate, afin d'y quérir Dick Dillon, comme le magistrat le lui avait promis. Leur départ avait dû avoir lieu avant même que Mme Gredge m'eût arraché à mon profond sommeil. Comme j'avais peu dormi, j'étais porté à croire que sir John ne s'était point reposé du tout.

— Oui, monsieur, répondit Benjamin Bailey, il y a deux heures. Nous nous sommes rendus directement à Snow Hill. Le portier nous a laissés entrer, après que nous lui avons présenté les papiers que vous nous avez remis et portant tous le sceau du tribunal. Mais au lieu de nous dépêcher au quartier des grands criminels, où le prisonnier, selon vous, devait se trouver, il nous a dirigés vers le gardien en chef. Comme nous n'avions pas vraiment le choix, nous sommes allés vers lui.

Et M. Baker de s'immiscer à nouveau :

— Je n'avais jamais rencontré ce bonhomme, mais Ben, oui. À mon avis, un fieffé gredin ; l'incarnation de Jonathan Wild, sir John.

— Description fort ressemblante, admit le magistrat.

— Eh bien, celui-là même avec qui j'ai eu maille à partir dans le passé, poursuivit M. Bailey, le voilà qui lambine et baguenaude, lisant et relisant votre document, pour finir par nous déclarer que votre requête était irrecevable.

— Je n'ai *point* requis quoi que ce soit, précisa le magistrat. J'ai *exigé.*

— C'est ce que je lui ai dit, monsieur.

— Alors nous lui demandons pourquoi c'est impossible, dit M. Baker, et il répond que c'est parce que le prisonnier est au trou. Au régime solitaire.

— Et pourquoi cela ?

M. Bailey reprit la parole :

— Pour le punir, a-t-il dit. L'affaire est sérieuse. Il a grièvement blessé un gardien pendant la nuit.

M. Baker de renchérir :

— Il l'aurait soi-disant poignardé, découpé comme une dinde de Noël.

Sir John de répliquer :

— Plus un mot ! Je parie que le gardien s'appelle John Larkin.

À ces mots, Bailey et Baker se dévisagèrent, chacun haussant les sourcils, momentanément interrompus au beau milieu de leur récit commun.

— C'est exact ! s'exclama M. Baker.

— En effet, dit M. Bailey. C'est ce que nous avons découvert en demandant à voir le détenu. Eh bien, on nous a emmenés dans un endroit qui n'avait rien à voir avec la prison proprement dite, une sorte d'infirmerie pour les gardiens. Là on nous a montré ce surveillant, Larkin.

Et M. Baker de poursuivre :

— « Regardez ce que votre homme a fait à ce pauvre diable, nous a dit le gardien en chef. Comment pouvons-nous laisser une telle brute sortir de Newgate, alors que c'est la prison la plus sûre de la région ? Et s'il venait à s'échapper de quelque autre établissement ? Il serait comme un loup aux abois, lâché sur les innocentes brebis de Londres ! » Sir John, n'est-ce pas la pire des sottises que vous ayez jamais entendues ? D'innocentes brebis, franchement ! Si d'aventure il montrait de nouveau son nez aux Seven Dials, nul doute qu'on le lui trancherait pour avoir cherché noise à l'un des leurs.

— Et lorsque nous nous sommes mis à interroger ce bougre de Larkin, continua M. Bailey, sur les circonstances précises de l'incident, il est devenu fort évasif. En vérité, monsieur, il n'était point blessé outre mesure. Sa main était certes transpercée, mais il n'avait que ce que j'appellerais une légère entaille à la gorge.

— Comment pouvez-vous en juger ? s'enquit sir John. C'eût pu être une blessure mortelle.

— Eh bien, elle était pansée, aussi je ne pourrais en être certain, mais le bandage ne portait aucune tache de sang, et ce Larkin n'avait aucune peine à parler.

— Qu'a-t-il dit ?

M. Baker prit la relève :

— Disons qu'il s'est fait passer comme la victime de sa propre prévenance. Il a prétendu que le détenu, Dillon, lui avait demandé de l'eau, sous prétexte qu'il était en proie à la fièvre. Et lorsque cet homme, ce gardien, Larkin, est entré, Dillon l'a assailli et blessé à plusieurs reprises à l'aide d'un poignard. Il a exagéré considérablement en disant « plusieurs reprises », car ses blessures étaient telles que Ben vous les a décrites et toute cette histoire fleure la pure invention. Vous connaissez la musique, sir John, lorsque nous les arrêtons, ils ont tous une version des faits à nous raconter, ou parfois la prétendue victime en a une ; mais celle qu'ils nous proposent est toujours tant soit peu bancroche. Et celle-ci, bien sûr, a soulevé aussitôt certaines questions.

— Par exemple, enchaîna M. Bailey, comment le prisonnier a-t-il pu se procurer le poignard ?

— Que dit le gardien à ce sujet ? demanda sir John.

— Il a répondu qu'on a dû le lui procurer en fraude. Il ignorait par qui.

— Une autre question, renchérit M. Baker. Dans quel but le détenu l'a-t-il attaqué ?

— Oui, dit M. Bailey. Ils ont prétendu qu'il avait l'intention de s'échapper. Pour autant, ils ont eu quelque peine à expliquer pourquoi il n'a jamais quitté le quartier des grands criminels. Larkin l'a seulement poussé dans le couloir et a attendu que les gardiens viennent à son secours et désarment le prisonnier. Ils ont affirmé l'avoir capturé avant qu'il ne puisse décider dans quelle direction fuir. Ce dont je doute également quelque peu, car la version des faits semblait fausse. Nous avons tenté d'y revenir avec lui, de le faire répéter, en cherchant les points de contradiction, comme vous l'auriez fait vous-même. Mais le gardien en chef n'a rien voulu entendre et il nous a éloignés de Larkin. Alors, nous avons demandé à visiter le quartier des grands criminels ; afin d'interroger les surveillants et les détenus, et également pour voir où s'était déroulée la scène. Ce à quoi il nous a rétorqué : « Qui êtes-vous donc pour mettre en doute la parole de ce brave homme ? »

M. Baker intervint :

— « Nous sommes des agents de police, que je lui ai dit, et si nous ne pouvons voir le prisonnier, alors nous exigeons de voir le directeur de Newgate. »

— Il nous a ri au nez, le bougre, en disant : « Le directeur de Newgate n'acceptera pas de recevoir des gens comme vous. »

— Eh bien, moi, il me recevra ! répliqua le magistrat,

dont la mine s'était assombrie au fur et à mesure qu'on lui rapportait l'événement. Jeremy ! tonitrua-t-il tout à coup. Va chercher mon habit et mon chapeau dans le bureau.

J'obéis immédiatement et gravis les marches de l'escalier quatre à quatre. Tout en aidant sir John à enfiler son habit, j'espérais âprement qu'il me demandât de l'accompagner, toutefois je ne fus point surpris que telle invitation ne vînt pas.

— Vous avez toujours mes assignations en votre possession ?

— Oui, monsieur, ici dans ma poche, répondit M. Bailey.

— Alors, allons-y tous les trois, et je vous promets que nous reviendrons avec le prisonnier.

Et ils quittèrent ainsi la maison à la hâte, M. Baker ouvrant la marche, suivi de M. Bailey, puis de sir John qui le tenait par l'épaule, comme il avait coutume de le faire lorsqu'il descendait un escalier.

Je les regardai partir non sans émoi, mais la voix sévère de Mme Gredge me rappela soudain à l'ordre :

— Ferme la porte, Jeremy.

Je m'exécutai et allai aussitôt lui faire part de la nouvelle tournure des événements dans une affaire qui, d'ores et déjà trop complexe, échappait à mon entendement.

Mais elle coupa court à mon enthousiasme et me surprit quelque peu par sa remarque qui trahissait son ignorance de la question :

— Toute cette comédie pour un criminel ! dit-elle dans un geste dédaigneux de la main. Quelle importance cela peut-il avoir ?

J'étais quasi certain qu'une femme adulte comme elle, mûre de surcroît, eût partagé le même intérêt que moi pour les tracas de sir John. Mais lorsque je cherchai à lui expliquer la signification de ce qu'on nous avait raconté, ce qui revenait à constater que Dillon se révélait probablement un témoin clé dans l'enquête Goodhope, elle balaya mon engouement en déclarant que tout cela lui était égal. Force m'était de constater que l'indifférence venait s'ajouter à sa méconnaissance des faits. À vrai dire, pendant la période où j'ai séjourné là-bas, je ne l'ai jamais entendue poser à son maître la moindre question au sujet du tribunal et encore moins sur des domaines plus confidentiels, telle l'enquête sur la mort de lord Goodhope. Ce dernier point prouvait combien elle se tenait tout autant à l'écart de la rumeur de la rue, car, à l'époque, rien n'intéressait davantage les pourvoyeurs de spéculations et de ragots que ce qu'un opuscule à paraître désignerait bientôt par *L'Histoire épouvantable de St. James Street*. Mme Gredge demeurait pleinement détachée de telles affaires sensationnelles, ce qui sans doute était la meilleure attitude qui fût pour la gouvernante et cuisinière d'un magistrat.

Un peu plus tard, lorsque j'eus accompli les besognes qui m'étaient assignées, elle me demanda si je voulais aller à Covent Garden, afin de faire quelques emplettes pour elle. J'acceptai sur-le-champ, comprenant qu'elle me confiait là ce qu'elle considérait comme l'une de ses attributions les plus sacrées.

— Allais-tu parfois au marché, acheter à manger pour ton père ? s'enquit-elle.

— Oh, souvent, répondis-je, lorsqu'il était occupé à son travail d'imprimeur.

— Sais-tu acheter de la viande ? des pommes de terre ? des légumes verts ?

— Sans aucun doute.

— Fort bien. Je vais donc te mettre à l'essai. Ce que j'ai préparé pour sir John et nous hier au soir a épuisé mes réserves et je répugne à laisser lady Fielding seule à la maison.

Nous nous assîmes donc et préparâmes une liste ;

j'écrivis sous sa dictée car, comme je l'avais soupçonné et par la suite vérifié, elle était illettrée. Elle me donna alors le vaste panier destiné au marché, de l'argent, et m'envoya faire les commissions.

Si j'avais traversé Covent Garden à diverses occasions en compagnie de M. Bailey et de sir John, je n'avais pas eu le loisir de visiter le quartier comme je le fis ce matin-là. Mme Gredge ne m'ayant point limité dans le temps, j'en profitai pour flâner parmi les étals et la foule qui s'y pressait, choisissant ici un chou, là des pommes de terre, carottes et autres navets ; car elle avait en tête de préparer un ragoût qui pût être servi à plus d'un souper. Mais comment réussir un bon ragoût sans bonnes épices ? Aussi, lorsque j'entendis l'appel d'une jeune fille, dont la voix dominait les autres...

Holà ! V'nez donc par ici !
J'ai de la sauge et du thym
Du lierre et du romarin.
D' la camomille, mais aussi
D' la rue, de la giroflée.
Puisez dans votre bas d' laine
Et achetez ma marjolaine !
Vous en s'rez fort satisfait !

... je pris cela pour une invitation personnelle. Je jouai des coudes parmi les chalands pour la rejoindre prestement et, après avoir plaisamment marchandé, j'achetai des feuilles de laurier et du thym. La jeune fille qui avait vanté ses marchandises en chantant n'était guère plus âgée que moi ; elle s'y entendait en négoce mais n'en profita point. Toutefois, elle me loua la fraîcheur de ses poireaux et, comme je décidai qu'ils s'accommoderaient fort bien au ragoût, j'en pris également une botte. Puisque aucun de ces produits ne figurait sur la liste que Mme Gredge m'avait donnée, je puisai donc dans ma réserve de pièces qui diminuait — si bien qu'il ne me resta alors que deux shillings et quelques pence —, mais je me persuadai que tout cela était pour une bonne cause. Et j'eus l'impression d'être un homme en faisant quelques emplettes de mon propre cru.

Me détournant de l'étal de l'épicière, mes achats dans mon panier, je sentis une douce main se poser sur mon bras, regardai alentour et découvris un visage qui m'était familier, bien que j'eusse quelque peine à le situer. Qui pouvait donc être cette jolie femme ?

— Tu te prénommes Jeremy, n'est-ce pas ?

— Tout à fait, madame. Je crois que nous nous sommes rencontrés, mais, à ma très grande honte, je ne puis me rappeler votre nom.

— Katherine Durham, dit-elle. Sir John Fielding nous a présentés il y a quelques jours à Haymarket.

— Oh oui, dis-je, veuillez me pardonner de ne m'en être pas souvenu. Depuis mon arrivée à Londres, il s'est passé tant de choses !

Je me remémorais alors fort bien. C'était elle dont le fils avait échappé à la potence et pris la mer.

— La ville est fort déroutante, je te l'accorde. J'ai encore le souvenir de mon premier jour ici en compagnie de feu mon époux, alors que nous venions de Plymouth... le tumulte permanent, tous ces gens qui parlaient en même temps... mais je m'y suis accoutumée. Toi aussi, tu verras. Si mes souvenirs sont exacts, tu es un jeune typographe. Sir John t'a-t-il trouvé une place ?

— Pas encore, madame. Il est fort occupé par une enquête, en ce moment.

— Ah, l'affaire Goodhope, bien sûr. On ne parle que de cela dans la rue.

— Et puis, lâchai-je étourdiment, il y a aussi lady Fielding...

— Oh ? De quoi s'agit-il donc ?

— Je crains qu'elle ne se meure.

Si je compris aussitôt qu'il ne m'appartenait point

d'ébruiter de la sorte les soucis personnels de sir John, le regard consterné et la sincère compassion que trahit son visage m'assurèrent à tout le moins que je ne m'étais pas confié à la mauvaise personne.

— Je n'en avais aucune idée, avoua-t-elle. Malheureux homme, si généreux et si bon... cela doit le ronger, n'est-ce pas ? Eh bien, jeune Jeremy, puisque je n'en ai rien su des commères et des pipelets, je considère cela comme une confidence. Je n'en soufflerai mot.

— Je vous en saurai gré, déclarai-je. En vérité, je n'aurais pas dû vous en faire mention.

— Pas un mot, répéta-t-elle.

Puis, désignant nos deux paniers, elle ajouta :

— Tu fais les courses du ménage. Tu as donc leur confiance.

— J'espère avoir bien fait. Il ne me reste que la viande.

— Souhaiterais-tu quelque assistance en la matière ?

— Oh, certes oui ! Je crains d'acheter des morceaux rassis ou gâtés. Je n'ai pas l'œil aguerri.

— Alors suis-moi. Nous ferons nos achats ensemble.

Et nous gagnâmes alors cette partie du Garden réservée aux bouchers, charcutiers et autres volaillers, et où les mouches précoces se rassemblaient en nombre. Les marchands haranguaient la foule...

Côtes d'agneau et os à moelle,
De quoi remplir une belle poêle !
Filets de porc et flèches de lard,
Bœuf à braiser pour le soir !

... et les chalands approchaient. Ceux qui braillaient le plus fort attiraient le plus grand nombre, semblait-il.

Achetez donc mes beaux poulets
R'gardez comm' ils sont replets !
Un shilling, j' vous en vends deux,
Qui feront bien des heureux !

Mais Katherine Durham me fit traverser la multitude et me conduisit à un étal qui, bien que fort achalandé, se gardait des harangues. Nous prîmes place dans la queue, afin d'être servis par l'un des deux jeunes vendeurs qui s'affairaient derrière le comptoir, proposant, vendant, pesant et emballant la marchandise. Comme nous attendions notre tour, le propriétaire des lieux nous aperçut, lui-même boucher, car il arborait un tablier maculé de sang ; il quitta son poste à l'arrière de l'étal et nous fit signe d'approcher.

— Holà, madame Durham ! dit-il.

C'était un homme imposant doté d'une voix tonitruante.

— Et comment allez-vous en cette belle matinée ?

— Oh, fort bien, monsieur Tolliver, et je vous présente ce charmant jeune homme, qui se prénomme Jeremy et qui est venu ici au Garden faire les courses du ménage de sir John Fielding.

Il me gratifia d'un large sourire, m'offrant ainsi l'opportunité de bomber quelque peu le torse.

— Eh bien, dit-il, pour sir John, n'est-ce pas ? Nous avons tous le souhait de rester dans ses bonnes grâces. De quoi aurais-tu donc besoin aujourd'hui, jeune Jeremy ?

— De la viande à braiser désossée, répondis-je en consultant ma liste.

— Parfait, venez donc tous les deux par ici et jetez un coup d'œil. Je pense que vous trouverez ceci à votre goût.

Ce disant, il nous mena à une grosse marmite à l'extrémité de l'étal, laquelle était recouverte d'un linge. Contrairement à la viande proposée par les marchands voisins, la sienne était ainsi dissimulée jusqu'à ce qu'elle fût proposée et vendue aux clients. M. Tolliver retira le linge, afin de nous pussions admirer le contenu du récipient.

— Du mouton ? s'enquit Mme Durham.

— C'est cela même et du très jeune... pour ne point dire de l'agneau.

De mes yeux inexperts, je lorgnai le chaudron. Il regorgeait de viande de couleur relativement claire et découpée en morceaux de bonne taille, dont tous ou presque avaient conservé de la graisse. J'en fis le commentaire, en demandant si cela était courant.

— Comme bon te semble, jeune homme, répondit M. Tolliver. La graisse donne du corps au ragoût. La cuisinière saura l'écumer pendant la cuisson.

J'interrogeai Mme Durham du regard et elle acquiesça d'un sage hochement de tête.

— C'est parfait, dis-je. J'en prendrai une livre.

— Et moi seulement une demie, dit-elle.

— Voilà pour vous deux, déclara le boucher en nous présentant nos achats. Est-ce que ce sera tout ?

Mme Durham fit signe que oui et régla sa note. Je demandai trois belles tranches de bœuf.

— Trois, pas moins ?

— Sir John en raffole.

— Comme n'importe quel Anglais qui se respecte ! s'exclama le marchand. Mais je dois aller les découper derrière l'étal. Je reviens de suite.

Il nous quitta pour s'affairer et Katherine Durham me tendit alors la main pour prendre congé. Je la lui serrai vivement et exprimai ma gratitude, me félicitant de l'heureux hasard qui avait provoqué notre rencontre.

— Ce fut pour mon plus grand plaisir, dit-elle aimablement. À présent, Jeremy, j'aurais tort de te demander de transmettre toute ma sympathie à sir John, eu égard à lady Fielding, car, comme tu l'as dit, ce sujet relève de sa vie privée et il aurait sans doute mieux valu ne point l'aborder. Néanmoins, sache que je compatis pleinement à sa peine. Dis-lui simplement que tu as croisé Katherine Durham, qu'elle lui transmet ses salutations les plus sincères et espère qu'un jour il aura le temps de lui rendre visite au 3, Berry Lane. Peux-tu te souvenir de cette adresse ? C'est à l'étage, par une entrée séparée.

— Je puis me la rappeler, n'ayez crainte, et je le lui dirai.

— Au revoir, alors, et bonne chance à toi.

Je restai à la regarder se faufiler dans la cohue, car j'étais grandement sous le charme de sa beauté et de ses manières affables. Puis, sentant le boucher non loin, je me retournai pour le voir brandir les grosses pièces de viande crue, afin que je les examine. Je pensai qu'elles auraient meilleure mine une fois cuites. Mais j'exprimai ma satisfaction d'un hochement de tête, et il les emballa.

En ramassant mon argent, il lança un regard dans la direction qu'avait empruntée Mme Durham pour s'en aller.

— Une femme admirable, se borna-t-il à commenter.

Avant que je ne franchisse le seuil du numéro 4 de Bow Street, un coche s'arrêta à la porte et quatre hommes en descendirent. Sir John était en tête et les deux agents encadraient le détenu. Même à distance, je m'aperçus que Dick Dillon allait affronter son ordalie en fort piteux état. Il marchait lentement, bien que n'ayant point les fers aux pieds, et courbait la tête. Je restai en retrait, ne souhaitant point les gêner, mais également pour les mieux observer. S'arrêtant brièvement à la porte qui menait à l'arrière du bâtiment, sir John se retourna et donna quelques instructions aux autres. Je ne l'avais point remarqué auparavant, bien que je l'eusse constaté par la suite, mais en certaines occasions il adoptait des manières quelque peu militaires, donnant des ordres brefs et de brusques directives. S'il passait le plus clair de son temps à exercer la fonction de juge avec l'impartialité qui sied à l'emploi, il lui arrivait parfois de jouer au chef avec ses agents de police, lorsque cela l'arrangeait.

Ils entrèrent, sir John le dernier, et je me ruai sur la porte pour mieux y voir. À l'intérieur, je surpris le groupe qui cheminait pesamment tout au bout du vestibule ; je le traversai presque en courant et eus le temps de voir les quatre hommes disparaître dans le cabinet du magistrat. Comme j'aurais aimé les accompagner ! Mais je ne pouvais évidemment pas m'immiscer, quelque ardent que fût mon désir d'écouter le témoignage de Dillon. Et ce fut avec un soupir résigné que je tournai les talons et gravis, panier en main, l'escalier menant à l'office.

Mme Gredge fut ravie de mes emplettes, et doublement encore lorsqu'elle apprit que j'avais acheté sur ma propre bourse les condiments et les poireaux ne figurant point sur la liste. Et si elle ne proposa pas pour autant de me rembourser, elle me laissa libre d'utiliser mon temps à loisir. Subitement las, je grimpai à ma mansarde et, bien que j'eusse pris un livre, les lignes ne tardèrent point à se brouiller sous mes yeux. Le manque de sommeil de la veille eut raison de ma détermination et, avant même de m'en apercevoir, je m'endormis profondément.

Mme Gredge me réveilla un peu plus gentiment qu'à l'accoutumée. Elle m'informa que j'étais attendu au cabinet de sir John. Il ne m'en fallut guère plus pour mettre tous mes sens en alerte. Je m'étais assoupi pendant près de deux heures.

Je chaussai mes souliers et gagnai le rez-de-chaussée séance tenante. En chemin, j'eus la surprise d'entrevoir Dick Dillon dans la chambre forte, dévorant goulûment du pain et du fromage. Mais comme l'heure n'était pas à la flânerie ni à l'ébahissement, je me dirigeai tout droit sur la porte du magistrat que je heurtai avec force. Je criai mon nom avec tout autant d'ardeur et sir John me pria d'entrer.

— Ah, Jeremy, dit-il alors que je m'approchais, j'ai deux importantes commissions à te confier.

— Quoi que vous me demandiez, monsieur, ce sera fait.

— Le brave garçon !

Il s'empara de deux lettres posées sur son bureau, chacune portant le sceau de Bow Street, et me les tendit.

— Tu as ici deux missives distinctes devant être portées aux destinataires dont les noms apparaissent sur le pli... et seulement en main propre. Entendu ?

— Oui, monsieur, répondis-je en prenant les lettres, tout à fait.

— Il y a une certaine distance entre les deux adresses et peu importe celle à laquelle tu te rendras en premier. Tâche de trouver M. Bailey, M. Baker ou M. Marsden, qui t'indiqueront comment y aller. L'un d'entre eux devrait pouvoir t'aider.

— Dois-je revenir à une heure précise ?

— Eh bien, avant la nuit, assurément. Mais cela ne devrait pas durer aussi longtemps, même si on te demande d'attendre pour la réponse. L'un ou les deux risquent de te le demander. Quoi qu'il en soit, toi et moi devons avoir le temps de dîner avant de nous en aller à la résidence Goodhope.

Je ne pus m'empêcher de sourire à belles dents.

— Alors, je vais vous accompagner ?

— Certes oui. Tu auras un rôle à jouer. Mais file, à présent.

Je lui dis au revoir et me mis en quête de l'un des trois hommes qu'il avait nommés. En l'occurrence, j'eus la chance de trouver M. Marsden car lui, le greffier du tribunal, ne se borna pas seulement à m'indiquer clairement la direction de chaque destination, mais prit aussi la peine de tout noter en me parlant.

Et ce fut ainsi qu'en sillonnant à la hâte nombre de rues où je n'avais jamais mis les pieds, je ne consultai mes instructions écrites qu'une seule fois. Je parvins assez promptement au café *Lloyd*, un lieu où, selon M. Marsden, les gens se livraient à moult activités outre celle consistant à déguster du café.

L'endroit était fort bien indiqué et bien éclairé (car il disposait de nombreuses fenêtres). En y pénétrant, je fus accueilli par un gros brouhaha. Des tables étaient disposées de toutes parts, à chacune desquelles un ou parfois deux hommes se tenaient assis, devisant à voix haute avec ceux des tables voisines. Toutefois, leur attention se révélait divisée, car nombre d'entre eux semblaient n'avoir de cesse de poser leur regard sur une grande ardoise, placée dans un coin et sur laquelle un individu en tablier portait inscriptions et chiffres. Certains l'interpellaient. D'autres paraissaient l'ignorer totalement. Pendant ce temps, d'autres individus en tablier passaient parmi eux, distribuant des cafetières et ramassant les tasses.

Je tapotai poliment le bras d'un de ces serveurs, lorsqu'il passa devant moi, et lui demandai de me montrer M. Alfred Humber, puisque tel était le nom inscrit sur l'enveloppe que je tenais. Il me dirigea vers un monsieur qui semblait bien établi socialement, corpulent et un peu plus âgé que les autres. Il était assis au milieu de la multitude en compagnie d'un garçon guère plus vieux que moi. Comme j'approchais, il me sembla qu'il somnolait et je me demandai si je devais le réveiller. Cependant, lorsque je parvins à sa table, ses paupières s'ouvrirent tout à coup, telles celles d'un chat. Et bien que son corps ne fît aucun mouvement, les mains toujours croisées sur son ventre pansu, il me regarda fixement.

— Qu'est-ce donc, mon garçon ? s'enquit-il, non point avec rudesse mais avec obligeance.

— Si vous êtes monsieur Alfred Humber, répondis-je, j'ai une lettre pour vous de la part de sir John Fielding, magistrat au tribunal de Bow Street.

— Je suis ton homme, tu peux donc me la remettre.

Enfin, il remua et tendit la main pour s'emparer de la lettre, puis chaussa une paire de lunettes qu'il avait dénichée dans la poche de son gilet. Il rompit ensuite le sceau d'un air indifférent et mit la missive sous ses yeux afin de l'étudier.

L'ayant lue, il me considéra en fronçant les sourcils.

— Il souhaite non seulement connaître le nom des propriétaires, mais également l'itinéraire de sa dernière traversée et de la prochaine ?

— Navré, monsieur, mais j'ignore le contenu de la lettre.

— Je vois, bien sûr.

Il se tourna vers l'adolescent attablé à ses côtés, lequel avait ouvertement lu la lettre par-dessus son épaule, et la lui tendit.

— George, mon garçon, lui dit-il, porte ceci ... oh, en premier lieu à Timmons, puis à Craik. L'un des deux administre ce compte, j'en suis certain. Demande-leur d'inscrire les renseignements au bas de la page.

Sans un mot, l'assistant (si toutefois telle était sa fonction) disparut tout au fond de la vaste salle.

— Voudrais-tu boire une tasse ? me demanda M. Humber. Assieds-toi.

— Une tasse, monsieur ?

— De café.

Il fit signe à l'un des serveurs, lequel apporta des tasses et une nouvelle cafetière, versa le breuvage brun-noir et disparut l'instant d'après.

— Je n'en ai jamais bu, avouai-je. Cela va-t-il m'enivrer ?

— Oh, non ! Bien au contraire. Cela va te revigorer, si toutefois tu en as besoin, comme moi. Et sinon, cela te donnera pendant un petit moment une force que tu n'aurais jamais soupçonnée en toi.

— Une potion magique ? dis-je.

— Un élixir.

Je goûtai la boisson et la trouvai chaude, quoique non brûlante, légèrement amère, quoique non déplaisante au palais. Et je la bus franchement, l'appréciant davantage à chaque nouvelle gorgée.

— Merci, monsieur Humber. Cela me convient fort bien.

— Je dois toutefois te mettre en garde, mon garçon. Bois-la avec précaution, car cela peut devenir une habitude. Dieu sait que ça l'est devenu pour moi.

Sur ces entrefaites, le George de M. Humber revint de sa petite promenade dans la salle, lança la lettre sur la table et se rassit.

— C'était Craik, m'sieur, déclara-t-il. Il aim'rait savoir d' quoi il retourne.

— C'est à sir John de répondre et je le connais suffisamment bien pour affirmer qu'il ne dira rien tant qu'il ne sera pas prêt.

M. Humber prit la missive et jeta un coup d'œil au renseignement noté en bas, puis me la tendit.

— Voilà, dit-il. Transmets-lui mes amitiés.

Je me relevai prestement et vidai le fond de ma tasse en mon gosier.

— Merci, monsieur Humber, et merci de m'avoir fait découvrir le café.

— Veille à ce qu'il ne devienne pas une habitude.

D'un geste de la main, je pris congé de lui et quittai l'établissement. Puis, consultant les indications de M. Marsden et traversant la ville, je rejoignis la Compagnie des Indes orientales. L'édifice se dressait, gigantesque, tout près des Chambres du Parlement. L'endroit ne fut guère difficile à trouver, mais une fois en son sein et passé l'entrée principale, je me retrouvai dans un formidable dédale d'escaliers et de couloirs. Par les portes ouvertes, j'entrevis de grandes salles où des commis œuvraient chacun à son pupitre individuel, avec plume et encrier. Où pouvais-je trouver l'homme que je cherchais ?

Enfin, comme je gagnais encore un nouvel étage, et m'étant informé auprès d'une personne que j'avais croisée, je parvins à la porte convoitée... celle de sir Percival Peeper, dont j'ai depuis lors appris qu'il dirigeait cette grande maison. Je frappai à l'huis et ce fut un homme en livrée d'huissier qui m'ouvrit. Il ne sembla pas le moins du monde impressionné par ma présence.

— Oui, mon garçon, qu'est-ce ?

Cela prononcé sur le ton d'un exaspéré chronique.

— J'ai ici une lettre pour sir Percival Peeper.

— Donne-la-moi. Je la lui remettrai.

— Je ne le puis. Elle émane de sir John Fielding, magistrat du tribunal de Bow Street. Il m'a demandé expressément de la remettre en main propre.

— Sir John Fielding, dis-tu ?

— Tout à fait, monsieur.

— Attends ici.

Il me ferma l'huis en pleine face. J'attendis dans le corridor un certain temps, de plus en plus irrité par le fait que ma longue quête du bureau s'achevât sur une porte somme toute close. J'étais nonobstant déterminé à appliquer les instructions de sir John à la lettre. J'attendrais toute la journée, plutôt que de remettre la missive entre les mains de ce bonhomme. J'étais en train de me promettre de le lui dire dès que j'en aurais l'occasion, lorsque la porte s'ouvrit soudain et il se retrouva à nouveau devant moi.

— Par ici, déclara-t-il.

Je pénétrai dans une pièce toute de bois et de cuir sombre. Les couleurs foncées et le manque de clarté conféraient à l'antichambre une atmosphère de suffocation qui semblait s'harmoniser avec le comportement de mon guide. Il me la fit traverser et me conduisit le long d'un étroit couloir pour arriver à une autre porte. Il frappa doucement et, lorsqu'on répondit de l'autre côté, l'ouvrit en grand et me fit entrer. Un petit homme émacié, guère plus grand qu'un enfant, était assis derrière un vaste bureau et me considérait en fronçant les sourcils. J'eus conscience que l'huissier attendait, tandis que j'avançais en foulant le tapis. Ici, au moins, on avait ouvert les rideaux et la lumière était suffisante pour qu'on y vît.

Je ne doutai pas un instant qu'il fût l'homme que j'étais venu voir, bien sûr, mais je choisis de le lui demander de manière pour le moins hardie :

— Êtes-vous sir Percival Peeper ?

— Bien entendu.

— Alors ceci est pour vous, monsieur.

Je posai la missive sur son bureau. Il l'observa et l'effleura impatiemment de ses doigts, attendant que je prisse congé.

— Je crois qu'une réponse est souhaitée, précisai-je.

— Oh... entendu.

Ce disant, il ouvrit le pli et en parcourut vivement le contenu.

— Y aura-t-il une réponse, monsieur ?

— Oui, oui, bien sûr qu'il y en aura une, mais elle ne sera point immédiate. Ce que sir John me demande nécessite une consultation dans nos registres. Tu peux t'en aller, mon garçon, et le lui dire.

Bien que cela pût s'apparenter à de l'impertinence, je sentis qu'il me fallait ajouter quelque chose.

— Je crois qu'une réponse est attendue pour neuf heures ce soir, à l'occasion d'une réunion à la résidence Goodhope.

— Ainsi qu'il est stipulé dans la présente. Il l'aura à

temps. Au besoin, je la lui ferai porter là-bas. Tu peux également le lui dire.

Il agita la main dans ma direction, me faisant clairement comprendre qu'il désirait me voir prendre congé. Comme je tournais les talons, il me rappela :

— Mais attends, mon garçon, qui es-tu pour me dire ce qu'il est nécessaire de faire ou non et avant quelle heure ?

Mon visage s'enflamma sous l'embarras. Peut-être m'étais-je montré par trop effronté.

— Je vous demande pardon, monsieur, dis-je.

— Crois-tu être le représentant de la loi en personne ?

— Non, monsieur, mais j'en suis le messager.

Il eut un petit rire sec et me fit signe d'approcher.

— Voilà qui est bien répondu.

Il fourragea dans sa poche, en extirpa un shilling et me l'offrit.

— Telle réponse mérite récompense.

J'hésitai à m'emparer de la pièce, songeant que sir John n'aurait peut-être pas approuvé le geste. Mais craignant davantage que mon refus n'offensât sir Percival Peeper, j'inclinai la tête en un semblant de salut et acceptai le shilling.

— Merci, monsieur.

— Tu peux t'en aller, à présent.

Je fus hâtivement reconduit par l'homme en livrée et me retrouvai dans le vestibule sans qu'il m'eût dit un mot. Ressortir ne présenta aucune difficulté et, une fois dans la rue, je me sentis singulièrement allègre. Peut-être était-ce dû au shilling... non point la pièce elle-même mais la récompense. J'avais le sentiment d'avoir passé quelque examen, dont je m'étais fort bien acquitté en présence d'un homme important.

Ou peut-être était-ce simplement le café que je devais à la générosité de M. Humber. Il m'avait promis que le breuvage me donnerait une vigueur dont j'ignorais jusque-là l'existence, et cela pouvait tout aussi bien signifier la capacité à fournir de bonnes réponses.

Quoi qu'il en fût, ivre de café et ivre d'espoir, je me mis à courir dans le crépuscule pour rejoindre Bow Street, songeant que j'allais impatiemment attendre neuf heures du soir.

CHAPITRE XI

Où tout devient
clair comme le jour

Les chaises furent disposées en demi-cercle dans la bibliothèque de la résidence Goodhope : une vingtaine répartie en deux rangées de dix. Il n'y aurait jamais autant de personnes présentes, songeai-je en me remémorant sir John qui demandait à M. Donnelly de transmettre sa requête à lady Goodhope. À la fin de la soirée, nombre de sièges avaient été néanmoins occupés, ne fût-ce que temporairement. En d'autres termes, on assista à moult allées et venues.

Les chaises, alors vides, faisaient face au bureau, derrière lequel un cadavre se trouvait quelques soirs plus tôt à peine. Je m'interrogeais sur la nécessité de tenir cette réunion si singulière en cette pièce plutôt qu'une autre. Lorsque sir John et moi avions fait notre entrée quelques minutes auparavant, lady Goodhope nous avait accueillis sans ménager ses protestations, et de la manière la moins distinguée qui fût, à l'encontre de la réunion, du lieu prévu pour celle-ci et de sa propre présence, que sir John avait requise. L'entraînant alors vivement dans le petit salon où ils avaient plusieurs fois conversé, le magistrat chercha à pacifier les craintes de la maîtresse de céans. En s'isolant avec elle, il m'ordonna de gagner la bibliothèque, afin de m'assurer qu'elle avait été préparée selon ses désirs.

Hormis la pléthore de sièges, tout semblait en ordre. Un feu flambait dans l'âtre, causant une chaleur presque insupportable. On avait allumé des bougies aux quatre coins de la pièce et apporté deux candélabres en sus. En conséquence, on y voyait comme en plein jour. Les chandelles semblaient contribuer de surcroît à la chaleur ambiante.

Debout au bureau, je lançais ce que je croyais être un dernier coup d'œil, lorsqu'on m'interpella dans mon dos. Me retournant, j'aperçus M. Donnelly qui s'avançait vers moi depuis la porte. Sans pour autant déborder de jovialité, il paraissait de bonne humeur, compte tenu de la circonstance. Le visage rubicond, il cheminait de son habituel pas allègre.

— Eh bien, dit-il, que penses-tu de cette importante soirée ?

— Je ne sais quoi en penser, avouai-je en toute honnêteté.

— Sir John ne t'a-t-il donc fourni aucune indication au sujet de ce qui va se produire ?

— Aucune, monsieur. Il m'a seulement demandé de veiller à ce que la pièce soit en ordre.

Il regarda à la ronde et répliqua :

— Elle semble l'être, n'est-ce pas ?

— Certes, mais il y a trop de chaises.

— Il n'y verra assurément aucun inconvénient. Il semblerait que les domestiques aient vidé la salle à manger.

Je cherchai quelque chose à dire. Je brûlais de parler à quelqu'un des lettres que j'avais portées — de ma première tasse de café et du shilling que j'avais gagné en répondant avec vigueur —, mais je craignais que de tels propos ne semblassent de simples enfantillages aux yeux de M. Donnelly. Aussi me contentai-je de lui confier ce qui me vint en tête :

— Sir John se trouve dans le salon donnant sur le vestibule, en compagnie de lady Goodhope.

— Ah oui, dit-il. Je m'en doutais. J'ai reconnu leurs voix ; un litige semblait les opposer au moment où j'ai été admis dans la demeure. J'ai songé musarder quelque peu, jusqu'à ce qu'ils aient réglé leur différend. Était-ce lâche de ma part ?

Une fois encore, la question me plongea dans la perplexité et je décidai que M. Donnelly avait simplement exprimé à voix haute ses pensées. Je fus nonobstant prompt à lui répondre :

— Oh non, monsieur. Il s'agit d'une affaire qui les concerne tous deux, somme toute.

— En effet ! C'est exactement ce que je me suis dit. Mais peut-être ferais-je mieux d'aller voir s'ils ont tant soit peu progressé dans leurs pourparlers.

Il se tourna en soupirant et amorça un pas ou deux en direction de la porte, puis reprit :

— Ah, Jeremy, encore une question : j'ai eu la surprise d'être accueilli par Benjamin Bailey, l'ami et pensionnaire de ma chère cousine.

— Il est venu avec nous.

— Il était armé jusqu'aux dents, avec poignard et pistolets. Ce majordome espion aurait-il été chassé ?

— Pas à ma connaissance, monsieur.

— Bien, dit M. Donnelly en secouant la tête. Avec un agent de police armé à la porte, cela nous promet une soirée des plus palpitantes, n'est-ce pas ?

Puis, avec un geste de la main, il quitta la pièce.

Pour la première fois depuis mon arrivée dans la bibliothèque, je m'aventurai derrière le bureau et trouvai l'endroit passablement inconfortable, compte tenu de la chaleur du foyer. La cheminée elle-même, trois pas en arrière à peine, me réserva une surprise. Il y avait une bouilloire accrochée à la crémaillère, que je n'avais pas remarquée de prime abord. Bien qu'elle fût placée hors du feu, il s'en dégageait malgré tout une mince volute de vapeur. Je m'en approchai en me baissant et la soupesai. Elle était remplie d'eau.

Tout à coup, quelqu'un émit un « Oh ! » de surprise dans mon dos et je sursautai, bouilloire en main, pour découvrir une jeune domestique portant un service à thé sur un plateau. Plutôt petite, elle était vêtue de noir et arborait un joli teint. Il me fallut un certain temps avant de comprendre qu'elle n'était autre que Meg, la fille de cuisine.

— Je vous demande pardon, dit-elle. Je ne m'étais pas rendu compte qu'il y avait quelqu'un.

Elle parlait !

Elle s'approcha vivement des petits cabinets à côté du bureau, déposa son fardeau sur l'un d'eux et, avec une brève révérence, commença à reculer.

La bouilloire toujours en main, je la regardai d'un air ébaubi. Toutefois, avant qu'elle ne se retournât et disparût complètement, je parvins enfin à lui dire :

— Ne partez pas.

Elle demeura donc, les yeux baissés, un timide sourire éclairant son joli visage.

— Sir John a dit que vous assisteriez à la réunion de ce soir. Est-ce ce que cela vous agrée ?

— Oh oui, répondit-elle. Je dois simplement servir le thé.

— Le thé ? Oh... fis-je en soulevant sottement la bouilloire. Le thé, bien sûr.

Nous rîmes de conserve, sans doute plus longtemps que ne le justifiait la situation. Je raccrochai la bouilloire à la crémaillère puis me tournai vers elle.

— C'est un brave homme, ce me semble, déclara Miss Meg. Le connaissez-vous depuis longtemps ?

— Non. Mais d'une certaine manière, je crois bien le connaître.

Peut-être devais-je ajouter quelque chose ? Je décidai de lui dire ce que je n'aurais pas confié aux autres :

— J'ai comparu en son tribunal, faussement accusé de vol. Mais il a compris que mes accusateurs se parjuraient et les a chassés en les mettant en garde.

— Alors, c'est véritablement un brave homme.
— Sage et juste.
— Vivez-vous à présent chez lui ?
— Oui, répondis-je.
Avant d'ajouter à regret :
— Mais peut-être plus pour longtemps. J'ai appris un métier. Il tente de me trouver une place.
— Et quelle est votre profession ? s'enquit-elle joyeusement.
— La typographie. Mon père me l'a enseignée.
— Oh ? Et où est-il ?
— Il n'est plus de ce monde, répondis-je sans davantage de détails.
Elle se tut quelques instants puis, hochant gravement la tête, reprit :
— Ma mère non plus. Quant à mon père, je ne l'ai jamais connu.
— Nous sommes orphelins, déclarai-je.
— Tout à fait, dit-elle. Eh bien...
— À plus tard, Miss Meg, répondis-je en guise d'au revoir.
— À plus tard, monsieur Jeremy.

Il était neuf heures passées de quelques minutes lorsqu'un certain nombre de ceux auxquels sir John avait précédemment parlé se rassembla dans la bibliothèque. Ils formaient, croyez-moi, cher lecteur, un public fort incommode. À une extrémité du demi-cercle s'assirent Charles Clairmont et Lucy Kilbourne, tandis que lady Goodhope et M. Donnelly prirent place à l'autre bout. Lady Goodhope foudroyait du regard le couple placé de l'autre côté de la pièce. Entre eux avait pris place M. Black Jack Bilbo. Au second rang, à ma grande surprise, vint s'installer M. Alfred Humber, ainsi qu'un homme que je n'avais jamais vu auparavant.
J'avais observé tout cela à notre entrée. À cette occa-

sion, sir John me permit de lui prendre le bras et de le guider pour contourner les deux rangées de sièges. Il s'installa ensuite dans le funeste fauteuil et je reculai de quelques pas sur sa droite. Miss Meg se tenait à proximité et nous échangeâmes des regards furtifs. Nous nous trouvions tous deux trop près du feu pour être à l'aise, mais si sir John pouvait supporter une telle chaleur dans son dos, je savais que cela m'était également possible.

M. Bailey avait quitté son poste à la porte d'entrée, où l'agent Cowley avait pris la relève, et pénétré dans la bibliothèque en nous emboîtant le pas. Il demeura à quelque distance derrière les chaises, environ à mi-chemin de la porte donnant sur le vestibule, qu'il avait fermée derrière lui. Comme nous traversions tous les trois le couloir, d'autres personnes étaient arrivées, lesquelles ne seraient pas admises tout de suite; chacune ferait son entrée à tour de rôle. Ainsi en avait décidé sir John.

Il s'éclaircit la voix et avança la tête d'une telle façon qu'il semblait interroger du regard ceux qui se trouvaient devant lui. On eût dit le maître d'école, et eux, qu'ils fussent irrités ou placides, au comble de l'ennui ou de l'expectative, constituaient ses élèves.

— Je vous ai tous conviés ici, commença sir John, afin que nous discutions en détail de la mort violente qui a eu lieu ici même, il y a plusieurs soirs de cela. Vous tous ici présents avez un lien quelconque avec cette tragédie. Il est de mon devoir à présent d'éclaircir ces liens et de donner quelque signification à ce qui de prime abord est apparu comme un acte dénué de sens commun. Dans un premier temps, j'ai conclu au suicide.

À cet instant précis, sir John fit signe à Benjamin Bailey; il lui suffit de claquer dans ses doigts et le policier traversa la pièce sur la pointe des pieds pour gagner la porte.

Pendant ce temps, le magistrat poursuivait :

— Lady Goodhope a réfuté telle conclusion non sans véhémence, en alléguant qu'elle connaissait son époux et son caractère. D'autres éléments ont sans doute renforcé sa conviction.

À ce moment-là, M. Bailey ouvrit la porte d'un seul et preste mouvement. Étant bien placé, j'aperçus le majordome, Potter, aussitôt démasqué. Surpris en posture courbée, il épiait par le trou de la serrure. Il se redressa de toute sa hauteur, laquelle était considérablement inférieure à celle de M. Bailey, et tenta de se sortir du mieux qu'il put de sa situation fâcheuse.

— Je... je me demandais... articula-t-il, fort troublé, s'il y avait quoi que ce soit que je puisse...

— Ah, Potter ! fit sir John. Entrez, entrez. Vous arrivez à point nommé. Certes, il y a quelque chose que vous pourriez faire pour nous. Venez nous relater — brièvement, je vous prie — comment vous avez pénétré dans la bibliothèque et dans quel état vous avez trouvé le corps dans ce fauteuil que j'occupe en ce moment. Approchez, mon brave. Ne soyez pas timoré. Adressez-vous à cette petite assemblée.

Tandis que le majordome s'avançait, afin que ceux qui le dévisageaient n'eussent point besoin de se tourner, sir John ajouta, en guise de préambule :

— Pour ceux qui ne le connaîtraient pas et n'ont pas été accueillis par lui ce soir, Potter exerce la fonction de majordome dans cette demeure. Il a entendu un coup de feu dans la bibliothèque. Avec l'aide d'un valet de pied, il a forcé la porte qui était fermée de l'intérieur, et a donc été le premier à découvrir la dépouille.

Debout sur le côté, Potter s'exécuta comme on le lui avait demandé, en confirmant ce qui venait d'être dit, avant de décrire succinctement l'état du corps. Il conclut en disant qu'il avait dépêché le valet de pied au tribunal de Bow Street, afin de rendre compte du déplorable événement.

— Exactement, approuva sir John, et nous sommes arrivés sur les lieux dans l'heure qui a suivi.

— Puis-je me retirer, monsieur? s'enquit Potter, toujours en proie à l'embarras.

— Que non, répliqua le magistrat. Je dois vous demander de prendre place parmi l'auditoire et d'écouter la suite. Je pense que vous la jugerez digne d'intérêt.

Humblement et sans l'ombre d'une protestation, Potter obtempéra.

— L'agent qui m'a accompagné sur les lieux se trouve parmi nous ce soir, poursuivit sir John. Puis-je demander à M. Benjamin Bailey de s'avancer afin de nous offrir une description plus précise de la blessure?

Ce que fit M. Bailey, nous gratifiant avec diligence d'un compte rendu professionnel... comme ceux qu'il avait coutume de livrer au tribunal. Lorsqu'il eut conclu, sir John opina du chef d'un air satisfait et M. Bailey reprit la place qu'il occupait auparavant.

— Mais en notre compagnie ce soir-là se trouvait une autre personne... le jeune homme qui se tient derrière moi sur la droite. Il a remarqué un important détail qu'il m'a confié ensuite. Jeremy Proctor, veux-tu à présent en faire profiter l'assistance, je te prie?

Mon intervention fut plus que brève : je me bornai à déclarer que j'avais remarqué la propreté des mains du défunt, en précisant toutefois qu'au moment où je rapportai le fait à sir John je n'avais aucune idée de sa signification.

— Mais, reprit le magistrat, quiconque a l'expérience des armes à feu aura compris de quoi il retournait. La poudre souille les mains de celui qui appuie sur la détente. Nous avons examiné le corps avant la toilette et vérifié la véracité des propos du jeune Proctor; en effet, les mains étaient propres. Un détail moins important, mais significatif, surgit alors : lord Goodhope était gaucher. Et la blessure décrite par M. Bailey ne pouvait correspondre à celle que se serait infligée un gaucher. Nous étions donc en présence d'un suicide derrière une porte verrouillée qui n'était pas un suicide, mais un meurtre. Mais où avait bien pu passer le meurtrier? Comment s'était-il enfui?... Nous n'avions pas fini d'être intrigués, loin s'en faut. Car, suite à cette surprenante découverte, je jugeai sage que le cadavre fût examiné par un médecin, et je demandai à M. Gabriel Donnelly, diplômé de l'université de Vienne et ancien médecin de bord dans la marine royale, de s'acquitter de cette tâche. Voudriez-vous vous lever, monsieur Donnelly, et nous résumer votre compte rendu?

Était-ce dû à sa loquacité irlandaise innée ou à son désir d'impressionner lady Goodhope, mais l'intervention de M. Donnelly fut tout hormis succincte. Il utilisa en outre le langage médical, gorgé de latin, que son auditoire pouvait à peine saisir. Il en mit cependant en évidence toute l'importance à la fin :

— Il est certain que la victime avait absorbé une sérieuse quantité de poison corrosif, ressemblant à un acide. Le pharmacien, auquel j'ai présenté l'échantillon prélevé dans l'estomac de la victime, a été incapable de l'identifier en raison de la quantité de sang et de bile qui y étaient mêlés; mais à en croire les dégâts occasionnés aux organes internes, nul doute que le toxique était extrêmement violent.

Sir John lui posa alors une question :

— Diriez-vous, monsieur Donnelly, que le poison, tel qu'on l'a administré, a été la cause de la mort?

— J'ai changé quelque peu d'opinion à ce sujet, répondit le médecin. Comme je l'ai indiqué dans le rapport complémentaire que je vous ai remis, cela a pu certainement être le cas. Il aurait causé une mort lente et douloureuse et aurait, de toute manière, tué la victime. Il se pourrait *toutefois* que l'ultime cause technique du décès ait été la blessure par balle, mais lord Goodhope serait mort, de toute façon.

— Merci, monsieur Donnelly. Nous apprécions grandement le caractère exhaustif et précis de votre compte rendu.

Le praticien se rassit et sir John reporta son attention sur ses « écoliers ». À présent, nul ne s'ennuyait ou ne se sentait abusé, semblait-il; tous concentraient leur intérêt sur leur professeur. Je notai toutefois une exception à portée de main : M. Clairmont, assis avec la paume sur sa canne, suffoquant comme nous tous, mais arborant un sourire ironique et embrassant la pièce du regard le plus méprisant qui fût. Décidément, cet homme m'intriguait.

Sir John reprit :

— Nous allons donc de surprise en surprise. En premier lieu, un suicide qui se révèle être un assassinat à l'arme à feu. Puis, non point le coup de feu mais le poison qui semble être la cause du décès. À présent, nous sommes en présence d'une victime qui pourrait fort bien avoir été assassinée par deux fois. Et voilà que j'apprends avec stupeur l'arrivée du demi-frère de lord Goodhope, M. Charles Clairmont, qui a quitté sa plantation de Jamaïque pour venir à Londres. Je dois avouer qu'en l'absence de connaissances plus approfondies, je l'ai désigné tout à trac comme meurtrier plausible, car on a eu vent d'une certaine acrimonie, à une époque donnée au moins, entre lady Goodhope et lui... acrimonie qui subsiste encore. Mais un entretien, que M. Clairmont a eu la bonté de m'accorder, m'a permis d'établir l'endroit où il se trouvait au moment du décès de son demi-frère, et d'éclaircir un certain nombre d'autres points concernant leurs relations.

Ce disant, le magistrat se tourna vers M. Clairmont, car il avait deviné l'emplacement de ses auditeurs, et lui demanda avec un sourire engageant :

— Monsieur Clairmont, voudriez-vous, je vous prie, rapporter aux personnes ici présentes le contenu de notre conversation, relatif au moment de votre arrivée à Londres ?

Charles Clairmont demeura assis et soupira comme un homme profondément affligé.

— Je préférerais m'en abstenir, répondit-il.

— Oh ? Et pourquoi donc ?

— Car tout ceci ne vaut guère plus qu'une mascarade, une pièce improvisée dont j'ignore le bénéficiaire. Je ne serais moi-même pas présent ici, si je n'y avais été contraint par une vague menace. Richard est mort, peut-être a-t-il été assassiné. C'est fort regrettable. Toutefois, comme vous le savez pertinemment, je ne puis être concerné par l'affaire, tel un suspect quelconque. Bon nombre de personnes avaient des raisons de souhaiter sa mort. Je n'en faisais point partie.

Tout cela fut exprimé sur le ton d'une complainte nasillarde. Sir John écouta attentivement, la main portée à son menton, mesurant la portée des récriminations émises par M. Clairmont. Il l'entendit jusqu'au bout, prit le temps de réfléchir, puis s'adressa à lui en ces termes :

— Je regrette que la forme de cette instruction vous déplaise, monsieur Clairmont. Mais il ne s'agit que d'une enquête, qui ne possède point la gravité d'un procès au tribunal. C'est pourquoi je demande à chacun de témoigner de façon informelle. Si vous le préférez, je puis organiser une procédure — une enquête criminelle officielle — et ce dès demain au tribunal de Bow Street. Mais vous n'avez assurément aucun désir de causer un tel désagrément à ceux qui se trouvent ici présents, avec les assignations à comparaître et tout le reste... Vous-même en recevriez une, bien entendu.

De nouveau, M. Clairmont poussa un soupir.

— Il s'agit donc soit de s'exprimer ici, soit demain devant la cour ?

— Telle est l'alternative, en effet.

— Je suppose donc qu'il me faut céder.

Il céda cependant de mauvaise grâce et non point en totalité, car de tous les témoignages entendus jusque-là, le sien fut sans doute le plus bref. En deux ou trois phrases tout au plus, il expliqua qu'il se trouvait en mer, à l'heure de la mort de son demi-frère, probablement au large de la Cornouailles ; car il n'était arrivé à Londres qu'une journée entière plus tard, soit vingt-quatre heures après le drame. Tout au long de sa déposition, il demeura assis.

— Cela ira, conclut sir John dans un haussement d'épaules. Pour confirmer ces dires, poursuivit-il, je demande à M. Bailey d'aller quérir le capitaine Cawdor de l'*Island Princess*. Et pendant qu'il s'en charge, que M. Bilbo veuille bien se lever et nous narrer sa rencontre avec M. Clairmont le soir de l'arrivée de ce dernier à Londres.

— En mon établissement ?

— Absolument, répondit Sir John. Ainsi que vous me l'avez relaté.

Et le tenancier de la maison de jeu se dressa de toute sa hauteur, ne regardant ni à droite ni à gauche les autres auditeurs, mais directement le magistrat.

Lorsqu'il eut fini, sir John lui posa quelques questions.

— Puisque M. Clairmont n'en a soufflé mot dans son témoignage, peut-être pourriez-vous nous faire partager votre opinion sur la façon dont il a réagi à la nouvelle du décès de son demi-frère, que vous lui avez apprise.

— Oh, il en a été fort affecté, monsieur.

— A-t-il versé des larmes ?

— Certes, non. Il ne s'est pas livré à une telle effusion. Pourtant, je l'entends encore me dire : « Pauvre Dickie, il possédait tant d'atouts pour vivre heureux », et : « Pourquoi aurait-il fait une chose pareille ? » Ainsi que je l'ai dit, je lui ai annoncé, comme je l'avais entendu, qu'il s'agissait d'un suicide.

— Et en ce qui concerne vos précédentes entrevues avec M. Clairmont, elles ont eu lieu en partie alors qu'il était en compagnie de lord Goodhope, n'est-ce pas ?

— Oui, monsieur.

— Et quelles relations entretenaient les deux hommes ?

— Fort amicales, monsieur. Tels deux gentlemen qui sortent le soir pour se divertir.

— Merci, monsieur Bilbo. Et vos propres relations avec lord Goodhope ?

— Excellentes, monsieur, si l'on considère qu'il me devait une somme d'argent considérable.

— Et au sujet de Miss Kilbourne ?

— Rien ne nous opposait, monsieur. J'avais renoncé à elle.

Avant que sir John pût répondre, Lucy Kilbourne se leva d'un bond, le symbole même de la femme indignée et vengeresse, et elle demanda... exigea, devrais-je dire :

— Puis-je répondre à cela ?

— Non, rétorqua sir John, vous ne le pouvez point. Votre tour viendra, Miss Lucy, plus tôt que vous ne le pensez.

Lentement et de manière hésitante, elle regagna sa place.

Sur ces entrefaites, M. Bailey était rentré dans la pièce en compagnie d'un personnage à la face rougeaude, quoique empreinte de gravité, et arborant de pied en cap un impeccable uniforme de la marine. S'il n'était pas grand, il marchait avec une telle raideur que cela lui conférait de la stature. Ce gentleman précéda M. Bailey et s'avança avec son chapeau et un livre sous son bras. D'un pas vif et sonore, il alla jusqu'à la seconde rangée de sièges et s'y arrêta, porta sa pleine attention sur sir John, en attendant qu'il l'identifiât. Cette entrée ne manqua point d'impressionner l'auditoire.

— Vous êtes le capitaine Cawdor ? s'enquit le magistrat.

— Exact, monsieur... Josiah Cawdor, capitaine à bord du vaisseau de commerce *Island Princess*.

— J'apprécie votre présence ici, capitaine. Je suppose que vous avez apporté votre livre de bord, comme on vous l'a demandé ?

— Tout à fait, monsieur.

— Avant que vous ne l'ouvriez, et simplement pour rassurer ceux qui sont ici présents, peut-être pourriez-vous identifier pour nous l'homme qui a été votre passager de la Jamaïque à Londres. Se trouve-t-il dans cette assemblée ?

Le capitaine n'eut aucun besoin de regarder à droite ou à gauche. Il répondit immédiatement :

— Oui, monsieur. L'individu en question est M. Charles Clairmont. Il était l'unique passager à bord et nous nous sommes vus de nombreuses fois au cours de la traversée.

Puis, n'hésitant qu'un instant, il ajouta :

— Je le connaissais déjà.

— Depuis combien de temps ?

— Oh, depuis quelques années, je dirais.

— Diriez-vous alors qu'il était votre ami ?

— Je n'irais pas jusque-là, monsieur. Nous ne nous rencontrions pas fréquemment. D'ordinaire, c'était pour affaires.

— Toutefois il avait précédemment effectué la traversée pour Londres avec vous à bord de l'*Island Princess*.

Le capitaine sembla quelque peu surpris que sir John eût connaissance de ce fait.

— Certes, mais il y avait alors d'autres passagers. Voyons... je me souviens qu'à l'occasion de...

— Souffrez que je vous interrompe, capitaine, mais inutile d'entrer dans le détail. Disons simplement que

M. Clairmont est pour vous un peu plus qu'une accointance, sans être pour autant un ami.

— Oui, monsieur.

Sir John se tourna de telle sorte que sa tête s'inclina dans ma direction. Je crus un instant qu'il allait me donner le signal dont nous étions convenus. Au lieu de quoi, il s'adressa à ma jeune compagne de l'office en ces termes :

— Miss, voudriez-vous nous préparer du thé, je vous prie ?

Puis, à l'auditoire en général :

— Dans le principal grief dont il nous a fait part, M. Clairmont n'avait pas tort. Notre affaire s'annonce laborieuse. Peut-être qu'une tasse de thé viendra raviver notre attention.

Meg s'acquitta de sa tâche le plus efficacement du monde, accrochant la bouilloire remplie au-dessus de feu, s'affairant à distribuer tasses et soucoupes. Si un thé chaud ne semblait pas la meilleure boisson en ce lieu confiné, ce serait toutefois du thé chaud qu'on leur servirait. Je scrutai le groupe. Lady Goodhope parut assez inquiète de voir Meg manier sa porcelaine. M. Humber, tout aussi indolent et désinvolte, apparemment, que lors de notre rencontre au *Lloyd*, s'était tourné pour porter désormais une attention soutenue sur le capitaine Cawdor. Le gentleman qui m'était alors inconnu s'intéressait lui aussi à l'officier de la marine marchande. Plus près, M. Clairmont semblait se comporter d'une manière quelque peu étrange. Il transpirait, tout comme moi, en fait, et de son mouchoir se tamponnait avec précaution le visage, puis examinait ensuite le linge, à l'insu du reste de l'auditoire, excepté moi. Je remarquai aussi que sous la lumière crue de la pièce son visage luisant chatoyait nettement, à présent.

Sir John reprit :

— Mais peut-être, capitaine, pourriez-vous nous

donner lecture, ou commenter votre livre de bord, afin que nous puissions connaître la localisation exacte de l'*Island Princess*, le soir de la mort de lord Goodhope.

— C'est-à-dire la veille de notre arrivée à quai ?

— Tout à fait, oui.

Et ainsi le capitaine lut-il un peu et commenta davantage, nous faisant grâce d'un imbroglio de chiffres, degrés et autres nœuds, et situa le vaisseau juste au large de la côte du Dorset, au début de la soirée en question.

— Non point au large de la Cornouailles, donc ?

— Non, monsieur, nous avions passé Land's End peu de temps auparavant et bénéficiions d'un joli bon vent arrière, comme je l'ai consigné dans le livre de bord. En fait, nous sommes arrivés tôt et nous avons dû mouiller dans la rade près d'une demi-journée. C'est toujours le cas en arrivant à Londres. Le port est par trop encombré.

— Merci, capitaine. Si vous voulez bien demeurer un instant à votre place, je souhaiterais que M. Alfred Humber, président de la Lloyd's, nous livre l'itinéraire de l'*Island Princess*.

Ce dont s'acquitta ce dernier, non sans quelques raclements de gorge et regards à la ronde. Il lut les notes portées au bas de la lettre que je lui avais remise de la part de sir John. De Kingston à Charleston, puis jusqu'à Londres via Bristol : tel fut le trajet qu'il décrivit. En vérité, il paraissait quelque peu léthargique. Nul doute qu'il allait accueillir avec joie cette tasse de thé, à défaut de café.

— À présent, que pouvez-vous nous dire au sujet de ces escales à Charleston et à Bristol ? demanda sir John au capitaine.

— Nous avons transporté une demi-cargaison de coton : de Charleston à Bristol. Notre fret de café est allé jusqu'à Londres, en revanche.

— Combien de temps êtes-vous demeurés à Bristol ?

— Juste assez longtemps pour décharger. Certes, il y a eu un peu d'attente le premier jour. Disons que le travail a duré trois jours, alors que deux journées auraient suffi.

Entre-temps, Meg achevait de préparer le thé. Elle avait versé l'eau de la bouilloire dans la grosse théière en forme de cloche et attendait à présent que le thé infusât.

— M. Clairmont a-t-il quitté l'*Island Princess* durant l'escale de Bristol ? s'enquit le magistrat.

— Tout à fait. Il était visiblement ravi de fouler de nouveau le plancher des vaches. M. Clairmont était le premier à reconnaître qu'il n'avait pas le pied marin.

À l'évidence, Meg avait décidé que le thé était prêt à servir, encore qu'il n'eût infusé qu'une minute à peine, car elle saisit la théière d'une main, une tasse et une soucoupe dans l'autre. Celui ou celle à qui serait destinée cette première tasse trouverait le breuvage insipide et passablement brûlant au palais.

— Et M. Clairmont est-il remonté à bord de l'*Island Princess* pour accomplir le reste de la traversée avec vous jusqu'à Londres ? questionna sir John, comme s'il eût tenté de vérifier un détail particulier.

— Cela a été *établi* ! s'écria M. Clairmont en proie à un violent accès de colère.

Ce disant, il martela le sol de sa canne, comme pour scander son ire. À ses côtés, Lucy Kilbourne sursauta, tant elle fut effrayée par la démonstration de son voisin. Elle bondit à nouveau lorsqu'il réclama :

— Que *signifie* tout ceci ?

Dans l'intention de le servir et ignorant les signes de lady Goodhope qui voulait l'en empêcher, Meg s'approcha de lui.

— Eh bien, certes, monsieur, fulmina le capitaine Cawdor, bien sûr qu'il est remonté à bord. Je n'aurais pas levé l'ancre sans mon passager ! Il était indisposé, souffrait du mal de mer. À deux reprises, je lui ai rendu visite dans sa cabine, lorsque nous avons rejoint Londres.

M. Clairmont s'était recroquevillé contre le dossier de son siège et écoutait attentivement l'officier de marine, debout derrière la seconde rangée de chaises, plus ou moins vers le milieu. Le demi-frère de lord Goodhope se tenait ainsi lorsque Meg, penchée au-dessus de lui, versa le thé brûlant sur sa cuisse ! (Compte tenu de la tension ambiante et des cris, personne ne vit le geste de la jeune fille, hormis moi ; je compris sur-le-champ qu'elle ne pouvait qu'avoir agi délibérément !)

Il bondit en se redressant de toute sa hauteur, désormais plus voûté du tout, et hurla de douleur en agrippant son entrejambe.

— Meg, misérable petite gueuse ! vociféra-t-il d'une voix sensiblement différente de celle qu'il avait utilisée quelques instants plus tôt à peine. Oh, mon Dieu ! Oh, doux Jésus !

Miss Kilbourne s'était levée et tamponnait en vain la partie humide à l'aide de son mouchoir.

— Laisse donc, Lucy ! Cela me fait encore plus mal ! pleurnicha-t-il.

Alors qu'il pestait de plus belle, Meg, de manière aussi subite qu'inconcevable, éclata de rire. Comme il tendait la main pour la gifler, elle recula en sautillant, le laissant battre l'air de sa main et se balancer pour conserver son équilibre.

— Tu vas le regretter, ma fille, je te le garantis !

Il ne chercha pas à la poursuivre pour autant.

Chaque parole qu'il prononçait dénonçait son imposture. Alors que Charles Clairmont s'exprimait avec des inflexions grinçantes et nasillardes, il beuglait à présent d'une voix caverneuse, qui devait sans nul doute vibrer à travers toute la demeure.

La différence était si flagrante que lady Goodhope se

leva de sa chaise et scruta la pièce dans sa direction, aussi intensément que ses yeux de myope le lui permettaient.

— Richard, s'écria-t-elle, est-ce vous ?

— Je crois bien que oui, répondit sir John. Je reconnais moi-même cette voix pour l'avoir entendue un jour à la Chambre des lords et ne puis que déduire qu'il s'agit de lord Goodhope revenu d'entre les morts. Comme c'est aimable à lui ! J'ai senti sa présence en ce lieu, mais je n'aurais pas pris la liberté de l'interpeller. C'est d'ailleurs inutile, désormais. Il vient de décliner son identité.

— Quoi ? Que voulez-vous dire ? brailla l'autre, recouvrant ses tonalités nasales et son ancienne posture voûtée. À quoi jouez-vous ?

— C'est vous-même qui jouez, lord Goodhope. Bas les masques, à présent ! Retirez ce faux nez et le fard qui macule votre visage, car votre imposture s'achève.

Sir John attendit un bref instant, puis reprit en haussant le ton :

— Capitaine Cawdor, voudriez-vous maintenant revenir sur les déclarations que vous venez de faire, je vous prie ?

L'officier se tenait debout, quoique beaucoup moins droit, et dévisageait celui qui avait changé de voix par deux fois.

— Eh bien... balbutia-t-il. Je...

— Oh, asseyez-vous, asseyez-vous ! Nous reviendrons sans doute à vous plus tard. Et si vous êtes encore debout, lord Goodhope, asseyez-vous également, car, à présent que nous avons identifié la véritable victime de l'assassinat, nous devons encore en rechercher le coupable.

— Mais qui cela ? l'apostropha lady Goodhope. Qui est la victime ? Je ne comprends pas.

— Charles Clairmont, répondit sir John. C'est son

corps que l'on a emporté pour être enterré dans le Lancashire.

— C'est impossible ! Comment cela se pourrait-il ?

— Nous allons le révéler. Monsieur Bailey, êtes-vous prêt ?

— Pas tout à fait, monsieur.

Le policier s'était placé directement derrière Clairmont/Goodhope, lequel était resté debout jusque-là. Mais d'une main ferme sur ses épaules, M. Bailey le força à se rasseoir. L'autre n'opposa aucune résistance et, pour l'instant, aucune objection.

— Nous sommes prêts, n'est-ce pas ? s'enquit le magistrat à la cantonade.

Comme personne ne répondait, il déclara :

— Alors, commençons.

Sir John appela un autre témoin dans le salon, où les autres attendaient. M. Donnelly lui servit cette fois de messager, car M. Bailey ne quitta pas sa place derrière l'imposteur. Bien que son nom — Isaac Whelan — me fût inconnu, je reconnus aussitôt en lui un marin. Il était soigné et sa tenue parfaite, encore que ses effets fussent élimés ; bien que plutôt petit, il marchait en roulant des épaules, à l'instar des gaillards de sa condition. Il jeta un regard à la ronde, reconnut le capitaine Cawdor et ses yeux hostiles qui le foudroyaient, puis choisit de se placer à quelque distance de lui. Il échangea un signe de tête avec M. Bailey et je le tins pour l'un des compagnons de beuverie que l'agent avait rencontrés la veille.

Déclinant son identité, Isaac Whelan se présenta comme simple matelot.

— Faites-vous partie de l'équipage de l'*Island Princess* ?

— Oui, monsieur, mais je doute être de nouveau le bienvenu à bord, dès lors que j'aurai terminé ce que je dois dire à présent.

Pour quelqu'un qui gagnait sa vie en mer, il s'exprimait dans une langue châtiée. Après quelques instants d'hésitation, il ajouta :

— En vérité, j'avais de toute façon l'intention de quitter le vaisseau ici à Londres.

— Déserter le navire, en l'occurrence ?

— Exactement, monsieur.

— Et renoncer à vos appointements ? Rompre votre contrat ? Il s'agit là d'une faute grave au tribunal naval.

— Sans doute, monsieur.

— Le capitaine Cawdor est-il un maître aussi sévère ?

— Non point envers l'équipage, certes, mais j'ai effectué l'entière traversée une fois, et j'ai décidé de ne pas recommencer.

— Soyez plus explicite, matelot.

— Voilà, monsieur... nous sommes censés transporter des marchandises en Côte-d'Ivoire et y charger une cargaison noire pour la vente en Jamaïque et aux Antilles.

Sir John fronça les sourcils :

— Une cargaison noire ?

— Des êtres humains, monsieur, à la peau noire. Ils sont enchaînés en soute et non autorisés à monter sur le pont, pendant toute la durée du voyage. On les nourrit à peine. Ils contractent diverses maladies. Bon nombre meurent, hommes et femmes. C'est un négoce inhumain, monsieur, et je ne souhaite plus y prendre part.

Le magistrat se tut un moment, puis reprit :

— Je vois, c'est cependant un commerce légal, tant qu'il se pratique loin de nos côtes. Vous y opposez-vous en raison de vos convictions religieuses ? Êtes-vous de confession anglicane ?

— Je m'y oppose parce que les êtres humains sont des êtres humains et qu'ils méritent d'être mieux traités que du bétail. Sachez, monsieur, que bestiaux et porcs seraient logés à meilleure enseigne.

— Bien, dit sir John. J'ai permis cette digression, car elle suscite mon intérêt. Par ailleurs, elle pourrait fort bien avoir un rapport avec le sujet qui nous occupe. Mais revenons-y, monsieur Whelan, puisque cela concerne M. Charles Clairmont, passager à bord de l'*Island Princess*.

— Entendu, monsieur. J'étais de quart sur la passerelle, la nuit où nous sommes arrivés à quai à Bristol, lorsqu'un homme s'est présenté, disant qu'il avait un message urgent pour M. Clairmont. J'ai fait appeler le capitaine et tous deux ont conversé en secret. Le capitaine Cawdor a escorté ensuite le visiteur jusqu'à la cabine du passager. Quelques instants après, M. Clairmont et ce messager sont apparus sur la passerelle, prêts à débarquer. Je lui ai demandé s'il effectuerait la traversée jusqu'à Londres et il m'a répondu que cela ne me regardait point. J'ai posé cette question car son robuste compagnon portait une malle appartenant à M. Clairmont, laquelle ne constituait pas son unique bagage. Le grand gaillard m'a adressé un regard menaçant lorsqu'il s'est en allé.

— Et c'est donc la dernière fois que vous avez vu M. Clairmont pendant le reste de la traversée ?

— Pour ainsi dire. Je n'en ai vu aucune trace de Bristol à Londres. À ma connaissance, mes compagnons de bord non plus. On nous a dit qu'il souffrait du mal de mer et s'était confiné dans sa cabine, ce qui aurait pu être vrai, car il avait passé le plus clair de la précédente traversée allongé à se lamenter sur son sort. Mais nous écoutions derrière la porte de sa cabine, et nous n'entendions rien. Et on lui déposait de la nourriture, qui n'était point mangée, pas plus que l'eau n'était bue. Une fois à Londres, l'affaire s'est achevée fort étrangement. Je n'étais pas de quart, mais toujours à bord. Je l'ai vu, de mes yeux vu, alors que j'étais appuyé au bastingage. Moins d'une heure après notre arrivée, un homme et une femme sont apparus sur le quai. Ils étaient tout emmitouflés, aussi distinguait-on mal leurs visages. J'ai vu le capitaine Cawdor aller à leur rencontre, et il les a fait monter sur la passerelle. Environ une heure après, j'ai vu la femme quitter le navire en compagnie d'un homme qui semblait être M. Clairmont. Je ne les ai aperçus que de loin, mais l'homme avait la singulière démarche de M. Clairmont et était vêtu à sa manière. Mais ceux qui l'ont vu de près étaient sûrs que c'était lui. Ceux qui l'ont entendu parler l'ont juré aussi.

— Voyez-vous cet homme au sein de notre groupe ce soir ?

— Je vois l'homme qui a quitté le bateau. Je jurerais presque qu'il s'agit de M. Charles Clairmont.

— Vous jureriez *presque*, répéta sir John. Quelles réserves émettez-vous ?

— Eh bien, les faits sont les faits... et le fait est que je n'ai jamais vu l'homme qui est monté à bord avec la femme quitter le navire. Aucun de mes camarades non plus. Cela a soulevé moult discussions entre nous, car M. Clairmont n'était point un passager ordinaire.

— Veuillez nous dire, je vous prie, ce que vous entendez par là.

— Nul n'ignorait à bord qu'il était le propriétaire du vaisseau.

— Monsieur Humber, interpella sir John, est-ce correct ?

Alfred Humber se leva péniblement et, consultant une fois encore la missive qu'il tenait en main, déclara :

— Le propriétaire de l'*Island Princess* est inscrit sous le nom de « Compagnie Insulaire ».

Il lança ensuite un regard circulaire, haussa les épaules, et se rassit.

— Et Charles Clairmont, renchérit le magistrat, s'est présenté à moi comme le directeur de la Compagnie Insulaire.

S'adressant de nouveau à M. Whelan, il ajouta :

— Merci, monsieur, vous vous êtes montré fort coopératif. Vous serez retenu comme témoin, aussi n'y a-t-il point lieu pour vous de renoncer à vos gages et de vous cacher. Restez à la disposition de la justice. Encore une question et vous pourrez vous en aller.

Cela étant dit, sir John frappa un grand coup sur le bureau où il était assis.

C'était mon signal. Je filai exécuter ma tâche. Ayant auparavant bien marqué l'endroit, je retirai cinq livres de l'étagère avoisinant le foyer, révélant ainsi le déclic du mécanisme. J'y exerçai une forte poussée, reculai et toute la bibliothèque se mit à avancer lentement. L'auditoire fut soudainement saisi par un regain d'intérêt. Chacun parut retenir son souffle et contempler l'ouverture béante dans le mur.

On découvrit enfin la tête et les épaules de Dick Dillon. Il grimpa à l'échelle sur laquelle je savais qu'il était perché et entra dans la pièce, suivi de près par l'agent Baker, avec l'un de ses deux pistolets au poing.

Un murmure parcourut l'assemblée, mais Clairmont/Goodhope et Lucy Kilbourne se turent. Ils échangèrent tout au plus un regard fortement empreint de gravité.

— Monsieur Whelan, reprit sir John, est-ce l'homme qui s'est présenté à Bristol avec un message destiné à M. Clairmont ?

— C'est bien lui, monsieur. Je lui ai parlé en personne. Je le reconnaîtrais entre mille.

— Vous pouvez donc vous retirer, avec tous mes remerciements.

Sur un bref salut, Isaac Whelan tourna vivement les talons et quitta la bibliothèque avec le même déhanchement qu'à son entrée.

Le magistrat fit un geste sur sa droite.

— Voici l'explication d'un mystère concomitant... et c'est ainsi que le meurtrier a pu quitter aussi promptement et aussi facilement le lieu du crime. Il existe un tunnel qui mène des écuries, à l'arrière de la propriété, jusqu'à cette issue que vous voyez ici. Après des recherches menées de main de maître, le jeune Proctor, aidé d'Ebenezer Tepper, membre de la domesticité, en a fait la découverte. Lady Goodhope, aviez-vous connaissance de ce tunnel ?

— Non, affirma-t-elle tout net. Certes, non.

— Et vous, Potter, connaissiez-vous son existence ?

Le majordome regarda autour de lui, ne sachant visiblement quoi répondre.

— Je... j'en avais entendu parler... tout au plus, finit-il par bredouiller à voix basse.

— Plus fort, mon brave !

— J'en avais seulement entendu parler, réitéra Potter, haussant vaguement le ton.

— Par qui et en quelles circonstances ?

— Par lord Goodhope, un jour qu'il évoquait des souvenirs d'enfance.

— Pour autant, vous ne nous avez prêté aucune assistance à cet égard. Je crois que vous mentez, Potter, mais je ne vais pas retarder davantage cette enquête pour vous arracher la vérité. Elle se fera jour assez tôt. Je laisse à présent la parole à l'homme qui se tient devant vous... Dick Dillon, un criminel inculpé en attente de jugement, anciennement valet de pied au sein de la domesticité Goodhope. Relatez-nous votre histoire, Dick Dillon.

Ce dernier s'exécuta, et je n'avais jamais entendu récit plus lugubre.

Dillon avait quitté en secret la résidence Goodhope pendant la nuit, sachant pertinemment qu'il allait prendre part à une sinistre intrigue (bien qu'il jurât au passage ignorer de prime abord qu'un assassinat en était l'issue). Sur les ordres de lord Goodhope, il voyagea jusqu'à Bristol, porteur d'une lettre de son maître destinée à Charles Clairmont, à bord de l'*Island Princess*. Il prétendit ne point connaître le contenu de la missive, mais dit que, lorsque M. Clairmont en eut pris connaissance, il eut hâte de rejoindre Londres avec le coche et les chevaux que Dillon avait pu louer avec l'autorisation de lord Goodhope, afin de regagner prestement la capitale. Ils y parvinrent rapidement et, selon les instructions de lord Goodhope, Dillon déposa Clairmont au domicile de Lucy Kilbourne.

— Pour sûr qu'il était pas peu ravi d' la voir, commenta Dillon, et tous deux s' sont mis à roucouler comme le font les dames et les messieurs d' la bonne société. Elle lui a offert des alcools et lui, a tout bu jusqu'à la dernière goutte. Dick Dillon, lui, n'a rien eu, car il d'vait attend' et pas êt' ivre jusqu'à c' que milord arrive. C'est c' qu'il a fait au bout de què'qu'z'heures et même si j'étais point dans le s'cret d' leur conversation, j'en ai compris assez pour savoir qu'il était question d' vendre un gros paquet d' biens et qu' le futur ach'teur viendrait directement là-bas, chez Lucy Kilbourne, dans une heure ou deux. L'acquéreur menaçait de quitter Londres pour aller voir une plantation dans la colonie de Georgie. Lord Goodhope s'en est allé en promettant de rev'nir et il m'a dit de rester. Et pis M. Clairmont et Miss Kilbourne ont continué leur badinage et v'là qu' tout à coup elle lui dit : « Oh, Charles, nous n'avons que peu de temps pour répondre à l'appel de la nature. » Et v'là qu'elle le prend par la main et l'entraîne dans sa chambre à coucher, en prenant une bouteille avec elle. Bien qu' la porte était fermée, j'ai bel et bien entendu des bruits d' l'aut' côté, mais bientôt c'était comm' qui dirait plus des cris d' plaisir mais des cris d' douleur, et même qu'ils étaient rud'ment forts. C'est juste à c' moment-là qu' Miss Kilbourne a ouvert la porte, qu'elle est apparue presque toute nue, et qu'elle m'a dit : « Dick Dillon, venez par ici. Vous devez faire quelque chose. » Alors, moi j' suis entré dans la chambre et j'ai vu M. Clairmont, lui aussi presque nu comme un ver, même qu'il agonisait et qu'il s' lamentait terriblement. J' l'ai r'gardé et pis j' lui ai dit à elle : « Qu'est-ce que j' peux ben faire ? » Et elle qui m' répond : « Vous devez le faire taire, car je l'ai empoisonné et il va réveiller les voisins qui risquent d'appeler un agent. » Alors moi, ne pensant qu'à le calmer, j'ai d'mandé un linge à la Miss. Elle m'a donné une pièce de sa lingerie, comm' qui dirait, j'en ai fait une sorte de boule et j' l'ai fourrée dans la bouche de Clairmont. Comm' ça, il pouvait point beugler et personne pouvait l'entendre. Pendant qu'elle s'habillait et qu'elle s' rendait présentable pour sortir, les cris d' Clairmont ont commencé à faiblir et il s'agitait plus su' l' lit. Il était assez tranquille quand on l'a vêtu avec les effets qu' lord Goodhope avait apportés. Quand j' l'ai porté jusqu'au coche de Bristol à qui on avait d'mandé d'attendre, il t'nait plus sur ses jambes, comm' qui dirait. Il a fallu qu' je l' porte pour l' fair' monter d'dans. Miss Kilbourne a dit comm' ça au cocher : « Vous devez emmener notre ami chez le médecin, car il est tombé gravement malade. » J'ai fait le ch'min à côté du cocher et j' l'ai dirigé jusqu'aux écuries derrière la grosse maison de St. James. Miss Kilbourne était dans la voiture. Une fois là-bas, j'ai porté M. Clairmont pour le sortir, ou du moins c' qu'il en restait, et pis on a renvoyé l' cocher à Bristol et il a rien dit, car il avait reçu une somme rond'lette. Ensuite, j'ai eu les plus grandes peines du monde à déplacer Charles Clairmont dans l' tunnel, que j' connaissais parce que lord Goodhope m'en avait causé. J' l'ai comm' qui dirait lâché dans l' trou, pis j' suis descendu par l'échelle et j' l'ai transporté su' l' dos jusqu'à l'aut' échelle qui mène dans la maison. Ça m'a d'mandé d' sacrés efforts, car j' pouvais point pousser M. Clairmont, pas plus que j' pouvais l' tirer. L'était point léger comme une plume, faut dire ! J'avais pas d'aut' choix que d' le monter su' l' dos, le t'nant bien fort par les bras avec une main et m' cramponnant d' l'aut' main aux barreaux d' l'échelle. C'est comm' ça qu' j' suis arrivé là-haut et j' l'ai laissé choir par terre, là où que j' suis maint'nant.

Tous les regards convergèrent vers l'endroit qu'il désignait... tous, hormis celui de sir John, bien sûr ; lui préféra lever le bras afin d'interrompre le récit de Dillon et lui poser une question :

— Pendant tout ce temps, où se trouvait Miss Kilbourne ? Vous a-t-elle suivi dans le tunnel puis dans la bibliothèque ?

— Non, monsieur. Elle est restée aux écuries. Même que son aide n'aurait point été d' trop.

— Poursuivez, je vous prie.

— Eh ben, monsieur, nous autres, c't'à-dire lord Goodhope et moi-même, on a mis M. Clairmont dans l' fauteuil où vous êtes assis maint'nant, monsieur. Il s'est comm' qui dirait affaissé, c' qui n'avait guère d'importance ; mais pour l' coup à tirer, disons qu' ça posait un problème.

— Oui, dit le magistrat, parlez-nous de ce coup de feu.

— Ben... faut dire qu'y avait deux objectifs à atteindre. D'abord, fallait faire comme si qu'on aurait eu affaire à un suicide, car il y avait au bureau un bonhomme vêtu des effets d' la même coupe et d' la même teinte que ceux qu' lord Goodhope portait à c' moment-là ; il avait la même couleur de ch'veux aussi et, sauf pour l' dos voûté, M. Clairmont aurait pu êt' de la même taille. Mais on pouvait point en dire autant d' la figure ; ça f'sait aucun doute. C'était donc le deuxième but du coup d' feu : défigurer M. Clairmont, détruire son nez, surtout, pour qu'on puisse pas faire la différence, voyez... Pas question d' manquer l' tir, parce qu'il n'y aurait pas d' seconde chance. Mais la tête de M. Clairmont n' cessait pas d' retomber, si bien qu' c'était quasi impossible de réussir le coup. Alors lord Goodhope m'a dit comm' ça : « Dick, tu dois l'empêcher de bouger afin que je puisse tirer correctement. » Et moi j' lui ai répondu : « Comment que j' peux faire ? » Et il m'a dit : « Maintiens-lui la tête à bout de bras et reste en arrière, ainsi je ne pourrai point le manquer. » Et c' brav' Dick Dillon a fait c' qu'on lui d'mandait et lord Goodhope a soigneusement visé, en prenant appui avec sa main su' l' bureau, et il a tiré. C'était tout c' qu'il pouvait espérer, car il restait pas grand-chose de c' qu'était autrefois la figure de Charles Clairmont, à cause du sang, d' la poudre et du gros trou qu'avait fait la balle en plein dans l' nez. Mais diable ! Il a bien failli emporter ma main avec. Il s'en est fallu d'une minute ou deux et ils étaient d'jà là en train d' tambouriner à la porte comme s'ils tentaient d' la briser. On s'est empressés d' fuir, mais lord Goodhope était tant préoccupé par c' qu'il v'nait d' faire qu'il a ben failli partir avec le pistolet. J' lui ai fait r'marquer et il a laissé choir l'arme aux pieds du mort. On est sortis et cette grande porte-là, qui f'sait corps avec les rayonnages, s'est r'fermée douc'ment sur nous. Il est resté un p'tit moment sur l'échelle à écouter derrière le mur, pour êt' sûr qu' son plan avait marché, et pis on est r'sortis par l' tunnel.

Il s'interrompit alors et l'on entendit une sorte de soupir unanime dans l'auditoire. Mes yeux se posèrent sur Meg, dans l'espoir de croiser les siens, mais elle fixait durement cet homme qu'elle avait précédemment démasqué comme étant lord Goodhope. Et le regard qu'elle lui adressait était celui de la plus froide des vengeances. La haine qu'elle ressentait était malaisée à comprendre pour un garçon de mon âge, ayant si peu d'expérience de la vie. Je ne pouvais la partager, en dépit des hommes ignares et des jeunes gens grossiers qui avaient causé la mort de mon père. Le regard qu'elle avait alors m'effrayait quelque peu.

Pour sa part, l'imposteur gardait les yeux rivés au sol... non point qu'il éprouvât du chagrin et encore moins de la honte. Il semblait plutôt rassembler son sang-froid, et même, songeai-je, était-il en train de préparer une défense pour son acte injustifiable.

— Est-ce ce soir-là que vous avez vu lord Goodhope pour la dernière fois ? demanda sir John à Dick Dillon.

— La dernière fois jusqu'à ce soir, si j' puis m' permet', monsieur. C'est bien lui qu'est assis tout près. (Il le désigna de l'index.) On pourrait l' confondre avec M. Clairmont. Pour sûr qu' c'est un bon déguisement, mais il est point parfait. J'ai passé plus d'une journée avec le vrai, et c'lui-ci ne tromp'ra pas Dick Dillon.

Au même moment, l'homme que l'on venait de démasquer deux fois bondit de sa chaise et, en trois enjambées, couvrit la distance d'une douzaine de pieds qui le séparait de Dillon. Ce faisant, la canne qu'il tenait en main se transforma comme par magie en une courte rapière. Il poignarda son accusateur en pleine poitrine. Je me précipitai, mais Meg l'atteignit la première, lui plantant les ongles dans le visage et le lui lacérant. Je le saisis à la taille et m'y cramponnai, mais M. Bailey fit le reste d'un coup de matraque. Ce qui l'assomma à peine et, en titubant, il s'éloigna de nous trois, désarmé, en direction de la porte béante qui donnait sur le tunnel.

— Que se passe-t-il ? aboya sir John pour couvrir le tumulte ambiant. *Que se passe-t-il ?*

Seul l'agent Baker se trouvait entre le fuyard et l'issue dans le mur. Il le visa à bout portant.

— Vous n'oseriez pas, dit lord Goodhope à l'agent.

Ce à quoi M. Baker rétorqua à l'adresse de sir John :

— Il pense que je n'oserais pas tirer sur un lord.

— Tirez, monsieur Baker. Vous avez ma permission.

M. Bailey pointait aussi son pistolet qu'il avait armé.

Le regard de lord Goodhope passa de l'un à l'autre policier et il s'arrêta. Son visage maquillé était labouré par les ongles de Meg. Je la regardai et vis qu'elle respirait fort et tremblait de tous ses membres, à tel point que je crus qu'elle allait de nouveau s'acharner sur lui. Dans sa fougue, elle avait arraché de la face de lord Goodhope la résine qui avait servi à modeler le nez crochu de feu Charles Clairmont. Le véritable visage était enfin révélé aux yeux de tous.

Sur ces entrefaites, M. Donnelly avait accouru vers le blessé, à présent à terre, et s'occupait de lui du mieux qu'il le pouvait. Cela se révéla toutefois inutile, car la petite lame qui saillait maintenant de sa poitrine lui avait porté l'estocade.

— Je crains, prononça le praticien, que Dillon ne soit mort. La lame l'a transpercé en plein cœur.

Sir John, à qui M. Bailey venait de résumer brièvement les effroyables faits qui venaient de se produire, accueillit la nouvelle de M. Donnelly avec un profond courroux.

— Songiez-vous, lord Goodhope, déclara-t-il, qu'en poignardant le témoin à charge vous seriez ainsi libéré de toute accusation ? Tous ici présents ont assisté à votre acte criminel, de même que nous avons tous entendu le témoignage de la victime, et nous ne l'oublierons pas. De plus, je lui ai fait signer une déposition sous serment au tribunal de Bow Street. Non, vous n'êtes certes pas au bout de vos peines. Croyez-moi, vos ennuis ne font que commencer. Emmenez-le, sergents !

Tandis que les agents exécutaient son ordre, il leva une main pour les retenir.

— Attendez, dit-il. Nous n'avons point entendu de sa bouche à elle qui exactement a assassiné Charles Clairmont. Miss Kilbourne, je vous avais promis que vous auriez la parole. Vous pouvez la prendre, à présent.

Elle se leva vivement.

— Tout ce qu'a dit cet homme n'est qu'un tissu de *mensonges* ! Comment avez-vous pu le croire ?

— Je l'ai cru dans les moindres détails qu'il nous a révélés et, à présent, pour le simple fait qu'il a payé de sa vie. Son décès donne un poids considérable à sa déposition. Si tout ce qu'il nous a dit n'était que mensonges, nous n'avons point le temps de vous entendre les réfuter un à un. Vous aurez tout loisir de vous y livrer demain au tribunal.

À l'adresse des agents Bailey et Baker, il ajouta :

— Faisons d'une pierre trois coups, si je puis dire, et emmenez-la, ainsi que le capitaine Cawdor, pour son faux témoignage. Mettez-les tous les trois dans la chambre forte ; ils auront toute la nuit pour se rejeter la faute les uns sur les autres. Quant à Potter, nous réglerons son compte en temps voulu.

Exit Goodhope, Kilbourne et Cawdor sous la bonne garde des deux policiers.

Sir John se rassit après que le valet de pied, Henry, eut été appelé à l'office et qu'il eut, avec Potter, enlevé le corps de Dick Dillon. Entre-temps, ceux qui demeuraient discutaient entre eux, non sans stupéfaction, des événements qui s'étaient produits quelques minutes plus tôt. À un certain moment, lady Goodhope manqua défaillir, mais M. Donnelly lui prêta assistance. Sir John attendit calmement que tout rentrât dans l'ordre.

— Reste un dernier point à éclaircir ce soir, reprit-il. Nous avons établi l'identité de la victime, puis celle des meurtriers, et, peut-être est-ce l'élément capital de l'affaire, *comment* l'acte fut perpétré ; car peu d' assassinats pourraient rivaliser de complexité et d'ingéniosité avec celui-ci. Nous devons néanmoins découvrir *pourquoi* ce projet fut ainsi conçu et mis à exécution avec autant de fourberie. Il ne peut s'agir en l'espèce d'un simple acte de malveillance. Lord Goodhope était, à ce qu'on a pu dire, en bons termes avec son demi-frère depuis l'enfance. Et bien qu'il ne puisse être qualifié de brave homme, il n'était pas cruel au point de choisir au hasard quelque individu de son entourage et le détruire pour assouvir ses mauvais instincts. Ce serait un acte voisin de la démence et lord Goodhope est sans conteste un homme des plus rationnels. Toute cette affaire masquait donc un mobile parfaitement logique et, pour nous aider à le comprendre, j'appelle M. Roger Redding de la Compagnie des Indes orientales.

Ce dernier était, bien entendu, le seul membre de l'assistance qui me fût jusque-là inconnu. Homme grand au teint clair et aux traits fins, il ne devait guère, selon moi, excéder les vingt ans, bien qu'il possédât d'ores et déjà tous les signes distinctifs du futur gentleman. Nul doute qu'on l'avait dépêché en qualité d'émissaire et la liasse de documents qu'il avait en main allait assurément fournir les renseignements que sir John sollicitait dans la missive que j'avais portée. Sir Percival avait tenu parole.

— Oui, merci, sir John, répliqua M. Redding en guise de préambule. Mon rôle dans tout cela risque de se révéler fort trivial et décevant, compte tenu des rebondissements que nous venons de vivre, mais comme vous le suggérez, il est essentiel à notre compréhension de cette monstrueuse affaire. Les recherches dans nos registres, que j'ai entreprises pour le compte de sir Percival Peeper, ont mis en lumière des faits irréfutables eu égard à l'affaire qui nous occupe, faits que je vais à présent résumer. À savoir...

Et M. Redding fit directement référence aux documents qu'il avait en main :

— La Compagnie Insulaire a été constituée selon une charte établie par la Compagnie des Indes orientales en 1758. En conséquence, les documents ayant trait à ses statuts ont été soigneusement enregistrés chez nous. Ce qui demeure important est la chose suivante : alors qu'on pensait que Charles Clairmont la possédait en nom propre, l'entreprise, en réalité, appartenait à parts égales à son demi-frère, lord Goodhope, et à lui. Tous deux ont réuni un capital équivalent pour fonder la compagnie. Tous deux se répartissaient équitablement les bénéfices générés par celle-ci. Néanmoins, M. Clairmont état censé agir en qualité d'unique propriétaire, en l'administrant au jour le jour ; mais les décisions importantes concernant les ventes de parts de la société, ou d'importantes acquisitions dans de nouvelles régions, devaient recevoir l'agrément des *deux* actionnaires. Si je puis me permettre, je présume que lord Goodhope ne désirait point qu'il fût fait état de son engagement dans le négoce, même par l'entremise d'un collatéral. Ces dispositions se révèlent beaucoup plus courantes que vous ne le supposeriez. Bien... Nous savons que la Compagnie Insulaire était une affaire des plus florissantes sous la houlette de M. Clairmont, et qu'elle générait régulièrement des profits non négligeables. Elle a continué à s'accroître, en acquérant des domaines aux Antilles et une flotte de caboteurs qui assuraient le transport des marchandises, jusqu'à il y a environ trois ans ; elle est demeurée bénéficiaire mais son expansion a cessé. Sir Percival m'a fait observer, comme nous discutions de ce sujet, que c'est sensiblement à cette époque qu'ont commencé à se propager les rumeurs au sujet des difficultés financières de lord Goodhope. Lesdites rumeurs ont persisté et se sont amplifiées. Il ne voyait cependant pas le rapport avec l'affaire, à moins que l'hypothèse du suicide n'eût été avérée. À présent, tout porte à croire — et que lady Goodhope veuille bien me pardonner d'alourdir son fardeau déjà fort embarrassant — que ces rumeurs étaient fondées. On vient de nous révéler que M. Clairmont et non point lord Goodhope est la victime, et cela nous conduit à des spéculations que sir John sera mieux à même de formuler.

Et, ce disant, M. Redding se rassit et regarda le magistrat d'un air confiant.

— Voilà qui a été fort bien résumé, commenta ce dernier. Pour l'heure, il n'est pas question pour moi de me livrer à quelque spéculation que ce soit. Les détails seront révélés à temps. Cependant, M. Redding a souligné avec efficacité le point essentiel de l'affaire : selon les statuts de la compagnie, les *deux* actionnaires devaient donner leur accord à propos des acquisitions et des ventes. Si la société continuait à générer des profits, ceux-ci ne constituaient depuis quelque temps qu'une goutte d'eau pour lord Goodhope, à qui il eût fallu des litres pour étancher sa soif. S'il avait contracté une dette considérable envers M. Bilbo sur plusieurs années, je ne doute pas qu'il devait de l'argent à d'autres maisons de jeu moins importantes de la ville. Une enquête auprès de propriétaires d'établissements de Bath nous a révélé que lors d'une seule visite là-bas, au cours d'une semaine passée en compagnie de Lucy Kilbourne, à la fin de la saison, lord Goodhope s'est endetté de pas moins de dix mille livres. Un jour, nous finirons par connaître l'ampleur de sa dette et nul doute qu'elle suscitera la stupéfaction. Donc, il a dû demander, puis exiger que Charles Clairmont vendît des terres. Son demi-frère a certainement continuellement refusé. Il en est résulté ce que vous avez vu de vos yeux ce soir.

S'appuyant du plat de la main sur le bureau, sir John se redressa de toute sa hauteur, laquelle me parut un peu plus imposante que lorsqu'il s'était assis à cet endroit à neuf heures.

— Cette réunion s'achève, déclara-t-il. Si elle a atteint le dénouement attendu, je regrette néanmoins la peine qu'elle a causée à lady Goodhope. Souffrez, milady, que je vous offre toute l'assistance qu'il m'est possible dans les limites de ma fonction officielle.

Il tâtonna en quête de sa canne, la trouva, puis prit son tricorne et le vissa sur sa tête.

— Jeremy, dit-il calmement, aide-moi à quitter la pièce, je te prie.

La tâche ne fut pas aisée. MM. Bilbo, Humber et Redding se pressèrent autour de lui, nous retenant pour noyer sir John d'un flot de compliments, louant sa perspicacité et son audace. Je cherchai Meg des yeux, mais ne la vis nulle part, car elle avait regagné sa place au sous-sol. Je mourais d'envie de discuter des événements avec elle, comme ceux qui m'entouraient en discutaient à présent. Je n'en aurais sans doute jamais l'occasion... ni même de la revoir un jour, en vérité.

Lady Goodhope ne se trouvait pas directement dans mon champ de vision. Je l'entrevis cependant, alors qu'elle quittait subrepticement la bibliothèque en compagnie de M. Donnelly. C'était certainement la dernière fois que je la voyais aussi.

Priant ses admirateurs de le laisser prendre congé, sir John finit par s'en éloigner en prétextant la fatigue. Nous les laissâmes tous les trois converser entre eux. Nous nous trouvions dans le long vestibule, presque à la porte, lorsqu'une voix féminine s'éleva timidement et Mme Mary Deemey surgit de l'ombre.

— Sir John, je présume que vous n'aurez pas besoin de moi ce soir.

— Qui est-ce ? Oh, mon Dieu ! Madame Deemey, n'est-ce pas ?

— C'est cela. On ne m'a pas appelée.

— Pardonnez-moi. La déposition incriminait tellement Miss Kilbourne que votre témoignage aurait été superflu. Il ne vous sera point nécessaire non plus d'être présente demain, lorsqu'elle sera traduite en justice. Viendra bientôt le moment, toutefois, où ce que vous m'avez confié se révélera de la plus haute importance.

— Je vois, dit-elle. Eh bien, j'ai dit que je vous aiderais de quelque manière que ce soit.

— Ce que vous avez fait et ce que vous ferez. Je vais demander à l'agent Cowley de vous reconduire. À l'heure qu'il est, vous avez assurément autant hâte que moi de regagner votre foyer.

CHAPITRE XII

Où l'histoire s'achève et où l'on me trouve une place dans l'imprimerie

Mary Deemey sauva la vie de Lucy Kilbourne. Elle témoigna au procès de l'actrice, lequel se tint à l'Old Bailey devant — excusez du peu — William Murray, comte de Mansfield, président du Banc du roi ; car l'affaire, la plus infâme de son époque, revêtait une gravité préconisant pareille urgence.

Dans sa déposition, Mme Deemey révéla, comme sir John l'avait soupçonné, que Miss Kilbourne avait commandé sa robe de veuvage deux semaines à peine avant l'arrivée de M. Clairmont à Londres et son assassinat. Elle ajouta que sa cliente avait également passé commande de moult nouvelles toilettes à lui livrer avant son départ « en un endroit dépourvu de couturières dignes de ce nom ». Parmi ces effets, déclara Mme Deemey, il se trouvait deux robes tout à fait raffinées « qui conviendraient à merveille pour son état ». Ce fut ainsi qu'on apprit la nouvelle et, afin que la chose fût bien claire, le témoin ajouta : « Miss Kilbourne attend un enfant, milord. »

Bien entendu, le témoignage sous serment de feu Dick Dillon, qui fut lu en séance, se révéla si accablant qu'il n'y eut d'autre verdict possible que la culpabilité. Toutefois, le jury recommanda la clémence, « eu égard à l'état de l'accusée ». En vérité, le président du Banc du roi en personne céda au droit coutumier et, au lieu de la pendaison — ce qu'il eût préféré, il n'en fit pas mystère —, il la condamna à la transportation et aux travaux forcés à vie.

Après que son dossier eut fait la navette entre le tribunal et la cour navale, le capitaine Cawdor comparut devant la cour supérieure de justice, selon la même procédure que Lucy Kilbourne. Les jurés accordèrent foi à ses vives protestations : bien qu'il eût coopéré à la manigance sur la promesse d'une participation permanente aux bénéfices de la Compagnie Insulaire — lord Goodhope lui en avait fait part dans une missive —, il n'avait jamais soupçonné que l'issue en serait un meurtre. Il n'en demeurait pas moins complice et l'intrigue aboutit bel et bien à un assassinat ; aussi fut-il condamné à la transportation et à dix ans de travaux forcés.

Les deux accusés virent leur sort réglé par leurs destinations distinctes. On déporta Lucy Kilbourne à la colonie de Georgie, où elle fut vendue telle une esclave, moyennant une forte somme, à un maître célibataire. Il en fit sa favorite et, lorsque les troubles éclatèrent entre le roi George et les colonies d'Amérique du Nord, la prit finalement pour épouse. Elle se battit alors en faveur de l'indépendance, héroïne locale pleinement engagée dans la lutte. Pour autant que je sache, elle réside toujours là-bas à l'automne de son existence ; c'est à présent une dame distinguée, selon les critères en vigueur outre-Atlantique. À ce propos, on m'a affirmé que si son époux est aujourd'hui décédé, il vécut longtemps et mourut de causes naturelles.

Le capitaine Josiah Cawdor n'eut point autant de chance. Si sa peine était plus légère, il dut néanmoins la purger en Jamaïque. Acheté là-bas par un individu qu'il avait jadis offensé, on l'envoya travailler aux champs au milieu des esclaves noirs. Parmi eux, il s'en trouvait certains qui avaient accompli la traversée avec lui à bord de l'*Island Princess*. J'ai cru comprendre qu'il ne survécut guère plus d'un mois en leur compagnie.

Quant à Potter, il disparut la nuit des fameuses révélations et ne fit plus jamais parler de lui. On découvrit qu'il était en réalité au courant de la machination et de son issue fatale ; aussi dut-il sentir qu'il avait intérêt à quitter l'Angleterre. Peut-être a-t-il lui aussi rejoint les colonies.

Ce fut un bien étrange procès, où le principal conspirateur et accusé était absent du tribunal. Le président du Banc du roi le fit remarquer à maintes reprises tout au long des audiences. Toutefois, alors que ses compagnons d'imposture demeuraient au banc des prévenus, lord Goodhope attendait à Newgate en des appartements dont je n'aurais jamais soupçonné le luxe. Il attendit et attendit encore, car il avait demandé à être jugé par ses pairs... ni plus ni moins que ce que la loi prévoyait. En l'occurrence, cela signifiait un procès devant la Chambre des lords. Cette auguste assemblée d'aristocrates regimbait naturellement à statuer sur le sort de l'un des siens. Aussi différaient-ils le procès... et lord Goodhope attendait.

Mais j'anticipe quelque peu. Laissez-moi plutôt vous rapporter une conversation avec sir John, quelques soirs après celui des aveux dans la bibliothèque des Goodhope. Je brûlais de lui poser mille et une questions, bien sûr, mais comme d'autres événements de nature pressante occupaient alors sir John, j'attendis mon heure. Il y eut en premier lieu les procédures légales, concernant les trois prévenus, qui durèrent toute une journée. Une fois ceux-ci sous les verrous — lord Goodhope à Newgate et ses criminels comparses incarcérés à la prison de Fleet —, sir John sembla se tenir quelque peu à l'écart, assumant sa tâche de façon routinière, accordant toute son attention à lady Fielding chaque fois qu'elle la sollicitait, et se reposant du mieux qu'il pouvait. Car ces derniers jours avaient sérieusement sapé ses forces.

M. Donnelly poursuivait ses visites matinales et faisait tout son possible pour soulager les derniers jours de lady Fielding. Nul n'ignorait qu'elle s'en irait bientôt et une atmosphère feutrée de veillée funèbre ne tarda pas à envahir la demeure. Mme Gredge se déplaçait avec une douceur excessive dans la maison et réservait ses cris suraigus et ses grincements pour plus tard. J'accomplissais toutes les tâches qu'on me priait de remplir, voire davantage, désirant seulement être occupé. Et sir John attendait simplement.

Les nuits paraissaient notamment fort longues. Un soir, une semaine après celui que j'ai décrit dans le chapitre précédent, incapable de dormir, je veillai en sa compagnie à l'office. Tout en sirotant le thé que Mme Gredge nous avait préparé, nous bavardions à bâtons rompus et sir John finit par me déclarer :

— Tu dois avoir des questions au sujet de l'affaire Goodhope.

— Certainement, monsieur.

— Le moment est venu de les poser, Jeremy.

J'en avais tant que j'ignorais par laquelle commencer. Je demandai alors seulement :

— Quand avez-vous soupçonné-vous pour la première fois que le corps dans la bibliothèque n'était pas celui de lord Goodhope ?

— Ah, oui... Eh bien, ce n'a été de prime abord qu'un soupçon, en effet, car il m'a été présenté comme tel. Cette pauvre enfant du nom de Meg — puisse le Seigneur dans sa bonté la protéger ! — s'est mise à me parler dans le jardin et m'a confié nombre de choses intéressantes. En tout premier lieu, elle avait l'impression à ce moment-là que le cadavre, qu'elle et l'autre jeune fille avaient lavé, n'était point celui de son maître. La face et les mains présentaient une teinte sombre, due à l'exposition répétée au soleil, et elle a fait allusion à une différence anatomique sans pour autant la préciser. Je n'ai pas insisté sur ce détail. Puis, elle m'a parlé quelque peu des impromptus de lord Goodhope et de son amour du déguisement. Son maître se prenait, semblait-il, pour un acteur et possédait un certain talent pour l'imitation. L'un de ses tours favoris consistait selon elle à parodier son demi-frère, M. Clairmont... sa voix, sa démarche; ceux qui connaissaient l'homme affirmaient que c'était là son portrait craché. Ce qui n'était guère évocateur pour moi, car si tu as bonne mémoire, je venais seulement d'apprendre l'existence de ce demi-frère. Toutefois, lorsque je me suis entretenu avec lui par la suite, tu as observé toi-même que sa peau était luisante. Il portait du maquillage de théâtre, que lui avait sans doute appliqué sa maîtresse, Lucy Kilbourne. Elle l'avait probablement convaincu que ce stratagème serait possible si elle lui prêtait main-forte en matière d'art dramatique. Cependant, il est devenu par trop confiant. Le faux nez et le fard ont suffi à tromper quelques marins une fois la nuit tombée, à bord de l'*Island Princess*. De même que M. Bilbo, plus tard à la maison de jeu, n'y a vu que du feu, à la lumière des bougies. Mais il a tellement gagné en audace qu'il a essayé son travestissement au grand jour, le lendemain. Et te souviens-tu du commentaire que nous a fait M. Bilbo?

— Il a dit que M. Clairmont était maquillé comme une femme, répondis-je.

— Exactement. J'ai fait le lien avec ta précédente remarque sur la brillance de sa peau et me suis hasardé à une conclusion. Le matin où il a rendu visite au tenancier, s'il avait été autorisé à présenter ses hommages à lady Goodhope, elle l'eût assurément reconnu, aussi myope soit-elle. C'est pour cette raison que le soir de la réunion dans la bibliothèque, j'ai rendu la pièce la plus chaude et la plus éclairée possible. Je songeais que si le nez était en cire, il pouvait fondre ou le maquillage s'écouler avec sa sueur. David Garrick m'a depuis lors indiqué que la matière utilisée adhère davantage que je ne l'aurais supposé.

— Mais il brillait pourtant bel et bien sous les lumières de cette pièce ! m'exclamai-je. Et sa transpiration semblait beaucoup l'inquiéter. Je me souviens qu'il s'épongeait soigneusement le visage à l'aide de son mouchoir, qu'il examinait ensuite.

— J'étais suffisamment certain que M. Clairmont n'était autre que lord Goodhope déguisé, pour que je décide d'orchestrer ce petit incident de connivence avec la jeune Meg. Elle n'était que trop heureuse de jouer son rôle. Certes, la farce manquait de raffinement, mais elle a fonctionné au-delà de tous mes espoirs.

— Et la déposition de Dick Dillon a corroboré le tout.

— Oui, Dillon... bougre malchanceux s'il en fut. Je doute que j'eusse pu lui épargner la potence, après qu'il se fut si bien défendu contre celui qui en voulait à sa vie — car c'est ce dont il s'agissait, évidemment, cette prétendue tentative d'évasion au beau milieu de la nuit. S'il avait accepté l'offre que je lui ai faite en premier lieu, la chance lui aurait sans doute souri. Je lui en ai fait part dans mon cabinet, du reste. Mais il nourrissait une telle colère à l'endroit de lord Goodhope — car il n'ignorait point qui avait soudoyé le gardien pour l'assaillir —, qu'il aurait fait sa déposition contre lui coûte que coûte. Mieux vaut peut-être qu'il soit mort ainsi. J'ai pris des dispositions pour que ce surveillant soit renvoyé... Wilson, Larkin, peu importe son patronyme. Je doute grandement que cela ait le moindre effet, toutefois. Ce qu'il se passe dans l'enceinte de Newgate demeure hermétique à nous autres qui sommes à l'extérieur.

— Et lord Goodhope attend donc son procès devant la Chambre des lords. Est-ce une chose courante ?

— Très rare, je n'en conserve pas trace dans ma mémoire.

De bonne heure, le lendemain qui suivit notre conversation, lady Fielding passa de vie à trépas. Selon Mme Gredge, qui était présente en compagnie de sir John, elle s'éteignit paisiblement.

— Un instant auparavant, elle était encore avec nous. Il y a eu comme un soubresaut dans sa respiration, puis un frémissement et elle n'était plus. Elle n'a rien dit. Elle semblait entre la veille et le sommeil. C'est une bénédiction, après tous ces mois.

M. Donnelly arriva peu de temps après l'événement, pour sa visite coutumière, examina la dépouille et constata officiellement ce qui était manifeste. Sir John gagna alors son bureau, où il demeura le plus clair de la matinée. Il me fit appeler une fois, alors qu'il était assis dans cette pièce plongée dans la pénombre, et d'une voix lugubre me demanda d'aller quérir M. Marsden, afin qu'il pût organiser les obsèques.

— Je ne puis m'en charger, m'avoua-t-il. Je n'en suis pas capable. Il va te confier des commissions, des messages à porter. Je vous délègue mon pouvoir en toute confiance.

Je vécus donc une journée chargée et m'en félicitai. À la surprise générale, sir John réunit son tribunal ce jour-là pour une brève séance. Je ne pus y assister, mais j'appris par la suite qu'il y manifesta la plus grande clémence. Nul ne fut traduit en justice ou envoyé à Newgate, et il régla les litiges avec une telle sérénité qu'aucune des parties en présence n'y opposa la moindre objection. La rumeur du deuil qui l'affligeait avait eu tôt fait de se répandre.

Les obsèques de lady Fielding se déroulèrent en la

cathédrale Saint-Paul. Je ne m'en souviens guère, pas plus que du sermon du prêtre officiant. J'ai cependant souvenance d'un grand nombre de personnes présentes. Assis auprès de Mme Gredge sur l'un des bancs situés à l'avant — prenant soin de me lever ou de m'asseoir en même temps qu'elle —, je ne remarquai la foule qu'en me retournant au milieu de l'office. J'eus alors l'impression que tout Covent Garden était présent. À la fin du service, le cercueil fut porté par six sergents de ville, qui avaient revêtu leurs meilleurs habits, et nous suivîmes la procession, sir John derrière la bière et moi à ses côtés, au cas où il aurait fait un faux pas, comme il me l'avait demandé ; Mme Gredge, quant à elle, marchait sur nos talons. En chemin, je reconnus un certain nombre de gens que j'avais vus au tribunal : Moll Caulfield, la vendeuse de rue, et Peg Button, qu'il avait enjointe de ne plus jamais pécher. Et d'autres que, pour une raison ou une autre, je ne m'attendais pas à voir : Black Jack Bilbo, l'ancien pirate ; Meg, de la résidence Goodhope (ce fut la dernière fois que je l'aperçus), et, à ses côtés, M. Donnelly ; Mme Deemey, la couturière, et Katherine Durham, qui m'avait gentiment aidé à acheter de la viande au marché. Mais il y en avait des vingtaines d'autres encore... plus d'une centaine, devrais-je dire, et peut-être même deux fois ce nombre.

Au cimetière, nous nous retrouvâmes cependant en cercle restreint. Outre nous trois de la maisonnée, il y avait les porteurs, bien sûr, sous la houlette de M. Bailey, M. Marsden et l'ecclésiastique. Les parents de lady Fielding vivaient si loin à Hull qu'aucun d'entre eux, évidemment, n'était présent ; peut-être venaient-ils à peine d'apprendre son décès.

Lorsqu'on déposa le cercueil en terre, mon regard plongea dans la profonde fosse, tandis que j'entendais le prêtre prononcer les mots « espoirs de résurrection », et, de nouveau un enfant, je pleurai avec Mme Gredge. Mes sanglots s'adressaient sans doute moins à lady Fielding, que je ne pouvais prétendre connaître, qu'à ma mère, mon père et mon jeune frère... à mon passé perdu et à l'avenir incertain qui s'ouvrait à moi. Sir John ne versa aucune larme. Je crois qu'il perdit la faculté de pleurer en même temps que la vue. Il demeura simplement grave et sombre, son visage devenu un véritable masque de dignité sous ce bandeau noir qui lui recouvrait les yeux.

Tout cela s'acheva assez vite. Comme nous marchions ensemble vers le coche, qui nous attendait devant le cimetière, une pluie fine se mit à tomber.

— Comme c'est de circonstance ! commenta le magistrat. Les larmes du Ciel...

Encore qu'il prononçât la phrase, sachez-le, cher lecteur, sur un ton chargé d'ironie.

Les jours passèrent. La fin du mois arriva. Lady Goodhope perdit la propriété de sa résidence londonienne au profit de Black Jack Bilbo. Il se montra plus que généreux en lui laissant largement le temps de quitter les lieux. Un mois s'écoula encore et un autre commença, avant qu'on ne bouclât enfin les malles dans la demeure. Fardiers allaient et venaient, en partance pour le Lancashire. En définitive, ce fut l'imminence du procès de son époux qui précipita le départ de lady Goodhope. La Chambre des lords lui avait finalement trouvé une date, la dernière sur la liste avant la clôture de la session parlementaire. Alors que tout Londres se préparait à l'émoi qu'un tel procès allait susciter, l'épouse de l'accusé désirait plus que tout s'affranchir de la capitale.

Sa situation d'alors, telle que la lui présenta M. Martinez, n'était pas aussi grave que ce qu'on eût pu supposer. En dépit des dettes de son conjoint, qui avoisinaient au total cent mille livres, y compris celle contractée auprès de M. Bilbo, elle conservait nonobstant les avoirs fonciers de la Compagnie Insulaire. Puisque M. Clairmont était décédé intestat et sans laisser d'héritiers, si d'aventure son époux venait à mourir, toute la société reviendrait à son fils. Elle-même, en qualité de tutrice, serait libre de procéder à sa vente pour tout ou partie. Telle éventualité permettait de tenir ses créanciers à distance. La clémence ou une grâce royale sèmeraient de nouveau la confusion sur tout cela. Aussi attendit-elle l'issue du procès avec un intérêt tout particulier, mais à quelques centaines de lieues de distance.

Elle quitta définitivement Londres vers la mi-juin. L'intérêt que j'y portais résidait dans le fait qu'elle emmena Meg avec elle dans son domaine du Lancashire, même si, comme M. Donnelly nous le confia :

— Elle n'est pas du tout certaine que la jeune fille s'entendra avec ses servantes qui parlent le français.

La nouvelle parut satisfaire sir John, qui répliqua :

— Au moins sera-t-elle loin de Londres.

À présent, comme le procès approchait, lord Goodhope ne passait plus exclusivement son temps à se morfondre à Newgate, mais le consacrait à préparer sa défense. Je me demandai quelle défense il pouvait préparer, puisqu'il serait jugé non seulement pour le meurtre de Charles Clairmont, mais aussi pour celui de Dick Dillon. Si la seule déposition de ce dernier, lue en séance, avait suffi à inculper Lucy Kilbourne, son assassinat avait eu lieu en présence d'une demi-douzaine de personnes, voire davantage, dont n'importe laquelle pouvait fournir un témoignage oculaire. Quoi qu'il en fût, lord Goodhope rencontrait son avocat quotidiennement, selon sir John, et parachevait son dossier.

Il n'y avait guère de places libres à la Chambre des lords, mais sir John était assuré de pouvoir assister au procès chaque jour. Il n'était pas simple spectateur, en l'espèce, mais partie intéressée. Le premier jour du procès se révéla de loin le plus intéressant, me confia-t-il. Il s'ouvrit avec toute la pompe et le faste que l'on pouvait espérer en pareille instance. L'huissier d'armes du Parlement donna lecture de la Déclaration de silence.

— Il s'est ensuivi, déclara sir John, tout un galimatias devant le trône du lord chancelier, moult « Dieu sauve le Roi » émanant de l'huissier, une lecture du *certiorari* [1], et l'on a procédé à l'appel de tous les juges présents. Tout cela, sache-le, avant même de prêter la moindre attention à mon acte d'accusation. Enfin, tous se sont attelés à la tâche et la séance a débuté. Cette partie, bien sûr, ne m'était que trop familière.

Le procès ne dura que trois jours. Au soir du second, sir John, ayant passé la matinée à la Chambre des lords et l'après-midi à siéger dans son propre tribunal, m'invita à dîner en sa compagnie au *Cheshire Cheese*. J'acceptai volontiers, mais non sans y voir quelque mauvais présage, car cela évoquait notre toute première sortie, à l'issue de laquelle le magistrat avait été mandé à la résidence Goodhope. S'il n'y avait aucune raison de prévoir pareil dénouement à cette soirée, je me souvenais pertinemment que la précédente excursion avait été entreprise dans le but de me dénicher une place dans la typographie. Il paraissait vraisemblable, encore que je n'en soufflasse mot à sir John en chemin, qu'un objectif semblable nous réunissait ce soir-là.

Ce qui fut avéré. Rendez-vous avait été pris à mon insu. Si j'étais flatté de partager la table d'un aussi éminent personnage que Thesaurus Johnson, et fort honoré de lui serrer la main lorsqu'on nous présenta, mon appréhension s'accrut néanmoins à mesure que les deux hommes bavardaient, car j'appréhendais l'aboutissement de leur échange de propos. Pourquoi ne pouvais-je pas simplement demeurer auprès de sir John et de Mme Gredge ? Ne m'étais-je point rendu utile ? Que pouvait-on me reprocher, outre mon âge et ma stature ?

1. Procédure qui s'apparente à celle du pourvoi en cassation que connaît la France. (*N.d.T.*)

Je rendis néanmoins grâce au Ciel que James Boswell fût absent. Sir John prit poliment de ses nouvelles, mentionnant la longue conversation qu'il avait eue avec lui quelques semaines plus tôt.

— Ah oui, dit le Dr Johnson, il est rentré à Édimbourg. Il était revenu à Londres uniquement pour vanter les mérites de son livre sur la Corse.

— Est-ce un bon ouvrage ? s'enquit le magistrat.

Le lexicographe accorda à la question un temps de réflexion un peu plus long que nécessaire.

— Ce n'est pas un mauvais ouvrage, répondit-il enfin, bien qu'il ne soit certes pas aussi bon qu'il le juge.

— Devrait-on m'en faire la lecture ?

— Avez-vous l'intention de vous rendre un jour en Corse ?

— Jamais, répliqua sir John avec la plus grande franchise.

— Vous n'en avez donc nul besoin.

Tous les deux, j'en suis certain, m'eussent désapprouvé sur ce point, mais ils se révélaient à certains égards assez semblables. Le Dr Johnson était l'aîné et le plus résolu, mais ils s'exprimaient l'un et l'autre avec assurance et aucun n'eût souffert une controverse dans son domaine de prédilection. (J'ai eu vent que Boswell a dévoilé dans sa *Vie* de Johnson que le « Grand Cham » avait souhaité embrasser une carrière juridique, mais que la pauvreté l'en avait empêché.) Sir John était aveugle, mais Samuel Johnson paraissait frôler la cécité, tant ses yeux étaient tuméfiés et grêlés par la scrofule. Tous deux étaient corpulents, encore que le Dr Johnson évoquât quelque colosse, et chacun devait pareil embonpoint à une forte consommation de viande. Comme on put en juger ce soir-là au *Cheshire Cheese*. Chacun livrait bataille à une pièce de bœuf qui les eût généreusement contentés ensemble, sir John arrosait le tout de bière et le Dr Johnson de vin de Bordeaux. Avec ma petite côtelette, je ne pouvais, quant à moi, rivaliser avec eux et ne faisais du reste aucun effort pour tenter pareil exploit. J'étais encore en train de manger, qu'ils avaient déjà achevé leur repas. De gargantuesques éructations repues vinrent conclure leur labeur de mastication et ils reprirent leur conversation.

— J'ai souvenance, déclara le Dr Johnson, que notre dernier entretien a avorté lorsque vous avez été soudainement appelé au-dehors. L'affaire Goodhope venait d'éclater, n'est-ce pas ?

— C'était le cas, en effet. Le chef de mes sergents de ville est venu me quérir afin d'enquêter au sujet du suicide de lord Goodhope.

— Lequel suicide s'est révélé le meurtre de son demi-frère.

— Tout à fait.

— Vous avez assisté au procès. A-t-il le moindre espoir d'en réchapper ?

— Pas que je sache, répondit le magistrat. Toute sa défense se fonde sur sa propre faiblesse. Il rejette entièrement la faute sur la personne de Lucy Kilbourne, laquelle, comme vous ne l'ignorez point, a d'ores et déjà été reconnue coupable. Il semblerait qu'il se soit inspiré à la lettre de *Macbeth*. Selon lui, elle serait à l'origine de l'intrigue et lui uniquement son instrument, lorsqu'il s'est agi de passer à l'acte. Il a longuement exploité le fait que M. Clairmont a été en premier lieu empoisonné par elle ; mais le médecin qui a pratiqué l'autopsie n'a pu finalement déterminer lequel, du poison administré par Kilbourne ou de la balle tirée par Goodhope, a causé le décès. Les deux criminels ont trempé dans l'assassinat à parts égales.

— Se réfugier, pour ainsi dire, dans les jupes d'une femme ne sied guère, semble-t-il, à un noble, déclara le Dr Johnson.

— Assurément, et c'est ainsi qu'on jugera semblable attitude. Mais n'oublions point, comme certains, que lord Goodhope est jugé pour deux meurtres. Le second, qui concerne son ancien valet de pied, a été perpétré devant de nombreux témoins. Le garçon ici présent, Jeremy, l'a vu de ses yeux. Il a bondi sur Goodhope pour l'écarter, mais le coup fatal avait été porté.

— Vraiment ? Voilà un garçon qui ne manque pas de courage.

Je rosis quelque peu sous le regard appuyé du Dr Johnson. En vérité, j'ignorais que sir John fût au courant du rôle que Meg et moi avions joué dans la lutte. M. Bailey avait dû lui en faire part.

— M. Alfred Humber de la Lloyd's a été appelé à la barre, en qualité de témoin le plus éminent ayant assisté à la scène, précisa sir John. Il en a offert un compte rendu clair et inattaquable. Le valet de pied étant un domestique et ayant participé à la machination, peut-être lord Goodhope escompte-t-il que son meurtre lui sera pardonné.

— Si tous les crimes devaient éclater au grand jour, dit le Dr Johnson, certains de ses pairs se retrouveraient eux aussi au banc des accusés. Peut-être était-ce son stratagème, lorsqu'il a demandé à être jugé devant la Chambre des lords.

— Mais à en croire leur courroux, s'il s'agit là de son plan, il est dangereux. Ils semblent plutôt susceptibles de le considérer comme leur bouc émissaire.

— Il emporterait leurs péchés avec lui sur l'échafaud... l'idée est intéressante.

— À propos, docteur Johnson... j'ai une faveur à vous demander...

Il s'ensuivit ce que je craignais, car sir John entreprit de faire mon éloge non seulement en qualité de brave garçon, mais de surcroît fort instruit et s'exprimant à merveille. Confus, je m'empourprai devant tant de louanges. Il expliqua que mon père, à présent défunt, m'avait enseigné un métier.

— Il s'agit de la typographie, déclara-t-il. Jeremy sait composer et se montre habile dans tous les domaines inhérant à cette tâche. Puisqu'il a débuté ainsi, j'aurais aimé le voir poursuivre. Comme vous connaissez la plupart, sinon tous, des libraires, éditeurs et imprimeurs de la ville, une recommandation émanant de vous pourrait peut-être l'introduire chez l'un d'entre eux.

— S'il se révèle tel que vous le décrivez — et je n'en doute pas un instant, monsieur —, nul doute qu'on lui trouvera une place. Et je serais heureux d'y contribuer. Laissez-moi seulement quelques jours pour m'informer alentour et j'organiserai une entrevue avec celui qui convient le mieux.

Puis, se penchant vers moi, le Dr Johnson me regarda du plus près que ses yeux scrofuleux le lui permettaient et il ajouta :

— Feras-tu un bon apprenti, jeune homme ?

— Je m'y efforcerai, monsieur, répondis-je en esquissant bon an mal an un sourire contraint.

Ce soir-là, lorsque nous regagnâmes l'appartement situé à l'étage du numéro 4 de Bow Street, je souhaitai une bonne nuit à sir John et m'apprêtai à monter dans ma chambre mansardée. Comme je m'emparais de la bougie pour éclairer mon chemin, il me vint à l'esprit que je ne gravirais sans doute plus longtemps cet escalier. Toutefois, je ne souhaitais point m'attarder sur un sujet aussi triste et je décidai de songer à autre chose en posant le pied sur la première marche. Ce fut alors que sir John me rappela.

— Reste, Jeremy. Je pense que nous devons avoir une discussion.

Je revins à l'office, chandelle en main, laquelle éclaira la pénombre où il se tenait.

— Je sens que tu es déçu.

— Moi, monsieur? dis-je, ne souhaitant point confesser des sentiments qui, en cet instant, me taraudaient à l'extrême.

— Ou, peut-être, je pense que tu as le droit d'éprouver cela, poursuivit-il. Ne t'imagine point une seule seconde que je n'accorde aucune valeur à tes qualités, ni n'apprécie combien tu as su en faire usage dans cette affaire Goodhope.

— Alors *pourquoi*... commençai-je non sans vigueur pour m'interrompre aussitôt, car je m'étais juré de ne pas lui donner matière à penser que je doutais de sa sagesse en ce domaine ou en n'importe quel autre.

Il attendit, puis, satisfait que je n'en dise davantage, s'adressa à moi en ces termes :

— Oui, pourquoi. Judicieuse question...

Il se tut, cherchant visiblement les mots idoines, avant de continuer :

— Dans ma vanité, Jeremy, il serait facile de te demander de rester dans cette demeure, de faire mes commissions, d'aller quérir quoi que ce soit pour moi. Tu aimerais cela, je pense. Mais je crains que ce ne soit une erreur.

— Une erreur! lâchai-je, oubliant momentanément mes résolutions.

Il leva la main et enchaîna :

— Pour deux raisons, Jeremy. En premier lieu, c'est de toi qu'il est question. Réfléchis à ta situation. Tu es jeune, certes plus tout à fait un enfant mais pas encore un jeune homme, et orphelin de surcroît. D'ordinaire, quelqu'un dans ton cas n'aurait guère à espérer de son avenir, en particulier ici, à Londres. Mais tu es remarquablement vif d'esprit et fort instruit pour un adolescent de ton âge. Qui plus est, on t'a enseigné un métier utile et important. Même si tu débutes en qualité d'apprenti, tes talents naturels et ton initiation précoce surpasseront de loin ceux de tes camarades. Tu éblouiras tout le monde. À ce moment-là de ton existence, tu auras besoin d'une telle reconnaissance. Ton maître, quel qu'il puisse être, te fera promptement progresser. Tu deviendras alors compagnon avant même ta majorité et maître imprimeur peu de temps après. L'avenir te sourira. Nul doute qu'on t'accueillera volontiers en qualité d'associé ou que tu fonderas ton propre établissement, alors que ton vieil ami siégera toujours ici à Bow Street, prêtant l'oreille aux litanies des malheurs humains qui défileront devant lui.

Il conclut sa tirade avec un sourire plein d'espoir en hochant la tête. Il semblait désireux de me convaincre.

— Vous faites allusion à vous-même ici, à Bow Street ? dis-je.

Jusque-là, je n'avais jamais songé qu'il pût souhaiter aller ailleurs. Il maîtrisait si bien la tâche qui lui incombait !

— En effet, oui.

— Vous avez dit qu'il y avait une seconde raison, monsieur ?

Il poussa un profond soupir.

— Oui, Jeremy, et celle-ci concerne ma propre situation. Je crains qu'après le décès de mon épouse bien-aimée et la longue agonie qui l'a précédé, je ne sois en état de t'offrir ce que tu désires et mérites de recevoir de ma part. Je puis à peine m'occuper de ma propre per sonne.

Il se tut encore, perdu dans ses pensées et moi dans les miennes.

— Tu as été un brave garçon, Jeremy, dit-il enfin. Je continuerai à veiller sur ton bien-être, n'aie crainte. Mais il est temps pour toi de faire ton propre chemin dans la vie.

La lutte que l'émotion livrait à la raison me déchirait la poitrine, mais la raison l'emporta. Sir John avait dit juste.

— Je comprends, monsieur. J'accepte votre jugement en la matière... et vous en sais gré. Nul autre que vous ne s'est jamais montré aussi généreux à mon endroit.

Il me tendit la main.

— Alors, soyons amis, déclara-t-il.

— Pour l'éternité, répondis-je en la lui serrant avec force.

Le verdict fut rendu : coupable à deux chefs d'accusation de meurtre. Lord Goodhope serait exécuté selon la coutume et la loi en vigueur pour les criminels membres de la noblesse : sa tête serait tranchée par la hache du bourreau. Il n'y aurait aucun appel. Son seul espoir résidait en la magnanimité du roi.

Telle possibilité alimenta une brève discussion, lorsque M. Gabriel Donnelly vint un matin, deux jours plus tard, faire ses adieux à sir John et à Mme Gredge, qui l'avait assisté au chevet de lady Fielding, ainsi qu'à moi. Il expliqua qu'il déplaçait son cabinet dans le Lancashire, « où résident davantage de personnes de ma confession. On m'a dit que j'y prospérerais ».

— Et vous aurez tout loisir de faire votre demande en mariage, j'imagine, déclara sir John dans un sourire entendu. Eh bien, bonne chance à vous dans ce domaine et dans tous autres, monsieur Donnelly. C'est la bonne fortune qui nous a réunis. Je suis certain que vous trouverez une occasion de revenir à Londres, à l'avenir. Je ne souhaiterais pas que nous soyons trop longtemps séparés.

— Oui, approuva le praticien. Une fortune tout aussi bonne à mon endroit... mais assurément mauvaise pour lord Goodhope. On raconte qu'il se morfond à Newgate, priant pour que le roi lui accorde sa grâce. Il était naguère l'un de ses favoris.

Sir John eut un rire amer.

— Il ne l'est plus, déclara-t-il. Il ne sera pas gracié, à présent. Je me souviens de vous avoir dit, monsieur Donnelly, ainsi qu'à Jeremy ici présent, que lord Goodhope possédait un certain talent d'imitateur, qu'il avait souvent parodié M. Clairmont pour le divertissement de ses invités.

— Je m'en souviens, en effet.

— Eh bien, j'ai entendu dire de la même source qu'à l'occasion il imitait également le roi, faisant de lui un parfait dément. Sa Majesté a dû avoir vent de l'affaire, et a ainsi proscrit lord Goodhope de la royale présence.

Ces propos nous laissèrent, M. Donnelly et moi-même, stupéfaits.

— Pouvez-vous imaginer pareille sottise ? s'enquit sir John. Sa Majesté le roi George III... fou [1] ?

Le 1er août de cette année-là, alors que petite noblesse et haute aristocratie séjournaient dans des endroits de villégiature tels que Bath, Paris et Venise, lord Richard Goodhope, comte de Tibble, quatrième du nom, gravit l'échafaud et livra sa tête à la hache du bourreau. Nul ne pleura sa perte, le roi moins que quiconque.

Mais au moment où l'événement eut lieu, sir John était déjà plongé dans une nouvelle et laborieuse enquête, celle-ci concernant un crime d'une nature encore plus outrageante et sanguinaire que le précédent. Cela vous surprendra sans doute, cher lecteur, mais malgré les adieux décrits plus haut, je participai activement à l'investigation. Il en va ainsi des pirouettes que nous réserve le destin. Ce qui paraît délibéré est souvent livré aux mains du hasard. Et ce qui semble le fruit du hasard relève parfois d'une évidence que nous n'aurions jamais envisagée. Voilà ce que m'a enseigné l'existence et, à l'heure où je consigne ceci, j'ai presque l'âge qu'avait alors sir John lorsqu'il le vécut.

1. Dès 1765, le roi George III souffrait en effet de troubles mentaux, qui le conduisirent définitivement à la folie en 1810. (*N.d.T.*)

Cet ouvrage a été réalisé par la
SOCIÉTÉ NOUVELLE FIRMIN-DIDOT
Mesnil-sur-l'Estrée
pour le compte des Éditions 10/18
en septembre 1998

Imprimé en France
Dépôt légal : octobre 1998
N° d'édition : 2934 - N° d'impression : 44170